액스

THE AX

Copyright © 1997 Donald E. Westlake
All rights reserved.

Korean translation copyright © 2017 by Openhouse for Publishers Co., Ltd.
Korean translation rights arranged with Andrew Nurnberg Associates Ltd.
through EYA Co., Ltd.

이 책의 한국어판 저작권은 EYA Co., Ltd.를 통해 Andrew Nurnberg Associates Ltd.와
독점 계약한 (주)오픈하우스퍼블리셔스에 있습니다. 저작권법에 의하여 한국 내에서
보호를 받는 저작물이므로 무단전재 및 복제를 금합니다.

액스
THE AX

도널드 E. 웨스트레이크 지음
최필원 옮김

내 아버지, 앨버트 조지프 웨스트레이크(1896~1953)에게
이 작품을 바칩니다.

일러두기

1. 본문의 아래 첨자는 모두 역자 주이다.
2. 외국 인명·지명은 외래어표기법을 따르되 일부는 관용적인 표기를 따랐다.
3. 책·신문·잡지명은 『 』, 영화·연극·TV·라디오 프로그램명은 「 」, 시·곡명은 〈 〉, 음반·오페라·뮤지컬명은 《 》로 묶어 표기했다.

1

나는 지금껏 사람을 죽여본 적이 없다. 살인을 하거나 누군가의 숨통을 끊어놓은 적이 없다는 얘기다. 이상한 일이지만 나는 갑자기 이 문제에 대해 아버지의 의견을 듣고 싶어졌다. 아버지는 사람을 죽여본 경험이 있었다. 이 바닥 용어로 말하자면, 그 분야의 베테랑인 셈이다. 제2차 세계대전 당시 아버지는 보병으로 참전했었다. 1944년에서 1945년 사이 프랑스를 가로질러 독일로 진입하는 마지막 진군이 있었다. 그때 아버지는 짙은 회색 모직 군복 차림의 적들에게 총을 쏴봤을 것이고, 타격을 입혔을 것이며, 그 과정에서 몇 명을 사살하기도 했을 것이다. 당시 상황을 회고하는 아버지는 별로 대수롭지 않다는 반응이었다. 자신이 사람을 죽일 수 있다는 걸 어떻게 미리 알았겠는가? 바로 그것이 문제다.

물론 이제는 아버지에게 그걸 물을 수가 없다. 의견을 나눌 수도 없다. 그건 아버지가 아직 살아 있다 해도 마찬가지였을 것이다. 예순세 살의 아버지를 기어이 쓰러뜨린 건 담배로 인한 폐암이었다. 암에 걸려 죽는 것은 짙은 회색 모직 군복 차림의 적들을 쓰러뜨린 총탄만큼이나 확실한 방법이다. 물론 효과상으로는 차이가 있겠지만.

어쨌든 질문은 스스로 답을 내놓을 것이다. 이건 굉장한 난제다. 내가 할 수 있거나 할 수 없거나, 둘 중 하나다. 할 수 없다면 모든 준비와 계획, 관리해온 파일들, 지금껏 들인 비용들(전혀 그럴 형편이 아니었지만), 이 모든 게 무의미해질 것이다. 이대로 모든 걸 놓아야 한다. 광고도 중단하고, 계약도 그만두어야 한다. 아무 생각 없는 소 떼에 끼어들어가, 크고 어두운 도살장으로 비틀비틀 향하는 수밖에.

오늘이 바로 운명의 날이다. 사흘 전, 그러니까 지난 월요일에 나는 마저리에게 펜실베이니아 해리스버그의 작은 공장에 면접을 보러 가야 한다고 얘기해두었다. 금요일 오전에 면접이 있으니 목요일에 올버니로 가서 늦은 오후 비행기를 타고 해리스버그로 향하게 될 거라고. 그곳 모텔에서 하룻밤을 보내고 금요일 아침에 공장으로 갔다가 금요일 오후에 다시 올버니로 돌아오게 될 것 같다고. 그러자 그녀가 걱정스러운 표정으로 말했다.

"그럼 펜실베이니아로 이사를 가게 되는 건가요?"

"그렇게 해서 해결될 일이면 다행이게?"

내가 말했다.

마저리는 아직도 우리가 처한 상황의 심각성을 이해하지 못하고 있다. 하지만 태평한 마저리를 탓할 수는 없다. 이 모든 건 이 문제를 철저히 비밀에 부쳐온 나 때문에 벌어진 일이니까. 하지만 가끔 외로운 생각이 드는 건 어쩔 수 없다.

이 일은 반드시 성공해야 한다. 서둘러 이 위기 상황에서 벗어나야 한다. 그러려면 살인이라도 능히 해내야 한다.

내 검은 구두와 함께 비닐봉지에 넣은 루거는 작은 여행 가방에 담긴다. 루거는 아버지가 전장에서 기념품으로 챙겨온 것이다. 아버지가 쏜 총에 맞았는지 다른 사람이 쏜 총에 맞았는지는 모르지만 아무튼 교전이 있던 날 산울타리 너머에 숨진 채 누워 있던 독일군 장교에게서 빼앗은 총이라고 했다. 아버지는 루거에서 실탄이 꽉 찬 탄창을 뽑아 양말에 넣고 다녔다. 루거는 프랑스 어느 곳인가 한 허름한 집에서 가져온 작고 지저분한 베갯잇에 넣고 다녔고.

아버지는 그 총을 한 번도 쏴본 적이 없다. 적어도 내가 아는 한. 총은 그저 아버지의 전리품이었을 뿐이다. 패배한 적으로부터 머릿가죽 대신 가져온 것이다. 사방에서 총탄이 빗발쳐 날아들었지만 아버지는 끝까지 살아남았다. 그래서 아버지는 기념으로 죽은 병사의 총을 챙겨온 것이다.

나 역시 그 총을 쏴본 적이 없다. 그 총뿐만 아니라 다른 총도 마찬가지다. 나는 총이 무서웠다. 왠지 장전된 총의 방아쇠를 당기면 손안에서 총이 폭발해버릴 것만 같았다. 하지만 그 총은 지금 내가 구할 수 있는 유일한 무기였다. 다행히 등록된 게 아니라 흔적을 남길 우려가 없었다. 적어도 이 땅에서는.

아버지가 세상을 떠난 후 나는 손님방에서 뒹굴던 낡은 트렁크를 내 집 지하실로 옮겨놓았다. 트렁크에는 아버지의 군복과 잘 접힌 잠낭, 그리고 내가 태어나기 전 까마득한 시절에 아버지를 여기저기로 옮겨 다니게 만든 명령서 등이 담겨 있었다. 지금보다 훨씬 단순하고 깨끗했던 시절. 죽여야 할 적이 누구인지 분명했던 시절.

베갯잇에 싸인 루거는 트렁크 맨 밑바닥 곰팡내 나는 칙칙한 황록색 군복 아래 깔려 있었다. 더 이상 낡은 양말 속에 감추지 않아도 되는 탄창은 그 옆에 놓여 있었다. 중대한 결정을 내린 날, 나는 총을 꺼내와 내 '사무실'로 가져갔다. 사무실은 내가 하루 종일 집에 틀어박혀 지내기 전까지 손님방으로 썼던 작은 빈방이었다. 나는 문을 닫고 책상으로 사용하는 작은 나무 테이블 앞에 앉았다. 그 테이블은 작년 우리 집에서 16킬로미터 떨어진 곳에 살던 한 절박한 가장이 팔려고 내놓은 것이었다. 나는 테이블에 총을 내려놓고 유심히 살펴보기 시작했다. 깨끗하게 잘 관리된 상태였다. 녹슨 곳도 없고, 흠집도 없었다. 그리고 탄창. 이 작고 날카로운 금속은 의외로 묵직했다. 탄창 뒷면에 길게 나 있는 틈새로 장전된 탄약 여덟 발의 밑부분을 확인할 수 있었다. 탄약마다 작고 둥근 눈이 하나씩 새겨져 있었다. 격발 장치가 그 눈을 때리면 탄약은 힘차게 여정을 시작하게 된다.

그럼 그냥 탄창을 꽂아 넣고 표적을 겨눈 후 방아쇠만 당기면 되는 건가? 위험하진 않을까? 모르는 게 많으면 겁도 많아진다. 그래서 나는 쇼핑몰의 서적 체인점으로 달려가 권총 사용 설명서를 사 왔다. (예기치 못했던 비용!) 책은 여러 부품에 기름을 쳐둘 것을 권했다. 그래서 그렇게 했다. 그것도 쓰리 인 원 윤활유 세척, 윤활, 녹 방지의 세 가지 효과를 두루 갖춘 다목적 윤활유로. 책은 무실탄 사격도 권했다. 탄창이나 탄약 없이 방아쇠를 당겨보라는 것이었다. 그래서 그렇게 했다. 찰칵 소리가 위압적이고 효과적으로 느껴졌다. 이래 보여도 무기가 맞기는 한 것 같았다.

또한 책은 50년 된 탄약들을 무작정 믿어서는 안 된다고 했고, 탄창을 비우는 법과 재장전하는 법도 가르쳐주었다. 그래서 나는 주 경계를 지나 매사추세츠에 자리한 스포츠용품점까지 가서, 작고 묵직한 9밀리미터 탄약 한 상자를 구입해 왔다. 집에 오자마자 여덟 발의 매끈한 탄약을 저항하는 탄창 스프링에 차례로 끼워넣었다. 그런 다음, 탄창을 총의 손잡이로 밀어 넣었다. 찰칵.

이 살인 도구는 무려 50년 동안 프랑스제 베갯잇에 싸여, 갈색 모직 군복에 깔려, 그리고 칠흑 같은 어둠 속에 숨죽인 채 누워 자신이 다시 빛을 발할 순간을 기다려왔다. 그리고 그 순간은 바로 지금이다.

지난달, 그러니까 화창했던 4월의 어느 날, 나는 루거를 테스트해보기 위해 집에서 서쪽으로 50킬로미터쯤 떨어진 곳으로 차를 몰았다. 주 경계를 지나 뉴욕으로 들어서자 2차선 아스팔트 도로 옆으로 인적이 끊긴 들판이 펼쳐졌다. 들판 너머로는 어둡고 우거진 숲이 언덕을 뒤덮고 있는 게 보였다. 나는 잡초투성이 도로변에 차를 세우고 들판을 가로질러 걸었다. 권총이 든 스포츠 재킷 주머니는 묵직했다.

숲에 다다른 나는 뒤를 돌아보았다. 도로에는 차가 한 대도 보이지 않았다. 나는 루거를 꺼내 쥐고 가까운 나무를 겨누었다. 그런 다음, 두려움이 찾아들기 전에 방아쇠를 냅다 당겼다. 자그마한 책이 알려준 대로. 총은 정상적으로 발사됐다.

놀라운 경험이었다. 손안에서 루거가 튀어 올랐다. 하마터면 얼굴이 날아갈 뻔했다. 반동을 예상하지도 못했고, 책에서 반동에 대해 읽은 기억도 없었다.

하지만 총성은 예상했던 것보다 크지 않았다. 요란한 폭발음 대신 자동차 타이어가 터질 때 나는 밋밋한 소리가 전부였다.

물론 내가 쏜 총탄은 표적으로 삼은 나무를 빗나갔다. 총탄은 그 옆 나무에 박혔고, 나무는 숨을 내쉬듯 먼지를 훅 내뿜었다. 루거가 제대로 작동한다는 것과 손안에서 총이 폭발할 염려가 없다는 게 확인됐다. 나는 좀 더 신중하게 조준해보았다. 책에 나오는 스탠딩 자세였다. 무릎을 굽힐 것. 상체를 앞으로 기울일 것. 두 손으로 꽉 쥔 총을 적당한 길이로 뻗을 것. 시선은 총신의 끝에 고정시킬 것. 두 번째 총탄은 내가 겨눈 나무에 정확히 꽂혔다.

기분이 좋았지만 아쉬운 점도 있었다. 조준에 온 신경을 집중하느라 반동에 대한 마음의 준비를 미처 해두지 못했던 것이다. 힘차게 튀어 오른 루거는 내 손을 벗어나 땅에 툭 떨어졌다. 나는 총을 집어 들고 조심스레 닦았다. 이 빌어먹을 기계를 무리 없이 다루려면 반동 문제부터 확실히 해결해야 했다. 두 발을 연속으로 발사해야 하는 상황에 총이 떨어지거나 얼굴로 튀어 오르는 날에는……

그래서 나는 다시 스탠딩 자세를 취하고 멀리 보이는 나무를 조준했다. 그런 다음, 루거를 두 손으로 꼭 쥐고 방아쇠를 당겼다. 반동이 팔을 타고 온몸으로 퍼져나갔다. 적응에 성공한 것이다. 온몸으로 총의 위력을 느껴보고 나서야 비로소 나는 강해진 듯한 기분을 느낄 수 있었다. 그리고 그 기분은 마음에 쏙 들었다.

내가 물리적 디테일에 이토록 집착하는 건 철저한 사전 준비의 의미도 있지만 머지않아 맞닥뜨리게 될 목표물에 대한, 그 누군가의 죽음에 대한 부담을 떨쳐내려는 노력이기도 했다. 이건 시작부터 명확하게 정리해둔 부분이었다.

세 발. 연습은 그것으로 충분했다. 차를 몰고 집으로 돌아온 나는 루거를 잘 닦고, 기름을 쳤다. 탄창에는 부족한 탄약 세 발을 보충해 넣었다. 총과 탄창은 잘 분리해 파일 캐비닛 맨 아래 서랍에 넣어두었다. 허버트 콜먼 에벌리를 죽일 각오가 확실히 설 때까지는 절대 꺼내지 않을 생각이었다. 이제 그때가 왔고, 나는 총을 꺼내 작은 여행 가방에 집어넣었다. 갈아입을 옷과 세면용품 외에도 빠뜨릴 수 없는 게 한 가지 더 있었다. 바로 에벌리의 이력서였다.

허버트 C. 에벌리
처치워든 레인 835번지
폴 시티, 코네티컷 06198
(203) 240-3677

주요 경력	**관리 분야**

캐나다 자회사에서 들여온 펄프 종이의 유입 관리
중합체 생산 지부, 오크 크레스트 제지 공장과 로렌시안 자원회사 (캐나다)의 작업 분담 관리
항공우주, 자동차, 조명 등의 산업체들로의 완제품 운송 스케줄 관리
생산부 82명과 운송부 23명의 감독

운영과 인사 분야

각 부서의 면접과 채용을 진행
인사 고과 분석을 통한 봉급과 보너스 조정
직원 상담

생산 분야

두 곳의 제지회사의 공장과 영업부에서 23년간 근무

학력   후사토닉 경영대학, 경영학 학사, 1969년

추천   크리겔-온타리오 제지회사
         인사부
         사서함 9000
         돈 밀스, 온타리오
         캐나다

요즘 각광받는 새로운 직종이 하나 있다. 소위 '전문가'라는 사람들이 본격적으로 구직에 나선 실업자들을 모아놓고 교육을 시키는 프로그램이다. 새 직장, 또 다른 직장, 다음 직장을 찾는 이들에게 가장 중요한 이력서 작성에서부터 나날이 치열해지는 구직 시장에서 최대한 좋은 인상을 심어줄 수 있는 방법 등을 가르쳐준다.

허버트 C. 에벌리도 그들의 도움을 받은 게 틀림없다. 이력서에서부터 그런 냄새가 솔솔 풍긴다. 이를테면 사진을 붙이지 않았다는 점. 마흔 살이 넘은 지원자들 사이에서는 이력서에 사진을 붙이지 않는 게 유행처럼 돼 버렸다. 사진뿐만 아니라, 지원자의 나이가 강조될 수 있는 그 어떤 것도 포함시키지 않는다. 에벌리는 근무 연수조차 적어내지 않았다. 그저 부득이하게 두 개의 단서만을 남겼을 뿐이다. '23년간' 근무했고, '1969년'에 대학을 졸업했다는 사실.

또한 에벌리는 냉정하고 능률적이고 사무적인 이미지를 심어주려 애쓰고 있다. 혼인 여부, 자녀의 유무, 취미(낚시, 볼링 따위) 등에 대해서는 아무런 언급이 없다. 그저 눈앞의 관심사만을 쏟아낼 뿐이다.

지금껏 봐온 이력서 중 최고라고는 할 수 없지만 그렇다고 특별히 흠잡을 데가 있는 것도 아니다. 그럭저럭 봐줄 만하다고 할까. 이 정도 이력서라면 특수 중합체 용지 제품의 제조와 판매에 충분한 경력을 갖춘 관리자급 직원을 찾고 있는 제지회사에서 면접을 볼 수 있는 자격이 주어질 것이다. 그리고 에벌리는 그 문턱을 가뿐히 넘을 것이고. 그래서 그는 죽어야 하는 것이다.

무엇보다 중요한 건 정체를 철저히 감추는 일이다. 단 한순간이라도 의심을 사서는 안 된다. 그래서 이토록 신중을 기하는 것이다. 그래서 이렇게 40킬로미터나 떨어진 올버니까지 차를 몰아 가고 있는 것이다. 뉴욕 주 경계를 넘어서면 다시 남쪽으로 방향을 틀어 코네티컷으로 돌아와야 한다.

왜? 왜 이토록 극도의 주의가 필요한 것이냐고? 내 회색 플리머스 보야저다임러 크라이슬러 사의 미니밴 중 저가형 모델는 사람들 눈에 잘 띄지 않는다. 아마 길거리를 달리는 차 다섯 대 중 하나가 바로 이 미니밴일 것이다. 하지만 오늘 아침에 우리의 친구가, 우리의 이웃이, 벳지나 빌리의 학교 친구의 부모가 우연히 코네티컷을 향해 동쪽으로 내달리는 나를 목격하기라도 한다면? 마저리에게는 뉴욕을 거쳐 동쪽으로 이동하게 될 거라고 얘기해둔 상태다. 어쩌면 그녀는 내가 이미 비행기에 몸을 싣고 펜실베이니아로 향하는 중일 거라 생각하고 있을지도 모른다. 재수 없으면 무척 곤란한 상황에 처할 수도 있다.

마저리는 내가 바람을 피우고 있다고 오해할 것이다. 11년 전, 그녀에게 들켰던 딱 한 차례의 외도를 제외하고는 나는 성실하게 아내만을 바라보며 살아왔다. 물론 아내도 그걸 알고 있고. 하지만 내가 바람을 피우고 있다고 그녀가 넘겨짚는다면, 그래서 나를 의심하고 해명을 요구한다면, 어쩔 수 없이 그녀에게 모든 걸 털어놓아야 하지 않겠는가? 오해를 푸는 방법은 그것뿐이니까.

"개인적인 용무가 있었어. 허버트 콜먼 에벌리라는 사람을 죽이러 갔던 거야. 우리 가족을 위해서." 결국에는 이렇게 털어놓게 될 것이다.

하지만 함께 나누는 비밀은 더 이상 비밀이 아니다. 게다가 마저리에게 이런 문제로 부담까지 주고 싶지는 않다. 내가 해고됐다는 사실을 털어놓아도 어려운 살림을 꾸려나가느라 진땀 빼고 있는 그녀가 할 수 있는 일은 없다.

그녀는 내 마지막 근무일까지 기다리지 않았다. 내 해직 수당이 바닥날 때까지 기다릴 타입도 아니었다. 내가 일시 해고 통지서(분홍색이 아니라 노란색 종이다)를 내민 순간부터 마저리는 긴축에 들어갔다. 친구와 이웃들의 경우를 숱하게 봐온 그녀는 앞으로 무슨 일이 벌어질지, 또 어떻게 대처해야 할지 잘 알고 있었다.

그녀는 먼저 헬스클럽과 원예 연수 모임을 취소했다. HBO와 쇼타임 케이블 채널을 끊고, 기본 채널만을 남겨놓았다. 우리가 살고 있는 코네티컷의 언덕이 많은 동네에서는 안테나 수신이 불가능해서 케이블 채널이 필요한데도 말이다. 식단은 양고기와 생선 대신 닭고기와 파스타로 꾸며졌다. 잡지 구독도 연장하지 않았다. 백화점 쇼핑도 그만뒀고, 스튜 레너드 슈퍼마켓에서 더 이상 카트를 느릿느릿 밀지 않았다.

마저리는 자신이 할 일을 충실히 해내고 있었다. 그녀에게 더 요구할 것은 없었다. 그런 그녀를 이 일에 끌어들일 필요는 없다. 게다가 나는 아직도 내가 이 일을 제대로 해낼 수 있을지 의문이다. 지금껏 그렇게 계획을 짜고, 철저히 준비를 해왔는데도. 사람을 쏜다는 것. 누군가를 죽인다는 것.

하지만 내게는 선택의 여지가 없다.

코네티컷으로 돌아온 나는 우리 동네에서 멀리 떨어진 편의점을 겸한 주유소로 들어간다. 차에 기름을 넣은 후 여행 가방에서 루거를 꺼내 조수석에 잘 개어놓은 레인코트 밑으로 밀어 넣는다. 주유소는 썰렁하다. 야한 잡지와 군것질거리로 덮인 카운터는 파키스탄인 점원이 지키고 있다. 순간 이것이 내 문제의 해결책이 될 수도 있다는 생각이 뇌리를 스친다. 강도 짓. 루거를 쥐고 안으로 들어가 파키스탄인 점원으로부터 현금을 빼앗아 나오는 건 전혀 어려운 일이 아닐 것이다.

안 될 게 뭐 있어? 매주 그렇게 한두 번씩 그 짓을 해대면 대출금을 갚고, 벳지와 빌리의 학자금을 대고, 저녁 식탁에 다시 양고기도 올릴 수 있을 것이다. 최소한 연금이 나올 때까지만이라도. 가끔 집을 나와 먼 동네를 돌다가 한적해 보이는 편의점을 털면 되는 것이다. 말 그대로 '편의' 그 자체다.

나는 소리 없이 킬킬거리며 안으로 들어간다. 퉁명스러워 보이는 털북숭이 점원에게 20달러를 내밀고 거스름돈 1달러를 받아 나오면 된다. 내가 생각해도 황당하다. 강도 짓이라니. 그보다는 킬러로 분한 나를 상상하는 게 더 쉬울 것이다.

나는 계속 동쪽으로 향하다가 남쪽으로 방향을 튼다. 폴 시티는 작은 운하가 롱아일랜드 해협으로 진입하는 지점에서 북쪽으로 얼마 떨어지지 않은 코네티컷 강변에 자리하고 있다. 지도상으로는 처치워든 레인이 강변 반대쪽, 그러니까 도시를 벗어나 서쪽으로 이어지는 꾸불꾸불한 검은 선으로 표시돼 있다. 지도에 의하면, 북쪽에서 윌리엄 웨이라는 뒷길을 따라 접근하면 복잡한 도심을 가로지를 필요가 없다.

폴 시티의 북서쪽 언덕의 집들 대부분은 크고 차분한 분위기를 풍긴다. 옅은 색 외벽에 짙은 색 덧문이 붙어 있는 전형적인 뉴잉글랜드풍 집들로, 나무가 우거진 광활한 대지에 자리하고 있다. 언뜻 보기에도 4에이커는 족히 될 것 같다. 나는 꾸불꾸불한 좁은 길을 달리며 큰 저택들을 감상한다. 부유한 사람들과 그들의 아이들은 보이지 않지만 그들의 흔적은 사방에 널려 있다. 농구 골대, 넓은 사유 차도에 세워진 두어 대의 고급 차들, 커버로 덮인 채 여름을 기다리는 수영장, 정자, 숲으로 이어지는 산책로,

멋지게 개조된 돌벽들, 넓은 정원, 곳곳에 자리한 테니스 코트.

이곳 사람들 중 몇 명이나 지금 내 처지를 이해할 수 있을까? 차를 몰다 보니 그런 의문이 든다. 깔끔하게 깎인 저 잔디를 떠받치고 있는 땅이 얼마나 얇고 위험천만한지 알고 있을까? 봉급날을 한 번 지나치면 불안감에 잠을 이룰 수 없다. 봉급날을 매번 지나치면 그야말로 공황 상태에 빠져버리고 만다.

내가 이곳의 집들, 그리고 곳곳에서 발견되는 안정과 만족의 상징들에 집중하는 건 내 계획을 잠시나마 잊어보기 위함이기도 하지만 내 의도를 더 굳건히 다져놓기 위함이기도 하다. 멋들어진 우편함과 소박한 나무 명패에 이름을 새겨놓은 이곳의 빌어먹을 주민들만큼이나 나 역시 이런 삶을 누릴 자격이 있다.

윈컬 가족.

캐벗.

마스던.

엘킷엇 가족.

이윽고 지도에서 본 윌리엄 웨이와 처치워든 레인이 만나는 T자형 지점에 도착한다. 나는 그곳에서 왼쪽으로 방향을 튼다. 이곳의 우편함들은 모두 도로 왼쪽에 세워져 있다. 첫 번째 우편함에 적힌 번지수는 1117이다. 이후 세 개의 우편함에는 번지수 대신 이름이 적혀 있다. 그다음은 1112번지. 제대로 찾아가고 있다는 게 확인된 셈이다.

나는 도심 쪽으로 이동 중이다. 여기서부터는 내리막길이 이어진다. 점점 작아져가는 집들은 이곳이 더 이상 상위 중산층 밀집 지역이 아님을 말해주고 있다. 허버트나 나 같은 사람들에게 어울리는 동네다. 우리 둘 다 포기할 수 없는 삶이다. 이것이 우리가 가진 전부이기 때문에.

900번대, 그리고 800번대, 그리고 마침내 835번지. 이름 없이 번지수만 소박하게 적어놓은 걸 보니 에벌리는 과시적인 타입이 아닌 듯하다. 우편함들은 전부 왼쪽에 세워져 있지만 에벌리의 집 우편함만 오른쪽에 자리하고 있다. 측백나무 울타리가 둘러진 집에는 아스팔트 깔린 사유 차도와 우아하게 생긴 나무가 두 그루 서 있는 뜰이 갖춰져 있다. 하얀 물막이 판자로 덮인 소박한 집은 뜰 뒤편 깊숙이 자리하고 있고, 그 주변은 키 작은 상록수들로 꾸며져 있다. 언뜻 보기에는 19세기 말에 지어진 것 같다. 차 두 대를 넣어둘 수 있는 차고와 집에 넓게 둘러진 포치건물의 현관 또는 출입구의 바깥쪽에 튀어나와 지붕으로 덮인 부분는 나중에 만들어 붙인 모양이다.

빨간색 지프가 내 뒤를 바짝 따라오고 있다. 나는 너무 빠르지도, 너무 느리지도 않은 속도로 계속 차를 몬다. 그렇게 400미터쯤 달리자 여성 집배원이 눈에 들어온다. 그녀는 우체국 로고가 그려진 흰색 소형 스테이션왜건을 몰고 올라오는 중이다. 앞좌석 중간에 앉은 그녀는 왼손과 왼발만으로 운전을 하면서 오른쪽으로 몸을 숙여 줄지어 늘어선 우편함에 우편물을 차례로 넣고 있다.

요즘 나는 우편물이 배달될 때마다 항상 집을 지키고 있다. 언제 좋은 소식이 찾아들지 모른다는 기대 때문이다. 지난 한 달 동안, 아니 지난 일주일 동안, 아니 하다못해 어제라도 좋은 소식이 있었으면 나는 지금 이렇게 허버트 콜먼 에벌리를 찾아 처치워든 레인을 달리고 있지 않았을 것이다.

지금쯤 그도 창밖을 내다보며 우편물을 기다리고 있겠지? 안타깝게도 오늘은 좋은 소식이 없어. 오늘은 나쁜 소식뿐이야.

에벌리 프로젝트에 이토록 공을 들이고, 시간을 투자하는 이유는 그를 찾고, 본인이 맞는지 확인하는 데 시간이 얼마나 걸릴지 모르기 때문이다. 본격적인 제거 작업에 들어가기 전에 어떤 기회로 그에게 접근하게 될지, 그를 추적하고 기다리고 미행하는 데 시간이 얼마나 걸릴지는 알 길이 없다. 하지만 지금 상황은 꽤 희망적인 것 같다. 잘하면 단번에 에벌리를 제거할 수도 있을 것이다.

부디 그렇게 되기를. 기다림, 불안, 망설임. 그런 것들은 피하고 싶다.

나는 지프를 먼저 보내기 위해 사유 차도로 들어선다. 그런 다음, 골목으로 나와 왔던 길을 다시 올라간다. 집배원이 자동차 창 너머로 스쳐 지나간다. 835번지도 그냥 지나친다. 교차로에서 우회전한 후 곧바로 유턴해 처치워든의 일단정지 표지 앞에 멈춰 선다. 나는 지도를 꺼내 펼치고 핸들 앞으로 몸을 숙인 채 곁눈질로 집배원의 스테이션 왜건을 지켜본다. 처치워든은 조용하다. 적어도 이쪽은 그렇다.

지저분한 흰색 차는 가다 서다를 반복한다. 나는 지도를 접어 뒷좌석에 내려놓는다. 그리고 왼쪽으로 돌아 처치워든으로 들어선다.

심장이 쿵쾅거린다. 마음이 산란해지면서 몸이 덜덜거리기 시작한다. 액셀러레이터를 밟고, 브레이크를 밟고, 핸들을 돌리는 단순한 움직임조차 갑자기 힘에 부친다. 흥분 상태에 빠지니 몸이 말을 듣지 않는다.

저만치 앞에 오른쪽에서 왼쪽으로 길을 건너는 남자가 눈에 들어온다.

나는 개처럼 할딱인다. 다른 증상은 이해할 수 있고, 또 어느 정도 예상했지만 할딱임은 충격으로 다가온다. 넌더리가 날 정도다. 무슨 짐승도 아니고……

남자가 835라는 숫자가 적힌 우편함 앞으로 다가간다. 나는 브레이크를 살며시 밟는다. 앞뒤로는 다른 차가 보이지 않는다. 버튼을 눌러 운전석 유리창을 내린다. 타이어 밑에서 자갈 으깨지는 소리가 들려온다. 시원한 봄바람이 새어 들어와 내 볼과 관자놀이를 간질이고, 귓속으로 슬그머니 파고들기도 한다.

남자가 우편함에서 편지, 고지서, 카탈로그, 잡지 들을 꺼낸다. 우편함을 닫은 그가 천천히 다가오는 나를 발견하고 눈썹을 추켜세우며 고개를 돌린다.

나는 그가 마흔아홉 살이라는 걸 알고 있다. 하지만 내 눈에는 그보다 훨씬 나이 들어 보인다. 실업자로 살아온 지난 2년간의 세월이 남긴 흔적 때문일 것이다. 희끗희끗한 콧수염은 너무 텁수룩해 보인다. 피부는 창백하고 칙칙하다. 이마는 하늘 전체를 반사할 수 있을 만큼 넓다. 서서히 벗어져가는 그의 머리는 검고 가늘고 곧고 흐느적거린다. 옆머리는 회색빛을 띠고 있다. 얼굴에는 검은 테 안경이 걸쳐져 있다. 뿔테인가? 안경이 큰 것인지 얼굴이 작은 것인지 알 수 없다.

그는 파란색 바탕에 흰 줄무늬가 그려진 사무실 스타일의 셔츠 차림이다. 셔츠 위에는 단추가 풀린 회색 카디건을 걸치고 있다. 헐렁거리는 카키색 바지에는 잔디 얼룩이 남아 있다. 정원 일을 즐기거나 틈틈이 아내를 돕는 모양이다. 하긴 남아도는 시간에 뭐라도 해야겠지. 우편물을 쥔 손은 놀라울 만큼 큼직하고 억세 보인다. 사무직보다는 농부의 손을 보는 듯하다. 내가 잘못짚었나?

나는 그의 앞에 차를 세우고 환히 미소를 짓는다. 나는 말한다.

"에벌리 씨?"

"네?"

나는 일을 벌이기 전에 확실히 해두고 싶다. 이 남자는 표적의 동생이

거나 사촌일 수도 있으니까.

"허버트 에벌리?"

"그런데요? 죄송하지만 난……"

날 모르겠지. 나는 머릿속으로 말을 대신 맺어준다. 맞아, 당신은 날 모를 거야. 앞으로도 알 기회가 없을 거고. 나 또한 당신을 알 기회가 없을 거야. 왜냐하면 당신을 알아버리면 때가 왔을 때 당신을 죽일 수 없게 되거든. 미안하지만 난 반드시 당신을 죽여야 해. 당신이 아니면 내가 죽게 되거든. 이 방법을 내가 먼저 떠올렸으니 그냥 운이 나빴다고 생각해.

나는 레인코트 밑에서 루거를 꺼내 열린 유리창 밖으로 불쑥 내민다.

"이거 보여?"

그가 총을 빤히 쳐다본다. 보나마나 많은 가능성을 떠올리고 있을 것이다. 이 총 살래요? 오다가 찾았는데 당신 총입니까? 마지막 순간에는 어떤 생각이 그의 뇌리를 스치게 될지 모르겠다. 그가 총을 응시하고 있는 동안 나는 방아쇠를 당긴다. 루거는 튀어 오르고, 그의 안경 왼쪽 렌즈는 산산이 부서진다. 그의 왼쪽 눈에는 수직 갱도 같은 구멍이 뻥 뚫린다. 그 구멍은 지구의 중심까지 이어질 듯이 깊다.

그가 뒤로 넘어간다. 법석 부리지 않고 그냥 반듯하게 쓰러진다. 그의 손에서 떨어져 나간 우편물이 바람에 날려 사방으로 흩어진다.

내 목에서는 베트남 이름을 발음하는 것 같은 기이한 소리가 터져 나온다. 그 왜 있지 않나. 응Ng. 루거를 레인코트 위에 내려놓고 처치워든을 빠르게 달리기 시작한다. 떨리는 손가락으로는 버튼을 눌러 유리창을 닫는다. 좌회전, 다시 또 좌회전. 그렇게 3킬로미터쯤 달리고 나서야 비로소 나는 루거를 레인코트 밑에 숨겨놓을 생각을 하게 된다.

도주로는 이미 면밀하게 계획해둔 상태다. 이렇게 몇 킬로미터만 더 달리면 주와 주 사이를 잇는 91번 고속도로와 만나게 된다. 나는 그걸 타고 북쪽으로 달려 하트퍼드를 가로지를 것이고, 매사추세츠의 스프링필드로 향하게 될 것이다. 그런 다음, 매사추세츠 유료 고속도로에서 서쪽으로 방향을 틀어 다시 뉴욕 주로 들어가면 된다. 오늘 밤 나는 올버니 인근의 싸구려 모텔에서 묵을 계획이다. 물론 계산은 현금으로 해야지. 내일 오후에는 펜실베이니아의 해리스버그에서 면접을 망치고 돌아온 척하며 집으로 돌아갈 것이다.

그 정도 연기야 식은 죽 먹기다.

2

 나는 11개월간 꾹 참고 그들의 방식을 따랐다. 마지막 5개월까지 더하면 총 16개월이다. 내가 노란색 용지를 받고 나서부터 내 업무에 발전이 뚝 멎어버렸을 때까지. 카운슬링을 마치고, 이력서 작성 기술을 한창 배우던 기간이었다. 내게 남겨진 선택들을 놓고 고민에 빠져 있던 기간. 속이 빤히 들여다보이는 수작이었다. 회사와 임원들과 전문가들과 카운슬러들은 입을 모아 내 편이라고 했고, 어렵지만 가치 있는 일이니 함께 힘을 모아 헤쳐나가자고도 했다. 분명 보람을 느낄 거라고. 성취감과 행복은 물론이고.

 미쳐서 나가지 마. 그냥 나가.

 지난 1~2년간 대량 인원 삭감에 대한 소문이 돌았었다. 실제로 두 차례에 걸쳐 소수의 직원들이 해고를 당하기도 했다. 하지만 그것은 사전 준비에 불과했고, 모두가 그걸 알고 있었다. 그래서 1995년 10월, 급료 지불 수표와 함께 노란색 용지가 도착했을 때 나는 크게 놀라지 않았다. 한동안은 비참한 기분도 들지 않았다. 모든 게 사무적이고 직업적으로 느껴졌다. 버려진 게 아니라 양육되고 있다는 느낌. 하지만 나는 버려진 게 틀림없었다.

 나는 혼자가 아니었다. 할시온 밀스의 벨리알 밀에서 일하는 직원 수는 2,100명에서 1,575명으로 줄었다. 무려 4분의 1이 해고된 것이다. 우리 제품 라인은 완전히 접혔다. 11번 기계는 고철로 전락해 팔렸고, 우리 작업은 캐나다의 계열사가 고스란히 흡수해버렸다. 내게는 5개월의 시간이 주어졌다. 그 안에 새 직장을 찾아야만 했다. 다행히 봉급은 크리스마스 시즌까지는 정상적으로 지급됐다. 고마운 사람들.

퇴직금은 후한 편이었다. 당시에는 후하고 합리적인 액수라는 생각을 했었다. 해고된 직원들에게는 2년씩 묶어 한 달치 봉급이 지급됐다. 그것도 현재 임금 수준으로. 나는 이 회사에서 총 23년간 근무했다. 영업부장으로 4년, 제품 담당 책임자로 16년. 그래서 나는 10개월치 봉급을 한꺼번에 받았다. 그중 2개월치의 액수는 조금 차이가 났다. 회사는 우리의 의료보험도 유지시켜주기로 했다. 덕분에 보험료 걱정 없이 의료 비용의 20퍼센트만 부담하면 됐다. 5년씩 묶어 계산됐고, 나는 총 4년간 의료보험 혜택을 누릴 수 있었다. 마저리와 나는 4년을 꽉 채워 보장을 받았고, 빌리는 열아홉 살이 될 때까지 2년 6개월 동안 혜택을 받을 수 있게 됐다. 문제는 열아홉 살인 벳지가 무보험 상태라는 사실이다. 게다가 앞으로 5개월 후면 빌리도 보험 혜택을 받을 수 없는 열아홉 살이 된다.

해고된 후 우리가 챙긴 건 그뿐만이 아니었다. 휴가와 병가 등을 계산해 균일한 액수를 지급받기도 했다. 계산에 쓰인 공식은 굉장히 복잡했다. 나는 그저 그들이 양심적으로 정산해주었기를 바랐을 뿐이다. 아무튼 내게 쥐어진 건 4,716달러 22센트짜리 수표였다. 22센트가 아니라 19센트였다 해도 나는 그 차이에 민감하게 반응하지 못했을 것이다.

해고된 직원들 대부분은 자신들의 처지를 그저 예기치 못했던 휴가 정도로만 생각한다. 그리고 즉시 다른 회사에 취직이 될 거라고 믿는다. 하지만 요즘은 사정이 다르다. 해고 자체가 거의 모든 산업에서 너무 광범위하게, 그리고 일률적으로 진행되다 보니 채용하는 회사의 수가 해고하는 회사의 수를 압도할 수밖에 없다. 실직자는 매일 수천 명씩 늘어나고 일자리는 점점 줄어만 간다.

학력과 경력뿐 아니라 살아온 이야기까지 꼼꼼하게 적어 이력서를 작성한다. 마닐라 폴더와 제1종 우표를 한 롤 구입한다. 이력서를 챙겨 들고 복사기가 갖춰진 가까운 드러그스토어로 향한다. 장당 5센트씩 들여 총 서른 장을 복사한다. 『뉴욕 타임스』의 구인 광고를 훑으며 가능성이 높은 곳들을 빨간 펜으로 표시한다.

또한 업계지도 여러 개 구독한다. 해고되기 전까지 고용주가 대신 구독해주었던 잡지들. 유감스럽게도 잡지 구독은 해직 패키지에 포함돼 있지 않다. 대표적으로 『펄프』와 『페이퍼맨』을 꼽을 수 있는데 둘 다 고가의 월간지다. 무료로 받아 볼 수 있었을 때는 잘 들춰 보지도 않았던 내가 이제는 한 페이지도 그냥 대충 넘기지 않는다. 감을 잃지 않으려면 어쩔 수 없다.

변화에 뒤처지면 끝장이다.

그 두 잡지에는 구인·구직 광고란이 있다. 그리고 항상 구직 광고가 구인 광고보다 압도적으로 많다.

지금껏 나는 구직 광고에 돈을 써본 적이 없다.

회사에 몸담고 있는 동안 나는 한 특정 종이, 그리고 한 특정 제조 방법만을 전문으로 했다. 내가 잘 알았던 분야이며 아직까지도 자신 있는 분야다. 하지만 그 일을 처음 시작했던 25년 전, 내가 그린 밸리에서 세일즈맨으로 일했을 때, 그러니까 할시온으로 옮겨가기 전까지 나는 거의 모든 종류의 산업 용지를 다뤘다. 나는 '종이'라는 복잡한 주제의 전문가였다.

사람들은 종이에 큰 흥미를 느끼지 못한다. 여기서 깊이 들어가지는 않겠지만 사실 종이는 전혀 따분하지 않다. 그것이 만들어지는 방식, 그것의 수백만 가지 용도……

우리는 종이를 먹기까지 한다. 특수 용지 판지가 대량 생산되는 아이스크림의 결합제로 쓰인다는 걸 아는 사람은 많지 않을 것이다.

요지는 종이에 대해서만큼은 나만 한 전문가가 없다는 것이다. 생소한 특제품에 대한 약간의 훈련만 거치면 제지 업계의 어떤 관리직도 가뿐히 맡아 할 수 있다. 하지만 우리 같은 사람은 널려 있고, 회사들은 교육시키는 것을 달가워하지 않는다. 그들은 사람을 뽑아 자신들의 조건에 맞게끔 교육시키기보다는 이미 완벽하게 준비된 사람을 원한다. 이미 다른 곳에서 관련 교육을 받은 사람. 적은 보수와 혜택에도 맡겨진 일에 의욕을 불태울 사람.

나는 광고들을 유심히 살핀 후 이력서를 보내보았다. 아무 답이 없었다. 질문만 늘어갈 뿐이었다. 내가 희망 봉급을 너무 높게 불렀나? 이력서에 세련되지 않은 부분이 있었나? 뭔가 중요한 사실을 빼놓진 않았나?

여기 내 이력서가 있다. 담백함과 진실과 투명함을 테마로 삼았다. 나이를 속이지도 않았고, 내 기술과 경력을 과시하시도 않았다. 하지만 대학 시절 활동 내역만큼은 꼼꼼하게 기록해놓았다. 왠지 내 다재다능함을 숨겨서는 안 될 것 같았다. 적어도 내 생각은 그렇다. 아님 말고.

버크 데보레

페너리 우즈 가 62번지

페어본, 코네티컷 06668

(203) 567-9491

주요 경력　　**1980년~현재**

제품 담당 책임자, 할시온 밀스

중합체 용지 제품의 제조와 판매를 관리

1975년~1979년

영업 부장, 할시온 밀스

특수 용지 응용 제품 판매 인력 관리

1971년~1975년

세일즈맨, 그린 밸리 제지에서 제품 라인 관리

근무한 3년 9개월 중 19회에 걸쳐 최우수 세일즈맨으로 선정

1969년~1971년

버스 운전사, 하트퍼드, 코네티컷

1967년~1969년

육군, 정보 전문가, 타자, 무전 기술

학력　　노스웨스트 코네티컷 주립 대학교, 문학사, 1967년

미국 역사 전공, 토론팀과 육상팀에서 활동

이따금 이 이력서가 반응을 이끌어내기도 한다. 그럴 때마다 내 가슴은 일시적으로나마 쿵쾅댄다. 전화나 편지로 통보를 받는데 아무래도 전화가 걸려올 때가 많다. 그렇게 면접 날짜가 잡히면 북동부 어딘가로의 짧은 여정을 준비해야 한다. 위스콘신과 켄터키에서도 면접을 본 적이 있었다. 어디가 됐든 여비는 본인이 부담해야 한다. 하지만 비용은 아무 문제가 되지 않는다.

샤워를 성의껏 하고, 옷도 말쑥하게 차려입는다. 자기 확신과 싹싹함의 균형을 찾아야 한다. 자만해서도 알랑거려서도 안 된다. 면접관을 만나 가볍게 대화를 나누며 조건을 맞춰가야 한다. 면접관이 시설을 보여주면 그곳 기계와 제품 라인, 그리고 작업에 정통하다는 것을 증명해 보여야 할지도 모른다. 그렇게까지 한 후 집에 돌아와도 추가 연락은 없겠지만.

가끔 관리직 사원을 뽑는다는 채용 공고가 올라온 이후 『펄프』와 『페이퍼맨』에 짧은 관련 기사가 실리곤 한다. 능글맞게 웃는 행운의 사나이의 사진까지 넣어서. 내가 지원했던 바로 그 자리다. 나는 그를 유심히 들여다본다. 그의 얼굴을, 그의 눈을, 그의 미소를, 그의 넥타이를. 왜 그가 뽑혔지? 왜 난 안 되는 거지?

가끔 여자나 흑인의 사진이 실린 기사가 올라올 때도 있다. 채용 과정에서 발생할 수 있는 차별을 없애기 위해 마련된 할당제 덕분이다. 그들의 얼굴을 볼 때마다 묘한 위안감이 찾아든다. 채용되지 않은 게 내 결함 때문이 아니라는 사실이 확인된 셈이니까. 그들이 여성이나 흑인을 원했다면 나 같은 사람들은 애초부터 기회가 없었던 것이다. 안 그런가? 그들을 탓할 일도 아니고.

하지만 가끔 그들을 탓하고 싶어질 때가 있다. 왜 그를 뽑았지? 음흉한 미소, 크고 흉한 귀, 형편없는 머리 스타일이 뭐 그리 매력 있다고. 왜 난 안 되는 거야? 대체 그가 면접관 앞에서 뭘 한 거지? 무슨 말을 한 거지? 그의 이력서엔 있는데 내 이력서엔 없는 게 있나?

이 모든 건 바로 그런 생각에서 출발했다. 대체 그들의 이력서엔 뭐가 담겨 있나? 그들이 나보다 나은 게 뭐가 있나? 그래서 나는 슬그머니 내 광고를 내렸다.

3

 어제 나는 허버트 콜먼 에벌리를 죽였다. 그리고 오늘 나는 펜실베이니아 해리스버그에서 면접을 보고 집으로 돌아온다. 오후 4시에 도착해보니 마저리가 거실에서 나를 기다리고 있다. 그녀는 소설을 읽는 척하고 있다. 잡지 구독과 케이블 텔레비전을 끊고 난 후로 그녀는 도서관에서 책을 빌려 읽는 데 취미를 들였다. 아무튼 그것은 독서를 가장한 기다림이다. 그녀는 우리가 처한 상황의 심각성을 제대로 모르고 있다. 그저 문제가 조금 있고, 내가 그것 때문에 골치를 썩고 있다는 정도만 알고 있을 뿐이다.

 그녀가 묻기 전에 내가 먼저 고개를 젓는다.

 "예상대로야."

 나는 말한다.

 "버크?"

 그녀가 책을 내려놓고 자리에서 일어난다.

 "아직은 모르잖아요."

 그녀는 나를 격려한다.

 "모르긴…… 난 알아."

 나는 어깨를 으쓱한다. 마저리에게 거짓말을 하고 싶지 않지만 내게는 선택의 여지가 없다.

 "이젠 면접관들의 표정만 봐도 안다고. 이번 친구는 날 좋게 보지 않았어."

나는 말한다.

"오, 버크."

그녀가 다가와 나를 감싸 안으며 내게 입을 맞춘다. 안에서 뭔가가 꿈틀대는 느낌이 들었지만 이내 사라져버린다. 물속의 메아리처럼.

나는 말한다.

"편지 온 건 없고?"

갑자기 에벌리 생각이 들어서다.

"없어요. 중요한 편지는 없었어요."

그녀가 말한다.

"그렇군."

나오 같은 상황에 놓인 많은 사람들은 가족, 특히 아내에게 화풀이를 하곤 한다. 중산층 실직자들의 아내 폭행은 심각한 수준이다. 나 역시 험악한 충동에 휘둘릴 때가 있다. 뭔가를 부숴놓고 싶은 충동, 가까운 표적에 대고 맹렬히 화풀이를 해대고 싶은 충동.

하지만 나는 마저리를 사랑한다. 아내도 나를 사랑한다. 우리 결혼 생활에는 단 한 번의 풍랑도 없었다. 이런 외부적인 문제로 흔들릴 우리가 아니다. 화풀이를 하고 싶다면, 뭔가를 부숴놓고 싶다면 그보다 훨씬 생산적인 방법을 써야 한다.

어제 그런 짓을 저지르고 난 후에는 더욱 확실해졌다. 어떤 상황에서도 나는 절대 아내에게 화풀이를 하지 않을 거라는 걸. 절대로.

"그렇군."

나는 다시 말한다. 우리는 누가 먼저랄 것도 없이 애처로운 미소를 짓는다. 나는 여행 가방을 들고 침실로 들어간다. 마저리는 다시 읽던 소설로 돌아간다.

아내는 한동안 거실에서 독서 삼매경에 빠져 있을 것이다. 나는 그 틈을 타 루거와 에벌리의 이력서를 챙겨 들고 사무실로 들어가 파일 캐비닛 안에 잽싸게 숨겨놓는다. 그런 다음, 다시 침실로 돌아가 짐을 풀고, 옷을 벗은 후 오랫동안 샤워를 한다. 오늘만 벌써 두 번째 샤워다. 샤워를 하는 동안 허버트 에벌리를 떠올려본다.

남자, 착한 남자, 상냥한 남자, 나와 비슷한 구석이 많은 남자. 나처럼 누군가를 죽인 적은 없었겠지만. 그를 생각하니, 그의 가족을 생각하니 마음이 아파온다. 사실 어젯밤에도 잠을 잘 이루지 못했다. 하루 종일 죄의식에 시달리며 모든 걸 여기서 포기할까도 생각했다. 아직 제대로 시작도 못한 프로젝트를.

하지만 내게 선택의 여지가 있나? 나는 뜨거운 물줄기를 맞고 서서 그때 일을 머릿속으로 다시 떠올려본다. 상황은 냉혹하고 실재적이고 무자비하다. 돈은 바닥났고, 마저리와 나와 우리 아이들에게는 시간이 없다. 어떻게 해서든 빨리 취직을 해야 한다. 나는 무엇이든 솔선해서 처리하는 스타일이 아니다. 이 나이에 획기적인 무언가를 발명할 것도 아니고. 그렇다고 제지 공장을 차릴 만큼 돈이 많은 것도 아니다. 내게는 그저 일자리가 필요할 뿐이다.

나와 사정이 비슷한 이들이 많다. 가장 먼저 나를 뽑아줄 회사가 없다는 사실도 알고 있다. 그저 일자리 문제라면, 그저 지식과 경험 문제라면, 그저 재능과 전문성 문제라면, 그저 의욕과 숙달의 문제라면 문제될 건 없을 것이다. 하지만 나 같은 사람은 넘쳐나고 일자리는 너무 적다. 모두가 나만큼의 경력과 의욕과 능력을 지닌 이들이다. 이럴 때는 분위기로 승부

해야 한다. 신경 써야 할 부분이 많다.

    온화한 분위기. 목소리. 미소. 내가 면접관과 같은 스포츠를 좋아하는지. 그가 내가 고른 넥타이를 마음에 들어 할지.

    세상에는 나보다 아주 조금 더 이상적인 누군가가 있기 마련이다. 회사는 차선의 인물을 뽑을 이유가 없다. 내게는 선택의 여지가 없다. 그 사실을 받아들이든지 아주 오랫동안 가족과 불행할 각오를 하든지. 그래서 나는 그 사실을 받아들일 수밖에 없다. 그리고 그에 따른 조치를 취해 나갈 수밖에 없다.

    나는 샤워를 마치고 옷을 챙겨 입은 후 다시 사무실로 들어간다. 나는 명단을 훑기 시작한다. 같은 주에서 며칠 간격으로 두 사람을 죽이는 건 어리석은 일이다. 당국에게 패턴을 읽히면 곤란하다.

    하지만 내게는 시간이 없다. 난처한 장애물이 나타나기 전에 최대한 신속하게 이 프로젝트를 마무리 지어야 한다. 이미 엎질러진 물이라 이제 와서 그만둘 수도 없는 일이다.

    여기, 이거 괜찮군. 매사추세츠. 다음 주 월요일, 나는 차를 몰고 북쪽으로 향하게 될 것이다.

4

 원래 컴퓨터는 가족 공용이지만 언제부터인가 빌리 전용이 돼버렸다. 이제 컴퓨터는 녀석의 방 한구석을 당당히 차지하고 있다. 1994년, 나는 가족에게 컴퓨터를 선물했었다. 구조조정으로 해고당하기 1년 전, 경제적으로 안정권에 들어 있었을 때. 그때는 지출이 많았다. 주택 융자와 세금과 학자금과 식비와 자동차 연료비와 옷 구입비. 더 이상은 힘들게 됐지만 당시에는 영화도 꽤 많이 빌려 봤었다. 그런 지출은 전혀 부담스럽지 않던 시절이었다. 물론 지출만큼이나 수입도 괜찮았다. 그런 지출을 전부 감당하고도 남았음은 물론이다. 돈의 들락거림은 건강한 몸의 들숨과 날숨처럼 환상의 궁합을 자랑했었다. 가족을 위해 컴퓨터를 구입하는 건 사치였지만 터무니없는 사치는 아니었다.

 찰스 디킨스는 『데이비드 코퍼필드』에서 이렇게 말했다. "1년 소득이 20파운드, 1년 지출이 19파운드 6펜스면 행복한 사람이다. 1년 소득이 20파운드, 1년 지출이 20파운드 6펜스면 불행한 사람이다." 그는 1년 소득이 제로까지 떨어지면 어떤 결과가 나오는지 얘기하지 않았다. 하긴 그런 걸 굳이 말로 설명할 필요가 있겠나?

 아무튼 그나마 살 만했을 때 장만한 그 컴퓨터는 아직도 우리와 함께하고 있다. 빌리의 방에, 같이 구입한 바퀴 달린 금속 테이블에 놓인 채로. 빌리의 방은 작다. 여느 십 대 소년의 방만큼이나 너저분하지만 컴퓨터와 테이블 덕분에 묘하게도 잘 정돈돼 보인다. 어쩌면 더 이상 원하는 것을 마음껏 살 수 없는 형편 때문인지도 모른다.

뭐, 아무튼. 이 모든 비극이 시작된 2월, 그러니까 약 3개월 전, 내게 계획이 세워져 있는지조차 몰랐을 때, 계획의 두 번째 단계는 빌리의 방에 들어가 가족 공용 컴퓨터 앞에 앉는 것이었다. 나는 컴퓨터가 제공하는 다양한 서체와 크기로 회사의 이름과 주소, 전화번호가 적힌 그럴 듯한 용지를 만들었다. (내 계획의 첫 번째 단계는 집에서 30킬로미터 이상 떨어진 마을에 사서함을 빌려놓는 것이었다.)

B. D. 산업 용지
사서함 2900
와일드베리, 코네티컷 06899

사실 내가 빌린 사서함은 29번이었다. 하지만 지역 우체국과 B. D. 산업 용지가 더 인상적으로 보이도록 하기 위해 뒤에 0을 덧붙였다. 나는 우체국 직원과도 이것과 관련해 농담을 했다. 그녀는 재미있는 아이디어라면서 흔쾌히 29에 0을 두 개 덧붙여주었다. 사서함 수가 예순여덟 개밖에 되지 않는 곳이라 가능한 일이었다.

다음 단계는 광고를 만드는 것이었다. 1년 이상 구인 광고를 훑어온 터라 이 역시 어렵지 않았다.

생산 라인 관리자
중합체, 그리고 축전지 티슈와 필름 생산을 전문으로 하는 남동부의 제지 공장에서 개조된 전해 축전지 제지 기계로 가동되는 새 생산 라인을 맡아 관리해줄 특수 용지 전문가를 찾습니다.
5년 이상의 제지 공장 근무 경력이 필요합니다.
만족할 만한 수준의 봉급과 각종 혜택이 제공됩니다.
이력서와 급여 내역을 사서함 2900, 와일드베리, 코네티컷 06899로 보내주십시오.

그런 다음, 나는 『페이퍼맨』의 안내 광고 담당 부서로 전화를 걸었다. 『페이퍼맨』은 『펄프』에 비해 광고란이 풍성했다. 그들은 45달러를 받고 3개월간 광고를 실어주기로 했다. 외지 인력을 끌어다 써본 경험이 적은 소규모 공장이라고 설명하자 잡지사의 직원은 회사 수표 대신 우편환으로 지불해도 된다고 했다.

나는 와일드베리 우체국으로 가 우편환을 주문하고 조잡한 필체로 벤제이 도커리 3세라고 서명했다. 컴퓨터로 작성한 문서 원본을 약국의 복사기에 넣자 꽤 괜찮아 보이는 사본이 완성됐다. 나는 그것과 우편환을 『페이퍼맨』으로 보냈다. 편지 봉투에도 벤제이 도커리 3세라고 적어놓았다.

내 광고는 2월 마지막 주에 발행된 3월 호에 실렸다. 3월 첫 번째 월요일까지 총 97명이 사서함 2900번으로 이력서를 보내왔다.

"뒤에 0을 몇 개 붙이니 우편물이 쏟아지네요."

우체국 직원이 말했다. 우리는 그 말에 함께 웃음을 터뜨렸다. 나는 업계지들에 관한 업계지를 만들려고 한다고 설명했다. 또한 내가 잡지에 실은 광고를 보고 많은 사람들이 반응을 보이고 있는 것이라고도 했다.

(사람들로 하여금 우편 사기를 의심하게 만들면 무척 곤란해질 수 있었

다. 귀찮게 수사관이 따라붙을 수도 있고. 불법은 아니지만 발각되면 세상의 웃음거리가 돼버릴 게 뻔했다. 만에 하나 그 소식이 퍼지게 되면 내 취업 가능성도 희박해질 수밖에 없었다.)

"행운을 빌어요."

그녀가 말했다. 나는 고맙다고 했고.

"요즘엔 직접 사업에 뛰어드는 사람이 많아졌더군요. 그거 못 느꼈나요?"

나 역시 느꼈다고 대답했다.

우편물의 양은 나날이 줄어갔다. 하지만 이후로도 『페이퍼맨』의 새 이슈가 발행된 직후에는 예외 없이 뜨거운 반응이 쏟아졌다. 마지막으로 내 광고가 실린 5월 호는 무려 231명으로부터 이력서를 받아내는 데 성공했다. 앞으로도 열 통에서 열다섯 통 정도의 편지가 더 도착할 것으로 예상된다.

내게 보내온 이력서들을 훑어보는 건 무척 흥미로운 작업이었다. 이력서에는 그들의 두려움과 용기, 그리고 독한 결심이 담겨 있었다. 또한 지나친 자만심과 무지의 흔적도 묻어나왔다. 인생의 쓴맛을 아직 충분히 보지 못한 그들은 내 경쟁자로 볼 수 없다.

할시온에서 인계 기간을 보냈을 때의 일이다. 당시 내가 했던 일 중의 하나는 실직하는 방법에 대한 강연을 듣는 것이었다. 우리의 조언자들 중 한 명은 단호하지만 상냥한 여자였다. 그녀가 맡은 일은 우리에게 가혹한 현실을 바탕으로 한 격려 연설을 들려주는 것이었다. 언젠가 그녀가 실제로 있었던 일이라며 들려준 이야기가 있었다. "몇 년 전 항공우주 산업에 침체기가 찾아들었을 때 재능 있는 기술자들이 여럿 해고됐습니다. 시애틀의 기술자 다섯 명은 좌절하지 않고 아이디어를 모아 혁신적이고 시장성 높은 게임을 개발해냈습니다. 엄청난 잠재력을 가진 프로젝트였죠. 하지만 그들에게는 자금이 없었습니다. 그들은 각자 두 번째 차를 팔아 돈을 마련해보려 했지만 극심한 불황 탓에 그마저도 쉽지 않았습니다. 그들은 친척, 친구, 그리고 전 직장 동료들에게까지 연락해 도움을 요청했어요. 그리고 가까스로 독일의 벤처 투자가들의 주목을 끌어내는 데 성공했죠. 그 자본가들은 기술자들의 아이디어를 높이 평가했고, 흔쾌히 투자 결정을 내렸습니다. 양측이 직접 만나 계약을 체결하면 끝날 일이었어요. 뮌헨의 투자자 세 명이 비행기를 타고 뉴욕으로 왔고, 시애틀의 기술자들도 들뜬 마음으로 뉴욕행 비행기에 올랐습니다. 그들은 뉴욕의 한 호텔 스위트룸에서 만났고, 미팅은 화기애애하게 진행됐습니다. 기술자들은 투자를 받아 회사를 차릴 꿈에 한껏 부풀어 있었죠. 분위기가 무르익었을 때 한 투자자가 물었습니다. '스케줄을 확실히 알고 싶습니다. 우리가 투자를 하면 그 돈으로 가장 먼저 뭘 하겠습니까?' 그러자 기술자 중 하나가 대답했습니다. '가장 먼저 우리들 자신에게 체불 임금을 챙겨줄 겁니다.' 미팅은 그렇게 끝나버렸습니다. 기술자들은 빈손으로 돌아오게 됐죠. 멍한 기분으로 말입니다. 왜냐하면 그들은 살아남고, 성공하는 데 반드시 알아야 할 한 가지를 모르고 있었기 때문입니다. 그 한 가지는 바로 이겁니다. 아무도 우리를 초대하지 않았다는 것. 아무도 우리에게 빚을 지지 않았다는 것. 일자리와 봉급과 중산층의 멋진 삶은 권리가 아닌, 싸워서 쟁취해야 하는 전리품입니다. 스스로에게 끊임없이 상기시켜야 하죠. '그들은 나를 필요로 하지 않아. 내가 그들을 필요로 하고 있는 거야.' 당신은 무엇을 요구할 수 있는 입장이 아닙니다. 당신에겐 기술과 의욕, 두뇌, 재능, 그리고 신이 선물한 개성이 있습니다. 그걸 어떻게 이용해 그 전리품들을 쟁취할 것이냐는 바로 당신에게 달려 있습니다." 이게 바로 그 카운슬러의 설명이었다.

나는 그 메시지를 가슴에 새겼다. 그녀도 내가 이토록 진지하게 받아들일 줄은 미처 몰랐을 것이다. 나는 그녀의 조언을 듣지 못한 이들이 작성해 보낸 이력서들을 유심히 읽어보았다. 그들은 카운슬러가 언급한 무지몽매한 기술자들과 다르지 않다. 세상이 자신에게 봉급을 빚지고 있다고 믿는 사람들이다.

내가 받아 본 이력서들 중 4분의 1에서 그런 거만함과 짜증이 묻어났다. 하지만 대부분 이력서의 문제점은 그보다 훨씬 단순하다. 그들의 목표가 잘못된 것이다.

나는 나 자신이 관심을 갖고 반응할 만한 광고를 만들어 실었다. 지나치게 구체적이고, 필요 이상으로 제한을 두는 건 좋지 않다. 그들은 가망 없는 자리에까지 집착을 보일 만큼 필사적이다. 벼락 맞기를 기대하며 이력서를 돌리고, 실제로 운 좋게 채용되는 경우도 간혹 있다.

하지만 제지업은 다르다. 특히 내 전문인 특수 산업 용지를 취급하는 회사들을 결코 얕봐서는 안 된다. 그들은 이 분야의 아마추어다. 나는 그들이 걱정되지 않는다.

하지만 간혹 근심을 자아내게 하는 이들이 있다. 나와 비슷한 자격을 갖춘 사람들. 나보다 살짝 나은 자격을 갖춘 사람들. 나와 같은 배경을 가졌지단 이력서상 학력이 나보다 조금 더 나아 보이는 사람들. 나를 차선책으로 길어낼 능력이 있는 사람들. 만약 광고가 진짜였고, 나 역시 그들 틈에서 이력서를 보냈었다면.

에드워드 조지 릭스 같은 사람들.

관계 당사자 앞

제 이름은 에드워드 G. 릭스입니다. 저는 1946년 4월 17일, 코네티컷의 브리지포트에서 태어났습니다. 브리지포트에서 고등학교까지 다녔고, 1967년, 코네티컷 브룸에 위치한 헨리 공업 전문대학에서 화학공학 학사 학위를 받았습니다.

1968년부터 1971년까지 해군으로 복무하면서 항공모함 '윌크스 배러'의 정보 출력 기술자로 활동했습니다. 제 임무는 선상에서 일간신문을 발행하고, 지령을 비롯한 모든 인쇄물을 맡아 관리하는 것이었습니다. 화학공학을 전공한 사람으로서 그 임무를 수행하며 특수 용지에 대해 처음으로 관심을 갖게 됐습니다.

제대 후에는 노던 파인 펄프 공장에 취직해 1971년부터 1978년까지 제품 개발팀에서 근무했습니다. 노던 파인이 그레이록 제지와 합병된 후에는 여러 제품 라인을 감독하는 관리직으로 승진했습니다. 1991년부터 1996년 봄까지는 군수업자들을 고객으로 둔 그레이록의 중합체 용지와 필름 제품 라인을 맡아 관리했습니다. 국방 예산 삭감 후 그레이록은 그 제품 라인을 정리했습니다.

이제는 제 경험과 전문 지식을 특수 용지를 취급하는 또 다른 진취적인 회사에 쏟고 싶습니다. 1978년부터 매사추세츠에서 살았지만 어디로든 이동할 준비가 돼 있습니다. 기혼이고, 1997년 현재, 세 딸은 모두 대학교에 재학 중입니다.

에드워드 G. 릭스
버크셔 웨이 7911번지, 롱홈, 매사추세츠 05889
413-555-2699

5

내가 결정권자라면 나보다는 그를 채용할 것이다. 그것이 바로 화학공학 학사 학위의 위력이다.

또한 그는 자기 확신에 차 있다. 한 직장에서 25년간 근무했다는 건 그가 능력 있고, 헌신적인 직원이었다는 사실을 보여준다. (그가 몸담았던 회사는 사악하고, 신의 없는 곳이라는 게 확인된 셈이고.)

그의 유일한 흠은 이력서의 엉성한 형식뿐이다. 물론 그 정도 흠이 채용 가능성에 영향을 주지는 않겠지만, '관계 당사자 앞'이라는 제목은 너무 부자연스럽다. 수다스러워 보이지 않으려 애쓴 흔적도 살짝 거슬린다. 마지막 부분의 거만함도 그에게는 득이 되지 못할 것이다. 마치 자신에게 무슨 결정권이라도 있는 듯한 태도와 세 딸 모두가 대학교에 재학 중이라는 사실을 자랑스레 떠벌려놓은 것. 자신의 딸들이 지역 전문대학이 아닌, 옥스퍼드 대학에 다니기라도 하는 것처럼. 그는 지나치게 점잔을 빼고, 따분한 타입임에 틀림없다. 하지만 내가 찾는 자리에 완벽하게 들어맞는 사람이기도 하다. 나는 그런 이유로 그를 증오한다.

5월 12일 월요일. 나는 아침을 먹으며 마저리에게 일자리 검색을 위해 도서관에 나가봐야겠다고 말한다. 나는 종종 도서관에 나가 최신 호 잡지와 신문 들을 훑곤 한다. 운이 좋으면 정식 구인 광고에 뜨지 않은 채용 공고를 먼저 접할 수도 있다.

마저리는 두 곳에서 파트타임으로 일한다. 그리고 매주 월요일과 수요일에는 그중 한 곳에 나가야 한다. 우리는 작년에 혼다 시빅을 팔았다. 그래서 나는 아내를 카니 박사의 사무실에 데려다주고 퇴근 시간에 맞춰 아내를 태우러 다시 가야 한다. 아내는 일주일에 두 번, 우리가 다니는 치과에서 접수원으로 일하고 있다. 그렇게 일하고 그녀가 받는 주급은 100달러. 물론 장부에는 기록되지 않는다. 토요일 오후에는 우리 지역 극장인 뉴 버라이어티에서 출납원으로 일한다. 그곳에서 일하고 받는 급료는 최저임금이고, 장부에 기록되는 만큼 세금을 많이 떼인다. 아내가 실질적으로 집에 가져오는 돈은 거의 없다고 봐야 한다. 하지만 아내는 집을 나와 무언가를 한다는 자체가 좋은 모양이다. 아내 덕분에 항상 공짜로 영화를 볼 수 있다는 것도 좋은 점이기는 하다.

오늘은 카니 박사의 사무실에 가는 날이다. 나는 마저리를 치과가 있는 쇼핑몰까지 태워준다. 도착하니 오전 10시다. 나는 여덟 시간 안에 매사추세츠로 달려가 에드워드 릭스의 상황을 살피고 돌아와야 한다. 마저리를 데리러 가야 하는 저녁 6시까지는 무슨 일이 있어도 도착해야 한다.

하지만 그 전에 먼저 집에 들러야 한다. 루거를 지닌 채로 마저리를 데리러 갈 수는 없는 일이니까. 집으로 돌아온 나는 총을 담아둔 비닐봉지를 챙겨 들고 차에 오른다. 그리고 그것을 조수석에 내려놓은 후 차를 몰고 북쪽으로 향한다.

45분에 걸쳐 북쪽으로 달려 매사추세츠에 도착한 나는 그레이트 배링턴에서 오른쪽으로 방향을 튼 후 30분을 더 달려 롱홈에 다다른다. 차를 운전하는 내내 지난주의 에벌리 사건이 떠오른다. 지금 생각해도 굉장히 깔끔하고, 완벽하게 처리된 일이었다. 과연 오늘도 그때처럼 운이 좋을까?

우편배달부가 보이면 다시 따라가볼까? 에드워드 릭스가 알아서 내게 배달되도록?

(ㅈ난주 에벌리를 그렇게 남겨둔 채 현장을 떠나온 후로 지금껏 아무 소식도 접하지 못했다. 궁금해 미치겠지만 섣불리 알려고 나서다가는 위험할 수 있다.『뉴욕 타임스』에 실릴 만한 사건은 아니었다. 그리고 내가 즐겨보는 지역 주간지『저널』은 폴 시티까지 배달되지 않는다. 우리 집 케이블 서비스에는 지역 뉴스가 포함돼 있지 않다. 하지만 왠지 에벌리 사건이 텔레비전 뉴스에서 다뤄졌을 것 같지는 않다.)

내가 가진 매사추세츠 지도에 따르면 롱홈은 스프링필드에서 서쪽으로, 그리고 매사추세츠 유료 고속도로에서 북쪽으로 약 30킬로미터 떨어져 있다. 버크셔 웨이는 꾸불꾸불한 검은 선으로 표시돼 있다. 언덕이 많은 지역인 모양이다. 그 길을 따라 북쪽으로 계속 올라가다 보면 마을을 벗어날 수 있다. 마을을 피해 가려면 시골길을 고집할 수밖에 없다. 시간은 몇 배 더 걸리겠지만 그 정도 고생은 감수해야만 한다. 나는 정오가 다 돼서야 버크셔 웨이로 접어든다.

예상대로 한적한 시골 풍경이 펼쳐진다. 농장도 여럿 눈에 들어온다. 집들은 크지만 소박해 보인다. 이곳 사람들은 허세를 부릴 줄 모르는 모양이다. 시골답게 사방은 드넓은 벌판과 넓은 계곡으로 둘러져 있다. 숲으로 우거진 코네티컷과는 확실한 차이가 있다. 전혀 교외 같다는 기분이 들지 않는다. 뉴욕과 보스턴과 올버니와 북동부의 모든 주요 도시들로부터 너무 멀리 떨어져 있기 때문인지도 모른다.

버크셔 웨이 7911번지는 길 오른편에 자리한 현대식 주택이다. 아마 제2차 세계대전 이후에 지어졌을 것이다. 전쟁을 마치고 돌아온 군인들이

50년 후 후세에 사회질서가 무너진 세상을 선물하려 베이비붐 세대를 만들었을 때.

막상 그의 집을 보니 조금 실망스럽다. 딸들이 모두 대학교에 다닌다면서 노란색 알루미늄 벽널과 초록색 모조 덧문과 흉측하게 세워져 있는 텔레비전 위성 안테나는 대체 뭔지. 외벽 하단은 페인트로 대충 칠해져 있고, 그 앞으로는 표본용으로 보이는 작은 과일나무 몇 그루가 아무렇게나 심어져 있다. 하지만 고르지 않은 잔디밭과 길가 사이에는 아무것도 심겨 있지 않다.

차 두 대를 넣을 수 있는 차고의 넓은 문이 올려져 있고, 차고 안은 비어 있다. 아무도 집에 없는 듯하다. 젠장.

나는 멈추지 않고 계속 차를 몬다. 그렇게 400미터쯤 달리니 수녀원 부속학교가 나타난다. 그곳 주차장으로 들어가 차를 돌려 나온다. 그리고 다시 왔던 길을 되돌아가며 사람들 눈에 잘 띄지 않는 주차 공간을 찾아본다. 지난번과 다르게 이곳 우편함들은 모두 집과 같은 쪽에 줄지어 서 있다. 에드워드 릭스가 우편물을 확인하러 나올 때 몇 배 더 민첩하게 움직여야 한다는 뜻이다. 만약 그가 집에 있다면. 만약 그가 우편물을 확인하러 집을 나와준다면. 만약 우편물이 아직 배달되기 전이라면.

릭스의 집 옆으로는 텅 빈 벌판이 펼쳐져 있다. 관목과 키 작은 소나무로 덮인 벌판에는 빨간색 바탕에 흰색으로 '매물'이라고 적힌 표지판이 하나 서 있다. 누군가가 검은색 매직펜으로 적어놓은 전화번호도 보인다. 벌판 옆에는 릭스의 집과 비슷한 저택이 하나 서 있다. 비슷한 시기에 같은 건축업자가 지은 모양이다. 최근에 침실 몇 개를 덧붙여놓은 흔적도 보인다. 외벽은 알루미늄 대신 호박색 치장 벽토로 처리돼 있다. 관리되지 않은 앞뜰 잔디에는 지역 부동산업자가 박아놓고 간 커다란 금속 매물 표지판이 보인다. 한눈에 봐도 버려진 집이라는 걸 알 수 있을 정도다. 어쩌면 집주인은 복지 사무소 근처의 작고 싼 집으로 이사를 가버렸는지도 모른다.

나는 이 버려진 집의 사유 차도로 들어가 차를 세운다. 차의 방향을 돌려놓는 것도 잊지 않는다. 벌판 너머로 릭스의 집을 유심히 지켜볼 수 있도록. 내 보야저로 매물 표지판을 가리는 실수는 하지 않는다. 가끔 지나치는 행인들이 나를 보고 부동산업자를 기다리고 있다고 생각하게끔.

배가 고프지만 감시를 포기할 수는 없다. 긴 시간을 들여 여기까지 온 이상 목표는 반드시 달성하고 돌아가야 한다. 머릿속으로 차 한 대가 멈춰 서는 것을 그려본다. 차에서 내려 우편함으로 다가가는 남자. 나는 차를 몰고 다가간다. 어렵지 않은 일이다.

차에서 내리지 않고 우편물을 확인하지는 않을까? 그렇게 우편함을 확인한 후 차고로 들어가버리면 어쩌지? 차고 문은 곧바로 내릴까? 루거를 손에 쥔 채 따라가야 하나? 아니면, 재킷 안에 숨겨서?

미리 예상할 수 없는 문제들이다. 그저 기다렸다 확인하고, 그때그때 즉흥적으로 반응할 수밖에.

그렇게 세 시간이 흘러간다. 아직 아무 일도 벌어지지 않고 있다. 배가 너무 그프다. 비록 실직 상태이고, 절박한 상황이지만 끼니를 걸러본 적은 없다. 하지만 불안해서 잠시라도 자리를 뜰 수가 없다. 내가 자리를 비운 틈을 타 릭스가 무사히 집으로 들어가기라도 하면 큰일이다.

3시 20분. 내 보야저를 닮은 회색 윈드스타 미니밴이 내 앞을 천천히 지나쳐 간다. 운전석의 뚱뚱한 중년 여자가 나를 쏘아본다. 그냥 보는 것도 아니고, 분명히 나를 쏘아보고 있다. 그녀의 적의를 이해하지 못한 나는 그냥 눈만 깜빡일 뿐이다. 그녀는 릭스의 집 우편함 앞에 차를 멈춰 세운다. 릭스 부인?

그런 것 같다. 그녀가 윈드스타의 오른편으로 몸을 기울여 우편함을 열고 우편물을 꺼낸다. 그런 다음, 차를 몰고 차고로 들어가버린다. 차고 문은 이내 닫힌다.

그렇다. 그녀는 적의를 보인 게 아니라 그저 나를 유심히 관찰했던 것이다. 보나마나 나를 부동산업자를 기다리는 잠재 구매자로 여겼을 것이다. 그래서 새 이웃이 될지 모르는 나를 유심히 살펴봤던 것이다.

하지만 중요한 질문이 남아 있다. 그녀 남편은 대체 어디 있는 거지? 그녀는 차고 문을 닫고 들어가버렸다. 남편이 곧 귀가하지 않을 거라는 뜻이다. 혹시 그가 있는 건 아닐까? 감기에 걸려 집에서 쉬고 있는지도 모른다.

아니면 면접을 위해 집을 비운 상태고 이틀쯤 후에 돌아올지도 모르는 일이다.

시간은 계속 흘러간다. 허기도 달래야 하고, 6시까지 마저리도 태우러 가야 한다. 아무래도 오늘은 힘들 것 같다. 이렇게 하루를 날려버린 것이다.

이런 날이 반복되면 곤란하다. 이 모든 작업은 최대한 신속하고 깔끔하게 처리돼야 한다. 대충해서도 안 되고, 불필요한 위험도 피해야 한다. 상황이 바뀌기 전에 해치워야 한다.

하지만 오늘은 때가 아니다.

이젠 어쩌지? 공교롭게도 내일 나는 올버니에 면접을 보러 가야 한다. 포장지와 라벨 제조회사로, 통조림에 두르는 라벨을 주로 생산하는 곳이다. 큰 기대는 걸고 있지 않다. 라벨은 내 전문이 아니다. 보나마나 지난 몇 년 동안 직장을 잃은 라벨 전문가들이 대거 몰려들 게 뻔하다. 그렇다고 시작드 해보기 전에 포기할 수는 없다. 누가 알겠는가? 내게 기적이 일어날지.

만약 그런 기적이 일어난다면 나는 더 이상 버크셔 웨이를 찾지 않아도 될 것이다. 안 그런가? 에드워드 릭스는 자신이 얼마나 운 좋은 사람인지 영영 알지 못할 것이다.

하지만 만약 내게 그런 기적이 일어나지 않는다면? 그럼 어떻게 해야 하나? 수요일에 이곳을 다시 찾을 수는 없다. 그날도 마저리는 카니 박사 사무실에 나가야 한다. 다음에 이곳을 찾을 때는 오늘보다 훨씬 일찍 집에서 출발해야 한다. 오늘은 우편배달부가 나보다 빨랐다.

그럼 목요일. 나는 목요일에 다시 이곳을 찾을 것이다. 물론 그때까지 내가 통조림 라벨 전문가로 변신해 있지 못하다면.

6

 수북이 쌓인 이력서들을 처음으로 훑던 날, 지금 생각해 보면 그때 나는 기분 좋은 권력을 즐겼던 것 같다. 피 터지는 경쟁을 지켜보며 나는 그들의 비밀을 속속들이 알아나갔다. 물론 그들은 내가 어둠 속에서, 그림자 속에서, 구석에서, 사서함 번호 안에서 자신들을 지켜보고 있다는 사실을 알 리 없었다. 나는 금을 살피는 구두쇠처럼 사무실에 앉아 이력서 폴더들을 차례로 훑어나갔다. 이 비밀스러운 작업은 마저리조차 모르고 있었다. 세상 누구도 내게 어떤 힘이 있는지, 내게 무슨 꿍꿍이가 있는지 알지 못했다.
 하지만 그 도취감은 오래가지 않았다. 결국 내게는 수많은 질문들만 남겨졌다. 이걸로 대체 뭘 해야 하지? 이 이력서들이 내게 어떤 도움을 줄 수 있지? 오히려 나를 낙담시키는 건 아닐까? 나보다 조금씩 나은 이들의 이력서들을 보고 있노라면 충분히 그럴 수도 있을 것 같았다. 이 친구들 좀 봐. 다들 쓸 만하군. 이뤄놓은 것도 많고. 모두 의욕에 차 있어. 게다가 이게 다 몇 명이야? 제공되는 자리는 몇 개 안 되는데.
 쏟아져 들어오는 이력서들은 더 이상 내게 비밀스러운 쾌감을 주지 못했다. 오히려 나는 점점 우울해졌다. 그냥 거기서 포기할 수도 있었다. 모든 걸 다. 물론 지금 이 프로젝트를 떠올리기 전의 일이었다. 새 일자리를 알아보는 노력을 그만두고 절망에 굴복할 수도 있었다. 내게 선택의 여지만 있었더라도.

하지만 선택의 여지는 없었다. 그때도 없었고, 지금도 없다. 나는 포기하지 않고 계속 이력서를 훑었다. 그것 외에는 특별히 할 일이 없었기 때문이다. 모르긴 해도 내게 이력서를 보내온 사람들 대부분이 나와 같은 상태일 것이다. 희망도 없이 꾸역꾸역 살아가는 것. 단지 특별히 할 일이 없기 때문일 테지. 우리는 상어와도 같다. 계속 헤엄치지 않으면 이대로 가라앉아버릴 테니까.

자살은 선택 사항이 아니다. 나는 단 한 번도 자살을 생각해본 적이 없다. 하지만 이들 중 몇몇은 자살 충동에 휩싸여본 적이 있을 것이고, 그중 누군가는 그것을 실행에 옮길 것이다. (우리가 살고 있는 이 세상은 15년 전에 시작됐다. 항공 교통 관제관들이 집단으로 정리해고됐을 때. 그 그룹의 자살률은 그야말로 폭발적이었다. 지금 우리보다 훨씬 더 외로움을 탔기 때문인지도 모른다.) 하지만 나는 스스로 목숨을 끊고 싶지 않다. 여기서 이렇게 주저앉고 싶지 않다. 더 이상 나아갈 길이 없다 해도 나는 멈추고 싶지 않다. 바로 그게 요지다.

어쨌든 당시 내게는 더 추락할 곳도 없었다. 이력서를 보낼 의욕조차 나지 않았다. 하지만 운명처럼 『펄프』의 한 기사가 눈에 들어왔고, 순간 내 머리가 빠르게 돌기 시작했다.

이 매력적인 분야에 대한 흥미로운 기사였다. 할시온 시절 반짝이는 눈으로 즐겨 보았던 것들. 하지만 지금은 아주 천천히, 그리고 유심히 읽어 내려간다. 중요하다 생각되는 부분에 밑줄까지 쳐가면서. 시류에 뒤처지지 않으려는 노력이다. 과거에 발목을 잡히면 안 된다는 게 가장 기본적인 규칙이다.

문제의 『펄프』 기사는 뉴욕 주 아카디아라는 마을에 자리한 공장에서 쓰고 있는 획기적인 공정에 관한 것이었다. 아카디아 프로세싱은 화장지와 티슈가 주력 상품인 미국 최대 제지회사의 자회사다. 아카디아는 승승장구 중이었고, 모기업은 그곳 경영에 전혀 관여하지 않았다.

지난 백 년간 아카디아는 궐련 제조 후 남는 담배 찌꺼기와 줄기를 이용해 종이를 만드는 작업을 전문으로 해왔다. 20세기 초, 그것들로 종이를 만드는 두어 가지 방법이 개발됐다. 쉬운 작업은 아니다. 담배 섬유가 너무 짧기 때문이다. 그렇게 만들어진 종이는 궐련의 끝부분을 씹을 수 있을 정도로 강화시키기 위해 쓰였다. 나중에는 그 변종을 표백하고, 탄산가스로 부풀려 일반 궐련을 감싸는 종이로 만드는 데 성공했다. 바로 그것이 아카디아의 주력 상품이다.

몇 년 전, 아카디아의 경영진은 담배 산업에 의존하는 것이 더 이상 의미가 없다는 결론을 내렸다. 그래서 그들은 사업 다각화를 위해 새 분야를 찾아보기 시작했다. 놀랍게도 그들의 관심을 잡아끈 것은 다름 아닌, 내가 지난 16년간 몸담아온 중합체 용지였다!

기사에 의하면, 그들은 그 분야 베테랑들과의 경쟁을 포기하고 새 제조 공법을 통해 얻어낸 우수한 품질을 내세워 외국 시장을 공략했다고 한다. (오류가 하나 있다. 그들이 소개한 새 제조 공법은 지난 1991년, 우리가 할시온에서 개발한 것이었다.) NAFTA(북미자유무역협정) 덕분에 그들은 의욕에 찬 멕시코의 제조업자를 금세 찾을 수 있었다. 멕시코에서 든든한 고객을 붙잡은 그들은 남아메리카를 집중 공략했고, 그 전략은 제대로 먹혀들었다.

요즘 접하기 힘든 진정한 성공담이었다. 그 기사를 읽어 내려가다 보니 달콤 씁쓰레한 기분이 들었다. 하지만 그 기사에서 무엇보다 내 눈길을 잡아끈 것은 그곳 생산 라인 감독인 업튼 팰런의 간략한 설명과 그와의 인터뷰 내용이었다. 중간 이름인 레이프로 불리는 팰런은 인터뷰에서 생산 공정과 자신의 배경에 대해 상세히 털어놓았다. 그는 30년 전, 고등학교를 졸업하자마자 담배 종이 기계를 다루기 시작했다고 한다.

업튼 '레이프' 팰런은 내가 있어야 할 자리를 차지하고 있었다. 기사를 읽고 또 읽어봐도 내 생각은 달라지지 않았다. 공정한 경쟁을 통해 내가 충분히 차지할 수 있는 자리였다. 물론 기사에서 이력서 수준의 정보를 기대할 수는 없었다. 이미 내 자리를 차지하고 있는 그에게는 이력서가 필요 없었다. 하지만 그 정도 정보만으로도 그에 대해 많은 부분을 파악할 수 있었다. 아무리 따져봐도 내 조건이 그보다 훨씬 나았다. 의심의 여지가 없었다. 그게 사실이었으니까. 그럼에도 그는 내가 있어야 할 자리를 떡하니 차지하고 있었다.

나 자신이 제어되지 않았다. 자꾸 머릿속에 많은 가능성이 떠올랐다. 만약 그가 해고된다면…… 이를테면 과도한 음주로 주어진 작업을 제대로 처리하지 못했거나 작업 현장의 여직원과 불륜을 저질렀다고 잘린다면. 다발성경화증 같은 소모성 질환에 시달려 회사를 그만두게 된다면. 불운하게 생을 마감하게 된다면……

그래. 안 될 거 없어. 매일 수많은 사람들이 죽잖아. 교통사고, 심장마비, 석유난로 화재, 뇌졸중……

그가 갑자기 죽어버린다면. 아니면, 갑자기 중병에 덜컥 걸려버리거나. 그럼 나를 반기겠지? 모든 면에서 그보다 나은 사람이 불쑥 나타났으니.

필요하다면 그를 죽여야 했다.

물론 그런 생각은 머릿속에서만 맴돌 뿐이었다. 하지만 생각을 거듭할수록 그것이 내 진심임이 점점 더 명확해졌다. 내 사정은 한없이 딱했고, 희망은 어디서도 찾아볼 수 없었다. 절박감은 이미 감당하기 힘들 정도의 수준에 다다라 있었다. 대학생인 벳지와 곧 대학에 갈 빌리를 생각하면 달리 선택의 여지가 없었다. 그리고 기본적인 생활비도 빼놓을 수 없었다. 업튼 레이프 팰런만 제거되면 다 해결될 문제였다.

과연 내가 그를 죽일 수 있을까? 진지하게 묻는 것이다. 어떻게 보면 정당방위일 수도 있다. 내 가족, 내 인생, 내 대부금, 내 미래, 나 자신, 내 삶을 살리는 일이니까. 명백한 정당방위다. 나는 그를 모른다. 그는 내게 아무 의미가 없다. 인터뷰를 읽어보니 세상 물정을 잘 모르는 얼간이 같다. 그 자식을 죽이지 않으면 마저리와 벳지와 빌리와 내 인생이 절망과 좌절과 비탄과 공포로 질퍽해질 것이다. 어떻게 그를 죽이지 않을 수 있겠나? 걸려 있는 게 이토록 많은데.

아카디아. 뉴욕 아카디아. 나는 지도를 펼쳐놓고 위치를 확인해보았다. 아카디아는 생각보다 무척 가까운 곳에 자리하고 있었다. 마치 운명처럼. 아카디아는 이곳에서 약 80킬로미터 정도 떨어져 있었다. 뉴욕의 끝자락에 자리하고 있어 주 경계를 넘어 15킬로미터만 더 달리면 닿을 수 있었다. 이 정도면 통근 거리로 무리가 없다. 채용이 된다 해도 이사 걱정은 하지 않아도 될 것이다.

내 책상에는 『펄프』와 지도가 펼쳐져 있었다. 집 안은 고요했다. 아이들은 학교에, 마저리는 카니 박사 사무실에 나가 있었다. 공상에 잠기기 딱 좋은 시간이었다.

머릿속에 가장 먼저 떠오른 것은 아버지의 트렁크에 담긴 루거였다. 다른 누군가에게 총을 겨누고 방아쇠를 당기는 내 모습을 처음으로 떠올려 본 것도 바로 그때였다.

내가 그걸 할 수 있을까? 내가 사람을 죽일 수 있을까? 하루에도 살인 사건은 숱하게 발생한다. 나라고 못할 거 있나? 게다가 내게는 걸려 있는 것도 많잖아. 무엇보다도 내 인생. 그보다 더 절박한 게 또 있나?

백일몽. 나는 뉴욕 아카디아로 차를 몰고 간다. 루거는 조수석에 놓여 있다. 공장을 찾고, 팰런을 찾고…… 참, 내게는 그의 사진이 없다. 『펄프』 에도 그의 사진은 실려 있지 않았다. 하지만 그런 건 아무래도 상관없다. 이건 그저 백일몽일 뿐이니까. 그를 찾아 미행하고 기회를 기다렸다가 죽인다. 그런 다음, 이력서를 보내 그의 공석을 노려본다.

백일몽은 거기서 끝이 났다. 발밑에서 꿈이 산산이 부서지는 순간 쾌감은 비탄으로 바뀌었다. 왜냐하면 앞으로 무슨 일이 벌어질지 알고 있었기 때문이다. 백일몽에서처럼 업튼 레이프 팰런이 제거된다 해도 문제는 남게 된다.

물론 나는 그보다 나은 자격을 갖추고 있다. 우리 둘만의 경쟁이라면 그 자리는 당연히 내 차지가 될 것이다. 의심의 여지없이. 하지만 이건 우리 둘만의 경쟁이 아니다. 팰런이 제거되면 나와 저기 수북이 쌓여 있는 이력서들 간의 피 터지는 경쟁이 시작될 것이다.

또 다른 누군가가 내 자리를 노릴지 모른다.

나는 다시 이력서들을 유심히 훑어나갔다. 그리고 그중 가장 위협적으로 느껴지는 이들을 추려냈다. 무척 염세적이었던 나는 무려 쉰 장이 넘는 이력서를 걸러냈다. 모두 나보다 조건이 낫다고 여겨지는 이들이었다. 물론 그들을 지나치게 띄워주고, 나 자신을 필요 이상으로 깎아내리는 건 바람직하지 않았다. 내가 의기소침해져 있다는 뜻이니까. 하지만 문제는 여전히 압도적으로 느껴졌다. 그리고 무척 현실적으로.

기분이 우울해졌다. 더 이상 사무실에 앉아 있고 싶지 않았다. 나는 방을 나와 차고를 청소하며 시간을 죽였다. 혼다 시빅을 팔아치운 후로 차고는 온갖 폐물로 빠르게 채워졌다. 머릿속은 여전히 업튼 레이프 팰런 생각뿐이다. 뚱뚱하고, 실실거리고, 새치름하고, 느긋한 사람. 이제 곧 그의 자리는 내 차지가 될 것이다.

그날 밤, 나는 잠을 이루지 못했다. 마저리 옆에 누워 낑낑대며 비탄에 빠졌고, 좌절했다. 그렇게 한참을 뒤척이다가 새벽녘에야 간신히 얕은 잠에 빠져들 수 있었다. 하지만 히에로니무스 보스의 그림 속에서 튀어나온 듯한 섬뜩한 악몽에 그마저도 금세 깨버리고 말았다. 다행스럽게도 나는 꿈을 잘 기억하지 못하는 타입이다. 덕분에 악몽의 괴기한 메아리에 시달리지 않아도 된다.

그렇게 뒤척이다가 세 시간 만에 깨어난 내게 서늘한 의식이 찾아들었다. 나는 내가 해야 할 일을 알고 있었다.

7

목요일. 나는 아침 8시 15분에 집을 나섰다. 마저리에게는 화요일에 이어 추가 면접을 보러 올버니에 가봐야 한다고 설명했다. 오늘은 좀 늦을지도 모르겠다고 덧붙였다.

면접. 물론 이번에도 나는 일자리를 잡는 데 실패했다. 통조림 라벨에 대해 익히게 될 일이 없어진 것이다. 그래서 나는 롱홈으로 향한다.

나는 채용되지 않았다. 기대도 하지 않았고. 내게는 그저 또 하나의 실패일 뿐이다. 하지만 이번은 조금 특별하다. 이번에는 차선책이 마련된 상태에서 면접을 보았다. 계획 말이다. (결의가 흔들리기 전에 제대로 써먹을 수 있다면 더할 나위 없이 좋겠지만) 아무튼 그 덕분에 나는 확 달라진 마음가짐으로 화요일 면접에 임할 수 있었다. 냉정하게 외부인의 시각으로 모든 걸 지켜볼 수 있었던 것이다.

내가 본 것은 절망만을 키워놓았을 뿐이다. 내가 본 버크 데보레, 바로 이 버크 데보레, 지난 반세기에 걸쳐 완성된 이 사람은 전혀 우호적이지 않다.

내가 비우호적이라는 뜻이 아니다. 내가 성격 나쁜 염세가라는 뜻도 아니다. 그저 충분히 우호적이지 않다는 뜻일 뿐이다. 젊은 시절, 학교와 군대에서 내가 속한 그룹과 조화롭게 어울리려고 무던히 애를 썼었다. 하지만 단 한 번도 그 노력이 자연스럽게 느껴진 적은 없었다. 취직해 7년간 그런 밸리 구석구석을 돌며 산업 용지를 팔고 다니던 시절, 나는 세일즈맨으로 살아남는 법을 스스로 터득했다. 끊임없이 지어 보이는 웃음, 활기 넘치는 모습, 악수, 격려. 어떻게 해서든 상대에게 내 반가운 감정을 생생히 전달해야 했다. 절대 쉬운 일이 아니었다.

나는 요란스럽게 친분을 과시하는 타입도 아니고, 겉치레로 친절을 베푸는 타입도 아니다. 과거에도 그랬고, 지금도 마찬가지다. 세일즈맨 시절 나는 수많은 새로운 농담들을 배워 달달 외운 후 고객들에게 적절히 써먹었다. 오후의 전화 상담을 앞두고는 긴장을 풀기 위해 보드카를 곁들여 점심을 먹었다. 그러니 술에 절어 지내는 날이 많았을 수밖에. 세일즈맨으로 몇 년 더 일했더라면 아마 진작 간경변증으로 세상을 하직했을 것이다.

그런 이유로 제품 라인 감독은 내게 있어 완벽한 자리였다. 붙임성은 필수였지만 품위를 지켜야 했고, 우호적이어야 했지만 감독으로서 그 수위를 얼마든지 조절할 수 있었다.

내가 무엇을 해야 하는지는 화요일에 분명해졌다. 나는 다시 세일즈맨으로 돌아가야 한다. 이력서는 나로 하여금 문간을 넘도록만 해줄 뿐이다. 물론 그 정도 효력도 내지 못하는 경우가 허다하지만. 내 경력, 그러니까 지금까지의 내 인생은 판매 도구다. 그리고 면접은 구매 권유다. 거기서 내가 팔려고 하는 것은 바로 나 자신이다.

내게 충분한 재능이 있다고는 생각지 않는다. 과거에 공들여 닦아놓은 세일즈의 기술은 보나마나 사라졌거나 많이 녹슬었을 것이다. 더 이상 몸에 맞지 않는 헌 옷이 돼버린 것이다.

또다시 그 유치한 농담을 외워뒀다가 면접관들에게 써먹어야 하나? 비서들과도 시시덕거려야 하고? 사람들에게 시계, 책상, 구두가 멋있다고 의

례적인 공치사를 늘어놓아야 하나?

어떻게 하면 다시 그때의 나로 돌아갈 수 있을지 모르겠다.

내 사무실 파일 캐비닛 안의 이력서들. 그들 대부분도 세일즈맨일 것이다. 나는 그렇게 확신한다.

내게도 딱 한 번 기회가 올 것이다. 업튼 레이프 팰런이 불운하게 세상을 떠난 후 아카디아 프로세싱의 면접관에게 그간 익혀온 농담들을 신나게 풀어놓을 것이다. 그의 넥타이를 칭찬할 것이고, 그의 비서에게도 상냥히 인사를 건넬 것이며, 그의 책상에 놓인 가족사진을 가리키며 듣기 좋은 한마디를 건넬 것이다. 무슨 수를 써서라도 나는 기필코 나를 팔아치우고 말 것이다.

하지만 아직은 때가 아니다. 지금은 눈앞의 일에만 집중해야 한다. 나는 롱홈으로 향하는 중이다. 월요일에 와봤던 길이라 모든 게 눈에 익다. 9시 45분. 아직 이른 시간이라 도로는 한산하다. 나는 지난번과 마찬가지로 호박색 치장 벽토로 덮인 집 앞에 차를 세운다.

릭스의 우편함에는 깃발이 올라가 있다. 그가 반송할 우편물을 넣어두었다는 뜻이다. 우편배달부가 아직 이곳을 지나가지 않았다는 뜻이기도 하고. 이번에는 그의 집을 지나쳐 이곳까지 올라오지 않았다. 그리고 지금 이 각도에서는 차고 문이 열렸는지 닫혔는지를 확인할 수 없다. 하지만 우편함의 깃발은 똑똑히 볼 수 있다. 곧 새 우편물이 배달될 것이고, 릭스는 그것을 챙기러 모습을 드러낼 것이다. 루거는 조수석에 잘 개어놓은 레인코트 밑에 숨겨놓았다. 그렇게 총과 나는 때를 기다린다.

20분간 아무 일도 벌어지지 않는다. 버크셔 웨이는 오늘 특히 더 조용하다. 배달 차량과 소형 오픈 트럭들이 가끔 지나쳐 갈 뿐이다. 나는 앞 유리 너머로, 그리고 백미러를 통해 지나가는 차들을 유심히 지켜본다.

  시간이 얼마나 흘렀을까. 내 뒤로 차 한 대가 바짝 다가와 멈춰 선다. 백미러에 눈에 익은 회색 차가 큼직하게 떠오른다. 나는 바짝 얼어붙은 채 그 차를 응시한다. 들킨 건가? 끔찍한 재앙이 현실로 나타난 건가? 발각. 비난. 충격에 휩싸인 얼굴로 나를 노려보는 마저리와 아이들의 모습이 뇌리를 스친다. "당신이 이런 사람인 줄 몰랐어요!" 지퍼 달린 회색 재킷 차림의 여자가 차에서 내려 내게로 달려온다.

  월요일에 나를 노려보고 지나쳐 갔던 바로 그 여자다. 릭스 부인! 어떻게 된 일이지? 독심술사인가?

  구름이 많고 서늘한 날이다. 그리고 보야저의 유리창은 전부 올려져 있다. 내 옆으로 바짝 다가온 여자가 알아들을 수 없는 말을 외쳐대며 미친 듯이 몸을 흔든다. 무언가에 단단히 화가 나 있는 모습이다. 하지만 대체 무엇 때문에? 그녀의 고함은 들리지만 여전히 알아들을 수가 없다. 나는 창밖으로 그녀를 응시한다. 그녀가 무섭다. 이 상황이 무섭다. 유리창을 내리면 어떤 일이 벌어질지 상상이 되지 않는다.

  그녀가 내 얼굴 앞으로 불끈 쥔 주먹을 흔들어 보인다. 그리고 계속해서 성난 음성으로 호통친다. 그녀가 잽싸게 밴의 반대편으로 돌아간다. 그리고 조수석 문을 벌컥 열고 고개를 불쑥 들이민다. 울긋불긋한 그녀의 얼굴은 눈물로 젖어 있다. 그녀가 소리친다.

  "그 앨 내버려둬요!"

  나는 입을 딱 벌리고 그녀를 쳐다본다.

  "네?"

  "그 앤 이제 겨우 열여덟 살이에요! 어떻게 그런 앨…… 부끄럽지도 않아요?"

"ㅈ, 뭔가 오해를……"

그녀가 잘못짚은 것이다. 나를 다른 사람으로 착각한 것이다. 하지만 어리둥절한 이 상황에서 그녀의 실수를 바로잡아줄 정신은 없다.

"난…… 당신은…… 이건……"

그녀의 딸을 스토킹하고 있는 게 아니면 지금 난 여기서 뭘 하고 있는 거지?

"내 말 들어요!"

그녀가 내 말을 막고 빽 소리친다.

"내가 당신 아내를 찾아갈 수도 있다는 걸 몰라요? 주니가 뭐라 하든 간에 말이에요. 당신은 자존심도 없어요? 왜, 왜, 왜 그 앨 내버려두지 않는 거죠?"

"난 당신이 생각하는 그 사람이……"

"당신이 그 애 아버질 죽이고 있다고요!"

오, 맙소사. 더 이상 들어줄 수가 없어. 빨리 여길 벗어나야 해.

계속 침묵을 지키는 건 위험하다. 그녀는 나를 설득하려들 것이고, 기어이 중년의 유부남을 자신의 열여덟 살 난 딸에게서 떼어내는 데 성공할 것이다.

"정신과에 가봐요."

그녀의 음성이 갑자기 차분하게 바뀐다.

"가서 상담을 받아봐요."

그녀가 조수석으로 올라오려고 내 레인코트를 걷어낸다.

우리의 시선이 동시에 권총에 꽂힌다.

그렇게 우리는 진정한 공포를 경험한다. 그녀가 나를 빤히 쳐다본다. 앞으로 펼쳐질 촌극이 머릿속에 생생히 그려진다. 누가 봐도 정욕에 눈이 먼 늙은 연인이 소녀의 부모를 죽이러 온 상황이다.

나는 한 손을 들어 보인다.

"난……"

하지만 내가 무슨 말을 할 수 있겠나?

그녀가 비명을 지른다. 그 소리가 차 안에서 쩌렁쩌렁 울려댄다. 그 기운에 떠밀렸는지 그녀가 주춤 물러나며 차에서 내린다. 그리고 방향을 틀어 자신의 집을 향해 비명을 지르며 내달리기 시작한다.

안 돼, 안 돼, 안 돼, 안 돼, 안 돼. 그녀는 내 얼굴을 보았다. 내 얼굴을 알고 있다. 루거도 봤다. 절대 벌어져서는 안 되는 일이다. 이렇게 모든 게 엉망이 되도록 내버려둘 수는 없다. 나는 루거를 집어 들고 보야저에서 내린다. (그녀와 달리 문까지 꼼꼼히 닫고서) 그녀를 추격하기 시작한다.

나는 몸을 쓰는 걸 좋아하지 않는다. 감독 생활만 16년을 했던 사람이다. 그 기간 동안 내가 몸을 움직여 한 일이라고는 책상에 앉고, 현장을 슬슬 둘러보고, 차를 몰고 출퇴근한 것뿐이었다. 실직 후에는 더욱 움직일 일이 없어졌다. 충분히 건강하지만 운동선수 수준은 아니다. 얼마 뛰지도 않았는데 벌써 지쳐온다. 노란색 알루미늄 집에 다다랐을 때는 숨까지 할딱인다.

하지만 그녀도 마찬가지다. 비명을 지르며 내달리니 체력 소모가 몇 배는 더 클 수밖에 없다. 거기다 팔까지 휘둘러대니. 우리의 거리는 점점 줄어든다. 거의 다 따라잡았다. 우리는 방향을 틀어 관리되지 않은 그녀의 집 앞뜰로 뛰어든다. 현관을 향해 내달리며 그녀가 소리친다.

"에드! 에드!"

그녀가 집에 다다르기 전에 나는 간신히 그녀를 따라잡는다. 내 루거가 그녀의 뒤통수에 겨누어진다. 위아래로 심하게 흔들리는 총구가 불을 한 번 뿜는다. 총성과 함께 그녀가 잔디 위로 픽 고꾸라진다. 묵직한 잡낭처럼. 타성에 젖혀진 재킷이 그녀의 구멍 난 머리를 덮어버린다.

기운이 빠진 나는 그녀 옆에 한쪽 무릎을 꿇고 앉아 벌컥 열린 현관문을 올려다본다. 충격에 휩싸인 그녀의 남편, 에드, 에드워드 릭스, 나의 에드워드 G. 릭스가 문간에 서서 밖을 내다보고 있다. 나는 총을 들고 방아쇠를 당긴다. 총알이 문틀 옆 알루미늄을 파고든다.

그가 잽싸게 문을 닫고 안으로 들어가버린다.

비틀거리며 일어난 나는 현관문을 향해 몸을 날린다. 손잡이를 돌려보니 걸쇠가 단단히 걸려 있음이 확인된다.

보나마나 그는 안에서 911에 신고를 하고 있을 것이다. 오, 맙소사. 최악의 상황이 눈앞에서 펼쳐지고 있다. 재앙 그 자체다. 어떻게 이 불쌍한 여자를 죽일 생각을 했지? 그녀는 원래 내 표적이 아니었잖아.

더는 두고 볼 수 없다. 그가 경찰에 신고하도록 내버려둘 수 없다. 어떻게 해서든 안으로 들어가야 한다. 무슨 수를 써서라도.

차고 문이 열려 있다. 그 안으로 들어가 그를 찾아야 한다. 나는 거나하게 취한 사람처럼 휘청이며 활짝 열린 차고를 향해 내달리기 시작한다. 안으로 들어서니 오른쪽으로 출입문이 하나 보인다. 저건 안 잠겼겠지. 나는 오른손에 루거를 쥔 채 문 앞으로 달려간다. 손잡이를 향해 손을 뻗으려는 찰나 문이 벌컥 열리며 그가 튀어나온다.

이 친구가 지금 뭐하는 거지? 대체 무슨 생각으로 이러는 거지? 차를 몰고 도망칠 생각인가? 정신이 없어 경찰에 신고할 생각을 못했나? 우리는 잠시 그렇게 서로를 노려본다. 나는 무작정 그의 얼굴에 총을 겨눠 방아쇠를 당겨버린다.

이번에는 깔끔하게 처리하지 못했다. 사방으로 피가 튀고, 그의 얼굴은 엉망이 됐다. 그는 차고 바닥에 몸을 꼰 채 뻗어 있다. 그의 한 손은 집으로 통하는 열린 문을 향해 뻗어져 있다.

집에 또 누가 있진 않을까? 딸들은 다 학교에 가 있을까? 아니면 환영받지 못하는 남자 친구와 함께 있진 않을까? 갑자기 터져버린 일들이 당혹스럽기만 하다. 나를 다른 사람으로 오해하고, 공격하고, 비난하고, 총을 발견하고. 대체 깔끔함과 능률과 냉정함은 어디 있지?

온몸이 덜덜 떨린다. 땀이 비 오듯 쏟아진다. 갑자기 오싹해진다. 더 이상 쥐고 있을 수 없는 루거를 스포츠 재킷 안주머니에 쑤셔 넣고 왼쪽 팔뚝으로 잘 덮은 채 빠르게 걸음을 옮기기 시작한다.

차들이 분주히 지나다니고 있을지도 모른다. 수천 명의 구경꾼들이 몰려들어 나를 지켜보고 있을지, 아니면 개미 한 마리 찾아볼 수 없을지 알 길이 없다. 내가 알고 있는 것이라고는 앞뜰에 시신 한 구가 덩그러니 놓여 있으며, 텅 빈 벌판 너머에서는 플리머스 보야저가 나를 기다리고 있다는 사실뿐이다.

나는 잽싸게 차를 몰아 골목을 빠져나온다. 떨리는 두 손은 핸들을 우악스럽게 움켜쥐고 있다. 여전히 온몸이 후들거린다. 제한속도를 지키며 그렇게 10분간 차를 몬다. 현장에서 충분히 떨어져 나왔다는 판단이 들자 나는 흙으로 덮인 갓길에 차를 멈춰 세운다. 그리고 공포에 질린 몸이 마음껏 후들거리도록 한동안 내버려둔다.

여자의 얼굴이 떠오른다. 그녀가 내달리는 모습, 내가 권총을 집어 드는 모습, 그리고 그녀가 고꾸라지는 모습. 그녀의 남편이 공포와 비탄에 젖어 눈을 부릅뜨는 모습도 뇌리를 스쳐 지나간다.

끔찍하다. 정말로 끔찍한 일이다. 하지만 내게 다른 선택의 여지가 있었나? 그녀가 내 레인코트를 걷어내는 순간부터 내가 취할 수 있는 다른 선택이 있었나?

대체 나는 여기서 무엇을 시작한 걸까? 앞으로는 또 어떤 일들이 나를 기다리고 있을까?

8

 할 일은 정해졌다. 잠 못 이루는 절망의 밤을 보낸 후 나는 세 차례에 걸쳐 이력서를 다시 훑었다. 이번에는 보다 냉혹하고, 비판적이고, 현실적이 돼보기로 했다. 이 친구가? 고작 이 정도 조건으로 나를 밟고 가겠다고? 학력이 좋아. 이력도 훌륭해. 하지만 나랑은 전문 분야부터가 다르잖아. 어딘가에는 반겨줄 고용주가 있을지 몰라도 아카디아 프로세싱은 아니야. 이 친구는 내 경쟁자가 될 수 없어.

 그렇게 거르고 또 거르니 최종적으로 여섯 명이 남게 됐다. 그들의 이력과 학력과 지리적 위치가 그들을 가장 강력한 경쟁자로 만들어주었다. 지리적 위치도 꼼꼼히 살펴볼 필요가 있었다. 대부분 고용주들이 중요하게 여기는 부분이니만큼. 그들은 아주 절박한 경우가 아닌 이상 갓 채용된 직원에게 이사 비용을 내주고 싶어 하지 않는다. 따라서 인디애나와 테네시의 우수 인력들에 대해서는 전혀 신경 쓸 필요가 없었다. 어차피 그들은 가까운 곳에서 일자리를 알아봐야 할 운명이니까.

 나는 처음부터 내 계획의 아이러니를 깨닫고 이 일을 시작했다. 그들, 여섯 명의 관리 전문가들, 허버트 콜먼 에벌리와 에드워드 조지 릭스와 나머지 후보들은 내 적이 아니었다. 업튼 레이프 팰런 역시 내 적이 아니었다. 내 적은 기업가들이다. 내 적은 주주들이다.

 요즘에는 전부 공기업뿐이다. 그리고 주주들은 투자 수익에만 관심이 있다. 제품이나 전문 기술이나 회사의 명성 따위에는 신경 쓰지 않는다. 주주들의 관심이 오로지 투자 수익에만 묶여 있으니 회사에 별 애착이 없는 임원들만 신이 날 수밖에. (요즘에는 여성 임원의 수도 부쩍 는 것 같은데) 그런 이유로, 작업 현장은 점점 더 척박해져가는 것이고, 그들은 회사나 스태프나 제품이나 고객에 대해 신경을 전혀 쓰지 않는다. 사회의 선을 추구하는 것 역시 애초부터 그들의 목표가 아니었다. 주주들의 투자 수익에만 혈안이 된 사람들이다.

민주주의의 밑바닥이 고스란히 드러난 것이다. 자신들의 배를 불리는 목적으로만 리더들을 지지하는 것 말이다. 그런 이유로 항상 흑자를 내고, 주주들에게 두둑한 배당액을 보장하는 우량 기업들이 한 푼의 이윤이라도 더 뽑아내기 위해, 그래서 임원들의 백만 달러, 천만 달러, 2천만 달러짜리 보상 패키지를 보장하기 위해 수천 명의 직원을 해고한다.

이 바닥에 처음 발을 들여놓았을 때부터 이미 나는 알고 있었다. 내 적이 누구인지. 하지만 적을 안다고 해결될 건 없다. 당장 주주 천 명을 죽인다고 내가 뭘 얻을 수 있겠는가? 자신들의 배를 채우기 위해 2천 명의 쓸 만한 직원을 해고한 임원 일곱 명을 죽인다 한들 내가 뭘 얻어낼 수 있겠나?

내게 득 될 건 아무것도 없다.

최고경영자들과 그들을 그 자리에 앉힌 주주들이야말로 내 진정한 적이다. 하지만 그들은 내 문제가 아니다. 그들은 이 사회가 알아서 처리해야 할 문제일 뿐 내가 개인적으로 챙겨야 할 일이 아니다.

여기 이 여섯 통의 이력서. 내가 개인적으로 챙겨야 할 건 이것들뿐이다.

9

예상대로 릭스 부부 살인 사건은 텔레비전 뉴스에서 보도됐다. 아무래도 허버트 에벌리 때보다는 훨씬 극적인 부분이 있었으니. 그들을 살해한 지 아홉 시간이 흘렀다. 나는 마저리와 거실에 앉아 뉴스를 보고 있다. 진지해 보이지만 살짝 흥분한 듯한 초록색 정장 차림의 금발 여인이 사건 현장을 묘사하는 중이다. 벳지와 빌리는 우리와 함께 텔레비전을 보지 않는다. 아이들은 뉴스 따위에는 관심이 없다. 그저 눈앞의 삶을 살아가기에만 바쁠 뿐이다. 저녁을 먹기 전이니 벳지는 친구와 통화 중일 거고, 빌리는 컴퓨터에 달라붙어 있을 게 뻔하다. 살인 사건 보도를 보다 말고 마저리가 말한다.

"오, 버크, 정말 끔찍하네요."

"그렇군."

나는 동의한다.

이상한 일이다. 금발의 기자가 상세히 전하는 나의 범행이 왠지 생소하게 느껴진다. 그녀가 전하는 사실들은 본질적으로 맞다. 나는 여자를 쫓아 앞뜰로 들어갔고, 거기서 그녀를 쏘았다. 그런 다음, 차고에서 맞닥뜨린 그녀 남편을 쏴 죽였다. 현장에는 흔적을 남기지 않았고, 목격자도 없었다.

하지만 느낌이 이상하다. 뭔가가 잘못된 것 같다. 그녀가 사용하는 표현들, 이를테면 '잔인한', '야만적인', '무정한' 같은 표현들이 시청자들에게 잘못된 인상을 심어주고 있다. 그들은 그 모든 걸 촉발시킨 오해에 대해서는 아무 말도 하지 않는다. 공황과 혼란에 대해서도 언급이 없다. 떨림, 땀, 서늘한 공포도 빼놓는다.

하지만 중요한 건 그들이 용의자를 붙잡았다는 사실이다! 현재 경찰이 심문 중이라고 한다.

지역 전문대학 캠퍼스의 한 사무실 건물에서 연행되는 그의 모습이 화면에 떠오른다. 중년의 그는 어깨가 구부정하고, V자형 이마를 가지고 있으며, 큼직한 이중 초점 안경을 걸치고 있다. 수갑은 채워지지 않았지만 그는 육중한 체구의 주 경찰관들에게 에워싸인 상태다. 그중 하나가 용의자의 머리에 손을 얹고 흰색 순찰차 뒷좌석에 그를 태운다.

그의 이름은 루이스 링어. 그 지방 대학의 문학 교수다. 또한 그는 환영받지 못하는 준 릭스의 연인이기도 하다. 열여덟 살의 준 릭스는 피살된 부부의 막내딸이다. 그녀의 어머니는 나를 링어로 착각했던 것이다. 텔레비전은 건물을 나와 순찰차로 끌려가는 용의자의 모습을 반복해서 보여준다. 나는 그를 유심히 관찰해본다. 나 역시 이중 초점 안경을 걸치고 있으며, V자형 이마를 가지고 있다. 하지만 그 외에는 그와 비슷한 구석이 없다. 릭스 부인이 어리석었다. 그녀가 죽어 마땅하다는 생각이 연신 뇌리를 맴돈다. 그렇게 생각하지 않으려 애를 써도 소용이 없다.

텔레비전은 문제의 딸도 비쳐준다. 아주 볼 만하다. 우리 벳지와는 전혀 딴판이다. 준은 교활하고, 부루퉁하고, 어딘지 모르게 비밀스러워 보인다. 여우처럼 곁눈질을 많이 하고, 가끔 미소도 머금는다. 연인을 홀려 자신의 부모를 살해토록 한 이 상황이 무척이나 즐거운 모양이다. 물론 자신이 무척 흥분돼 있으며, 링어가 그 끔찍한 일을 벌였다는 사실은 순순히 인정하지 않겠지만. 마침내 카메라가 그녀에게서 멀어진다.

이제 우리는 루 링어의 아내를 보고 있다. 그녀는 수수한 동네의 수수한 집 문간에 서 있다. 눈물 젖은 그녀의 얼굴에는 충격의 표정이 떠올라 있다. 그녀는 앞뜰에 몰려든 기자들을 보고 현관문을 거칠게 닫아버린다. 그리고 살인 사건 보도는 그렇게 끝이 난다. 뉴스는 살인 사건이 밥 먹듯 발생하는 북아일랜드의 별 의미 없는 사건을 보도하기 시작한다.

뉴스가 끝이 난 후, 저녁을 먹기 전, 마저리가 주방으로 향하는 동안 나는 늘 그랬듯 내 사무실로 향한다. 다음 표적을 선택할 시간이다. 이제 네 명 남았다. 그리고 팰런……

하지만 지금 내게는 그런 생각을 할 여유가 없다. 캐비닛 서랍을 열고 이력서가 담긴 폴더를 꺼낼 정신도 없다. 이유 모를 실의가 나를 짓누르고 있다.

나는 이 무기력함에서 벗어나보려 속으로 중얼거린다. 난 덜미를 잡히지 않았어. 아무도 날 의심하지 않고 있어. 그러니 안심해도 돼. 이 정도면 완벽한 시작이라고. 물론 두 번째 원정은 처음보다 훨씬 난잡하고, 감정적으로 피곤했지만. 하지만 두 번 다시 그런 실수는 없을 거야. 앞으로는 모든 게 순조로울 거라고. 에벌리 때만큼이나 말이야.

하지만 마인드 컨트롤은 아무 효과가 없다. 한 번 빠진 기운은 쉬이 돌아올 줄 모른다. 물론 여기서 멈출 수는 없다. 그랬다가는 지금까지 벌여온 일들이 전부 허사가 돼버릴 테니. 무슨 일이 있어도 계속 이어가야 한다. 기왕 여기까지 온 거. 그리고 조만간 또 한 번 일을 벌여야 한다. 나는 내가 왜 그래야 하는지 반복해서 되뇌어본다.

사실 모든 업계가 대량 해고 바람에 몸살을 앓고 있다. 한 번 정리해고

바람이 불고 지나간 자동차 업계는 아직 잠잠하다. 얼마 전 대규모 인력 삭감을 밀어붙인 통신회사들도 숨을 죽인 채 모처럼 찾아든 평화를 만끽하고 있다. 소문에 의하면, 다음은 컴퓨터 업계 차례라고 한다. 그렇게 나머지 업계들에도 차례로 구조조정의 칼바람이 불어닥칠 것이다.

제지 업계가 마지막으로 대량 인력 삭감을 단행했던 건 2년 전이었다. 나도 그때 해고됐고, 내게 이력서를 보내온 이들 대부분도 비슷한 시기에 해고를 당했다. 내가 해고당하기 6~7개월 전 혹은 6~7개월 후, 그 사이에. 내가 신경 써야 할 사람들은 바로 이 그룹, 이 노동력 풀뿐이다.

하지만 인원 삭감은 주기적인 것이고 언젠가는 되돌아올 일이다. 서두르지 않으면, 빨리 경쟁자들을 제거하지 못하면, 팰런을 없애지 못하면, 그 자리를 내 것으로 확실히 만들어놓지 못하면 머지않아 이보다 몇 배 많은 이력서들 속에서 허우적거리게 될지도 모른다. 내 자리를 노리는 이들이 급증할 거고, 그중에는 내 조건을 능가하는 이도 여럿 있을 것이다. 새로운 경쟁의 시작.

여섯은 적지 않은 수다. 하지만 여섯 정도는 나 혼자 처리할 수 있다. 팰런까지 포함하면 일곱이다. 하지만 열 명? 스무 명? 불가능하다.

아니야. 당장 처리해야 돼. 계속 움직여야 해. 다음 표적을 고르고, 신속히 제거하는 거야. 이 여세를 계속 몰아가야 한다고.

그리고 또 다른 질문이 던져진다. 만약 팰런이 예정보다 먼저 세상을 떠난다면? 내가 준비되기도 전에? 만약 그런 일이 벌어지고, 내 명단에 올라있는 네 명 중 하나가 그 자리를 차지하게 된다면? 그땐 어떻게 하지?

나는 여전히 정지 상태에 놓여 있다. 여전히 낙심 중이다. 그냥 책상에 멍하니 앉아 있을 뿐이다. 파일 캐비닛 쪽은 돌아보지도 않는다. 나는 마음속 눈으로 기겁을 하며 잔디가 깔린 뜰을 내달리는 여자를 본다. 내 손에 쥐어진 루거는 그녀의 뒤통수를 겨눈 채 위아래로 심하게 흔들린다.

마저리가 부르는 소리가 들려온다.

"저녁 들어요!"

나는 불을 끄고 사무실을 나와 문을 닫는다.

10

 이 모든 게 시작되기 전, 내가 무엇을 해야 하는지 확실히 알게 된 후로도 나는 한동안 아무것도 하지 않았다. 이론적으로 충분히 가능하다는 판단을 내린 후로도 나는 움직이지 않았다. 충분히 생각을 해봤고, 철저히 계획을 세웠고, 꼼꼼히 준비를 마쳤지만 백 퍼센트 확신이 들지 않았다.

 그 대신 불요불급한 일을 했다. 나는 루거를 연구했다. 총기 사용법을 알려주는 책을 구입해 처음부터 끝까지 꼼꼼하게 훑었다. 그런 다음, 닦고 기름을 쳤다. 탄약을 샀고, 숲으로 들어가 나무를 표적 삼아 연습도 했다.

 레이프 팰런도 봤다. 그는 나를 알아보지 못했겠지만. 그것도 불요불급한 일의 일부였다. 사기 치기와 시간 벌기. 어느 날, 나는 차를 몰고 아카디아로 찾아가보았다. 그리고 거기서 그를 만나게 됐다.

 내가 사는 코네티컷의 지역과 아카디아가 자리한 뉴욕의 지역 사이에는 큰 고속도로가 나 있지 않다. 나는 차분히 지도를 훑으며 가장 짧은 루트를 찾아놓았다. 왜냐하면 언젠가는 그 루트가 내 통근 길이 될 테니까. 여러 교외 마을과 작은 농촌 마을을 차례로 가로질러 가는 코스였다. 젖소 떼, 봄 수확을 위해 갈아엎은 옥수수 밭. 주 5일 내내 이런 풍경을 감상하며 드라이브할 수 있다는 생각에 마음이 들떴다. 길 막힘도 없고, 시골 풍경은 환상 그 자체였다. 일터가 만족스러우니 모든 게 아름다워 보일 수밖에.

 아카디아 또한 아름다운 곳이었다. 언덕을 따라 물막이 판자가 둘러진 집이 스무 채 정도 흩어져 있었다. 비탈 한쪽으로는 작지만 활기 넘치는 개울이 흐르고 있었다. 잰드로라 불리는 그 개울은 허드슨 강에 그 뿌리를 두고 있다. 많은 공장들이 그 개울 주변에 분포돼 있다. 잰드로로부터 공장 가동에 필요한 물을 충분히 얻을 수 있기 때문이다. 공장 건물을 지나 상류로 올라가면 댐이 하나 나왔다. 동서로 뻗은 마을의 주도로는 댐 너머 비탈까지 이어졌다.

공장을 제외하면 아카디아의 상업 활동은 거의 없었다. 공장 전체를 내려다볼 수 있는 서쪽 비탈을 오르면 간이식당이 하나 나오는데, 그곳에서 신문과 담배 등을 살 수 있었다. 식당을 지나 더 올라가면 게티 주유소가 나왔다. 그곳이 바로 마을의 끝이다.

나는 정오가 다 돼서야 아카디아에 도착했다. 우선 베티스 간이식당에서 허기를 달래기로 했다. 나는 카운터에 자리를 잡았다. 나머지 손님들은 테이블에 앉아 있었다. BLT샌드위치와 커피를 주문하고 나서야 뒤에 앉은 스무 명 남짓의 사람들이 모두 공장 직원이라는 사실을 깨닫게 됐다.

내가 여기 온 게 실수였나? 이들 중 누군가가 내 얼굴을 기억하면 어쩌지? 나중에 내가 업튼 레이프 팰런의 자리를 차지하고 앉게 됐을 때? 내가 무슨 짓을 했는지 그들이 의심하진 않을까? 내가 일을 시작하기도 전에 망쳐놓은 건 아닐까?

(그때만 해도 나는 이 일을 계속하지 않아도 될 핑곗거리를 무의식적으로 찾고 있었다. 차선책이 준비되지 않았음에도. 하긴 차선책이 없기는 지금도 마찬가지이지만.)

아무튼 나는 그렇게 식사를 주문했다. 음식이 나오기 전에 대책 없이 식당을 뛰쳐나갔다가는 그들의 시선만 끌게 될 것이었다. 그래서 나는 고개를 푹 숙인 채 카운터와 그 너머 벽만을 뚫어지게 응시했다. 등 뒤에서 들려오는 직원들의 대화에도 틈틈이 귀를 기울였다. 작업 관련 수다. 귀에 익은 내용이었다. 원한다면 당장이라도 그들의 대화에 낄 수도 있었다. 순간 나는 내가 그 세계를 얼마나 그리워하고 있었는지 깨달았다. 그들 틈으로 불쑥 끼어들어가 신나게 수다를 떨어대고 싶은 충동이 강하게 일었다.

물론 현실적으로 불가능한 일이었다. 나는 얌전히 카운터에 앉아 음식을 기다렸다. 잠시 후, 통통하고 귀여운 웨이트리스가 BLT를 가져왔고, 나는 조용히 접시를 비웠다. 가끔 뒤에서 레이프라는 직원에게 하는 농담이 들려오곤 했다. 그럴 때마다 레이프는 시골의 가난뱅이 백인을 연상케 하는 악센트로 툭툭 대꾸를 뱉었다. 틀니를 하고 있는 듯한 코맹맹이 소리였다.

나는 어깨너머로 창가 테이블에 앉아 있는 레이프를 흘끔 돌아보았다. 그는 내 연배로 보였고, 빼빼 말랐고, 손발이 길었다. 꼭 옛날 싱어송라이터, 호기 카마이클 미국 인디애나 출신의 가수 겸 영화배우. 1920년대에 루이 암스트롱, 빅스 바이더벡, 토미 도시 등과 함께 활동했으며, 1930년대 중반부터 싱어송라이터로 활약하면서 텔레비전과 라디오, 영화에도 출연함을 보는 듯했다. 하지만 그의 거슬리는 코맹맹이 소리는 전혀 음악적이지 않았다.

그들의 점심시간이 끝났다. 그들은 일제히 일어났고, 웨이트리스는 몇 분 동안 계산에만 정신이 팔려 있었다. 수표를 쓰는 소리와 금전 등록기가 돌아가는 소리만 요란하게 들려왔다. 식당을 나선 직원들은 터벅터벅 언덕을 내려갔다. 나는 몸을 틀어 창밖으로 그들을 지켜보았다. 그들은 마지막 담배를 즐기며 수다를 떨어댔다. (공장 안에서는 절대 금연이었다.)

웨이트리스가 나와 유리창 사이로 들어와 테이블을 치우기 시작했다. 나는 그녀에게 말을 걸어보았다.

"저쪽에 앉았던 친구 말입니다. 혹시 레이프 팰런 아니었습니까?"

"오, 맞아요."

그녀가 대답했다.

"그런 것 같았습니다. 몇 년 전에 만났었죠. 그런데 오늘 보니 잘 모르겠더군요. 뭐 아무튼, 지금 괜찮으면 여기 계산 좀 해주세요."

나는 말했다.

그날, 차를 몰고 집으로 돌아오는 동안 점심시간의 수다가 계속해서 귓전을 맴돌았다. 나는 그렇게 결심을 굳혔다. 끝까지 밀어붙여야 했다. 더 이상은 피하고 싶지 않았다.

집에 돌아온 나는 허버트 에벌리의 이력서를 꺼내 들고 그의 주소를 확인한 후 지도를 펼쳤다.

11

 루 링어가 자살했다! 누가 이런 일을 예상이나 했을까?

 오늘은 월요일이다. 릭스 부부를 끔찍하게 죽이고 온 지 벌써 나흘이 지났다. 마저리와 나는 6시 뉴스를 보고 있다. 우리는 뉴스를 통해 그 소식을 처음 접했다. 루 링어는 어젯밤 차고에서 목을 매 자살했다. 그렇게 루 링어는 세상을 떠나버렸다.

 경찰은 이로써 릭스 부부 살인 사건은 종결된 것으로 봐야 한다고 얘기한다. 그들은 처음부터 루 링어를 진범으로 지목하고 수사를 해왔다. 하지만 확실한 물증을 잡지 못해 그의 변호사의 요구에 따라 링어를 토요일 오후에 석방했다.

 그들이 찾지 못한 가장 중요한 물증은 링어가 범행에 사용한 총이었다. 9밀리미터짜리 권총. 그들은 총도, 링어에게 그 총을 판 딜러도 찾아내지 못했다. 당국은 그가 오래전에 남부에서, 그것도 위조 신분증을 이용해 총을 구입했고, 범행 후 인근의 강이나 호수에 던져 버렸을 것으로 보고 있었다.

 어쨌든 총과 같은 확실한 증거가 발견되지 않았고, 링어의 변호사까지 호들갑을 떨어댔으니 경찰로서는 토요일에 그를 풀어줄 수밖에 없었다. 그들은 그의 집 앞에 순찰차 한 대를 세워놓고 그를 감시해왔다. (덕분에 몰려드는 동네 사람들의 접근도 확실하게 막을 수 있었다.)

그의 집은 텅 비어 있었다. 토요일 오후, 링어가 집에 돌아왔을 때 그의 아내는 이미 집을 나간 후였다. 금요일 저녁, 그녀는 몰려든 기자들에게 오하이오의 부모님 집으로 돌아갈 거라고 울먹이며 말했다. 거기서 이혼 신청을 할 거라고.

경찰의 이론은 다음과 같았다. 아내는 떠났고, 준 릭스마저 그에게 등을 돌려버리자 링어는 더 이상 버티지 못하고 차고로 들어가 한때 아내의 차가 세워져 있던 자리에서 목을 맸다. (준 릭스는 몇몇 기자에게 링어가 자신을 사랑하기에 부모님을 살해한 거라고 주장했다. 그녀는 그가 자신을 열렬히 사랑하고 있다고 믿었지만 그가 넘지 말아야 할 선을 넘은 것에 대해서는 도저히 이해할 수가 없다고 했다.) 경찰의 삼엄한 감시에 대한 부담과 자신이 저지른 범행에 대한 죄책감을 떨쳐내지 못한 것이었다.

뉴스를 아무리 유심히 보고 들어도 루 링어가 죽었다고 안타까워하는 이는 없는 것 같다. 모두들 결국 이렇게 종결된 것을 무척 다행이라고 여기는 것 같다. 깔끔한 수습이니까. 더 이상 의심의 여지가 없어졌으니까. 그는 정부의 부모인 릭스 부부를 살해한 후 스스로 목숨을 끊었다. 증명 끝.

지난 나흘간 나는 아무것도 하지 않았다. 머리 한 번 굴리지 않았다. 낙담과 의기소침에 발목이 단단히 잡혀버린 것이다. 간신히 여기까지 왔지만 다음 한 걸음이 내딛어지지 않았다. 정신이 쏙 빠져버린 것이다.

하지만 링어의 자살 소식이 내 안의 무언가를 바꾸어놓았다. 나는 그 변화를 뚜렷하게 느낄 수 있다. 그 사건과 연관이 있는 모두의 환희와 안도. 금발의 여기자에게 수사 종료를 선언하는 경찰 대변인. 뉴스 데스크의 앵커와 인터뷰를 하는 수상쩍고 교활한 준 릭스. 릭스 사건은 종결됐고, 모두가 만족스러워하고 있다. 더 이상 수사를 이어가지 않아도 되고, 총이

나 목격자나 범행 동기를 찾지 않아도 된다. 결국 내가 그들을 죽이지 않은 게 돼버린 것이다!

뉴스가 끝나자 마저리는 저녁 식사 준비를 위해 주방으로 들어간다. 나는 목요일 이후 처음으로 내 사무실을 찾는다. 책상에 앉아 파일 캐비닛 서랍을 열고 이력서들을 꺼낸다. 그것들을 유심히 훑으며 이번에는 최대한 멀리 떨어진 지역에서 일을 벌여보기로 결심한다.

여기 있군. 뉴욕 주 중북부. 좋아, 이번에는 뉴욕이야. 이렇게 매번 주를 바꿔가는 건 쉽지 않겠지만.

내 지도에 의하면, 뉴욕의 리치게이트는 유티카의 북쪽에 자리하고 있었다. 이곳에서 약 500킬로미터 떨어진 곳이다. 아카디아에서 400킬로미터 이상 떨어져 있어 통근이 쉽지는 않지만 뉴욕 주 안에서의 이사는 별 부담 없을 테니 그는 무시할 수 없는 위협인 셈이다.

목요일 오전에 차를 몰고 가볼 참이다. 가는 데만 대여섯 시간 걸릴 테니 하룻밤 묵으면서 만반의 준비를 갖출 것이다.

12

어릴 적, 한동안 공상 과학 소설에 푹 빠져 지낸 적이 있었다. 스푸트니크_{구소련이 쏘아 올린 세계 최초의 인공위성}가 발사되기 전까지. 스푸트니크가 발사됐을 때 나는 열두 살이었다. 그때까지 내가 읽은 모든 공상 과학 잡지들, 내가 본 모든 영화와 텔레비전 쇼들은 미국이 우주에 대한 자연적인 권리가 있다고만 주장했었다. 내가 접한 모든 이야기 속의 탐험가와 개척자와 우주의 저돌적인 사람들은 전부 미국인이었다. 그러다 갑자기 러시아가 스푸트니크를 쏘아 올렸다. 인류 역사상 최초의 우주선을, 러시아가!

우리는 그 충격으로 공상 과학 소설과 영화와 텔레비전 쇼를 끊어버렸다. 남들은 어땠는지 모르지만 나는 서부극으로 관심을 돌렸다. 적어도 서부극에서는 누가 이기게 될지 의심의 여지가 없었기 때문이다.

하지만 스푸트니크가 우리 세대의 관심을 공상 과학물에서 떼어놓기 전 우리는 '자동화'라고 불리는 무언가에 대한 수많은 이야기를 접해왔었다. 머지않아 자동화가 지능이 필요 없는 일터를 장악하게 될 거라고 했다. 물론 그들이 이야기한 것은 단순한 조립 라인이었다. 인간의 뇌 기능에 해가 되고, 인간의 정신을 마비시키는, 따분하고, 반복적인 작업들을 기계들이 떠맡게 될 거나.

자동화된 미래는 항상 인류에게 좋은 일이 될 거라고 했다. 하지만 어린 나이에도 나는 기계에 밀려 더 이상 따분한 작업을 못하게 된 인간들의 운명이 궁금했다. 보나마나 다른 일자리를 찾아보겠지? 밥은 먹고 살 수 있을까? 기계가 세상의 모든 일자리를 차지해버리면 인간들은 어떻게 생계를 꾸려나갈까?

나는 아직도 일본 자동차 공장의 조립 라인에서 치과의 엑스선 촬영 기계처럼 생긴 로봇이 분주히 움직이며 용접하는 뉴스 영상을 처음 봤던 순간을 생생히 기억하고 있다. 바로 그것이 자동화였다. 어딘지 모르게 엉성해 보였지만, 앵커는 사람보다 훨씬 빠르고 정확하고 능률적이라고 말했다.

그렇게 자동화는 정착됐고, 인간은 그 대가를 톡톡히 치르게 됐다. 1950년대와 1960년대, 자동화로 인해 육체 노동자들이 수천 명씩 해고를 당했다. 하지만 그들 대부분은 노동조합원이었고, 대부분의 노동조합은 지난 30년간 엄청나게 몸집을 불려왔다. 결국 격렬하고 긴 파업이 이어졌다. 제강 공장에서, 탄광에서, 그리고 자동차 공장에서. 변화의 고통은 그렇게 조금씩 완화돼갔다.

그건 오래전 일이었다. 그렇게 미국의 육체 노동자들은 자동화의 영향에 무뎌져갔다. 요즘 공장 노동자들은 회사가 싼 노동력과 관대한 환경법을 찾아 아시아 등지로 이동할 때만 산발적으로 파업을 벌인다. 자동화의 소산은 이미 우리 안에서 싹을 틔웠고, 자동화보다 훨씬 큰 영향을 끼치고 있다.

자동화의 소산은 컴퓨터다. 컴퓨터는 두뇌 노동자, 관리자, 그리고 감독들의 자리를 차지해버렸다. 오래전 조립 라인의 로봇들이 육체 노동자들의 밥그릇을 앗아 갔던 것처럼. 이제는 우리 같은 중간 관리직이 가장 위협을 받고 있다. 우리는 노동조합에도 가입돼 있지 않다.

대기업 직제는 세 단계로 나뉜다. 맨 위는 보스, 임원, 그리고 주주 대표들이다. 수를 헤아리고, 명령을 내리고, 결정을 내리는 이들이다. 맨 아래는 현장에서 뛰는 직원들이다. 이들은 제품을 생산하는 일을 담당한다. 그리고 그 둘 사이에는 중간 관리직이 낀다.

중간 관리직은 직원들에게 보스들의 뜻을, 보스들에게 직원들의 뜻을 전달하는 일을 한다. 정보 전달자들이다. 밑으로는 지시와 요구 사항을, 위로는 수행 기록을 전달한다. 공급자들에게는 필요한 원료를 주문하고, 도매업자들에게는 어떤 상품들이 준비돼 있는지를 알린다. 그는 전달자다. 지금까지는 공정에 반드시 필요한 부분이었다.

하지만 컴퓨터가 도입된 후로는 중간 관리직이 필요하지 않게 됐다. 물론 그 단계에 약간의 인력이 필요하긴 하다. 컴퓨터를 다루고, 특정 작업을 맡아 처리해줄 사람들. 하지만 수백, 수천 명의 관리자는 너무 많다.

나 같은 사람들.

컴퓨터가 우리 자리를 위협하고 있지만 대부분 사람들은 아직도 그 이유를 모르고 있는 듯하다. 회사가 기록적인 흑자를 내고 있는데 내가 왜 해고당해야 하지? 다들 그렇게 묻는다. 답은 간단하다. 컴퓨터는 우리를 불필요한 존재로 만들어놓았고, 부담 없는 합병을 가능하게 해주었다. 게다가 우리가 빠짐으로써 회사는 더욱 탄탄해졌고, 배당률과 투자 수익은 높아졌다.

그들은 아직도 소수의 관리자를 필요로 한다. 중간 관리직은 소금을 뿌린 민달팽이처럼 줄어들긴 하겠지만 완전히 사라지지는 않을 것이다. 그저 일자리가 눈에 띄게 줄어들 뿐이다.

하지만 업튼 레이프 팰런이 나를 위해 맡아주고 있는 자리는 아직 흔들림 없이 남아 있다. 생산 라인은 여전히 사람의 손길을 필요로 한다. 일반 노동자들과 소통이 가능하다는 게 그들의 가장 큰 장점이다. 보스들은 운전 중 컨트리 음악이나 틀어놓는 이들과 직접적으로 소통하기를 꺼린다.

팰런은 내 경쟁자다. 서랍에서 꺼낸 이력서 여섯 통의 주인들도 내 경쟁자다. 이 뚜렷한 변화를 막아낼 방법은 없다. 중간 관리직을 맡고 있는 모든 이가 내 경쟁자가 된 것이다. 이제 곧 굶주린 수백만 개의 얼굴들이 몰려들 것이다. 학력 좋은 중년의 중산층 사람들.

홍수가 나기 전에 내 자리를 확고히 지키는 수밖에 없다. 강해져야 하고, 새롭게 결의를 다져야 한다. 그리고 무엇보다 그들보다 무조건 앞서 나가야 한다. 목요일, 나는 뉴욕 주로 떠날 것이다. 에버릿 보이드 다인스를 찾으러.

에버릿 B. 다인스
네더 가 264번지
리치게이트, 뉴욕 14597
315-890-7711

학력   뉴욕 플래츠버그 챔플레인 대학교 역사학 학사

이력   저는 제지 업계에서 22년간 일해왔습니다. 영업, 디자인, 고객 관리, 그리고 라인 관리를 맡았습니다. 중합체 용지 분야에서 9년 이상 경력을 쌓았고, 주로 고객과 디자이너와 작업했습니다. 또한 라인을 감독하는 일도 했습니다. 디자인팀, 생산팀과 소통했고, 총 27명으로 구성된 생산 라인을 지휘했습니다.

주요 경력
1986년~현재
생산 라인 감독, 패트리어트 제지 주식회사
1982년~1986년
고객 관리 및 약간의 디자인, 그린 밸리 제지
1977년~1982년
세일즈맨, 생산 라인, 휘태커 특수 제지
1973년~1977년
세일즈맨, 공산품 생산 라인, 패트리어트 제지
1971년~1973년
세일즈맨, 노스이스트 음료 주식회사, 뉴욕 시러큐스
1968년~1971년
육군, 보병, 베트남에서 1년간 파견 복무

개인사	저는 기혼이고, 세 아이의 아버지입니다. 아내와 함께 성당과 지역 활동에 열심히 참여하고 있습니다. 아들은 보이스카우트 대장으로 활동하기도 했습니다.
목표	미래 지향적 제지회사에서 제 모든 경험과 기술을 쏟아 제지 생산과 영업 분야에 도움을 드리고 싶습니다.

13

 뉴욕 고속도로의 통행료는 꽤 부담스럽다. 뉴욕 시티에서 올버니로 이어지고, 그곳에서 방향을 틀면 버펄로로 향할 수 있다. 그 서쪽으로는 모호크 강과 이리 운하가 자리하고 있다. 강과 운하의 북쪽에는 작고 구불구불한 5번 국도가 얽혀 있다. 조금 돌아가야 한다는 점은 걸리지만 통행료 부담이 없다는 매력은 무시할 수 없다. 그래서 나는 5번 국도를 달리고 있다.

 나는 베트남에 가본 적이 없다. 허버트 에벌리를 쏘았을 때까지 폭력으로 인해 사람이 죽는 것을 본 적이 없었다. 다인스가 보란 듯이 베트남 참전 경력을 이력서에 적어놓았다는 사실이 거슬린다. 그래서 어쩌라고? 25년이나 지나서 무슨 보상이라도 받아내겠다는 거야? 그게 무슨 특별한 참작 사항이라도 돼?

 육군 시절 나는 신병 훈련소를 나오자마자 독일로 보내졌다. 우리는 뮌헨의 동쪽, 소나무 숲으로 덮인 높은 언덕 정상에 자리한 작은 기지의 통신 소대에서 복무했다. 알프스 산맥 기슭의 작은 구릉지였다. 우리가 맡은 임무는 무전 장비들이 무리 없이 작동될 수 있도록 관리하는 것이었다. 러시아군이 공격해올 경우를 대비하기 위함이었지만 우리 중 누구도 그런 일이 벌어질 거라 믿지 않았다. 독일에서 보낸 1년 6개월 중 상당 부분은 우리들 몇몇이 별 뜻 없이 뮌헨이라고 불렀던 무타운에서 맥주를 마시며 보냈다.

무타운. 베트남에서 복무한 이들은 킬로미터를 클릭이라고 불렀다. "우린 국경에서 10클릭 떨어져 있다." 독일에서 복무한 우리는 킬로미터를 K라그 불렀다. "이제 10K만 더 가면 분위기 좋은 가스트하우스독일의 선술집가 나온다." 하지만 확실히 베트남의 영향은 엄청났다. 언제부터인가 유럽에서도 K 대신 클릭을 쓰기 시작했다. 아무도 베트남에 가고 싶어 하지 않았지만 모두가 베트남에 다녀온 이들을 부러워했다.

바로 에버릿 다인스, 이 친구처럼. 25년이나 지났지만 그는 아직도 그 바이올린을 켜고 있다.

5월의 어느 목요일 아침나절, 5번 국도는 한산하다. 예정보다 훨씬 일찍 도착할 수 있을 것 같다. 가끔 고속도로를 따라 강을 가로질러 달리는 큰 트럭들보다는 아무래도 뒤처지겠지만. 작은 마을들이 차례로 스쳐 지나간다. 포트 존슨, 폰다, 팔라틴 다리. 푸근한 풍경이 내 시선을 연신 잡아끈다. 언덕을 따라 굽이치는 강이 눈부신 봄날의 햇빛을 받아 반짝인다. 멋진 날이다.

왼쪽으로는 강이 계속 이어진다. 인공적으로 만들어진 부분도 있고, 개조된 부분도 있다. 이리 운하의 자취다. 뉴욕 주는 사람들이 생각하는 것보다 훨씬 크다. 올버니에서 버펄로까지의 거리는 무려 500킬로미터에 달한다. 먼 옛날 길이 많이 열려 있지 않았던 시절에는 내 왼쪽으로 흐르는 바로 이 강이 이 나라 내륙의 주요 진입 통로였다.

당시에는 유럽의 큰 배들이 뉴욕 항구로 들어와 허드슨 강을 따라 올버니로 들어갔다. 그 후 모호크 강과 이리 운하는 사람과 물건을 잔뜩 싣고 버펄로로 향하는 나룻배와 짐배들로 북적이게 됐다. 버펄로를 지나면 이리 호틀 가로질러 시카고나 미시간에 다다를 수 있었다. 또한 강을 따라 남쪽으로 내려가면 미시시피 강에 접어들 수도 있었다.

몇 년 전, 텔레비전에서 특별 방송을 본 적이 있다. 진행자는 '과도적 기술'에 대해 설명했다. 철도 시설에 대한 프로그램이었던 것으로 기억한다. 과도적 기술은 쉽고 상식적인 기술이 개발되기 전까지 쓰이던 성가신 기술이다. 미봉책 치고는 개발에 들인 시간과 노력과 비용이 엄청난 것으로 이를테면 철도 교량, 운하 등.

하지만 모든 것이 과도적 기술이다. 나는 이제야 그걸 깨닫기 시작한다. 2백 년 전, 사람들은 자신들이 태어난 세상에서 죽게 될 거라고 믿었다. 그것만큼은 거스를 수 없다고 확신했다. 하지만 더 이상은 아니다. 요즘은 세상이 그저 변하는 것에서 끝나지 않는다. 그야말로 대변동이다. 끊임없는 대변동. 우리는 하이드로 변하는 과정의 지킬 박사에게 붙어사는 벼룩이나 다름없다.

나는 내가 살고 있는 세상의 환경을 바꿀 수 없다. 이것은 내게 주어진 패다. 이제 와서 내가 할 수 있는 건 아무것도 없다. 그저 그 패를 남들보다 현명하게 쓰도록 노력할 뿐이다. 수단과 방법을 가리지 않고.

유티카에 도착한 나는 8번 국도로 접어들어 북쪽으로 향한다. 계속 올라가다 보면 워터타운과 캐나다 국경이 나올 것이다. 물론 나는 리치게이트에서 멈춘다.

블랙 강변의 공장촌. 공장과 호황은 이미 오래전에 이 마을을 떠났다. 끊임없이 개발되는 과도적 기술 탓이다. 강변에서 허물어져가는 저 커다란 벽돌 건물에서 한때 무엇이 제조됐는지 누가 알겠는가? 강은 폭이 좁지만 깊고 검은색을 띠고 있다. 그 강을 따라 열 개가 넘는 작은 다리가 걸쳐져 있다. 모두 지어진 지 60년 이상 된 것들이다.

공장의 1층은 작은 상점들로 개조된 상태다. 골동품 가게, 커피숍, 카드 가게, 그리고 군郡 박물관. 사람들은 아직도 이곳이 다시 살아날 거라 믿고 있는 듯하다.

내가 가지고 있는 지도에는 리치게이트의 지도가 따로 나와 있지 않다. 마을에 도착해 보니 1시가 조금 지난 시간이다. 그래서 나는 공장 건물 모퉁이에 박혀 있는 레드 브릭 카페에서 점심부터 먹는다. 그런 다음, 한 블록 떨어진 카드 가게에서 이 지역 지도를 구입한다.

(그냥 네더 가가 어디냐고 물어보는 편이 쉽고 빠르다는 건 알고 있다. 하지만 네더 가에서 살인 사건이 발생하고 난 후 누군가가 네더 가로 가는 법을 물었던 낯선 이를 기억하기라도 한다면 큰일 아닌가? 절대 가볍게 여길 문제가 아니다. 자칫하다가는 목격자의 기억을 바탕으로 완성한 내 몽타주를 텔레비전에서 보게 될 수도 있다.)

이름 때문인지는 몰라도 왠지 네더 가는 강변에 자리하고 있을 것 같다. 강은 마을의 최남단을 가로질러 흐르고 있다. 하지만 지도를 보니 문제의 골목은 강 너머 마을 경계선 인근에 자리하고 있다. 나는 곧바로 차를 몰고 그곳으로 향한다. 남쪽으로 기울어진 언덕 아래에 내가 찾던 동네가 브인다. 언덕 아래 자리하고 있어서 네더Nether, '아래'를 뜻함 가로 불리는 모양이다.

이 지역은 교외도, 시골도 아니다. 주거 지역의 큼직한 집들은 전부 오래돼 브인다. 백 년은 족히 됐을 것 같다. 보나마나 공장이 제대로 가동되던 시절에 지어졌을 것이다. 작은 토지에는 폭 넓은 이층집들이 줄지어 서 있다. 대부분 이 지역 자연석으로 지어졌고, 넓은 포치와 뾰족한 A자형 지붕이 인상적이다. 지붕이 가파른 이유는 눈이 많이 내리는 겨울 날씨 때문일 것이다.

아마 공장의 관리자들이 살던 곳일 것이다. 특히 중간 관리자들. 당시에도 중간 관리자라고 불렸는지는 모르겠지만. 아무튼 그들과 상점 주인들과 치과의사들이 모여 살던 곳 같다. 안정적인 동네에서의 편안한 삶. 그들 중 누구도 자신들이 살고 있는 세상이 과도적이라는 생각은 못해봤을 것이다.

264번지는 동네의 여느 집들과 마찬가지로 돌로 지어진 폭넓은 주택이다. 길가에 세워진 우편함은 보이지 않는다. 대신 현관문에 우편물 투입구가 마련돼 있거나 문 밖에 작은 철제 우편함이 붙어 있다. 우편배달부는 현관까지 걸어 들어와야 한다. 게다가 길도 길가가 아니라 연석일 뿐이다.

보도도 마련돼 있다. 보도를 따라 한 블록을 지나쳐 가니 겁에 질려 있지만 투지만만한 딸에게 자전거 타는 법을 가르치는 아버지가 눈에 들어온다. 제발 저 친구가 에버릿 다인스가 아니기를. 이력서에 그가 적어놓은 내용이 떠오른다. 세 아이의 아버지.

이 동네 집들은 독립형 차고를 하나씩 갖추고 있다. 그중 대부분은 집의 옆이나 뒤편에 멀찍감치 떨어져 있다. 하지만 혹독한 겨울 날씨 탓에 집과 차고를 이어주는 통로를 만들어놓은 곳도 간간이 목격된다.

264번지의 차고는 통로 없는 독립형 차고다. 두 개의 커다란 문은 밖으로 열리게 돼 있다. 지금은 양쪽 모두 닫혀 있다. 차고는 집의 오른쪽 뒤편에 자리하고 있다. 아스팔트 깔린 사유 차도 곳곳은 깨지고, 금이 가 있다. 사유 차도에는 오렌지색 도요타 캠리 한 대가 세워져 있다. 몇 년 지난 모델이다. 집 주변에는 아무도 보이지 않는다.

강 쪽으로 세 블록쯤 더 달리면 네더 가와 교차하는 주도로가 나타난다. 남북으로 뻗어 있는 그 도로 한쪽에는 주유소가 자리하고 있다. 나는 그곳에서 기름을 넣고 공중전화로 다인스에게 전화를 건다.

세 번째 신호음 끝에 남자의 음성이 응답한다.

"여보세요?"

"안녕, 에버릿."

나는 기운차고 다정한 음성으로 말한다.

"안녕하세요."

그가 말한다.

"나 척이야. 맙소사, 에버릿, 이렇게 자넬 찾을 수 있을 줄 몰랐어."

나는 말한다.

"죄송합니다만, 누구시죠?"

그가 묻는다.

"척이라니까. 에버릿? 에버릿 잭슨 맞지?"

나는 말한다.

"아닌데요. 전화 잘못 거셨습니다."

그가 말한다.

"오, 젠장. 죄송합니다."

나는 말한다.

"괜찮습니다. 다음엔 제대로 찾으시길 바랍니다."

그가 말한다.

나는 전화를 끊고 보야저로 돌아간다.

이 동네는 주차 문제가 없다. 서쪽으로 향하는 도로의 연석을 따라 수많은 차들이 줄지어 세워져 있다. 나도 강을 등지고 차를 세워놓는다. 다인스의 집이 있는 반대편 연석에는 주차가 불가능하다. 공간이 충분하지 않기 때문이다. 차가 발명되기 전에 놓인 연석일 가능성이 크다.

말. 과도적 기술.

나는 264번지에서 한 블록쯤 떨어진 지점에 차를 세워놓고 있다. 바로 옆에는 매물로 나온 집이 우뚝 서 있다. 앞뜰 잔디에는 '매물' 표지판이 박혀 있고, 창문에는 커튼이 달려 있지 않다. 오늘은 집을 보러 온 연기를 하지 않을 것이다. 이웃의 누군가가 블라인드 뒤에 숨어 의심에 찬 눈으로 나를 지켜보고 있는지도 모르니까.

에버릿 다인스가 집에 있다는 게 확인됐다. 언젠가는 밖으로 나오게 될 것이다. 루거는 여느 때와 마찬가지로 조수석에 잘 개어놓은 레인코트 밑에 감춰져 있다. 만약 그가 캠리를 몰고 나온다면 나는 신호등에 걸린 그의 옆에 바짝 차를 대고 차에서 내리지 않은 채 그를 쏠 것이다. 그가 잔디를 깎으러 나온다면 나는 앞뜰을 가로질러 들어가 그를 쏴버릴 거고. 한마디로, 밖으로 모습으로 드러내는 순간 그는 죽은 목숨이 되는 것이다.

차를 몰아 이곳까지 올라오는 동안 에버릿 다인스나 내가 이곳에서 무엇을 하게 될지에 대해서는 생각해보지 않았다. 내 머릿속은 온통 과거에 대한 잡념들뿐이었다. 하지만 보야저에 앉아 그 집을 지켜보는 지금은 온통 에버릿 다인스 생각뿐이다. 신속하고 깔끔하게 처리해야 한다. 릭스 사건이 남겨놓은 씁쓸한 뒷맛을 지우기 위해서라도. 에벌리처럼 단순하게 처리하면 될 일이다.

3시 45분. 아버지와 딸과 자전거는 이미 오래전에 자취를 감춘 후다. 우편배달부는 긴 손잡이가 붙은 삼륜 짐수레를 밀고 우편물을 배달한 후 사라졌다. 서쪽으로부터 구름이 몰려들었고, 보야저의 안은 점점 추워진다.

나는 차분히 기다린다. 나는 큰 바위의 그림자에 숨어 때를 기다리는 표범이다. 땅거미가 내려앉을 때까지 아무 미동도 없이 여기서 기다릴 수 있다. 어두워지고도 그가 모습을 드러내지 않으면 나는 그를 찾아 안으로 들어갈 것이다.

조심스레 그의 집 창문 안을 들여다보다가 그가 보이면 총을 쏴버릴 것이다. 굳이 안으로 들어갈 필요는 없다. 만에 하나, 꼭 그래야 할 경우라면 극단적으로 신중을 기할 것이다. 그의 아내와 맞닥뜨리고 싶지는 않다. 그의 세 아이들과도.

매 순간 상황에 적응해야 한다. 하지만……

264번지에서 움직임이 포착된다. 문이 열리고 있다. 넓은 포치 지붕이 드리우는 그림자 때문에 잘 보이지는 않는다. 밖으로 걸어 나온 남자가 몸을 틀고 집 안의 누군가를 부른다. 그리고 이내 문을 닫고 포치를 내려온다. 앞뜰의 슬레이트 산책로에서 멈춰 선 그가 갑자기 하늘을 올려다본다. 비가 오려나? 그가 스포츠 재킷의 깃을 잘 여미고 머리에 덮인 모자를 고쳐 쓴다. 그는 다시 걸음을 옮기기 시작한다. 방향을 튼 그가 내가 있는 쪽으로 다가온다.

내 표적이 틀림없다. 에버릿 다인스. 나이도 딱 맞고, 내가 지켜보던 집에서 나왔으니 의심의 여지가 없다. 그는 계속해서 내 쪽으로 다가온다. 당장 루거를 집어 들고 밖으로 나가 그에게 길을 묻는 척할 수도 있다. 그는 고개를 들고 몸을 틀어 한쪽을 가리킬 것이고, 나는 그 틈을 타 그의 얼굴에 총을 쏠 것이다.

내 왼손은 문손잡이에 얹어져 있고, 오른손은 루거를 찾아 레인코트 밑을 더듬고 있다. 반 블록 떨어진 곳에서 멈춰 선 다인스가 이웃집을 돌아보며 손을 흔든다. 그가 누군가에게 말을 걸고 있다.

나는 눈을 가늘게 뜨고 그를 유심히 지켜본다. 이웃집 포치에 한 커플이 앉아 있다. 누군가가 포치에 나와 있다는 건 몰랐는데. 나온 지 오래됐을까? 해가 져버리면 이런 게 문제다.

철수해야 한다. 목격자들 앞에서 일을 벌일 수는 없다. 내 왼손이 손잡이에서 떨어진다. 오른손도 레인코트에서 스르르 빠져나온다.

다인스는 다시 한번 모자를 매만지고 나서 걸음을 옮긴다. 그는 나를 지나 길을 건너간다. 주차된 차가 없는 곳이라 시야는 뻥 뚫려 있다. 그는 키가 크고 수척하다. 어깨는 구부정하다. 그의 고개는 푹 떨어져 있다. 마치 눈앞의 보도 바닥을 유심히 훑고 있기라도 한 듯. 그의 두 손은 스포츠 재킷 주머니에 감춰져 있다.

포치에 나와 앉아 있는 커플. 그들은 여전히 자리를 지키고 있다. 지금 시동을 걸면 그들이 나를 쳐다볼 게 뻔하다. 꼼짝없이 여기 갇혀 있을 수밖에 없다. 다인스를 죽이고 난 후 그 무엇도 나를 범인으로 지목하지 못하도록 모든 부분을 꼼꼼히 챙겨야 한다.

나는 백미러로 다인스를 지켜본다. 한 블록 이상 벗어난 그는 흐트러짐 없이 계속 걸음을 옮기고 있다. 1~2분 정도는 그에게서 신경을 끊을 수밖에 없다.

나는 보야저에 시동을 건다. 포치에 나와 있는 커플에게 눈길도 주지 않고 다인스의 반대 방향으로 차를 몬다. 속도는 내고 있지만 눈에 띌 만큼 난폭한 운전은 아니다. 모퉁이에서 오른쪽으로 방향을 틀어본다. 그렇게 한 블록을 빠르게 나아간 후 다시 우회전. 그리고 또 한 번 우회전. 나는 다시 네더 가로 들어선다.

　남북으로 뻗은 큰 도로 몇 개만이 이곳을 지나쳐 간다. 내가 달리고 있는 이 길을 비롯한 나머지 도로들은 전부 네더 가에서 끝이 난다. 나는 일단정지 표지판 앞에서 잠시 멈췄다가 왼쪽으로 방향을 튼다. 계속 걷고 있는 에커릿 다인스가 눈에 들어온다.

　내가 기름을 넣고, 공중전화를 썼던 주유소는 8번 국도가 교차하는 지점에 자리하고 있다. 주유소의 대각선 맞은편에는 식당이 하나 서 있다. 그곳에 차를 세워놓고 걸어서 다인스를 따라가는 것도 한 방법이다. 어차피 멀리 가지는 못했을 테니까.

　나는 천천히 그를 지나쳐 가본다. 그는 여전히 신중한 모습으로 걸음을 옮기고 있다. 목적지는 있지만 전혀 급하지 않다는 듯. 나도 계속 차를 몬다.

　8번 국도의 식당은 스노버드라고 불리는 곳이다. 아스팔트 깔린 주차장은 식당의 앞과 왼쪽 측면을 에워싸고 있다. 네더 가는 그 반대편에 자리하고 있다. 나는 교차로의 신호등에 걸려 차를 멈춰 세운다.

　백미러로 네더 가를 벗어나와 길을 건너는 다인스가 보인다. 그는 계속 내 뒤로 다가오는 중이다.

　신호등이 파란색으로 바뀐다. 나는 좌회전해 8번 국도로 들어선 후 식당 주차장으로 들어간다. 모퉁이를 돌자 교차로를 감시하기 좋은 주차 공간이 나타난다. 주차장은 거의 텅 빈 상태다.

　나는 시동을 끄고 고개를 든다. 8번 국도 신호등이 다시 빨간색으로 바뀐다. 다인스가 길을 건너오는 게 보인다. 마치 내게 볼일이 있는 사람처럼.

　하지만 그게 아니다. 그는 식당으로 오고 있는 중이다. 그가 주차장을 가로질러 들어와 벽돌을 놓아 만든 세 단의 계단을 올라간다. 정문 밖에는 유리로 덮인 작은 홀이 마련돼 있다. 이곳의 혹독한 겨울 날씨 탓에 마련된 공간일 것이다. 그가 안쪽 문을 열고 들어간다.

좋아. 어렵지 않겠어. 그는 늦은 점심 또는 간식을 해결하기 위해 이곳을 찾았을 것이다. 그가 식사를 마치면 나는 정문 앞 홀의 유리 벽을 통해 그를 볼 수 있을 것이다. 그가 다시 모습을 드러내면 나는 재빨리 시동을 걸고 유리창을 내린 후 루거를 집어 들 것이다. 그가 벽돌 계단을 내려오면 나는 차를 몰고 달려가 그를 막아설 것이다. 그의 이름을 불러 그가 돌아보면 나는 주저 없이 방아쇠를 당길 것이다.

주차장에는 두 개의 출구가 있다. 하나는 네더 가로 빠지게 돼 있고, 또 하나는 8번 국도로 빠지게 돼 있다. 어느 쪽 출구를 택할지는 다인스를 쏘고 나서 어느 신호등이 내게 협조를 해줄지에 달려 있다. 주차장을 빠져나가서는 8번 국도를 타고 도주하면 된다. 목격자 걱정은 할 필요가 없다.

11시 뉴스가 시작되기 전에 집에 도착하는 것이 목표다.

4시 50분. 그가 안으로 들어간 지 한 시간이 지났다. 안에 여자 친구라도 있는 건가? 대체 여기서 얼마나 더 기다려야 하지? 대낮에 식당에서 뭘 하길래? 그는 신문을 쥐고 있지 않았다. 하지만 스포츠 재킷 주머니에 문고판 소설이 들어 있었는지도 모른다. 어쩌면 대청소 중인 아내를 위해 몇 시간 집을 비워주기로 했는지도 모르고.

어쨌든 어떻게 된 일인지 직접 확인해볼 필요가 있다. 루거가 레인코트 안에 잘 감춰져 있는지 확인한 후 보야저에서 내린다. 으스스하게 추운 날이다. 네더 가에서 불어온 차가운 바람이 서쪽으로 몰려가고 있다. 차문을 걸고 식당으로 들어가본다. 그가 보이지 않는다.

혼란스럽다. 멜로드라마에서나 나올 법한 황당한 상황이다. 그는 뒷문으로 몰래 빠져나와 대기시켜둔 차를 몰고 사라진 것이다.

하지만 대체 왜? 아까 추측한 대로 여자 친구와 밀회를 즐기러 사라진 걸까? 아니면 새 일자리를 구하기 전에 은행이라도 털려는 걸까? (물론 그건 나 역시 생각해본 적 있다.)

혹시 날 노리고 있는 건 아닐까?

전부 이치에 닿지 않는다. 보나마나 그는 화장실에 들어가 있을 것이다. 화장실은 왼편에 자리하고 있다. 그래서 나는 오른쪽 카운터에 앉아 철제 받침에서 메뉴를 집어 든다.

식당 안에는 다섯 명뿐이다. 혼자 온 손님 세 명은 카운터에 앉아 커피를 홀짝이고 있고, 나이 든 커플은 부스에 앉아 저녁을 먹고 있다. 그가 화장실에서 나오면 그냥 여기서 쏴버릴까? 여기 손님들 중 누가 날 제대로 알아보겠어? 엄청난 충격에 정신을 가누기도 힘들 텐데. 보야저로 돌아가 루거를 챙겨 들고 와야 한다. 날씨가 추우니 레인코트도 걸치고. 화장실 앞에 진을 치고 있다가 그가 나오는 순간 쏴버리면 되는 것이다. 아니야. 기다려야 해. 그가 다시 자리로 돌아갈 때까지. 그의 자리가 어디인지는 모르겠지만 그 방법 외에는 없다.

그가 카운터 뒤에 있는 스윙 도어를 열고 불쑥 튀어나온다. 초록색 앞치마를 두른 그는 피쉬 앤 칩스 접시를 들고 있다. 그가 내 왼쪽에 앉은 손님 앞에 접시를 내려놓는다.

그는 여기서 일을 하고 있는 것이다.

충격에 머릿속이 하애진다.

"어서 오세요."

그가 인사를 건넨다. 환한 미소까지 지으면서. 좋은 사람 같아 보인다. 정직한 눈과 태평스러운 태도.

중간 관리자 출신이 동네 식당에서 일을 하다니. 여기서 버는 돈으로는 세 블록 떨어진 집의 융자금도 제때 갚지 못할 것이다. 물론 도움은 될 것이다. 마저리가 카니 박사로부터 받아오는 돈이 그렇듯이. 하지만 이것만으로는 절대 충분치 않을 것이다. 그가 이 일에 만족하고 있을 리는 더더욱 없을 거고.

나는 여전히 충격에서 벗어나지 못하고 있다. 무엇을 해야 할지, 무슨 생각을 해야 할지, 무슨 말을 해야 할지, 어디를 봐야 할지 모르겠다. 그는 계속해서 미소를 흘려댄다.

"주문하시겠습니까?"

"아직 결정 못했습니다. 시간이 조금 더 필요합니다."

나는 더듬거리며 대답한다.

"알겠습니다."

그가 다음 손님에게로 다가가 리필을 원하는지 묻는다. 손님이 그렇다고 하자 그가 유리로 된 커피포트를 향해 손을 뻗는다.

그들과 인간적으로 가까워지면 안 돼. 이 일을 시작했을 때부터 세워뒀던 방침이었다. 아니, 그보다 훨씬 전부터 다짐해온 내용이었다. 그들과 인간적으로 가까워지면 내가 해야 할 일을 제대로 처리할 수 없기 때문이다. 아니, 그 일이 불가능해지기 때문이다.

그는 식당 종업원이다. 그뿐이다. 나는 그를 모르고, 알아야 할 이유도 없으며, 알고 싶지도 않다.

그가 다시 다가온다.

"준비되셨습니까?"

"음…… BLT로 주십시오. 그리고 감자튀김도 주시고요."

그가 씨익 웃어 보인다.

"원래 BLT엔 감자튀김이 딸려 나옵니다. 이 지역에서 나름 유명한 곳이에요. 감자튀김과 다진 양배추 샐러드와 약간의 피클이 함께 나오는데 괜찮으시겠습니까?"

그가 말한다.

"그럼 좋죠."

나는 말한다.

"커피는요?"

"주십시오. 그걸 깜빡했네요, 커피."

그가 다시 주방으로 들어가버린다. 나는 스스로를 제어하기 위해 애쓴다. 그는 아직 아무것도 눈치채지 못하고 있다. 내가 그를 죽이기 위해 차에서 몇 시간을 홀로 보냈다는 사실도 알 리가 없다.

하지만 이제 난 어찌 해야 하나? 그는 언제까지 여기서 일을 할까? 주차장에 세워놓은 보야저에서 여덟 시간 이상 기다려야 하는 건 아닌가? 여섯 시간? 열두 시간?

다시 스윙 도어를 열고 나온 그가 컵과 받침 접시와 스푼과 유리 커피포트를 내 앞 카운터에 내려놓는다. 그가 커피를 따라주며 말한다.

"크림과 설탕은 저쪽에 있습니다."

"고맙습니다."

그가 커피포트를 전기 버너에 내려놓는 동안 나는 컵에 크림을 붓는다. 다시 돌아온 그가 팔짱을 낀 채 카운터에 몸을 기대고 서서 환히 미소를 짓는다.

"국도를 타고 이동 중이신가 보네요."

그를 쳐다보고 대화를 나누고 싶지는 않다. 하지만 지금은 달리 선택의 여지가 없다.

"네, 그래요."

왠지 기대했던 것처럼 조속히 처리될 문제는 아닌 듯하다.

"혹시 근처에 모텔이 있습니까?"

"체인은 없습니다. 한참 가셔야 해요."

그가 말한다.

"굳이 체인일 필요는 없습니다. 개인적으로 체인을 별로 좋아하지 않아요."

"저도 마찬가지입니다. 체인에 묵으면 왠지 사람 냄새가 나지 않는다고나 할까요."

그가 말한다.

맙소사. 그와 인간적인 교감은 절대 나누고 싶지 않다. 하지만 이런 상황에서 어쩌겠는가?

"맞습니다."

나는 맞장구친다. 부디 이것으로 불편한 대화가 끝나기를 바라면서.

그가 팔짱을 풀고 내 오른쪽을 가리킨다. 나는 그의 눈을 올려다본다. 지금 손에 루거가 쥐어져 있었다면 이 자리에서 볼일을 해결할 수 있을 텐데.

"8번 국도를 따라 남쪽으로 2.5킬로미터쯤 내려가면 도슨스 모텔이 있습니다. 거기서 묵어본 적은 없지만 나쁘지 않다고 들었습니다."

그가 말한다.

"도슨스…… 고맙습니다."

나는 말한다.

내가 고개를 돌린 후에도 그는 한동안 나를 내려다본다.

잠시 후, 그가 다시 입을 연다.

"혹시 일자리를 찾고 계십니까?"

나는 흠칫 놀라며 그를 올려다본다. 그의 동정적인 말투에 진실을 들려줄 수밖에 없다.

"네, 그래요. 그걸 어떻게 아셨습니까?"

"저도 같은 처지거든요. 이젠 척 보면 압니다."

그가 어깨를 으쓱하며 말한다.

"쉽지 않죠."

나는 말한다.

"이 지역은 특히 더 심합니다. 보시다시피 마을 전체가 죽었어요."

그가 카운터 뒤편을 가리키며 말한다.

"이 일자리도 간신히 구했습니다."

드디어 궁금증을 풀 기회가 왔다. 나는 묻는다.

"여기서 풀타임으로 일하십니까?"

"거의 풀타임이죠. 하루에 여덟 시간씩 일합니다. 일주일에 네 번 나오고요. 오후 4시부터 자정까지."

그가 말한다.

여덟 시간. 4시부터 자정까지. 그는 자정이 돼서야 식당을 나설 수 있다. 칠흑 같은 어둠 속에서 그의 얼굴 알아보기가 쉽지 않을 것이다. 하지만 내게 주어진 선택은 이것뿐이다.

"그래도 이게 어딥니까."

나는 말한다.

그가 씨익 웃으면서 고개를 젓는다.

"제 전문 분야와는 거리가 멀죠. 전 페이퍼 업계에서 25년간 일했습니다."

그가 말한다.

나는 모르는 척하며 묻는다.

"신문 말씀입니까?"

"아뇨. 제지업 말입니다."

그가 고개를 저으며 말한다.

"아……"

"세일즈맨을 오래 하다가 관리직으로 올라갔죠. 하얀 셔츠에 넥타이를 매고 몇 년 일하다가 어느 날 갑자기 잘렸죠."

그가 말한다.

"그렇군요."

주방에서 벨 소리가 흘러나온다.

"저도 같은 일을 당했습니다."

나는 말한다. 더 이상 대화를 이어가면 안 된다는 걸 알면서도.

"선생이 주문하신 게 다 된 모양입니다."

벨 소리가 난 주방을 돌아보며 그가 말한다. 그리고 다시 스윙 도어 안으로 사라진다. 나는 그 틈을 타 긴장을 풀지 말 것을 스스로에게 주문한다. 한가하게 잡담이나 나눌 상황이 아니다. 적당한 거리 유지는 반드시 지켜야 한다. 내 미래를 위해, 모든 것을 위해.

나는 이미 그에게 거짓말을 해버렸다. 제지 업계에 문외한인 척했다. 나와 이곳에서 맞닥뜨린 게 우연이 아니라는 걸 알게 해서는 안 된다. 내가 자신과 같은 이력을 가졌다는 사실을 알게 되면 그는 분명 나를 수상쩍게 여길 것이다. 그래서 그와의 대화가 더 이상 길어지면 안 되는 것이다. 대체 어쩔 셈인가? 그에게 들려주려고 새로운 신상 이야기를 만들어내겠는가? 전혀 다른 업계 얘기를 들려주겠는가?

그가 BLT와 사이드 메뉴가 담긴 타원형의 두꺼운 자기 접시를 들고 다시 나타나 내 앞에 내려놓는다.

"리필해드릴까요?"

내 컵은 반쯤 채워져 있다.

"아직 괜찮습니다. 고맙습니다."

나는 말한다.

"언제든지 말씀만 하십시오."

그는 다른 손님들을 살피러 간다. 나는 BLT를 야금야금 뜯어 먹는다. 나는 전혀 배가 고프지 않다. 이미 네 시간 전에 식사를 했으니. 그것도 그렇지만 이런 상황에서는 배가 고플 정신이 있을 리 없다. 서둘러 이곳을 빠져나가 집으로 돌아가고 싶다. 하지만 그 전에 이곳에서 처리할 일이 있다. 그걸 마무리 지어야만 집으로 돌아갈 수 있다.

다시 돌아온 그가 팔짱을 끼고 카운터에 몸을 기댄다.

"무슨 일을 하시죠?"

그가 묻는다.

순간 나는 패닉에 빠진다. 하지만 이내 뛰는 가슴을 진정시킨 후 차분하게 대답한다.

"사무용품 쪽입니다."

그린 밸리 제지에서 몇 년간 세일즈맨으로 일했을 때 다뤄본 적이 있었다.

"메모지, 주문서, 회계 문서, 뭐 그런 것들을 취급했죠. 중간 관리직으로, 생산 라인을 감독했습니다."

나는 어색하게 킬킬 웃는다.

"그러니까 선생 쪽으로부터 재료를 공급받아 왔던 거죠."

"저희 쪽은 아니었을 겁니다. 저흰 산업용 특수 용지만을 취급했거든요."

그가 씨익 웃으며 말하곤 이내 다시 고개를 젓는다.

"아주 따분한 일입니다. 이 바닥 사람들만 이해할 수 있죠."

"그때가 그리우신 모양이군요."

나는 말한다. 당연한 얘기지만 나도 모르게 불쑥 튀어나와버렸다.

"그립죠."

그가 어깨를 으쓱하며 말한다.

"요즘 벌어지는 일들 말입니다. 범죄나 다름없어요."

"대량 해고 말씀이죠?"

"인원 삭감. 직원 줄이기. 그들이 어떤 완곡어법을 쓰든 범죄는 범죄죠."

"그들이 그러더군요. 더 이상 내 일에 희망이 보이지 않는다고 말입니다."

나는 말한다.

"그거 괜찮은 표현이군요."

그가 말한다.

"뭐 그렇게 돌려 얘기하니 아주 불쾌하진 않더군요."

나는 말한다. 나는 여전히 삼각형으로 변해버린 샌드위치를 손에 쥐고 있다. 하지만 더 이상 베어 물지 않는다.

"그동안 많은 생각을 해봤습니다. 지난 2년간 너무 무료하게 지내다 보니 괜히 생각만 많아지더군요. 제 생각엔 이 사회 전체가 미쳐가고 있는 것 같습니다."

그가 말한다.

"사회 전체가요? 그냥 보스들만 바뀌면 되는 문제 아닙니까?"

나는 어깨를 으쓱하며 말한다.

"보스들이 이러도록 내버려두는 사회가 문제죠. 아시아 어떤 나라의 미개한 부족들은 신생아들을 산허리로 데려가 죽인다고 합니다. 그래야 그들을 먹일 필요도, 돌봐줄 필요도 없어지니까요. 먼 옛날 에스키모들은 나이 든 부모를 빙산에 놓아두고 왔다죠? 그렇게 정처 없이 떠다니다가 죽도록 갈입니다. 더 이상 부양이 힘들어지면 그런 방법을 쓴다고 하네요. 하지만 지금 이 사회는 가장 생산적인 사람들, 한창때의 사람들, 인생의 절정에 다다른 사람들을 마구잡이로 폐기 처분시키고 있습니다. 이게 미친 게 아니면 뭐겠습니까?"

그가 말한다.

"동의합니다."

나는 말한다.

"틈만 나면 이런 생각을 합니다. 하지만 어쩌겠습니까? 저 혼자 바둥거린다고 바로잡힐 것도 아니고."

그가 말한다.

"우리도 같이 미쳐가야죠, 뭐."

나는 말한다.

그 말에 그가 환히 미소를 짓는다.

"방법을 가르쳐주십시오. 그럼 한번 해보겠습니다."

그가 말한다.

우리는 함께 킬킬 웃는다. 그가 나이 든 부부의 계산을 위해 금전 등록기 앞으로 다가간다.

그가 자리를 뜨기가 무섭게 나는 남은 음식과 커피를 해치워버린다. 더 이상 대화를 이어가는 건 위험하다.

그가 계산을 마치고 다시 내 쪽으로 돌아오고 있다. 나는 허공에 서명하는 시늉을 하며 계산서를 주문한다. 그가 몸을 홱 돌려 계산서를 가지러 간다.

그는 아직도 내게 할 말이 남은 듯하다. 나는 그의 질문을 듣는 둥 마는 둥 하며 갑자기 시간에 쫓기는 듯한 연기를 시작한다. 돈을 내고 팁까지 후하게 건넨다. 누가 봐도 어리석은 일이다. 바보짓.

정문을 열고 나가려는데 그가 큰소리로 말한다.

"또 봅시다."

나는 미소를 지으며 손을 흔들어 보인다.

그가 자신의 집에서 재워주겠다고 나서지 않아 천만다행이다.

비치 보이스의 〈굿 바이브레이션스〉가 흘러나온다. 식기 세척용 세제를 풀어놓은 듯한 황록색 바다에 유리로 만든 보트를 띄워놓고 둥둥 떠다니는 기분이다. 우울하다. 항상 이렇게 우울하다. 꿈에서 깨보니 나는 도슨스 모텔에 누워 있다. 맞춰놓은 대로 밤 11시 30분이 되자 라디오가 켜진 것이다. 나는 라디오를 끄고 욕실로 들어가 볼일을 본다. 그리고 양치질과 세면을 신속하게 마친다. 에버릿 다인스를 죽이러 갈 시간이다.

도슨스 모텔은 고풍스럽게 꾸며진 곳이다. 옹이투성이 소나무 벽, 주름

장식 있는 황색 전등갓, 그리고 걸음을 내딛을 때마다 요란하게 삐걱거리는 짙은 색의 나무 바닥. 옷장에는 문 대신 초록색 페이즐리 커튼이 드리워져 있다. 옷장 안 파이프 막대에는 금속 옷걸이가 여럿 걸려 있다. 배관 시설도 오래돼서 소음이 심하다.

오후에 사무실에서 스키 팸플릿을 본 기억이 난다. 하지만 지금은 스키 시즌이 아니다. 사무실을 지키고 있던 나이 든 남자는 간만의 손님을 반갑게 맞아주었다. 내가 내민 현금을 보자 그 미소는 더욱 환해졌다. "난 신용카드를 좋아하지 않아요. 하지만 대세를 거스를 순 없겠죠." 그가 말했다.

현금. 과도적 기술.

모텔 지붕에서 빗물이 튕기는 소리가 들린다. 욕실을 나와 모텔 방문을 열어논다. 굵은 빗줄기가 떨어지고 있다. 바람은 세게 불지 않는다. 덕분에 보야져를 뒤덮은 먼지가 서서히 씻겨나가고 있다.

나는 문을 닫고 옷을 챙겨 입는다. 하지만 짐을 꾸리지는 않았다. 일을 마치고 나서 다시 모텔로 돌아올 생각이다. 시계 라디오의 빨간색 숫자를 확인해본다. 10시 47분. 레인코트를 걸치고 다인스가 쓴 것과 비슷한 모자를 눌러쓴다. 작은 여행 가방에서 꺼낸 루거는 레인코트 주머니에 쑤셔 넣는다.

모텔 문도 구식이다. 나갈 때마다 열쇠로 일일이 잠가야만 한다. 다행히 지붕이 돌출돼 있어 문을 걸어 잠그는 동안 비를 맞지 않아도 된다. 방안에 불은 끄지 않는다. 창문 위로 드리워진 커튼에 스며든 은은한 불빛이 따뜻한 느낌을 준다. 나중에 돌아와서도 이런 푸근함을 느끼고 싶다.

모텔 앞 주차장에는 차가 두 대 세워져 있다. 두 대 모두 주인이 잠들어 있는 방을 향하고 있다. 하나는 펜실베이니아 번호판이 달린 소형 오픈 트력이다. 육체 노동자가 몰고 다닐 법한 차. 공사장을 전전하는 목수나 뭐 그런 사람일 것이다. 왜 그렇게 넘겨짚었는지는 나도 모른다. 주변 사람들의 사연을 내 멋대로 지어내는 것으로 위안을 찾으려고? 그렇게 동료를 하나씩 늘려가보려고?

또 다른 차는 소형 캠핑카로 개조된 대형 밴이다. 플로리다 번호판을 달고 있는 걸 보니 은퇴한 노부부가 주인일 것 같다. 더 이상 사회에 가해지는 충격에 떨지 않아도 되는 사람들. 겨울은 플로리다에서 보내고, 그곳 날씨가 너무 뜨거워지면 북쪽으로 올라오는 사람들. 나쁘지 않은 삶이다.

하지만 내 스타일은 아니다. 적어도 아직은 아니다. 설령 그럴 능력이 충분히 된다 해도. 과연 나는 언제쯤에나 그런 은퇴 후 멋진 인생을 누릴 수 있을까?

나는 리치게이트가 자리한 북쪽으로 차를 몬다. 도로는 뻥 뚫려 있다. 아주 가끔 여기저기서 헤드라이트가 살짝살짝 깜빡일 뿐이다. 빗줄기는 점점 굵어진다. 속도를 마음껏 낼 수가 없다. 나는 11시 55분에 네더 가 신호등에 도착한다. 신호등은 내가 도착하자마자 빨간색으로 바뀐다.

왼편의 주유소는 문을 닫았다. 하지만 오른편의 식당은 아직 영업 중이다. 내 바로 앞 교차로를 건너는 사람이 눈에 들어온다. 스포츠 재킷에 모자. 빗속에서 어깨를 움츠린 채 터덕터덕 걸음을 옮기고 있는 남자. 에버릿 다인스다!

젠장! 빌어먹을! 이렇게 일찍 나올 줄이야! 일부러 시간을 정확히 맞춰 왔건만!

간단히 처리할 수 있는 일이었다. 헤드라이트를 끈 채 주차장으로 들어간다. 정문 앞에서 그를 기다린다. 유리로 덮인 정문 밖 홀에서 그의 모습이 보이면 차를 몰아 천천히 전진한다. 루거를 집어 들고 계단을 내려오는 그를 쏜다. 그렇게 간단히 해결될 일이었다.

하지만 지금 그는 식당을 벗어나 터덕터덕 걸어가고 있다. 스포츠 재킷 주머니에 두 손을 찔러 넣은 채 도로 오른편에 줄지어 세워진 차들을 따라 네더 가로 향하고 있다. 그렇게 세 블록을 걸으면 왼편에 자리한 그의 집에 도착할 것이다.

이 빌어먹을 신호등은 여전히 빨간불에 머물러 있다. 이제 곧 바뀔 것이다. 네더 가를 향해 서 있는 신호등이 호박색으로 바뀐다. 주변에는 차도, 사람도 없다. 궂은 날씨 때문이다.

나는 헤드라이트를 끈다. 그렇게 차는 밤의 어둠 속에 파묻힌다. 신호등이 초록색으로 바뀌기가 무섭게 나는 왼쪽으로 방향을 돌린다.

조금씩 속도를 내본다. 쉽지 않은 일이 될 것이다. 차의 왼쪽 좌석에 앉은 채 오른쪽 창밖으로 총을 쏘는 것 말이다. 게다가 갓길에는 차들이 줄지어 서 있고, 표적은 칠흑 같은 어둠에 묻힌 채 빗속을 걷고 있다. 만약 빗나가기라도 한다면 그는 깜짝 놀라 도망쳐버릴 것이다. 그는 집에 돌아가자마자 지역 경찰에 신고를 할 거고. (다인스는 침착하게 신고를 할 것이다. 틱스처럼 허둥대지는 않을 것이다. 그것만큼은 확신할 수 있다.)

다인스가 주차된 두 대의 차 사이로 튀어나와 비스듬히 길을 건너간다. 나는 내가 무엇을 해야 할지 잘 알고 있다.

나는 액셀러레이터를 힘껏 밟는다. 보야저가 미끄러지며 앞으로 돌진한다. 밤의 어둠 속에서 그는 그저 검은 덩어리로밖에 보이지 않는다. 모든 게 티에 젖어 반짝인다. 그의 스포츠 재킷과 모자만 빼고. 보야저는 두더지를 쫓는 여우처럼 그를 향해 달려든다.

그는 나를 감지한다. 그가 어깨너머로 나를 돌아본다. 어둠 속에서 그의 얼굴은 잘 보이지 않는다. 하지만 그의 표정이 어떨지는 짐작이 된다. 그가 왼편 연석을 향해 몸을 날리려는 순간 보야저가 그를 받아버린다. 두 발이 바닥에서 떨어져 있던 그는 차 밑이 아니라 위로 붕 떠오른다. 그의 몸이 보야저의 앞 유리에 착 달라붙는다. 바로 내 눈앞에. 꼭 죽은 사슴을 자랑스레 매달고 귀가하는 수렵꾼이 된 기분이다.

나는 잽싸게 브레이크를 밟는다. 그가 차 앞으로 스르르 미끄러져 내려간다. 그는 뭐라도 붙잡으려 바둥거리지만 잡을 건 없다. 차는 계속 움직인다. 물론 속도는 많이 줄어 있다. 그가 차 밑으로 들어가버린다. 차는 매정하게 그를 밟고 지나간다.

브레이크를 더 세게 밟아 차를 세운다. 그런 다음, 헤드라이트를 켜고 후진 기어를 넣는다. 후진등이 들어오고 그의 모습이 눈에 들어온다. 나는 룸미러, 왼쪽 백미러, 그리고 오른쪽 백미러로 그의 상태를 확인한다. 그는 아직 움직이고 있다.

오, 맙소사, 안 돼. 그냥 쓰러져 죽어버리라고. 이걸로 부족해? 그는 몸을 굴려 일어나려 하고 있다.

기어는 이미 후진에 걸려 있다. 나는 눈을 질끈 감고 액셀러레이터를 힘껏 밟는다. 쿵, 쿵. 두 번 덜컹거리던 차가 끼익 소리를 내며 멈춰 선다. 오, 제발, 주차된 차와 부딪치겠어. 하지만 다행히 그런 불상사는 벌어지지 않는다.

나는 눈을 뜨고 앞 유리를 내다본다. 헤드라이트 불빛과 빗물 속에서 그의 모습이 보인다. 포장도로에 늘어뜨려진 그의 한쪽 팔이 꿈틀대고 있다. 손가락은 도로 바닥을 할퀴어대고 있다. 벗겨진 모자는 보이지 않는다. 웅크린 채 바닥에 엎드린 그는 이마를 땅에 대고 머리를 앞뒤로 짓이기는 중이다.

이번에 확실하게 끝내야 해. 나는 다시 기어를 주행에 넣고, 천천히 전진하기 시작한다. 그의 머리를 겨눈 채로. 쿵. 왼쪽 앞 타이어. 쿵. 왼쪽 뒤 타이어. 됐어.

나는 차를 멈춘다. 후진 기어를 넣자 다시 후진등이 들어온다. 나는 세 개의 백미러로 그의 상태를 다시 확인한다. 그는 움직이지 않는다.

모텔로 돌아오는 동안 나는 흐느껴 운다. 모텔에 도착해서도 흐느낌은 멈추지 않는다. 기운이 빠져 핸들을 붙잡고 있기가 힘들 지경이다. 액셀러레이터와 브레이크를 제대로 밟을 힘도 없다.

루거는 아직 주머니에 담겨 있다. 그 무게 때문에 코트의 오른쪽 자락이 묵직하게 늘어져 있다. 보야저에서 내려 발을 질질 끌며 방으로 향한다. 열쇠를 찾기 위해 바지 주머니에 손을 넣자 코트 속 권총이 팔뚝에 스친다.

간신히 열쇠를 찾아 자물쇠에 꽂고 문을 연다. 눈물이 앞을 가린 상태라 그냥 느낌으로만 끼워 맞춰야 했다. 시야 안에 있는 모든 게 눈물 속에서 헤엄을 치고 있다. 안으로 들어서는 순간 따뜻하고, 포근하기를 바랐던 방이 차가운 물에 잠겨버린다. 자물쇠에서 열쇠를 뽑고 문을 닫은 후 비틀거리며 방을 가로지른다. 옷을 하나씩 벗어 바닥에 아무렇게나 던져놓는다.

흐느낌은 네더 가에서 유턴을 하고 포장도로 한복판에 뻗어 있는 시신을 조심스레 피해 차를 몰았을 때부터 시작됐다. 너무 울어서 목이 다 아플 지경이다. 가슴도 답답하다. 눈물 때문에 눈이 따갑다. 코는 꽉 막혀 있고, 숨 쉬기도 쉽지가 않다. 천근만근 무거워진 사지는 욱신거린다. 오랫동안 물컹대는 방망이로 흠씬 두들겨 맞은 기분이다.

샤워를 하면 좀 나아지려나? 샤워를 할 필요가 있을 것 같다. 도슨스 모텔의 욕실에는 갈퀴발 달린 욕조가 갖춰져 있다. 그 위로는 설치된 지 얼마 안 돼 보이는 샤워 노즐이 툭 튀어나와 있다. 작은 고리에 걸린 샤워 커튼도 인상적이다. 안에 들어가 물을 틀면 몸을 조금씩만 움직여도 차갑게 젖은 커튼이 몸에 닿을 것만 같다.

하지만 나는 움직이지 않는다. 그냥 뜨거운 물을 맞고 서서 눈을 감는다. 눈물은 계속 떨어지고, 목과 가슴은 여전히 아프다. 하지만 뜨거운 물이 서서히 그 효과를 보이기 시작한다. 물은 나를 정화시키고, 달래준다. 물을 잠그고 거슬리는 커튼을 활짝 열어젖힌 후 욕조를 나온다. 그리고 얇은 타월로 몸의 물기를 닦아낸다.

흐느낌은 멎어 있다. 하지만 극심한 피로는 여전하다. 침대 옆 라디오 시계는 12시 47분을 알리고 있다. 에버릿 다인스를 죽이러 모텔을 나선 지 딱 한 시간 만에 일을 마치고 돌아온 것이다. 이런 상태로는 천 년도 넘게 잘 수 있을 것 같다.

침대로 들어가 불을 끈다. 하지만 잠은 오지 않는다. 또다시 울음이 터질 것만 같다. 머릿속에서는 비와 어둠과 보야저의 헤드라이트 불빛으로 뒤덮인 네더 가의 풍경이 계속 아른거린다.

마지막으로 울어본 게 언제였는지 머리를 굴려보지만 기억은 찾아들지 않는다. 아마 어렸을 때였을 것이다. 나는 우는 일에도 소질이 없다. 목과 가슴에서 여전히 통증이 느껴진다. 머리도 무겁다.

침대에 누워 미동도 하지 않는다. 어떻게 하면 잠에 빠져들 수 있을지 생각해본다. 일에서 백까지 셌다가 다시 일까지 거꾸로 세보기도 한다. 기분 좋은 기억을 떠올리려 애쓰기도 한다. 머릿속을 깨끗이 비워보려 노력도 해본다.

그래도 잠은 오지 않는다. 자꾸 네더 가에서의 일만 떠오른다. 오른쪽으로 고개를 돌릴 때마다 라디오 시계의 새빨간 숫자들이 새 시간을 알려준다.

미쳐가고 있는 걸까? 어떻게 내가 이런 짓을 할 수 있지? 허버트 에벌리, 어드워드 릭스와 불쌍한 그의 아내, 그리고 에버릿 다인스. 그는 나와 같은 처지였다. 내 좋은 친구가 될 수도 있었다. 그를 맹우로 만들어 그와 함께 공동의 적을 처치해나갈 수도 있었다. 그들이 웃으며 내려다보는 구덩이 속에서 우리끼리 치고받고 할 이유가 하나도 없었다. 어쩌면 그들은 구덩이 속 우리에게 눈길 한 번 주지 않고 있는지도 모른다.

시계가 5시 19분을 알린다. 나는 마침내 결심을 굳힌다. 이제는 이 미친 짓을 끝내야 할 때다. 모든 죄를 고백하고, 속죄해야 할 때다.

나는 침대에서 내려온다. 피로는 물러가버렸다. 정신이 또렷해졌음을 느낀다. 나는 완전히 진정된 상태다. 불을 켜고 종이를 찾아본다. 도슨스 모텔은 방마다 필기구가 갖춰져 있지 않은 모양이다. 나 역시 종이를 챙겨 오지 않았다.

짙은 색의 낡은 나무 서랍장 안을 들여다보니 하얀 종이 하나가 눈에 들어온다. 나는 맨 아래 서랍에서 두껍고 뻣뻣한 종이를 꺼내 살펴본다. 양면을 손으로 문질러보니 매끄러움의 차이가 확실히 느껴진다. 단순한 기술로 제조된 종이다. (이 상황에서 그런 디테일을 알아보다니 다시 눈물이 날 것 같다.)

글을 쓰기에는 거친 면이 나을 것 같다. 나는 테이블에 앉아 펜을 집어 들고 마음에 담아둔 이야기를 적어 내려가기 시작한다.

내 이름은 버크 데보레다. 쉰한 살이고, 코네티컷 페어본 페너리 우즈가 62번지에 살고 있다. 실직 상태로 지난 2년을 보냈지만 그건 내 잘못이 아니었다. 군대에 다녀온 후 지금껏 단 하루도 일을 쉬어본 적이 없었다.

실직 상태가 길어지니 이런저런 문제가 발생하기 시작했다. 평소엔 상상도 할 수 없던 일들까지 척척 해내게 됐다. 업계지에 가짜 구인 광고를 싣고 나와 같은 처지의 실직자들로 하여금 이력서를 보내게 만들었다. 내 경쟁자들 말이다. 난 그 이력서들을 꼼꼼히 훑어본 후 나보다 나은 자격과 조건을 갖춘 이들을 추려 차례로 죽였다. 그들에게 내 자리를 빼앗길 수는 없었다. 나는 다시 일하고 싶었다. 그 갈망이 나로 하여금 이런 미친 짓을 벌이게 만들었다.

지금까지 총 네 명을 죽였다. 첫 번째 살인은 보름 전에 저질렀다. 5월 8일 목요일, 내가 죽인 사람의 이름은 허버트 C. 에벌리였다. 난 코네티컷 폴 시티의 처치워든 레인 가에 자리한 그의 집 앞에서 그를 총으로 쏴 죽였다.

두 번째 희생자는 에드워드 G. 릭스였다. 난 그만을 표적으로 삼았지만 그의 아내가 날 자신의 어린 딸과 부정한 짓을 저지른 사람으로 오해하는 바람에 그녀까지 죽이게 됐다. 난 지난 목요일에 매사추세츠 롱홈에 자리한 그들의 집에서 그 일을 벌였다.

마지막 희생자는 어젯밤 뉴욕의 리치게이트에서 봉변을 당했다. 그의 이름은 에버릿 다인스였고, 내 차에 치어 숨졌다.

정말 후회스럽다. 내가 어떻게 그런 끔찍한 일들을 저지를 수 있었는지 아직도 모르겠다. 유족들에게도 미안한 마음이다. 나로 인해 목숨을 잃은 사람들에겐 더 미안하고. 난 나 자신을 증오한다. 이 미친 짓을 계속 허나갈 수 있을지 모르겠다. 이게 내 고백이다.

니 마지막 이력서.
서명은 하지만 날짜는 적지 않는다. 그럴 필요가 없기 때문이다.
니일 내가 무슨 일을 꾸미게 될지 알 길이 없다. 저기 옷장 속 파이프 막다에 걸린 레인코트에서 루거를 꺼내와 자살을 하거나 다시 리치게이트로 돌아가 자수를 하게 될지도 모른다.
<u>스스로 목숨을 끊는 건 아무래도 힘들 것 같다.</u> 그보다는 속죄가 낫겠다. 어떻게 해서든 내가 벌인 짓들에 대한 대가는 치러야 할 것이다. 나 같은 사람은 절대 자살을 하지 못한다. 차라리 경찰서를 찾아가 자수를 한다면 므를까.
나는 고백이 적힌 종이를 테이블에 놓아두고 불을 끈 후 다시 침대로 올라간다. 아까보다는 많이 차분해졌다. 이제야 비로소 꿀 같은 단잠이 찾아들 것 같다.

14

 모처럼 푹 잤다. 눈을 떠보니 개운하고 편안하다. 그리고 며칠 굶은 곰처럼 배가 고프다. 일부러 알람을 맞춰놓지 않아 정말로 원 없이 잘 수 있었다. 라디오 시계는 9시 27분을 알리고 있다. 원래 7시 30분이면 가뿐히 일어나던 나였다. 오늘 이런 모습은 나답지 않다. 나는 항상 7시 30분에 일어나 출근 준비를 했다. 해고당하기 전까지. 얼마나 오랫동안 그래 왔던지 언제부터인가는 아예 이게 습관으로 굳어져버렸다.

 나는 커튼을 반만 쳐둔 채로 샤워를 한다. 이러니 훨씬 마음이 편해진다. 물론 바닥에 물이 흥건해지는 건 어쩔 수 없지만. 보나마나 과거에도 욕실 바닥을 물바다로 만든 투숙객이 한둘이 아니었을 것이다.

 밖에는 아직도 비가 내리고 있다. 회색을 띤 하얀 하늘은 여전히 낮게 깔려 있는 걸 보니 오늘도 하루 종일 비가 내릴 것 같다. 나는 루거를 넣은 작은 여행 가방을 차에 싣고 돌출된 지붕 아래 쪼그려 앉아 보야저의 정면을 유심히 살펴본다.

 주차등을 덮고 있어야 할 유리와 헤드라이트의 크롬 테두리가 보이지 않는다. 다행히 헤드라이트 자체는 온전한 상태로 붙어 있다. 왼쪽 앞부분은 옴폭 들어가 있다. 차에 피가 묻어 있었다면 밤새도록 내린 비에 완전히 씻겨나갔을 것이다.

 나는 마지막으로 방 안을 둘러본다. 무엇 하나라도 남겨놓으면 안 된다.

테이블에 놓아둔 종이가 눈에 들어온다. 정신이 없어 그만 깜빡하고 만 것이다 휴, 하마터면 이걸 놓고 갈 뻔했네.

나는 테이블에 앉아 어젯밤 적어놓은 고백의 내용을 다시 읽어본다. 오싹한 공포가 온몸을 휘감는다. 어젯밤 내 상태는 정상이 아니었다. 긴장했고, 불안했고, 겁에 질려 있었다. 불면증에도 시달렸다. 하지만 이 고백의 글 덕분에 모처럼 단잠을 이룰 수 있었다.

적어놓은 내용은 내 진심이었다. 모든 게 절망적으로 느껴졌다. 첫 번째 희생자, 에벌리는 너무나 손쉽게 제거됐다. 하지만 그 후 두 명은 재난 그 자체였다. 모두가 쉽고 깔끔하게 처리된다 해도 보통 일이 아닐 텐데. 그렇게 호러 쇼를 두 번 연속으로 연출하다 보니 의욕이 뚝 꺾여버렸다.

이제부터는 더 조심하고, 더 침착해야 돼. 모든 게 완벽해질 때까지 절대 움직여선 안 돼.

나는 절망에 빠져 이 글을 쓰고, 피해자들에게 사죄했던 어젯밤의 나 자신을 위로한다. 지금의 나도 그들에게 사죄를 하고 싶다. 그게 가능한 일인지는 몰라도.

종이를 잘 접어 주머니에 넣는다. 나중에 조용한 곳에서 태워버릴 생각이다

다행히도 돌아가는 길에는 리치게이트를 가로지를 필요가 없다. 나는 8번 국도를 따라 유티카가 자리한 남쪽으로 내려간다. 운전을 하는 내내 차에 남은 살인의 흔적을 걱정한다. 우선 수리를 해야 할 것이다. 보험회사에 보고도 해야 할 거고. 물론 공제액을 넘을 가능성은 적지만. 마저리에게도 차에 대해 해명해야 할 것이다.

경찰이 이 밴을 찾아 나설 거라는 사실을 잊어서는 안 된다. 당장 살인으로 단정 짓고 수사를 벌이지는 않겠지만 뺑소니 역시 과실치사로 꽤 중한 범죄다.

그들이 어떤 단서를 잡았을까? 보나마나 타이어 자국이 전부일 것이다. 그리고 주차등에서 떨어져 나간 유리. 그리고 헤드라이트의 크롬 테두리. 그것들은 뺑소니 차량의 회사와 모델을 알려줄 것이다. 그들은 왼쪽 앞부분에 흠집이 생긴 플리머스 보야저를 찾아 나설 것이고. 페인트가 벗겨진 곳은 없다. 그들은 용의 차량의 색을 아직 모르고 있을 것이다.

요즘 이런 차는 길에서 흔히 볼 수 있다. 하지만 특정 부분에 손상이 간 차라면 얘기가 달라진다. 다행히 헤드라이트는 정상적으로 작동한다. 빗속이라 헤드라이트를 켜지 않을 수가 없다. 경찰이 지나쳐 간다 해도 비와 눈부신 불빛 때문에 차 앞부분의 작은 흠집들은 보지 못할 것이다. 오랫동안 가슴을 졸일 필요는 없을 것 같다. 흠이 난 곳은 조만간 손을 볼 테니까. 이 문제를 어떻게 수습할 것인지 대충 계획이 잡혀 있는 상태다.

마저리에게는 면접을 보러 빙엄턴에 다녀오겠다고 말해두었다. 그 말을 믿게 만들려면 남쪽으로 충분히 내려갔다가 다시 돌아오는 수밖에 없다. 이 문제는 비의 도움으로 쉽게 해결될 거고.

기회는 이른 오후가 돼서야 비로소 나를 찾아온다. 뉴욕 킹스턴에 이르기 직전에 나는 허드슨 강을 건너간다. 유티카를 지나서도 계속 남쪽으로 달린다. 배가 고프지만 정오까지 꾹 참는다. 마침내 나는 길가의 작은 식당을 찾아 안으로 들어간다. 그리고 음식을 주문해 먹는다. 그들은 점심이라고 부르겠지만 내게는 아침이다. 보야저는 정면이 잘 보이지 않도록 신경 써서 주차를 해두었다.

아침 같은 점심을 먹고 나서 다시 남쪽으로 향한다. 오네온타에 도착해서는 남서쪽으로 방향을 틀어 28번 고속도로로 접어든다. 캐츠킬 산을 지나자 꾸불꾸불한 2차선 도로가 이어진다. 그 길을 따라 얼마나 달렸을까. 작은 마을이 하나 나타난다. 그리고 나는 바로 그 마을에서 행운을 잡는다.

도로 왼편으로 재목 저장소가 보인다. 그 앞에는 차가 몇 대 세워져 있다. 차들은 전부 도로를 등지고 있다. 갑자기 소형 오픈 트럭 한 대가 뒤를 충분히 살피지 않은 채 맹렬히 후진해 나오기 시작한다. 나는 그를 충분히 피할 수 있었다. 브레이크에 얹은 발에 힘만 조금 더 주었다면. 갓길로 살짝 벗어나와 트럭을 돌아 나갔다면. 하지만 나는 그 둘 중 아무것도 하지 않는다. 오히려 액셀러레이터를 힘껏 밟아 트럭과 충돌하게 만든다. 내 차의 왼쪽 앞부분과 트럭의 왼쪽 측면이 스치면서 접촉 사고가 난 것이다.

오픈 트럭은 비에 젖은 도로를 미끄러져 내려가 재목 저장소 건물 앞에 멈춰 선다. 내 차에서 뜯겨 나간 후크 달린 범퍼는 트럭에 붙어 있다. 나는 필사적으로 핸들을 꺾어 오른쪽 갓길에 차를 세운다. 그런 다음, 시동을 끄고 차에서 내린다.

재목 저장소에서 두꺼운 모직 반코트 차림의 남자 세 명이 달려 나온다. 오픈 트럭의 운전석에는 이십 대 초반으로 보이는 빼빼 마른 남자가 앉아 있다. 모자를 거꾸로 돌려 쓴 그는 뉴욕 자이언츠 워밍업 재킷 차림이다. 그는 어리둥절한 표정을 짓고 있다. 시동은 꺼지지 않고, 그의 손도 핸들에서 떨어지지 않는다. 차 안에서는 컨트리 음악이 요란하게 흘러나오고 있다. 오픈 트럭의 짐칸에는 열 개 남짓의 널빤지와 이음매 마감재 한 통이 실려 있다.

나는 길을 건너 모직 반코트 차림의 남자들에게 다가간다. 그리고 트럭에 앉아 있는 남자만큼이나 어리둥절한 표정을 지으며 말한다.

"봤습니까?"

"듣기만 했습니다. 그래도 본 거나 다름없죠."

그중 하나가 대답한다.

"저 친구가 불쑥 튀어나왔어요."

나는 도로 한쪽을 가리키며 고개를 젓는다.

"갑자기 튀어나오니 방법이 없더군요. 난 저쪽에서 저쪽으로 이동하던 중이었습니다."

그중 하나가 트럭으로 달려가 운전자에게 시동을 끄라고 한다. 남자는 시키는 대로 한다. 시동이 꺼지자 요란한 음악이 뚝 멎는다. 또 한 명이 내게 말한다.

"경찰을 부르는 게 좋겠습니다."

"저 친구가 뒤도 안 보고 튀어나왔다니까요."

나는 말한다.

모두가 내 잘못이 아니었음을 인정한다. 트럭 운전사조차도 음악을 크게 튼 채 뒤를 확인하지 않고 튀어나온 자신을 탓한다.

주 경찰은 선량한 피해자 대하듯 나를 다룬다. 젊은 트럭 운전사는 졸지에 나쁜 놈이 돼버린다. 경찰은 양측 이야기를 다 듣고 나서 모직 반코트 차림을 한 목격자 세 명의 이름과 전화번호를 받아 적는다. 그런 다음, 내게 돌아와 보험회사에 제출할 사고 경위서 사본을 보내주겠다고 한다.

나는 그들에게 고맙다고 인사를 한 후 차에 오른다. 전에 없던 진동이 느껴진다. 차를 몰고 킹스턴에 도착한 나는 맥주 생각이 나 작은 동네의 술집에 멈춰 선다. 시간 때문인지 술집은 조용하다.

술을 한 잔 하고 나와 보니 킹스턴 경관이 손상된 내 차 앞부분을 유심히 살펴보고 있다. 차는 술집 정문 옆 연석에 세워져 있다. 손상된 부분은 아주 심각해 보인다. 그는 내게 차 주인인지 묻고 나는 그렇다고 대답한다. 그는 면허증을 보여달라고 한다.

"어디서 사고가 났는지 말씀해 주시겠습니까?"

"30분 전에 28번 국도에서 사고가 났습니다. 여기서 15킬로미터쯤 떨어진 곳에서요. 마음이 심란해서 맥주나 한잔하려고 들른 겁니다."

나는 말한다.

그는 사고에 대한 상세한 설명을 듣고 나서 잠시 확인을 해볼 테니 기다려달라고 한다. 나는 들어가서 한 잔 더 하고 나오겠다고 한다.

"너무 많이 드시면 안 됩니다."

그가 미소를 지으며 말한다. 나는 딱 한 잔만 마실 거라고 대꾸한다. 그는 내 면허증을 들고 순찰차로 돌아간다.

나는 아직도 술집에 들어와 있다. 따듯하고, 어둡고, 포근한 공간이다. 5분 후, 두 번째 생맥주를 반쯤 비웠을 때 경관이 들어와 말한다.

"다 확인됐습니다."

그가 면허증을 돌려준다.

"협조해주셔서 감사합니다."

"별말씀을."

나는 말한다.

15

 마저리와 나는 아직도 일요일을 특별하게 여긴다. 더 이상 그럴 이유가 남아 있지 않음에도. 그렇다고 우리가 매주 성당에 나가거나 하는 건 아니다. 아이들이 어렸을 때, 그러니까 몇 년 전까지만 해도 매주 빠지지 않고 성당에 나갔다. 단지 주변에 좋은 영향을 주기 위함이었다. 실직 후 마저리는 이 문제에 대해 한두 번 제안을 한 적이 있었다. 가끔이라도 좋으니 성당에 나가자고. 물론 강요는 아니었다. 어차피 페어본에는 성당이 없다. 같이 다닐 친구도 없고. 그래서 아직까지 뭉그적거리고만 있을 뿐이다. 아마 앞으로도 계속 그럴 것이고.

 일요일을 특별히 여긴다는 건 우리가 여전히 내가 출근하지 않는 날인 것처럼 행동한다는 뜻이다. (또 다른 날인 토요일에는 평소보다 일찍 일어나 집안일을 한다. 물론 그것도 연기다.) 우리는 평소보다 한 시간 늦게 잠자리에 들고 8시 30분이나 9시까지 푹 잔다. 일어나서는 빈둥거리며 긴 아침을 먹고, 점심시간까지 잠옷을 벗지 않는다. 낮 시간은 주로 일요일판 『뉴욕 타임스』를 훑는 것으로 보낸다. 물론 요즘에는 『타임스』를 펴자마자 구인 광고부터 훑는다. 그게 변화라면 변화일 것이다.

 일요일인 오늘도 진정한 휴식을 취하며 보낼 참이다. 지난 목요일과 금요일, 리치게이트에서의 일들로 심신이 많이 지쳐 있는 상태다. 내일은 보야저를 끌고 수리 센터에 가볼 생각이다. 결정을 내리기 전에 견적부터 받아봐야겠다. 아무튼 차 문제는 최대한 빨리 처리해야 한다.

사실 오후에는 사무실에서 남은 세 통의 이력서를 훑어볼 생각이었다. 차분히 앉아 어떻게 하면 지난 경우와 같은 대재앙을 피할 수 있을지 고민해보고 싶었다. 하지만 보야저에 남은 사고의 뚜렷한 흔적이 자꾸 마음에 걸린다. 아무래도 수리를 하기 전에는 끌고 다니지 않는 게 좋을 것 같다.

이런 상황이 못마땅하다. 지금 당장 일을 벌이고 싶기 때문이다. 하루라도 빨리 이 프로젝트를 마무리 짓고 싶다. 어제 뒤뜰에 나가 직접 쓴 고백서를 불에 태우는 동안, 마저리가 일하러 극장에 나가 있는 동안, 이 상황이 또 안겨준 극심한 긴장이 언제 또 나를 압도해버릴지 모른다는 불안한 생각이 찾아들었다. 언제 또 한없이 나약해질지 모른다. 공포에 젖어, 또는 절망에 젖어 나 스스로 당국에 연락해 자수를 하게 될지도 모른다. 그렇게 충동적으로 나 자신을 무너뜨려버릴지도 모른다. 그래서 최대한 빨리 마무리 짓기를 갈망하는 것이다.

"버크! 버크!"

마저리와 나는 가운 차림으로 거실에 앉아 식은 커피를 홀짝이며 일요일판 『타임스』를 훑고 있는 중이다. 나는 내 전용 의자에 앉아 있다. 내 왼쪽으로는 텔레비전이 벽에 바짝 붙어 있고, 오른쪽으로는 전망창이 나 있다. 창밖으로 뜰과 울타리 대용으로 심어놓은 관목들이 내다보인다. 마저리는 여느 때와 마찬가지로 내 왼쪽 소파에 앉아 있다. 바닥에 두 발을 가지런히 모은 아내는 소파 전체를 신문으로 덮어놓았다.

아내가 나를 부르고 있다. 깜짝 놀란 나는 신문을 쥔 손을 덜덜 떨며 아내를 돌아본다.

"왜 그래? 무슨 문제 있어?"

신문에 무슨 기사가 났는지를 묻는 것이다.

"내가 한 말 못 들었어요?"

그녀는 놀라울 만큼 긴장하고 심란한 모습이다. 내게는 아내의 이런 모습이 생소하기만 하다. 혹시 신문에 실리지 않은 뭔가에 대한 얘기가 아닐까?

나는 꽤 건장한 편에 속한다. 마저리는 몸집이 작고, 맵시 있는 타입이다. 아내는 곱실거리는 갈색 머리와 크고, 반짝이는 갈색 눈을 가지고 있다. 그리고 무엇보다도 내가 좋아하는 건 그녀의 진심 어린 웃음이다. 숨 넘어가는 웃음. 나는 꽤 오랫동안 그 웃음소리를 듣지 못했다.

우리가 하트퍼드에서 처음 만나 사귀었던 1971년, 친구들은 익살과 거리가 먼 농담들로 우리 비위를 건드렸다. 왜냐하면 나는 육중하고 키가 컸던 반면 아내는 빼빼 마르고 작았기 때문이다. 당시 나는 버스 운전사였다. 어느 날 아침 마저리는 내가 모는 버스에 올랐고, 우리는 그렇게 처음 만나게 됐다. 그녀는 스무 살이었고, 대학생이었다. 나는 스물다섯 살이었고, 제대군인에 버스 운전사였다. 그녀는 나 같은 남자랑 엮일 사람이 아니었지만 운명의 장난으로 그게 현실이 되고 말았다. 나 역시 대학 졸업이라는 학력을 가졌음에도 그녀는 학교에서 버스 운전사와 사귄다는 이유로 놀림을 받아야 했다. 그래서 나는 그린 밸리에 입사해 종이 세일즈맨이 되었고, 그 일은 내 천직이 돼버렸다.

그리고 지금 아내는 자신이 한 얘기를 내가 들어주지 않았다고 말하고 있다. 그것은 사실이다.

"미안. 잠시 딴생각을 하고 있었어."

나는 말한다.

"무슨 생각하고 있었어요, 버크?"

아내가 말한다. 아내의 눈 밑에는 흰색의 작은 얼룩이 나 있다. 광대뼈 바로 위에. 당장이라도 눈물을 쏟을 것만 같은 분위기다. 대체 무슨 일이지?

나는 말한다.

"일 때문에 그래, 여보. 지금 내 정신이……"

"일 때문이라는 거 알아요. 버크, 난 뭐가 문제인지 알아요. 이 문제로 당신이 얼마나 속을 썩고 있는지도 알고요. 하지만……"

"다주 심각하진 않아."

"하지만 난 더 이상 견딜 수가 없어요."

내게 말을 끊거나 농담을 던질 기회도 주지 않고 그녀가 말한다.

"버크, 이러다간 내가 미쳐버릴 것 같다고요."

"여보, 대체 날더러 무슨……"

"아무래도 우린 상담을 받아보는 게 좋겠어요."

그녀가 말한다. 무미건조한 음성을 들어 보니 이 문제를 놓고 꽤 오랫동안 고민해온 듯하다.

나는 수천 가지의 이유를 들어 자동적으로 거절한다. 일단 가장 설명이 쉬운 이유를 들어 답한다.

"마저리, 우린 지금 그럴 형편이……"

"형편이 안 돼도 해야 할 만큼 중대한 사안이에요."

그녀가 말한다.

"여보, 지금 이 슬럼프는 오래가지 않을 거야. 곧 좋은 소식이 들려올 거라고. 그리고……"

"그땐 너무 늦어요, 버크."

아내의 눈은 어느 때보다도 크고 반짝여 보인다. 그만큼 심각한 문제이고, 걱정이 된다는 뜻일 것이다.

"우리에겐 문제가 많아요. 너무 오랫동안 방치해왔다고요. 버크, 난 당신을 사랑해요. 그래서 우리 결혼 생활이 빨리 정상으로 돌아가길 바라고 있어요."

그녀가 말한다.

"곧 그렇게 될 거야. 우린 서로를 사랑하고 있잖아. 우린 충분히 강하다고."

"우린 강하지 않아요. 난 강하지 않아요. 이젠 지쳤어요. 더 이상 비참해지긴 싫다고요. 이런 절박함도 싫고. 마치…… 마치 덫에 걸린 마멋 미국과 캐나다 등에서 서식하는 설치류 동물로 오소리와 비슷하게 생겼음이 된 기분이에요!"

상상이 잘 되지 않는 이미지다. 아내는 오랫동안 이 문제를 고민해왔을 것이다. 하지만 나는 지금껏 아무 낌새도 채지 못했다. 아내는 불행했고, 그 사실을 내게 털어놓지 않았다. 그냥 입을 꾹 닫고 지금까지 참아온 것이다. 그리고 나는 아무것도 눈치채지 못했고, 당연히 알아차렸어야 할 일이지만 그동안 내 정신은 전혀 다른 곳에 팔려 있었다.

아내에게 모든 걸 털어놓을 수 있다면, 내가 그동안 무엇을 해왔는지 들려줄 수 있다면, 모든 걸 정상으로 돌려놓기 위해 애쓰고 있다는 걸 알려줄 수 있다면 얼마나 좋을까? 하지만 나는 그럴 수 없다. 꿈도 못 꿀 일이다. 들려줘도 아내는 이해하지 못할 것이다. 내가 무슨 일을 벌이고 다니는지, 내가 무슨 짓을 했는지, 또 무슨 꿍꿍이셈인지 알게 된다면 아내는 두 번 다시 나를 예전과 같은 눈으로 쳐다보지 않을 것이다.

나는 깨닫는다. 가운 차림으로 거실에 앉아 아내를 쳐다보는 바로 이 순간에. 공원의 노숙자처럼 온몸에 『뉴욕 타임스』를 뒤집어쓴 채로. 나는 내가 무엇을 했는지, 무엇을 하고 있는지 아내에게 절대 들려줄 수 없다. 우리의 결혼 생활을 지키기 위해. 우리 인생을 지키기 위해. 우리 스스로를 지키기 위해.

나는 말한다.

"여보, 당신 기분이 어떤지 이해해. 정말이야. 나도 크게 낙담하고 있는 중이라고. 매일 일분일초가……"

"더 이상은 안 되겠어요. 난 당신처럼 강하지 않아요, 버크. 당신처럼 참아낼 자신이 없다고요. 더 이상 이렇게 숨죽이고 살면서 버틸 수가 없어요."

그녀가 말한다.

"하지만 달리 할 게 없잖아. 그게 문제라고. 아무것도 할 게 없다는 것. 그냥 이렇게 숨죽이고 기다릴 수밖에 없어. 하지만 왠지 머지않아 좋은 소식이 있을 것 같아. 느낌이 그래. 올 여름, 여름 중에 틀림없이……"

"버크, 지금 우리에겐 상담이 필요해요!"

아내는 마치 겁에 질려 있는 듯한 눈으로 나를 쳐다본다. 맙소사, 아내가 알아버렸나? 그래서 이러는 건가?

아니야. 그럴 리가 없어. 불가능한 일이야. 나는 말한다.

"가저리, 우리 사정을 들어줄 제삼자는 필요 없어. 그냥 우리끼리 대화로 풀면 된다고. 그동안 우리 잘해왔잖아. 아무리 큰 시련이 닥쳐도……"

"당신이 날 버리고 떠나려 했을 때 말이죠?"

그녀가 말한다.

"말도 안 돼! 난 당신을 떠나려고 한 적이 없어. 당신도 알잖아. 지금껏 단 한순간도 그런 황당한 생각을 해본 적이 없었어. 당신을 떠나다니…… 맙소사, 그 얘기라면 이미……"

"당신은 그녀와 살고 있었어요."

나는 몸을 등받이에 붙인다. 한 손은 눈 위에 살짝 얹어놓는다. 그렇지 않아도 골치 아파 죽겠는데, 이건 또 무슨 일인지. 하지만 이건 중요한 일이다. 진지하게 여기고 집중할 필요가 있다. 마저리는 내 또 다른 반쪽이다. 나는 그걸 11년 전에 깨달았다. 우리는 지금 그때 얘기를 하고 있는 것이다. 지금 내가 벌이는 모든 일은 아내를 위함이기도 하다. 왜냐하면 나는 아내 없이는 살 수 없으니까.

여전히 손으로 눈을 가린 채로 나는 말한다.

"왜 또 그때 일을 끄집어내고 그래? 그건 우리 인생에 있어 최악의 사건이었고, 그때 이미 대화로……"

"그게 최악이 아니었어요."

나는 손을 내리고 아내를 쳐다본다. 나는 아내가 내 눈을 똑바로 쳐다보며 내가 그녀를 얼마나 사랑하는지 알아주기를 바란다.

"오, 그게 최악이 아니었다면 대체 뭐가 최악이었다는 거야? 일자리를 구하러 다니는 지금 이 상황도 끔찍하지만 그때에 비하면 아무것도 아니잖아. 그 문제는 그때 이미 대화로 풀었었고."

나는 말한다.

"그때도 도움을 받았잖아요."

"그건 그래."

마저리의 대학교 동창 중 매주 빠지지 않고 성당에 나가는 친구가 있었다. 그녀는 마저리를 성공회의 서스튼 신부에게로 데려갔다. 그리고 마저리는 나를 끌고 가 그를 소개시켜주었다. 그는 우리로 하여금 차마 서로에게 던지지 못할 말들을 다른 캐릭터가 되어 마음껏 질러보도록 했고, 그 방법은 문제 해결에 큰 도움이 됐다. 서스튼 신부의 성당은 브리지포트에 자리하고 있었다. 아직도 그곳에 있을지는 확신할 수 없다. 11년 전에도 꽤 노쇠했으니까.

게다가 그때는 위기의 결혼 생활, 내 부정함, 한 남자의 어리석은 실수가 문제였다. 지금 문제가 되고 있는 것은 일자리와 수입이다. 이 문제에 대해 무슨 조언을 해줄 수 있겠는가? 이 문제의 해결을 위해 그가 어떻게 도움을 줄 수 있겠는가? 자선을 보여주기라도 할 건가?

그리고 이 문제에 대해 내가 무슨 얘기를 들려줄 수 있겠는가? 이력서들을 훑으며 어떤 음흉한 생각을 품었는지 그에게 털어놓을 수 있겠는가? 나는 말한다.

"다저리, 서스튼 신부님은……"

"이젠 거기 안 계세요. 전화해봤어요."

그렇다면 생각보다 심각한 문제는 아닌 모양이군. 하지만 나는 빨리 화제를 돌리고 싶다. 아직 해결해야 할 골치 아픈 일이 많이 남아 있다. 이런 문제로까지 골머리를 썩고 있을 마음의 여유는 없다. 나는 말한다.

"마저리, 일에 대한 문제라면 얼마든지 대화로 풀 수 있잖아."

"당신과는 대화가 안 돼요."

아내가 말한다. 아내의 시선이 전망창 쪽으로 돌아간다. 아내는 많이 진정된 상태다.

"그게 문제라고요. 당신과는 대화가 안 된다는 거 말이에요."

"내가 당신에게 무관심했다는 거 인정해. 하지만 지금부터 달라질게. 확 달라질 거라고."

나는 말한다.

"내가 원하는 건 그게 아니에요."

아내의 시선은 여전히 전망창에서 떨어지지 않고 있다. 내가 집중해서 듣고 있다는 사실을 확인한 아내는 나지막하고 사무적인 음성으로 말한다.

"현재 상황에 대해서 당신과 대화가 안 된단 말이에요."

이해할 수가 없다.

"어째서?"

나는 묻는다.

"우리 둘 다 지금 이 상황이……"

"아니에요. 지금 상황이 어떤지 우리 둘 다 모르고 있어요."

아내가 나를 돌아보며 말한다.

"당신도 이 상황의 심각성을 모르고 있다고요. 그래서 상담이 필요하다고 하는 거예요."

아내가 무슨 말을 하려는지 별로 알고 싶지가 않다. 피하기에는 너무 늦었지만 아무튼 알고 싶지 않다. 몸이 바르르 떨려온다. 나는 말한다.

"마저리, 설마…… 아직…… 아무 짓도…… 혹시 그런 생각을…… 설마 아니겠지?"

아내는 나를 빤히 쳐다보고 있다. 내 말이 멎기를 기다리고 있는 것이다. 하지만 내 말이 멎는 순간 아내의 말이 시작될 것이다. 나는 고통스럽게 긴 숨을 들이쉬었다가 천천히 내쉬며 묻는다.

"그가 누구지?"

아내가 고개를 젓는다. 누군지는 모르지만 죽여버리겠어. 이젠 방법도 알고. 예전엔 몰랐지만 지금은 알고 있다고. 아주 쉬운 일이야. 나조차도 부담 없이 저지를 수 있을 만큼. 그 친구라면 기쁜 마음으로 죽일 수도 있겠어. 나는 생각한다.

"그가 누군지 얘기해줘."

나는 언성을 높이지 않으려 애쓰면서 말한다. 살인이라고는 한 번도 해본 적 없는 사람처럼.

아내가 입을 연다.

"버크, 사회복지 사무소에 연락해봤어요. 상담 프로그램이 있는데 아주 비싸지도 않고……"

"누구냐니까, 마저리?"

도대체 몇 명일까? 마저리가 자주 찾는 곳이 몇 곳이나 될까? 모르긴 해도 많지는 않을 것이다. 시빅을 팔아버렸으니. 치과의사인가? 카니 박사? 하얀 가운 걸치고 설쳐대는 그 얼간이? 콜라병 같은 안경을 쓰고, 병적으로 손을 씻어대는 그 친구? 아니면, 뉴 버라이어티 극장의 그 자식? 이름이 뭐였더라? 머리는 벗어지고, 단정치 못한…… 파운틴. 맞아, 그 친구. 그럼 파운틴일까? 아내가 다니는 곳에서 일하는 누군가일 것이다.

아내를 미행해봐야겠다. 졸졸 따라다녀봐야겠다. 이제 그런 일쯤은 식은 죽 먹기다. 아내는 내가 자신을 미행하고 있다는 걸 눈치채지 못할 것이다. 나는 그를 찾아 죽여버릴 것이다.

아내는 계속 말을 이어가고 있다. 내 머릿속은 신나게 쫓던 냄새를 놓친 개처럼 산란하기만 하다.

"버크, 같이 가서 상담을 받든지 내가 이 집을 나가든지 둘 중 하나예요."

그 말에 머릿속이 하얘진다. 나는 아내에게 더 집중한다. 나는 말한다.

"마저리, 이러지 마. 나가긴 어딜 나간다고 그래? 어떻게 나한테 이럴 수 있어? 나가면 어디로 가려고? 돈도 없잖아!"

"쓸 만큼은 있어요."

아내가 말한다. 순간 나는 돈이 없는 건 아내가 아니라 바로 나라는 사실을 깨닫는다. 실업 보험 수당이 끊어진 지 벌써 몇 달이 지난 상태다. (그건 굉장히 굴욕적인 경험이었다. 실업 보험 수당을 받아 생활했던 것. 해당 사무실에 찾아가 신청서에 서명을 하고 같은 처지의 사람들 틈에 끼어 줄을 섰던 것. 부끄럽고 치욕스러운 일이었지만 막상 수당 지급이 끊기고 나니 지금이 훨씬 더 굴욕이라는 걸 깨닫게 됐다.)

그리고 만약 마저리가 나를 떠난다면? 한 집안도 챙기기 힘든데 두 집안을 어떻게 챙기라고.

아내가 말한다.

"파트타임 일거리도 있고, 또 다른 일을 찾아볼 수도 있어요. 헐리스 같은 델 알아봐도 되고요."

헐리스는 카니 박사의 사무실이 자리한 쇼핑센터에 있는 주류 판매 면허점이다. 혹시 그 지저분한 골초 헐리가 아내를 꼬신 게 아닐까?

절박함이 찾아든다. 두렵고, 덫에 걸린 듯한 기분도 든다. 나는 말한다.

"마저리, 내가 실직만 당하지 않았어도 이런 일은 벌어지지 않았을 거야."

"나도 알아요, 버크."

아내가 말한다. 그녀 또한 나만큼이나 절박하고 답답할 것이다.

"내가 그걸 모를 것 같아요? 난 지금 그 얘길 하고 있는 거예요. 스트레스. 너무 부당하다고 생각하지 않아요? 당신은 점점 말수가 줄고, 비밀스러워져만 가잖아요. 난 당신이 하루 종일 사무실에 틀어박혀 뭘 하는지 몰라요. 신문을 훑으면서 연필로 뭘 그렇게 표시해놓는지도 모르겠고요. 게다가 툭하면 차를 몰고 나가서······"

"면접 때문이잖아. 면접을 봐야 채용이 되든지 할 게 아니야."

나는 잽싸게 말한다.

"나도 알아요. 당신이 최선을 다하고 있다는 거 안다고요. 하지만 그게 우리 사이를 점점 멀어지게 하고 있어요. 나도 가끔은 비참한 현실을 잊고 모처럼 웃어보고 싶다고요."

아내가 말한다.

"알았어."

나는 말한다. 아무래도 벌여놓은 일을 서둘러 마무리 지어야 할 것 같다. 아내의 남자…… 그가 누구이든 나중에 처리하면 될 거고, 일단은 그 친구들부터 신속히 제거해야 할 것 같다.

"알았다고."

아내가 고개를 갸웃하며 나를 쳐다본다.

"알았다고요?"

"같이 상담을 받으러 갈게."

나는 말한다. 막상 이렇게 얘기하고 나니 후련한 기분이 든다. 물론 쉽지는 않을 것이다. 카운슬러가 누구이든 나는 나에 대한 많은 부분을 숨겨야 한다. 그에게 마음을 활짝 열어 보이는 게 도리이겠지만 그건 불가능하다. 누구에게 상담을 받든 절대 안 된다. 적어도 벌여놓은 일이 깔끔하게 마무리될 때까지는. 물론 그때도 이 문제에 대해서는 절대 입을 열지 않겠지만. 세상 누구에게도 털어놓을 수 없는 비밀이다. 그 누구도 내 생애 최악의 한때에 대해 알아서는 안 된다. 마저리도. 카운슬러도. 아무리 상담 내용을 절대 발설하지 않겠노라고 맹세를 했다 해도.

그래도 일단 찾아가서 상담을 받아보긴 해야 할 것 같다. 절박함, 분노, 무능함, 치욕, 뭐 이런 것들에 대해 몇 시간 주절대다 오면 되겠지. 모든 게 내 잘못이라고 하면 아닌 걸 알지만 그냥 묵묵히 인정하는 척하면 되는 거고.

"알았어. 상담을 받아볼게. 어쩌면 큰 도움이 될지도 모르잖아."

나는 말한다.

"고마워요, 버크."

아내가 말한다.

"마저리……"

"아니에요. 이 문제에 대해선 더 이상 아무 말도 하지 말아요."

아내가 단호하게 말한다.

상대가 누구든 더 이상 만나지 마. 이 말을 하려고 했다. 하지만 그녀가 옳다. 지금 내게는 이 얘기를 할 자격이 없다.

"알았어."

나는 말한다.

16

세 시간 후 나는 내 사무실에 들어와 있다. 이번에는 집에서 가장 가까운 곳에 사는 이를 표적으로 삼기로 한다. 쉽고, 간단하게. 거리상 부담이 없으니 여러 차례 찾아가 꼼꼼히 정찰을 해둘 수도 있을 것이다. 기회가 오면 쉽고, 간단한 처리를 위해 무엇을 어떻게 할 것인지 확실한 계획을 세워둬야 한다.

지도. 다음 표적이 여기 있다. 다이어스 에디. 작은 점으로 표시된 코네티컷의 그 마을은 이곳에서 50킬로미터도 채 떨어져 있지 않다.

마저리는 거실에서 소설을 읽고 있다. 나는 말한다.

"드라이브 좀 하다 올게. 생각할 게 좀 있어서 말이야."

아내는 책에서 눈을 떼지 않은 채 고개를 끄덕인다. 우리 사이는 굉장히 어색해진 상태다.

정찰을 위해 떠나는 것인 만큼 루거는 챙기지 않았다. 필요한 건 이력서뿐이니까.

케인 B. 에이쉐

풋브리지 가 11번지

다이어스 에디, 코네티컷 06687

전화번호 203-482-5581

팩스 203-482-9431

근무 경력   가장 최근에는 (1991년~현재) 그린 밸리 제지에서 제품 담당 책임자로 근무하며 새로운 산업 중합체 용지 생산 라인을 소개했음.

1984년~1991년, 그린 밸리 제지에서 공장 조감독관으로 근무하며 OSHA를 비롯한 연방, 그리고 주 규정에 따른 문서 업무를 맡아 처리함. 또한 본사 생산 라인의 제2 교대조를 감독함.

1984년, 챔피언 제지용재 파산 후 뒤처리를 지휘함. 기계 분해, 구매자들과의 협상, 기계와 금전과 설비의 분산 배치 기록 관리.

1971년~1984년, 챔피언 제지용재에서 근무. 작업장 슬러지 탱크 관리, 야간 근무조 감독, 챔피언이 카이 웬 지주회사에 매각·해체되는 과정에서는 보조 관리자로 참여.

학력   1962년, 고등학교 졸업. 웨스트 텍사스 대학교

경영학 학사. 육군 입대(두 차례 파병, 1963년~1971년)

1985년, 코네티컷 공과대학교(야간) 석사

현재 파트타임으로 박사 코스를 밟고 있음

아직 50세가 되지 않았고, 다시 한번 의욕을 불태울 기회를 희망하고 있습니다. 특히 귀사와 같은 견실하고, 믿을 수 있는 회사에 제가 가진 모든 경험을 쏟아붓고 싶습니다.

아직 쉰 살이 되지 않았다고? 이런 개자식. 내가 영원히 쉰 살을 넘지 못하게 해주지. 페어본을 출발해 다이어스 에디에 다다르려면 뒷길을 타야 한다. 지난주의 폭풍우는 마침내 바다로 몰려가버렸고, 세상은 확실히 깨끗해졌다. 모든 게 희미한 봄의 햇살 아래서 반짝이고 있다. 일요일이지만 순쾌한 봄기운을 만끽하려 차를 몰고 나온 이들이 적지 않다. 사람들이 포치와 새 모이통 주변에 심어놓은 튤립들이 화려한 색채를 뿜내고 있다. 나는 전혀 급하지 않다. 그저 케인 배글리 에이쉐가 어떤 사람일지 상상하며 드라이브를 즐길 뿐이다.

(무엇을 해야 할지 알게 됐지만 완전히 마음을 굳히지 못했을 때 나는 가족 공용 컴퓨터와 모뎀을 이용해 나머지 여섯 명의 뒷조사를 해보았다. 그럴 형편은 안 되지만 우리는 인터넷을 쓰고 있다. 빌리에게는 인터넷 사용 시간을 줄이라고 항상 잔소리를 해야 한다. 아무튼 나는 인터넷으로 그들의 출생증명서, 혼인신고서, 재산 내역 등을 꼼꼼히 살펴보았다. 덕분에 그들에 대해 많은 걸 알게 됐지만 도움이 될 만한 건 건지지 못했다. 상대에 대해 속속들이 알게 되면 그만큼 힘이 생기는 것이다. 상대는 우리가 자신들에 대해 무엇을 얼마나 알고 있는지 모를 테니까. 뭐 아주 도움이 안 되는 건 아닌 셈이다. 또 하나의 수확은 그들의 중간 이름을 알게 됐다는 것이다. 묘한 만족감이 찾아든다. 이제 나는 그들의 비밀 이름까지 알게 됐다. 그들의 주변 사람들조차 모르는 이름. 경찰이 아니고서는 느껴볼 수 없는 힘이다. 아는지 모르지만 범인 수색을 하거나 체포 사실을 공개적으로 알릴 때 경찰은 항상 중간 이름을 사용한다.)

다이어스 에디의 '에디'는 후사토닉 강으로부터 갈라져 나온 포코차우그라 불리는 작은 개울의 소용돌이eddy를 의미한다. 이쪽 지역에서는 인디언 이름을 흔히 접할 수 있다. 포코차우그보다 더한 이름도 많다.

봄은 에디의 계절이다. 해빙과 봄비 때문이다. 마을의 주도로인 뉴 헤이븐 가는 포코차우그의 서쪽 제방을 따라 뻗어 있다. 그 길은 개울이 왼쪽으로 꺾이는 지점에서 오른쪽으로 방향을 튼다. 그곳이 바로 목적지다. 거기서 북쪽으로 조금 더 올라가면 지역 볼거리 중 하나인 소용돌이를 볼 수 있다. 도로와 개울 사이에는 작은 주차장이 자리하고 있다. 5월의 일요일 오후, 그곳에는 총 일곱 대의 차가 주차돼 있다. 내 차까지 여덟 대다.

싱크에서 물 빠지듯 소용돌이치는 개울 위로는 인도교가 놓여 있다. 대여섯 명이 껍질이 벗겨진 나무 난간에 몸을 기댄 채 소용돌이를 내려다보고 있다. 그렇게까지 볼 만한 현상은 아닌데도. 인도교는 튼튼한 강철 받침에 널빤지를 덮어 만들어놓은 것이다. 포코차우그 너머로는 작은 공원이 펼쳐져 있다. 여기저기 둥근 돌들이 튀어나와 있고, 피크닉 벤치와 계절에 따라 영업하는(소용돌이처럼) 매점도 보인다.

매점은 영업 중이다. 나는 아무것도 사지 않고 통나무로 만든 작은 매점을 지나 공원을 가로질러 나간다. 너무나 평온하다. 이곳에 있으면 세상의 모든 시름이 눈 녹듯 사라져버릴 것 같다. 이곳 공기가 내게 얘기한다. 내가 해야 할 일은 한없이 간단한 것이라고. 그리고 마저리로부터 들은 끔찍한 소식은 그저 꿈일 뿐이라고. 멋진 공원을 산책하니 긴장이 스르르 풀려버린다. 마지막으로 이렇게 긴장을 풀어본 게 언제였는지 기억도 나지 않는다.

나는 공원 한복판에 멈춰 서서 개울을 돌아본다. 사람들은 여전히 난간에 몸을 기댄 채 소용돌이를 구경하고 있다. 그중 일부는 내가 도착했을 때부터 다리 위 한자리를 차지하고 있던 사람들이다. 그들 너머로 자갈 깔린 주차장이 보이고, 그 너머로는 차가 많이 지나지 않는 도로가 보인다. 길 건너에는 하얀 집이 두 채 서 있고, 꾸불꾸불한 길은 완만한 언덕을 따라 이어진다.

풋브리지. 케인 에이쉐의 주소는 풋브리지 가다. 꾸불꾸불한 언덕길이 풋브리지 가인 것 같다.

언덕 위 소나무들 사이로 집 몇 채가 보인다. 여기서 에이쉐의 집도 보일까? 번지수는 잊어버렸다.

서서히 흥분되기 시작한다. 나는 다시 인도교를 건너온다. 에이쉐의 집. 그는 지금 집에 있을까? 다리에 올라가 서서 소용돌이를 내려다보는 이들 중 에이쉐가 있는 건 아닐까? 설마. 이 동네 주민에게 소용돌이는 전혀 흥미로운 볼거리가 아닐 텐데.

올라가볼까? 여기서 멀지는 않을 거야. 날씨가 좋아서 산책하는 사람도 많고. 차를 몰고 에이쉐의 동네를 둘러보는 건 위험해.

보야저로 돌아온 나는 이력서를 꺼내 주소를 확인한다. 11번지. 모자를 벗어 좌석에 내려놓고 스포츠 재킷의 지퍼를 내리고 나서 걸음을 옮기기 시작한다.

예상했던 것보다 조금 먼 거리다. 공원에서는 절대 보이지 않는 곳이다. 언덕의 경사가 완만해 힘은 크게 들지 않는다. 잘 관리된 뉴잉글랜드풍 집들이 경사진 길 양옆으로 줄지어 서 있다. 오래된 옹벽은 돌, 새 옹벽은 침목으로 돼 있다.

꽃나무가 우거진 11번지는 침목 옹벽이다. 집은 내 왼편에 자리하고 있다. 골목과의 거리는 짧지 않고, 아스팔트 깔린 사유 차도의 한쪽은 침목 옹벽이 막고 있다. 옹벽 끝 길가에는 나무 말뚝에 달아놓은 우편함이 있다.

나는 건너편 보도를 따라 계속 걸어 올라간다. 조금 더 올라가자 그들이 보인다. 남편과 아내. 그들은 정원을 파헤치고 있는 중이다.

씨 뿌리는 계절. 그들의 집 주변에는 정원이 몇 개 마련돼 있다. 경사진 언덕 쪽에는 높은 철사 울타리로 둘러진 멋진 정원이 꾸며져 있다. 작은 초록색 잎들이 잔뜩 보인다. 또 다른 종류의 양상추인 듯하다. 야채 정원. 텃밭을 만들어 야채를 가꾸며 사는 모양이다.

두 사람 모두 청바지 차림이다. 그의 탁한 담홍색 티셔츠에는 뭔가가 적혀 있지만 내가 있는 곳에서는 읽을 수 없다. 그녀의 옅은 파란색 티셔츠에는 아무것도 적혀 있지 않다. 그들의 이마에는 땀 밴드가 둘러져 있다. 그의 것은 흰색이고, 그녀의 것은 티셔츠와 같은 파란색이다. 그녀는 장갑을 끼고 있지만 그는 맨손이다.

그들은 정원 가꾸는 일에 온 신경을 집중시키고 있다. 모종삽으로 땅을 파내고, 무엇을 심었는지 적혀 있는 작은 플라스틱 표시물을 꽂아놓는다. 나는 계속 걸음을 옮기며 그를 지켜본다. 흙 묻은 얼굴 때문인지는 몰라도 내 눈에는 쉰 살이 훨씬 넘어 보인다. 면접에서 거짓말이 탄로라도 나는 날에는……

아니다. 그의 이력서는 내게 깊은 인상을 남겼다. 이 바닥에서 쓸 만한 자리가 나온다면 그가 차지할 가능성이 높다. 나한테까지 기회가 오지 않을 것이다. 일을 쉰 지도 오래되지 않아 나머지 후보들보다 매력이 있다.

이제 나는 그를 알고 있다. 그가 어떻게 생겼는지도. 계속 언덕을 걸어 올라간다. 경사가 가팔라지기 시작하자 나는 낮은 돌벽에 걸터앉아 올라온 길을 돌아보며 생각에 잠긴다.

오늘 루거를 챙겨오지 않은 건 잘한 일이다. 아내가 함께 있으니 총이 있어도 일을 벌일 수가 없다.

 잠시 숨을 돌리고 나서 언덕을 내려가기 시작한다. 말을 한번 걸어볼까? 길을 묻든지 해서. 왜 그러려고 하는데 그게 어리석은 일이라는 걸 아는 사람이. 에버릿 다인스 기억 안 나? 그와 말을 섞으면서 친해져버리니까 일이 걷잡을 수 없이 복잡해졌잖아. 두 번 다시 같은 실수는 반복하지 않을 거야.

 그들은 아직도 텃밭 관리에 집중하고 있다. 차고 앞에는 검은색 혼다 어코드 한 대가 서 있다. 나는 번호판을 외워둔다.

 뉴 헤이븐 가로 내려와 주차장으로 들어서니 내 차 옆에 세워진 주 경찰관의 순찰차가 눈에 들어온다. 젊은 주 경찰관이 번뜩이는 눈으로 보야저 앞쿠분의 흠집을 살펴보고 있다. 내가 다가가자 그가 나를 돌아본다.

 "이게 선생님 차 맞습니까?"

 순간 나는 바짝 얼어붙는다. 하지만 놀라는 기색을 내보이지 않으려 애써본다.

 "그런데요."

 "어쩌다 이렇게 됐는지 말씀해주시겠습니까?"

 "지난주에 뉴욕 킹스턴에서도 같은 질문을 받았습니다. 대체 무슨 일입니까?"

 나는 말한다.

 "선생님, 어쩌다 이렇게 됐는지 말씀해주십시오."

 그가 말한다.

 "그러죠."

 나는 어깨를 한 번 으쓱한 후 사연을 풀어놓는다. 빗속에 재목 저장소에서 나오는 소형 오픈 트럭. 그리고 피할 수 없었던 충돌.

그는 내 설명에 귀를 기울이며 내 얼굴 구석구석을 유심히 살핀다.

"면허증과 등록증을 보여주십시오."

"네."

나는 말한다. 그리고 그것들을 꺼내면서 묻는다.

"무슨 일인지 물어보면 안 되는 겁니까?"

그는 협조해줘서 고맙다는 말만을 남기고 자신의 차로 돌아간다. 나는 스포츠 재킷과 모자를 벗어 조수석에 놓인 이력서 위로 휙 던진다. 가볍게 산책을 했을 뿐이지만 몸은 후끈 달아올라 있다. 운전석에 올라 유리창을 내리고 소용돌이치는 물소리에 귀를 기울인다. 마음이 차분해진다. 공기는 신선하다. 무엇보다 후텁지근함이 없어서 좋다. 졸음과 한바탕 전쟁을 치르고 있는데 주 경찰관이 돌아온다. 더 이상의 쌀쌀함과 사무적인 태도는 찾아볼 수 없다. 오히려 눈에 띄게 정중해졌다.

"감사합니다."

그가 내 면허증과 등록증을 돌려주며 말한다.

돌아서는 그의 등에 대고 나는 말한다.

"이봐요, 무슨 일이냐고 묻지 않습니까? 벌써 두 번째라고요."

그가 잠시 나를 쳐다본다. 자신의 필요에 의해서만 입을 여는 타입인 듯하다. 내 집요함은 결국 그를 무너뜨리고 만다.

"며칠 전 뺑소니 사건이 있었습니다. 뉴욕 북부에서요. 용의 차량이 선생님의 밴과 비슷합니다. 저희는 용의 차량의 왼쪽 앞부분이 손상을 입었을 것으로 보고 있습니다."

그가 말한다.

"누욕 북부에서요? 난 빙엄턴에서 사고가 났었는데요. 뭐 아무튼 알려 줘서 고마워요."

나는 말한다.

그가 턱으로 보야저 앞부분을 가리키며 말한다.

"빨리 수리하셔야겠는데요."

"그렇지 않아도 내일 견적을 받으러 갈 생각입니다. 고마워요."

나는 말한다.

17

 매번 일을 벌이고 나서 보면 목요일이다. 일부러 그렇게 계획한 건 아니다. 마저리는 월요일과 수요일에 일을 나간다. 그리고 집에는 차가 한 대뿐이라 그렇게 될 수밖에 없었다. 처음 세 명의 표적을 각각 목요일에 처치했고, 다이어스 에디로 향하고 있는 오늘도 목요일이다.
 과연 오늘 계획대로 케인 에이쉐를 제거할 수 있을까? 부디 그렇게 되기를. 더 이상 문제될 건 없다. 차 수리도 마쳤다.
 오늘에야 비로소 가능해진 일이다. 월요일, 마저리를 카니 박사 사무실에 데려다주고 난 후 (차에서는 어색한 침묵을 묻어두기 위해 라디오를 『뉴욕 타임스』의 클래식 음악 방송국, WQXR에 맞춰놓았다) 보야저를 자동차 딜러에게 가져갔다. 우리는 5년 전에 그곳에서 보야저를 구입했다. 당시만 해도 우리는 3년에 한 번꼴로 차를 바꿔 탔다. 정비 센터의 제리에게는 이미 연락을 해놓은 상태였다. 나는 지금껏 차 수리를 하러 다른 정비 센터를 찾은 적이 한 번도 없었다. 제리와는 서로 잘 아는 사이다. 게다가 그는 내 재정 상태를 충분히 이해하고 있다. 차를 슥 훑어보던 그가 나를 돌아보며 말했다.
 "보험 처리죠?"
 사고 때문에 정비 센터를 찾은 것은 이번이 처음이었다.
 나는 그에게 보험증을 넘기며 말했다.

"250달러 공제 조항이 있어요."

그가 눈을 가늘게 뜨고 보험증을 들여다보았다. 내게 보험증을 돌려주며 그가 말했다.

"그렇군요."

"게리, 내 상황 잘 알죠? 250달러는 내게 엄청난 액수예요."

나가 말했다.

"요즘 다들 어려울 때 아닙니까, 데보레 씨. 우리 집사람도 얼마 전에 병원에서 쫓겨났습니다."

그가 동정적인 어조로 말했다.

나는 순간 흠칫 놀랐다. 내가 물었다.

"네? 병원이 환자를 쫓아냈다고요?"

"아뇨. 집사람은 병원에서 엑스선 기술자로 일했습니다. 11년 차인데 이번에 해고됐죠."

"아……"

"오하이오의 큰 의료회사가 병원을 인수했거든요. 인수 직후 대대적인 인원 감축을 시작하더군요. 적자가 어쩌고 하면서."

그가 말했다.

희한한 일이다. 지금껏 병원을 법인처럼 마음껏 사고팔 수 있는 상업 기관으로 생각해본 적이 없는데. 놀라운 일이다. 병원은 성당이나 소방서와는 또 다른 모양이다. 내가 말했다.

"그래서 해고된 거예요? 11년 차 직원을 그렇게 잘라버렸다고요?"

"아주 매몰차게 말이죠."

그가 주먹 쥔 손으로 콧수염을 꾹꾹 눌러대며 말했다.

"엑스선 기술자는 아홉 명에서 여섯 명으로 줄었습니다. 여섯 명이 아홉 명의 일을 하게 된 거죠."

"그래도 엑스선 기술자들은 여기저기서 환영을 받을 것 같은데요."

내가 말했다.

그가 고개를 저었다.

"다들 인원 감축 중입니다. 집사람도 재취업이 어렵지 않을 거라 생각했는데 직업소개소에 알아보니 같은 기술을 가진 실직자들이 넘쳐난다고 하네요."

그가 말했다.

"맙소사. 제리, 정말 안됐군요. 그 기분은 누구보다도 내가 잘 압니다."

내가 말했다.

"네, 데보레 씨."

그가 갑자기 주변을 살폈다.

"지금 이 순간에도 정비 센터의 서비스 관리자를 셋에서 둘로 줄이려는 임원들이 있습니다."

그가 말했다.

"당신은 잘릴 걱정이 없잖아요, 제리."

내가 말했다. 임원들이 무슨 생각을 하고 있는지도 모르면서. 이 바닥에도 살얼음판을 걷는 이가 적지 않을 것이다. 어쩌면 다음이 제리의 차례가 될지도 몰랐다.

그도 그 가능성을 알고 있었다.

"누구도 안심할 수 없습니다, 데보레 씨."

그가 말했다. 그리고 목소리를 한층 더 낮추어 속삭였다.

"서로 잘 아는 사이라 하는 얘긴데…… 견적을 두 개 내줄 수도 있습니다. 당신이 챙길 것, 그리고 보험회사에 제출할 것."

"정말이에요, 제리? 고마워요."

나가 말했다.

"대기실에 앉아 있어요. 어디까지 가능한지 한번 알아볼게요."

그가 말했다.

나는 다시 고맙다고 한 후 대기실로 들어갔다. 45분 후 그가 들어와 견적서 두 장을 내밀었다. 그가 능글맞은 미소를 지으며 말했다.

"실수하면 안 되니까 잘 보고 제출해요."

"물론이죠."

차를 몰고 집으로 돌아오는 길에 제리에게 보답할 수 있는 방법을 떠올려보았다. 제리에게 잘리지 않는 방법을 가르쳐줄 수도 있었다. 나머지 서비스 관리자들 중 하나를 죽이면 된다고. 그의 아내도 잘리기 전에 동료 엑스선 기술자 세 명을 제거해버렸다면 아마 지금쯤 아무 걱정 없이 병원에 다니고 있었을 것이다.

하지만 이건 아무에게나 부담 없이 털어놓을 수 없는 방법은 아니지 않은가.

집에 돌아온 지 한 시간쯤 됐을 때 우편물이 도착했다. 요즘에는 우편함을 확인할 때마다 불안해진다. 나도 모르게 주변에 주차된 차들을 살펴보게 된다. 우스운 일이지만.

주 경찰국이 보낸 사고 보고서가 도착했다. 나는 보험 중개사, 빌 마틴에게 연락해보았다. 그는 서류를 챙겨오라고 했고, 나는 곧장 그의 사무실로 향했다. 우리는 차고를 개조해 만든 그의 사무실에서 만났다. 나는 경찰이 보내온 사고 경위서와 보험회사용 견적서를 건넸다. 그가 휘파람 같은 소리를 내며 말했다.

"맙소사, 작은 사고가 아니었군요."

"뭐 즐겁진 않았습니다."

내가 말했다.

"네, 그랬을 것 같네요."

그가 잠시 나를 응시했다.

"어디 다친 덴 없습니까, 버크? 괜찮아요?"

나는 웃음을 터뜨렸다.

"목이 아프다고 우겨볼까요, 빌?"

"제발 참아주시죠."

그가 화들짝 놀라는 시늉을 하며 말했다.

"그러다 걸리면 엄중히 처벌받습니다. 모두가 한 푼이라도 더 짜내려 하거든요. 조사원들도 이젠 대충 넘어가지 않아요."

"압니다."

"차는 어디 있습니까? 정비 센터에 있나요?"

"우린 차가 한 대뿐입니다, 빌. 지금 밖에 있어요."

내가 말했다.

"어디 나가서 한번 볼까요?"

"그러죠."

우리는 밖으로 나갔다. 그가 손상된 부분을 유심히 살펴보다가 견적서를 들여다보았다. 잠시 후 그가 나를 돌아보며 말했다.

"새 직장은 찾았습니까?"

"아직요."

내가 대답했다.

그가 고개를 끄덕였다. 우리는 다시 안으로 들어왔다.

"오늘 본사로 팩스를 넣겠습니다. 뭐 문제될 건 없을 것 같네요."

"다행이네요. 그럼 언제부터 수리가 가능합니까? 이대로 다니기엔 신경이 좀 쓰여서 말이죠."

내가 물었다.

"내일이면 수리에 들어가도 되지 않을까요? 승인이 떨어지는 대로 연락할게요."

그가 말했다.

"고마워요, 빌."

나는 그와 악수를 나누고 사무실을 나와 집으로 향했다.

이 엄청난 음모는 그렇게 정리됐다.

카운슬러와의 첫 상담은 화요일로 잡혔다. 마저리는 주정부가 아닌, 성당을 통해 상담을 준비해왔다. 11년 전 서스튼 신부와 상담을 가졌을 때처럼.

"그의 이름은 롱거스 퀸란이에요."

그의 사무실이 자리한 마샬_{미국 일부 도시의 경찰서를 통칭하는 말로} 향하는 동안 아내가 말했다.

나는 흠칫 놀랐다. 우리의 카운슬러가 남자라니. 마저리는 여성 카운슬러를 원했을 텐데. 나는 놀란 기색을 애써 지웠다.

"롱거스. 이상한 이름이군."

"그런 집안인가 보죠, 뭐."

아내가 말했다.

지어진 지 얼마 돼 보이지 않는 4층짜리 빨간 벽돌 건물은 마샬의 변두리에 자리하고 있었다. 미드웨이 의료 서비스 단지. 미드웨이라…… 어디와 어디의 중간 지점이라는 거지? 삶과 죽음 사이? 제정신과 광기 사이? 어제와 오늘 사이? 희망과 절망 사이?

컬럼비아 가족 서비스는 맨 위층에 자리하고 있었다. 우리는 어색하게 엘리베이터에 올라 사무실로 향했다. 접수원이 우리의 이름을 받아 적고 대기실에서 기다리라고 했다. 연하고 부드러운 색으로 칠해진 대기실에는 연하고 부드러운 색 가구들로 꾸며져 있었다. 상담을 받기 전에 들뜬 마음을 차분히 가라앉히라는 의미인 듯했다.

호의는 느껴지지만 지독하게 따분한 대기실에서 몇 분 앉아 있으니 접수원이 들어왔다.

"데보레 씨? 데보레 부인?"

대기실에는 우리뿐이었다. 우리가 자리에서 일어나자 그녀가 오른편 복도를 가리켰다.

"4번 방입니다."

우리는 고맙다고 말한 후 4번 방으로 향했다. 그곳의 문은 활짝 열려 있었다. 우리는 안으로 들어갔다. 마흔 살 정도 돼 보이는 몸집 큰 흑인 남자가 우리를 보고 자리에서 벌떡 일어났다. 그는 흰색 셔츠에 짙은 색 넥타이 차림이었다. 그가 환히 미소를 지으며 말했다.

"데보레 씨, 데보레 부인. 어서 오십시오. 죄송하지만 문을 닫아주시겠습니까?"

마저리는 그가 흑인이라는 얘기는 안 했는데. 나는 문을 닫으며 아내를 흘끔 쳐다보았다. 하지만 아내의 표정은 당최 읽을 수가 없었다. 아내는 나를 돌아보지도 않은 채 롱거스 퀸란이 가리키는 의자로 다가가 앉았다. 나도 나머지 의자에 자리를 잡고 앉았다. 우리 세 사람은 그렇게 삼각형을 이루게 됐다.

사무실은 작았다. 뒤편의 큼직한 창문에는 베니션 블라인드가 드리워져 있었다. 책상은 문을 향하고 있었고, 책상 앞 의자들은 서로를 향해 살짝 들어가 있었다.

모두가 자리에 앉자 그가 환히 미소를 지으며 말했다.

"롱거스 퀸란이라고 합니다. 엔버 신부님께선 두 분에 대해 잘 모른다고 하시더군요. 서스튼 신부님이 계셨을 때 상담을 받으신 적 있으시죠?"

우리는 그렇다고 대답했다. 그가 고개를 끄덕이며 말했다.

"제가 이 일을 시작하기 전이었군요. 그분에 대해선 좋은 얘길 많이 들었습니다."

그가 책상에 놓인 문서를 자신의 앞으로 끌어갔다. 그리고 펜을 집어 들며 말했다.

"우선 기본적인 것부터 짚고 넘어가죠."

그 기본적인 것이 거의 한 시간을 잡아먹어버렸다. 나는 마저리가 어떻게 자신의 불륜을 카운슬러에게 털어놓을지 궁금했다. 잘하면 상대 남자의 신원을 알게 될 수도 있다는 생각에 더 초조하게 기다렸다. 하지만 그 얘기는 끝내 나오지 않았다. 그저 특별할 것 없는 개인 정보만 오갔을 뿐이었다. 우리는 2년간 지속된 실직 상태가 부부 간의 문제를 키웠다는 사실에 동의했다.

그렇게 55분짜리 상담이 끝나버렸다. 그가 책상 위 문서에 두 손을 얹으며 미소를 지어 보였다.

"두 분이 절 찾아주셔서 무척 기쁩니다. 두 분께 문제가 있어서가 아닙니다. 두 분에게서 문제 해결에 대한 강한 열망을 엿봤기 때문입니다. 잘 아시겠지만 제가 하는 일은 두 분을 대신해 문제를 해결하는 게 아닙니다. 그건 제가 할 수 없는 부분이죠. 해결책은 두 분 안에서 나오는 겁니다. 제가 내어드리는 반창고는 별 도움이 되지 않습니다. 두 분이 직접 내면 깊숙이 들여다보고 그 안에 어떤 힘이 숨어 있는지, 서로에게서 진정으로 원하는 것은 무엇인지 깨달으셔야 합니다. 전 그저 그 길만 안내해드릴 뿐입니다."

그가 한 손가락을 들어 보이며 미소를 지었다.

"하지만 아직 우린 두 분이 진정으로 원하는 게 무엇인지 모르고 있습니다. 본인이 무엇을 원하는지 알고 계신 것 같죠? 두 분이 진정으로 원하는 건 한때 풍요로웠던 것들 아닌가요? 하지만 그건 사실이 아닙니다. 상담이 계속되면 그걸 깨닫게 되실 겁니다."

결국 우리가 파경에 이를 수도 있다는 얘긴가? 그게 우리가 진정으로 원하는 거라고? 그래서 그렇게 될 수 있도록 돕겠다는 거야? 맙소사, 나도 이런 일이나 할 걸 그랬군.

우리는 매주 화요일, 같은 시간에 상담을 갖기로 했다. 그는 보험회사가 비용의 상당 부분을 부담하게 될 거라고 설명했다. 우리는 20퍼센트의 공제 금액만을 내면 되는 것이었다. 우리는 그와 악수를 나눈 후 사무실을 나와 엘리베이터에 올랐다. 내려가는 동안 내가 말했다.

"많은 면접이 저렇게 끝났었지."

"오, 버크."

마저리가 나를 감싸 안았고, 우리는 키스를 했다. 하지만 이내 서로에게서 떨어져 나갔다.

집으로 향하는 동안에도 WQXR을 들었다. 롱거스 퀸란이 당장 무슨 도움을 줄 수 있을 거라고는 생각하지 않았다. 하지만 장기적으로는 어떨지 모르는 일이기에 당분간은 프로그램을 따르기로 했다. 어차피 마저리의 불륜 상대가 누구인지도 확인해야 하니까.

마저리와의 결혼 생활을 이어가는 데 반드시 필요한 일이라면 나는 군말 없이 따를 각오가 돼 있다. 아내의 남자 친구를 죽이고, 새 일자리를 찾게 되면 모든 건 다시 정상으로 돌아올 것이다.

수요일 아침, 빌 마틴이 전화를 걸어와 차를 수리해도 좋다고 했다. 정비 센터의 제리에게 연락하자 그는 그렇지 않아도 내 전화를 기다렸다며 필요한 부품이 준비됐으니 언제든 오라고 했다. 나는 마저리를 카니 박사 사무실에 데려다주고 나서 정비 센터로 갔다. 보야저는 성형수술을 거쳐 눈에 잘 띄지 않는 평범한 모습으로 되돌아오게 됐다.

다시 목요일이 돌아온다. 그리고 나는 케인 에이쉐를 만나러 간다.

18

처음 이곳을 찾았던 지난 일요일, 나는 풋브리지 가의 낮은 돌벽에 걸터앉아 숨을 돌렸다. 지금 나는 같은 돌벽 앞 갓길에 세워놓은 보야저에 앉아 있다. 오늘도 에이쉐와 그의 아내는 정원 일에 여념이 없다. 땅에 말뚝을 박고, 묘목 상자를 가지고 나와 파놓은 땅에 하나씩 심어나간다.

무엇을 하든 꼭 저렇게 둘이 붙어서 하는 모양이다. 보야저 안에서는 언덕 아래가 훤히 내려다 보인다. 정원에서 분주히 작업하는 그들을 지켜보기에는 이만한 위치가 없다. 그들은 필요한 도구를 서로 챙겨주고, 끊임없이 대화를 나누고, 가끔 웃음을 터뜨리기도 한다. 그들이 하는 모든 게 거슬린다.

나는 오전 9시가 조금 안 된 시간에 이곳에 도착했다. 그들이 정원으로 나오기 전이었다. 지난 일요일과 마찬가지로 차고 앞에는 혼다 어코드가 세워져 있었다. 나는 차에 앉아 기다렸다. 9시 반, 마침내 그들이 편한 작업복 차림으로 모습을 드러냈다. 서서히 오후로 접어드는 지금까지도 그들은 멈추지 않고 정원을 가꾸는 데 온 신경을 쏟고 있다.

먼발치에서 그들을 지켜보고 있노라니 꼭 일본의 예술영화를 보고 있는 기분이 든다. 산적이 지켜보고 있는지도 모르고 밭일에만 정신이 팔려 있는 농부들 같다. 평소 같았으면 묵묵히 기다렸다가 수확물을 몽땅 훔쳐가버렸을 것이다. 하지만 이번에는 그들이 단 몇 분이라도 떨어지기만을 기다리고 있다. 내게 필요한 건 그 몇 분의 여유뿐이다.

하지만 그들은 내 기대를 저버린다. 그들은 아예 밖으로 무선전화기를 가지고 나왔다. 두 번 전화가 걸려왔고, 두 번 모두 그의 아내가 응답했다. 한 통은 그녀에게 걸려온 것이고, 나머지 하나는 그에게 걸려온 것이었다. 하지만 그들은 통화를 할 때도 서로에게서 떨어지지 않았다.

어떻게 해서든 그녀를 집으로 들여보내야 한다. 그녀가 그렇게만 해준다면 안에 들어가 몇 분만 보내준다면 나는 조수석 레인코트 밑에 숨겨둔 루거를 챙겨 들고 보야저에서 내려 그에게 다가갈 것이다. 그리고 망설임 없이 방아쇠를 당길 것이다.

둘 중 하나라도 차를 몰고 볼일을 보러 가주면 안 되나? 그가 떠나면 그를 따라가 죽이면 되고, 그녀가 떠나면 그의 정원에 들어가 해치워버리면 되고

하지만 그런 일은 벌어지지 않는다. 그들은 계속 일만 한다. 흐리고, 서늘할 때 하나라도 더 끝내놓으려는 모양이다. 무슨 일에 중독된 당나귀들도 아니고.

11시 40분. 우편물이 도착했다. 유리창에 우체국 포스터가 붙은 초록색 소형 스테이션 왜건에서 젊은 남자가 내린다. 보나마나 그는 부업으로 우편물 배달을 하고 있을 것이다. 요즘에는 그런 게 유행이니까. 하루에 몇 시간만 더 투자하면 되는 일이다. 부담스러울 건 없다.

『이상한 나라의 앨리스』에도 이런 내용이 있지 않았나?

그들이 쥐고 있던 도구를 내려놓고 함께 우편함으로 향한다. 뭐야? 샴쌍둥이라도 되는 거야?

두 사람을 한꺼번에 쏴버릴 수도 있다. 하지만 릭스와 그의 아내에 대

한 기억이 충동의 발목을 잡는다. 두 번 다시 떠올리고 싶지 않은 기억이다. 그녀의 남편만 죽이면 된다. 그녀까지 싸잡아 죽이고 싶지는 않다. 어쩔 수 없다. 더 기다려보는 수밖에.

갓길에 차를 세워놓은 나는 완전히 노출된 상태다. 하지만 우편함으로 다가오는 그들은 내 쪽으로 눈길 한 번 주지 않는다. 그만큼 서로에게만 집중하고 있다는 뜻이다. 그가 우편함을 열고 내용물을 꺼낸다. 그리고 그중 몇 개를 추려 아내에게 건넨다. 그녀가 무언가를 묻자 그가 고개를 젓는다. 기다리던 합격 통지서는 아닌 모양이다. 그들은 측면 포치의 탁자에 우편물을 내려놓고 다시 정원으로 나온다.

12시 30분. 그들이 손목시계를 들여다보다가 손을 잡고 집으로 들어간다. 점심시간이다.

나도 배가 고프다. 오는 길에 마을 북부에 자리한 작은 쇼핑센터를 본 기억이 난다. 온갖 묘목을 구할 수 있는 상점과 이탈리아 레스토랑이 갖춰진 곳이다. 나는 그들이 집으로 들어간 후에도 2분 동안 참고 기다린다. 갑자기 가게에 다녀올 일이 생겼다며 그가 집을 나설지도 모르니까. 하지만 그는 끝내 나타나지 않는다. 나는 뉴 헤이븐 가로 내려가 왼쪽으로 방향을 튼다. 이탈리아 레스토랑에서는 입에 맞지 않는 카르보나라와 커피를 주문해 먹는다.

식사 후 풋브리지 가로 돌아와 보니 어느새 다시 정원으로 나온 그들이 눈에 들어온다. 이번에도 같은 자리에 차를 세워놓고 싶지는 않다. 무모한 주차는 그들의 주목을 끌어낼 수 있다. 눈여겨본 동네 이웃이 나를 수상히 여길 수도 있고. 나는 400미터쯤 더 올라가 갓길에 차를 세워두고 지도를 유심히 살피기 시작한다. 이 꾸불꾸불한 길을 따라 올라가면 집과 정반대 방향인 남쪽으로 향하게 된다. 그래서 나는 유턴을 해 천천히 풋브리지 가를 내려간다.

그들은 여전히 서로에게 붙어 있다. 더 이상 지켜보는 것은 의미가 없을 것 같다. 그들은 일을 마칠 때까지 붙어 있다가 집으로 들어가 하루를 마감하게 될 것이다.

아무래도 목요일은 힘들 것 같다. 그렇다면 금요일에.

나는 뉴 헤이븐 가로 내려와 다시 왼쪽으로 방향을 튼다. 불만족스러운 점심을 먹은 레스토랑을 지나 집으로 향한다. 내일 다시 온다면 다른 식당을 찾아보겠어.

마저리와의 비참한 경험을 통해 얻은 것도 있다. 더 이상 내 목적지를 밝히지 않아도 된다는 점. 우리 사이에는 대화가 많이 줄었다. 오늘 아침도 식사를 마치자마자 보야저에 몸을 싣고 집을 나섰다.

더 이상 목적지를 꾸며낼 필요도, 면접을 보러 간다거나 일자리 검색을 위해 도서관에 간다고 둘러댈 필요도 없다. 나름 큰 부담을 덜게 된 셈이다. 덜어내야 할 부담은 아직 많이 남긴 했지만.

차를 몰아 집으로 향하는 내내 나는 에이쉐 부부와 우리 부부를 비교해본다. 실직한 지 얼마 되지 않아 아직까지는 경제적으로 큰 타격이 없는 모양이다. 그의 이력서에는 자식이 언급돼 있지 않다. 그의 집을 지켜봤지만 아이들의 흔적은 어디서도 찾아볼 수 없었다. 어쩌면 아이가 없다는 게 그들을 그토록 친밀하게 만들어주었는지도 모른다.

아이들에게 들어가는 돈은 상상을 초월한다. 인생에서 아이들만큼 부담스러운 게 또 있을까 모르겠다. 에이쉐와 그의 아내에게 아이가 없다면, 그리고 재정 상태가 나쁘지 않다면 그는 나보다 훨씬 덤덤하게 이 시련을 견뎌낼 수 있을 것이다. 잘린 지도 얼마 되지 않았고. (게다가 아직 쉰 살도 되지 않았다고 당당히 적어놓지 않았던가. 개자식.) 아직까지는 결혼 생활에 아무 문제가 없는지도 모른다. 하지만 이 상태로 2~3년을 더 버텨보라지. 어디 그때까지 친밀함이 지속되는지 두고 보자고.

  하! 그때까지 살아 있기는 할까?

19

오늘 밤, 잠이 오지 않는다. 마저리와 나는 서로에게 많이 정중해졌다. 서로를 걱정하는 마음도 커졌다. 하지만 대화는 많이 줄었다. 저녁에는 함께 텔레비전을 보았다. 10시에 방송된 밀레니엄에 대한 특별 프로그램이 있었는데, 우리는 여느 때와 다르게 방송이 끝날 때까지 한 마디도 하지 않았다.

마저리 역시 나만큼이나 눈앞의 텔레비전 쇼에 대한 불경한 의견을 마음껏 쏟아내지 못해 답답했을 것이다. 하지만 우리는 끝내 침묵을 깨지 못했다.

함께 침대에 눕는 것도 어색해졌다. 우리는 서로를 건드리지 않는다. 상대가 바로 옆에 누워 있다는 사실조차도 인정하지 않는다. 불을 끄자 칠흑 같은 어둠이 침실을 묻어버린다. 더군다나 오늘은 흐린 날이라 그 어둠의 짙음이 더하다. 우리는 배달을 기다리는 소포처럼 침대에 누워 있다. 아무리 애를 써봐도 잠이 오지 않는다. 마저리가 잠이 들었는지는 알 수 없다. 그저 내가 산란한 마음에 잠을 이루지 못하고 있다는 사실만을 알 뿐이다.

생각이 많은 게 문제다. 아카디아의 일자리, 신원이 확인되자마자 죽여버릴 아내의 남자 친구, 나를 이런 괴로운 지경에까지 몰아넣은 사정들, 그리고 밀레니엄.

이상한 일이다. 해를 헤아릴 수 있도록 대충 임의로 매겨놓은 숫자가 이토록 우리에게 영향을 주게 될지 미처 몰랐다. 앞으로 2년 반 후면 그 숫자의 앞자리가 1에서 2로 바뀌게 된다. 그리고 그 사실은 사람들의 정신과 행동, 그리고 사회 그 자체에 엄청난 영향을 끼치고 있다.

물론 황당한 일이다. 해를 헤아리는 숫자보다 더 제멋대로인 게 세상에 또 있을까? 우리가 쓰고 있는 이 시스템은 역사 속 누군가의 탄생과 함께 시작된 것이다. 그가 실재했다면 그의 탄생일은 우리가 알고 있는 날짜보다 4년이나 6년 정도 빨랐을 것이다. 예수 그리스도를 믿는다고 치자. 그렇다. 그는 신이다. 그렇다. 그는 탄생했다. 그렇다. 우리는 그의 탄생을 시작으로 해에 번호를 매기기 시작했다. 하지만 그렇다 해도 지금이 1997년일 수 없다는 게 문제다. 2001년이나 2003년 중 하나일 텐데, 그렇다면 밀레니엄은 이미 지났다는 얘기고, 그것에 대해 걱정하기에는 이미 많이 늦었다는 얘기다.

중국인들은 우리와 또 다른 방법으로 해를 센다. 유대인들만의 독특한 계산법도 있고. 하지만 그런 건 전혀 중요하지 않다. 세상이 곧 2000이라는 매직 넘버를 찍게 될 거라는 건 우리 사회에서 일반적으로 용인되고 있는 아이디어다. 어찌 사람들이 흥분하지 않을 수 있겠는가.

프로그램은 천 년 전에도 비슷한 분위기였다고 설명했다. 이상한 종교의 출현, 집단 자살, 수상한 대이동. 천 년이 다가온다는 이유만으로 벌어진 요상한 현상들이었다.

만월을 특별히 여기듯 백 년이 넘어갈 때마다 사람들은 호들갑을 떨어댔다. 하지만 천 단위가 바뀌는 것은 차원이 다른 문제다.

지적이고, 교양 있고, 약아빠진 사람들마저도 본능적으로 밀레니엄이 세상의 종말이라고 믿는 것 같다. 그들은 세상이 폭발하거나 사라지거나 녹아내리거나 태양계에서 탈선해버리거나 무언가 격변적 사건이 벌어질 거라고 믿는다. 그래서 종교적 열광주의가 더 판을 치는 것이고, 헤아릴 수도 없을 만큼 많은 요상한 종교가 생겨나고 있는 것이며, 집단 자살이 늘고 있는 것이다. 밀레니엄이 세상을 뒤흔들고 있다. 높은 음조의 소음이 개를 흥분시키는 것처럼.

어둠 속에 누워 혹시 그런 이유로 해고된 게 아닌지 생각해본다. 프로그램의 주장이 아니라, 그저 내 생각일 뿐이다. 만약 그게 사실이라면? 비정한 임원과 거친 실업가들의 야만적인 결정이 단지 세상에 종말이 올 거라는 그들의 믿음 때문에 내려진 거라면? 그래서 건실한 회사에서 직원들을 마구 쫓아내고, 모든 걸 삭감해버리고, 인간적 비용과 자신들의 인간성마저도 외면해버리고 있는 거라면?

2000년. 모든 것이 멈춰버리는 날.

어쩌면 그래서 내가 이토록 괴로움을 겪고 있는 것인지도 모른다. 그들이 내놓은 어떤 해명보다 훨씬 설득력 있다. 그들은 세상의 종말을 앞두고 모든 걸 깔끔하고, 완벽하게 정리하고 있는 것이다. 신의 망치가 떨어질 때, 모든 게 정지 상태에 빠져버릴 때를 대비해서.

밀레니엄은 생산적인 직장에서 생산적인 일을 하는 생산적인 사람들을 무차별적으로 잘라버리는, 이 말도 안 되는 경영 방식을 부추기고 있다. 단지 2000년이 다가온다는 이유만으로. 내가 실직한 이유도 인류가 미쳐가고 있기 때문이다.

그런 생각을 하며 나는 서서히 잠에 빠져든다. 그리고 오래가지 않아 극심한 공포에 눈을 뜨게 된다.

20

오늘 하루는 늦게 시작된다. 힘겹게 잠이 든 만큼 깨는 것도 힘이 든다. 9시가 넘어서야 비로소 집을 나선다. 지선 도로를 벗어나 풋브리지 가에 다다르니 벌써 9시 45분이다.

어젯밤. 생각이 많아 한참을 뒤척거리다가 갑자기 눈을 번쩍 뜨고 일어났다. 하늘을 덮은 구름 탓에 세상은 칠흑 같은 어둠에 잠겨 있었다. 흐리기는 오늘도 마찬가지다. 비가 올 것 같지는 않다. 아무튼 불시에 찾아든 공포가 짙은 어둠 속에 묻힌 나를 깨웠다.

처음에는 무엇이 나를 이토록 공포에 떨게 했는지 상상이 가지 않았다. 그래서 그냥 바짝 얼어붙은 채로 누워 어둠을 응시했다. 정적은 집 안 구석구석에서 기분 나쁜 소리를 냈다. 나는 마음을 가다듬고, 무엇이 문제인지 찾아보기 시작했다. 그리고 끝내 무엇이 잠까지 쫓아내면서 나를 두려움에 떨게 했는지 알아내는 데 성공했다. 내가 두려웠던 것은 바로 나 자신이었다.

아내의 남자 친구. 잠에 취한 머릿속에 남자 친구가 떠올랐다. 대충 어떤 사람일지가 그려졌다는 뜻이다. 나는 아직도 그가 누구인지 모르고 있다. 하지만 잠에 빠진 뇌는 남자 친구의 존재를 쉴 새 없이 일깨워주었다. 물론 나는 신원이 확인되는 대로 그를 죽일 것이다. 그것이 얼마나 손쉬운 일인지 잘 알고 있다. 사람들이 성을 내며 "그 자식을 죽여버릴 거야!" 하고 툭툭 내뱉는 것만큼이나 간단한 일이다.

하지만 나는 충동에 쉽게 말려들지 않았다. 그저 머릿속에 대고 차분하게 속삭였을 뿐이다. 바로 이렇게 말이다. "오, 그래. 그 친구가 문제야. 그래서 제거해야겠어." 진심 그대로를 털어놓은 것이었다.

그래서 정신이 번쩍 든 것이었다. 내가 대체 왜 이러지, 내가 어쩌다 이렇게 됐지?

나는 킬러가 아니다. 살인자가 아니다. 그랬던 적도 없고, 그러고 싶지도 않다. 무정하고, 냉혹하고, 영혼이 없는 킬러. 그건 내가 아니다. 지금 내가 벌이고 다니는 짓은 사건의 논리에 의해 강요된 것일 뿐이다. 주주들의 논리, 임원들의 논리, 시장의 논리, 노동력의 원리, 밀레니엄의 논리, 그리고 나 자신의 논리.

답안을 알려주면 살인을 멈출 수도 있다. 지금 내가 벌이는 짓은 끔찍하고 까다롭고, 섬뜩하다. 하지만 내가 살기 위해서는 어쩔 수가 없다.

남자 친구를 죽이는 순간 이 모든 것의 의미가 바뀔 것이다. 자연스러운 일에서 정상적인 일로 바뀌는 것이다. 살인이 정상적인 반응이 돼버린다는 뜻이다. 내가 문제를 해결하는 여러 방법 중 하나로 말이다. 사람을 죽이는 건 어찌 보면 굉장히 간단한 일이다.

이런 생각을 너무나도 자연스럽게 한다는 것, 그리고 양심의 가책을 전혀 느끼지 못한다는 사실이 나를 두렵게 만드는 것이다. 나는 무장한 킬러다. 무자비한 괴물. 내 안에는 바로 그 괴물이 담겨 있다.

그것은 내가 나머지를 최대한 신속히 처리해야 하는 또 다른 이유다. 언제까지나 이 일을 이어갈 수는 없다. 내가 변하고 있다. 나는 이런 변화가 싫다. 이 일을 빨리 마쳐야 아카디아에서 꿈을 펼칠 날도 빨리 찾아올 것이다. 그렇게 되면 이 변화도 표백돼 사라질 거고. 다이어트를 시작하면 가장 최근에 생긴 지방부터 녹아버리는 것처럼.

그래서 에이쉐 부부의 애정 행각은 더 이상 지켜봐줄 수가 없는 것이다. 그들이 알아서 서로로부터 떨어져주지 않는다면⋯⋯ 그의 아내까지 죽여야 할지 모른다는 생각에 몸서리가 쳐진다. 남자 친구를 죽이는 것 또한 오싹한 상상이다. 하지만 그 무엇도 괴물이 되어 이 늪에서 영원히 허우적대는 것만큼 두렵지 않다.

그래서 오늘 아침, 다이어스 에디로 차를 몰며 결심을 굳혔다. 남자 친구를 죽이겠다고 결심한 것처럼 쉽고 유쾌한 결정은 아니었다. 하지만 단호하고 흔들리지 않는 결심이었다. 그들이 인생의 매 순간을 함께 하기로 했다면 함께 죽는 것 또한 운명으로 받아들여야 할 것이다.

풋브리지 가. 나는 오른쪽으로 돌아 완만한 경사로를 올라간다. 그들의 집에 도착해서 보니 차고 앞에 세워져 있어야 할 어코드가 보이지 않는다. 함께 외출을 한 걸까? 하루 종일 나가 있을 건가? 젠장. 조금 일찍 출발하는 거였는데.

나는 계속해서 언덕을 오른다. 그녀가 보인다. 그의 아내. 그녀는 옅은 노란색 티셔츠와 하얀 헤드밴드 차림으로 정원에 나와 있다. 그녀는 클립보드를 쥐고 무언가를 그리고 있는 중이다. 정원을 도표로 정리하고 있는 모양이다.

그녀는 집에 있다. 어코드는 보이지 않고. 그가 몰고 나갔을 것이다. 빌어먹을, 빌어먹을, 빌어먹을. 한발 늦었다.

순간적으로 뇌리를 스치는 생각. 어쩌면 그는 묘목을 구하러 쇼핑센터에 갔을지도 모른다. 어제 점심을 먹었던 이탈리아 레스토랑 맞은편에 자리한 가게. 그는 그곳에 간 것이다. 확실하다.

어제 그랬던 것처럼 같은 지점에서 유턴을 한다. 하지만 이번에는 빠르게 언덕을 내려간다. 그가 볼일을 마치고 이미 귀가하는 중이라면 큰일이다. 이동 중인 차 안에서 일을 벌이려면 최소한 같은 방향으로의 주행이 반드시 이루어져야만 한다. 차를 그의 옆에 바짝 붙이고 방아쇠를 당기려면 달리 방법이 없다. 서로를 마주하고 달리는 상황에서는 불가능한 일이다.

이쉐가 운전 중이라면 리치게이트에서 에버릿 다인스에게 했던 것처럼 뺑소니 수법을 쓸 수도 없게 된다.

통행 차량이 많은 뉴 헤이븐 가로 접어드는 건 쉬운 일이 아니다. 하필 왼쪽으로 가야 하는데, 양쪽 차선 모두 분주하기는 마찬가지다. 아주 조금의 여유 공간만 생겨도 냅다 끼어들어갈 텐데. 언제 왼쪽에서 검은색 혼다 어코드가 불쑥 나타날지도 모르고.

얼마나 기다렸을까. 마침내 갈망하던 공간이 생기고, 나는 망설임 없이 뉴 헤이븐 가로 파고든다. 앞뒤가 차들로 꽉 막혀버리니 마치 호위를 받으며 이동하는 기분이 든다. 원래 금요일엔 이런가?

쇼핑센터로 향하려면 다시 좌회전을 해야 한다. 하지만 이번에도 끼어들 기회가 좀처럼 생기지 않는다. 나는 오른쪽 주먹으로 핸들을 한 번 내리친다. 그는 분명 그곳에 있어. 그가 차를 몰고 그곳으로 들어가는 건 보지 못했지만 마음속 눈으로는 묘목을 사들고 나와 차에 오른 후 우회전해 유유히 집으로 향하는 그의 모습을 생생히 볼 수 있다. 나는 여기 이렇게 갇혀 있는데.

마침내 여유 공간이 생긴다. 나는 잽싸게 그 틈을 비집고 들어가 쇼핑센터에 도착한다.

쇼핑센터의 광활한 주차장을 가로질러 들어가자 드문드문 세워진 낮은 건물들이 나타난다. 묘목을 파는 가게는 왼편에 자리하고 있다. 나는 그 앞 주차장을 천천히 둘러본다. 어코드의 번호판을 외워두었으니 그의 차를 찾는 건 시간문제다.

저기 보인다. 검은색 혼다 어코드. 가게 정문에서 얼마 떨어지지 않은 곳이다. 역시 내가 옳았다. 이럴 줄 알았다.

그의 차 주변에는 빈 공간이 없다. 하지만 한 줄 너머 오른편에 몸집 큰 여자가 초록색 포드 토러스에 쇼핑한 물건을 싣고 있는 게 보인다. 나는 천천히 그쪽으로 이동한다. 여자는 빈 쇼핑 카트를 한쪽으로 치워놓는다. 대부분 사람들이 하지 않는 귀찮은 일이다. 대부분 사람들은 빌어먹을 카트를 치워놓지 않은 채로 차에 올라 사라져버린다.

어코드는 여전히 제자리를 지키고 있다. 에이쉐의 모습은 보이지 않는다. 아직도 쇼핑 중인 모양이다.

여자는 천천히 자신의 차로 향한다. 우리의 눈이 잠시 마주친다. 나는 고개를 끄덕이며 미소를 짓는다. 마치 그녀의 자리가 비기만을 기다렸다는 듯이. 그녀는 아무 반응도 보이지 않은 채 계속해서 걸음을 옮긴다. 전혀 급할 게 없다는 듯한 모습이다. 그녀는 어깨에 걸친 커다란 가방에서 열쇠를 꺼내 든다. 굼뜬 그녀가 운전석에 오를 때까지 나는 묵묵히 기다린다. 가방을 조수석에 내려놓고, 백미러를 조절하는 데만 몇 분이 걸린다. 마음 같아서는 당장 그녀를 쏴 죽이고 싶다. 에이쉐 문제는 내일 다시 와서 처리하면 될 것이고.

이 문제에 대해 생각해볼 시간은 충분히 있다. 어차피 그녀는 조만간 차를 빼줄 것 같지 않으니까. 정말 그렇게 해보면 어떨까? 거슬리는 몇 명을 연습 삼아 죽이고 나면 케인 에이쉐를 죽이는 건 식은 죽 먹기가 될 텐데. 에이쉐와 첫 번째 희생자, 허버트 에벌리 사이의 연결고리도 없어질 거고. 사람들은 무작위로 표적을 골라 범행을 저지르고 다니는 미치광이 연쇄살인범일 거라고 넘겨짚을 것이다.

요즘 사람들은 연쇄살인범이 있다고 믿는 듯하다. 연쇄살인범이 우르르 몰려나오는 수많은 영화와 소설 때문일 것이다. 그들이 무슨 부족이나 엘크스 같은 사교 클럽 회원이라도 되는 듯이. 이런 이야기를 만들어내는 사람들은 연쇄살인범들의 범행 동기를 걱정하지 않아도 된다. 왜 이 사람이 그 사람을 죽였느냐고? 이런 이야기에서 그런 건 물어볼 가치가 없다. 왜냐하면 답은 항상 하나뿐이니까. 킬러가 사람을 죽이는 이유는 그게 그들의 일이기 때문이다.

내게는 동기가 있다. 내게는 동기가 있고, 반드시 제거해야 할 특정 인물이 몇 명 있다. 그것은 충분히 주의를 기울이지 않으면 내가 위험해질 수도 있다는 뜻이다. 명석한 형사라면 대번에 나를 용의선상에 올려놓을 수도 있을 것이다. 하지만 코네티컷에서 내 총에 맞아 숨진 이는 에벌리와 에이쉐뿐이다. 연쇄살인범의 패턴이 보이는 사건이 그 둘뿐이라는 얘기다. 그럼 나는 안심해도 되는 거 아닌가?

그렇다면 저기 초록색 포드 토러스의 여자도 굳이 살려둬야 할 이유가 없는 거고.

그녀가 천천히 차를 빼기 시작한다. 여전히 내게 눈길도 주지 않는다. 그녀가 유유히 주차장을 빠져나간다. 그녀는 오늘 자신이 얼마나 운이 좋았는지 알 길이 없을 것이다.

나는 그 자리에 보야저를 세운다. 차에 앉아 레인코트를 걸치고 루거를 오른쪽 주머니에 집어넣는다. 대학 시절 우리는 이런 스타일의 레인코트를 절도범의 제복이라고 불렀다. 주머니가 안쪽으로도 열려 있어 안과 밖에서 모두 내용물을 취할 수 있기 때문이다. 한 마디로 주머니 밑바닥이 뻥 뚫려 있다는 뜻이다. 나는 주머니에 찔러 넣은 손으로 무릎 위 루거를 쥐고 혼다 어코드를 지켜본다.

연쇄살인범. 왜 갑자기 그런 생각이 들었는지 모르겠다. 심각할 정도로 진지하지는 않았지만.

그렇게 10분쯤 기다리자 그가 나타난다. 그는 작은 상자와 흰색 비닐봉지들로 가득 찬 쇼핑 카트를 밀고 다가오고 있다. 카트에는 큼직한 물이끼 한 부대도 담겨 있다. 그가 건물을 향해 서 있는 어코드 앞에 멈춰 서서 트렁크를 연다. 나는 그 틈을 타 보야저에서 내려온다. 루거는 오른쪽 다리에 찰싹 달라붙어 있다. 그와 같은 줄에 들어선 나는 잠시 걸음을 멈춘다. 이제 왼쪽으로 차 세 대만 지나면 그와 맞닥뜨릴 수 있다.

그는 물이끼 부대를 간신히 트렁크에 싣고 나머지 짐과 씨름 중이다. 몸을 앞으로 숙인 채 작은 상자와 봉지들을 속속 옮겨 싣는 그의 머리는 트렁크 안 깊숙이 박혀 있다.

나는 그의 뒤로 슬그머니 다가간다.

"혹시 케인 에이쉐 씨 아닌가요?"

그가 돌아보며 호기심에 찬 미소를 짓는다.

"그런데요?"

"난 당신을 알고 있습니다."

나는 레인코트 오른쪽 자락을 걷어 루거를 불쑥 내밀며 말한다. 레인코트는 내 오른쪽 손목에 사뿐히 얹어진다. 나는 주저하지 않고 방아쇠를 당긴다.

총알은 그의 눈에 박히지 않는다. 총알이 파고든 그의 오른쪽 볼이 너덜너덜해져버린다. 레인코트가 내 팔을 살짝 끌어 내린다. 그는 뒤로 넘어가면서도 내게서 눈을 떼지 않는다. 그의 몸의 절반은 트렁크 안에, 나머지 절반은 뒤쪽 범퍼에 흉측하게 걸쳐진다.

좋지 않다. 지저분하고, 잔혹하고, 끔찍하다. 그는 아직 살아 있다. 나는 몸을 기울여 루거를 겁에 질린 그의 오른쪽 눈에 겨눈다. 그리고 다시 방아쇠를 당긴다. 그의 고개가 뒤로 젖혀진다. 큰대자로 뻗은 그는 입과 눈을 활짝 열고 있다.

나는 자연스럽게 걸음을 옮겨 보야저로 돌아온다. 차에 오르자마자 시동을 걸고 후진해 차를 뺀다. 무릎에 얹어놓은 루거는 레인코트 자락으로 덮어놓았다.

집으로 향하는 길은 무척이나 한산하다.

21

 그리고 나는 모처럼 푹 잘 수 있었다. 꿈도 꾸지 않았다. 아니, 꾸었지만 기억을 못하는 것일 수도 있다. 크게 거슬리지 않았거나. 아침에 눈을 뜨니 상쾌한 기분이 든다. 아주 오랜만에 느껴보는 긍정적인 기분이다.
 무엇이 이런 기분을 들게 했는지 생각해본다. 우선 에이쉐는 아주 손쉽고 깔끔하게 제거됐다. 첫 번째 일만큼이나 완벽하게 처리됐다. 이제 표적이 반도 남지 않았다는 사실 역시 이 가뿐한 기분의 이유 중 하나일 것이다. 여섯 명의 표적. 그리고 업튼 레이프 팰런. 그들만 사라지면 이 모든 게 영원히 끝나는 것이다.
 (만약 이와 비슷한 상황이 다시 닥친다면 나는 전혀 당황하지 않을 자신이 있다. 지금 이렇게 겪어보고 있으니까.)
 네 명이 제거됐으니 세 명이 남은 셈이다. 그래서인지 무거웠던 마음이 모처럼 가뿐해졌다. 이 길고 고된 레이스도 이제 반만 더 가면 끝이 난다.
 마저리와 나 사이의 벽도 조금씩 허물어져가는 것 같다. 아주 뚜렷하지는 않지만 나는 집 안 공기에서부터 그 변화를 느낄 수 있다. 무엇보다 하찮은 것들에 대한 자연스러운 대화가 늘었다는 점이 희망적이다. 아직 정상적인 상태라고는 할 수 없지만 조금씩 개선이 되고 있다는 사실이 기쁘다.
 마침내 아내가 털어놓은 진실 또한 이런 변화를 가능하게 해주었다. 비록 진실의 일부만이 드러났을 뿐이지만 아내는 더 이상 엄청난 부담에 시달리지 않아도 된다. (나 역시 그렇게 홀가분해질 수 있으면 얼마나 좋을까.) 내가 상담에 응해주었고, 비록 눈에 띄는 효과는 없었지만 첫 번째 상담이 무리 없이 진행됐다는 점, 그리고 앞으로 많은 상담이 남아 있다는 사실 등도 이런 변화의 원인으로 꼽을 수 있겠다.

그리고 내게 찾아든 변화 때문일 수도 있다. 남자 친구를 죽이겠다는 결심을 했을 때, 비록 정리되지 않은 계획이지만 그냥 덤덤히 운명으로 받아들이기로 했을 때, 나는 팽팽한 긴장감에 사로잡힌 채 하루하루를 보냈다. 하루 종일 마저리를 감시하고, 스토킹하고, 표적의 신원을 밝히는 데만 혈안이 돼 있었다. 하지만 충동을 억누르고 그 끔찍한 계획을 놓아버리니 마침내 마음의 평정이 찾아들었다. 그리고 그 변화가 아내를 변하게 만들었다.

장기간의 실직 상태는 모든 것을 엉망으로 만든다. 해고된 직원뿐만 아니라 모든 것에 영향을 끼친다. 중산층에 가해지는 타격이 특히 크다는 내 생각이 틀렸는지도 모른다. 하지만 중산층의 입장에서는 (나는 아직도 중산층에 남기 위해 바둥거리는 중이다) 우리가 최대 피해자라는 생각은 어찌 보면 당연한 것이다. 아주 가난하거나 아주 부자인 사람들은 인생에 극단적인 굴곡이 많다는 걸 체험을 통해 잘 알고 있다. 좋은 날이 있으면 궂은 날도 있는 법. 하지만 우리 중산층은 인생의 매끄러운 진행에 너무 길들여져 있다. 고소득 계층으로의 진입을 포기했으니 우리를 밑바닥으로 내몰지는 말아야 하는 거 아닌가? 회사에 충성했으니 우리의 생계를 끝까지 책임져줘야 하는 거 아닌가? 그게 제대로 행해지지 못하고 있으니 우리가 배신감을 느낄 수밖에.

우리 중산층은 가운데에 껴서 보호받고 지켜져야 하지만 무언가가 잘못돼버렸다. 가난한 이가 형편없는 일자리를 잃게 되면 그냥 사회복지 수당을 받아 살면 된다. 충분히 예상이 가능한 일이다. 백만장자가 무모하게 벤처 기업에 투자했다가 쫄딱 망하게 되는 경우도 적지 않다. 하지만 우리가 조금이라도 미끄러지면 그 여파는 몇 개월, 아니, 몇 년 넘게 이어진다. 심한 경우에는 한때 마음껏 누렸던 경제적인 능력과 안전과 자부심을 영영 포기해야 하는 지경에까지 이를 수도 있다. 한마디로 말해, 처참하게 내팽개쳐진다는 것이다.

문제는 우리뿐만 아니라 우리 가족까지 내팽개쳐진다는 사실이다. 아이들은 탈선하고(다행히 우리는 아직 그런 문제가 없지만), 결혼 생활도 파탄 난다.

내 결혼 생활도 파탄 나기를 원하는가? 절대. 이 모든 건 내 실직 상태가 너무 오랫동안 지속되고 있기 때문에 발생하는 일들이다. 내가 아직 할 시온 밀스에 다니고 있었다면 마저리는 다른 남자와 어울려 다니지 않았을 것이다. 한심한 직장에 다니지도 않았을 거고. 나도 이렇게 사람을 죽이러 다니지 않았을 것이다.

점심을 먹고 나서 마저리를 뉴 버라이어티까지 차로 데려다주었다. 보야저에서는 라디오를 듣지 않았다. 화기애애한 대화가 가능해졌기 때문이다. 기분이 좋았다. 우리는 뉴 버라이어티에서 볼 만한 영화가 있는지에 대해 의견을 나누었다. 아내는 오늘 가서 한번 알아보겠다고 했다. 또한 우리는 저녁 식사에 대해 의견을 나누기도 했다. 무엇을 먹을지, 아내를 내려주고 오는 길에 혼자서 식료품 쇼핑을 할지, 아니면 아내를 태우고 귀가하면서 함께 장을 볼지. 하지만 정작 중요한 것들에 대해서는 얘기하지 않았다. 돈, 일, 아이들, 결혼 생활, 상담. 하지만 그런 건 아무래도 상관

없었다. 대화 그 자체만으로 충분했으니까.

집에 돌아온 나는 사무실에 들어가 다음 단계를 준비한다. 남은 이력서는 두 통뿐이다. 놀랍다. 안심도 되고.

3주 전만 해도 내가 이 일을 해낼 수 있을지 의심이 됐다. 내게 그럴 배짱이 있는지 궁금했다. 3주 전 일이지만 수천 년 전의 일처럼 아득하게 느껴진다.

나는 이력서들을 유심히 훑어본다. 남은 두 표적, 둘 중 누구부터 제거할지 결정해야 한다. 그게 결정되면 내일 당장 작업에 들어갈 것이다. 표적의 집을 살펴보며 어떻게 처리할 것인지 작전을 짜야 한다.

둘 중 하나는 이곳 코네티컷에, 나머지 하나는 뉴욕 주에 살고 있다. 물론 엽튼 레이프 팰런도 뉴욕 주에 산다. 코네티컷 표적부터 제거하는 게 좋을 것 같다. 저번에도 매사추세츠의 릭스 부인 때문에 일이 커졌으니까. 그 불쌍한 친구를 차로 받아 죽인 건 뉴욕이었고.

어쩌면 이 모든 게 미신인지도 모른다. 하지만 상식적으로 생각해도 코네티컷 표적부터 없애는 게 수월할 것 같다. 나머지 둘은 뉴욕에 올라가 한꺼번에 처리할 수도 있을 테니까. 뉴욕 일만 마치면 모든 게 깔끔하게 매듭지어질 것이다.

22

 자고 있을 때 전화가 오는 일은 극히 드물다. 1년에 한두 번 있을까 말까 한 일이다. 대부분 술에 취해 번호를 잘못 돌린 주정뱅이들이다. 하지만 그동안 우리에게는 많은 변화가 있었다. 마저리와 나, 그리고 심야에 걸려오는 전화와 우리의 관계에도. 예전에는 전혀 눈치채지 못했던 부분이다.

 한밤중에 천천히 잠에서 깨어난다. 아직도 잠에 잔뜩 취한 상태다. 마저리가 웅얼거리며 누군가와 통화를 하고 있다. 아내가 불을 켜고 나는 눈을 가늘게 뜬 채 시간을 확인한다. 1시 46분. (우리는 일부러 숫자에 환한 불이 들어오지 않는 자명종을 마련했다. 우리는 완전한 어둠에 묻혀 자는 걸 좋아한다. 모텔에서 묵을 때도 그 둥둥 뜬 숫자들이 무척 거슬린다.)

 서서히 마저리의 통화 내용에 집중해본다. 애써 소리를 죽이려는 걸 보니 무언가 심상치 않은 일인 듯하다.

 "네, 알겠어요. 최대한 빨리 갈게요. 고마워요."

 아내가 말한다.

 아내가 누구와 통화를 했는지, 그 용건이 무엇이었는지 알 수 없지만 더 이해할 수 없는 건 내가 전화벨 소리조차 듣지 못했다는 사실이다.

 우리는 침대 양쪽에 전화기를 하나씩 놓아두었다. 비록 소리는 작지만 제대로 울리는 건 내 쪽에 있는 전화기뿐이다. 밤에 전화벨이 울리면 예외 없이 내가 먼저 일어나 응답하곤 했다. 술주정뱅이, 잘못 걸려온 전화. 내가 그들과 씨름하는 동안 마저리는 곤히 잠만 잔다. 어느 커플이든 마찬가지일 것이다. 한밤중에 벨이 울리면 누가 일어나 응답할 것인지는 신혼 생활 중에 자연스럽게 결정이 된다. 우리 집에서는 내가 그 일을 담당해왔다. 오늘 보니 더 이상은 아닌 모양이다.

내가 해고된 후로는 마저리가 한밤중의 전화벨을 처리해왔다. 더 이상 나를 믿지 못하기 때문일까? 이제 항상 경계를 늦추지 않는 건 내가 아닌 아내다.

마저리가 통화를 하는 동안 나는 침대에 앉아 그 내용에 귀를 기울인다. 머릿속으로는 언제부터인가 바뀌게 된 우리의 역할을 생각하면서. 화를 나야 할지, 슬퍼해야 할지, 부끄러워해야 할지 모르겠다. 어쩌면 셋 다 정답일지도 모른다.

마저리가 전화를 끊고 나를 돌아본다. 아내의 표정이 어둡다.

"빌리 문제예요."

아내가 말한다.

사고인가? 하지만 빌리는 지금 자기 방에서 자고 있을 텐데. 가뜩이나 핑핑 도는 머릿속이 더 복잡해진다. 나는 말한다.

"빌리?"

"체포됐대요, 빌리랑 또 다른 애가."

아내가 망연자실한 표정으로 말한다.

"체포? 체포?"

나는 벌떡 일어나 앉는다. 하마터면 침대에서 떨어질 뻔했다. 하지만 체포라니? 정작 체포돼야 할 사람은 바로 난데!

"걔가 왜? 그 애들이 왜? 맙소사, 대체 무슨 일로?"

"가게를 털러 들어갔대요. 경찰에 쫓겨 도망치다가 잡혔다네요. 지금 래스킬의 주 경찰국 유치장에 갇혀 있대요."

아내가 말한다.

나는 이불을 걷어차고 침대에서 내려온다. 침대 커버와 담요가 내 다리를 붙잡는다.

"불쌍한 녀석."

나는 말한다. 가게라고? 어느 가게를 턴 거지?

"다 내 잘못이야."

나는 말한다. 그리고 곧장 욕실로 들어가 이를 닦기 시작한다.

주 경찰국 유치장에서 만난 검찰국 소속 형사는 동정 어린 나긋나긋한 음성을 가진 사람이다. 주름진 갈색 양복을 걸친 그는 사방이 노란색으로 칠해진 작은 사무실에서 우리를 맞는다. 네 면의 벽 중 셋은 광택 나는 매끄러운 플라스틱으로 덮여 있고, 나머지 하나는 거친 콘크리트다. 바닥도 광택 나는 매끈한 검은색 플라스틱으로 덮여 있다. 천장은 플라스틱 방음 패널로 돼 있다. 패널은 회색빛이 살짝 도는 흰색이다. 카나리아색 콘크리트 벽은 고급 실러초벌칠용의 도료로 처리돼 있다. 이 공간에서 무언가 끔찍한 일이 벌어진다 해도 물만 살짝 뿌려주면 몇 분 안에 청소를 마칠 수 있을 것이다. 나는 회색 금속 책상을 향해 놓인 초록색 플라스틱 의자에 앉아 있다. 내 위치에서는 바닥의 배수구가 보이지 않는다. 하지만 실제로 그게 있다 해도 전혀 놀랄 일은 아니다.

건축가가 일부러 이렇게 설계한 걸까? 경찰국 건물을 설계할 때 반드시 지켜야 할 조건들이 따로 있는 걸까? 그게 거슬리지는 않았을까? 오히려 자신들의 전문 기술에 만족했던 건 아닐까?

나도 내 전문 기술에 만족하는가? 새로 습득한 내 기술 말이다. 지금껏 그걸 궁금해한 적도 없고, 지금 시작하고 싶지도 않다.

이런 부담스러운 공간에서 형사에게 집중하는 건 쉽지 않다. 그의 이름도 기억나지 않는다. 나는 빨리 빌리를 보고 싶을 뿐이다.

마저리는 나보다 훨씬 노련하게 이 상황을 받아들이고 있다. 아내는 쉴 새 없이 질문을 던진다. 그리고 그 답을 받아 적는다. 아내는 형사만큼이나 조용하고, 차분하고, 교감적이다. 나는 그들의 대화를 들으며 사건의 전말을 알게 된다.

사건 현장은 마저리가 일하는 작은 쇼핑센터다. 카니 박사의 사무실이 있는 곳. 쇼핑센터에는 작은 컴퓨터 상점이 하나 있다. 비즈니스 소프트웨어와 컴퓨터 게임 따위를 파는 곳이다. 어제 오후, 빌리는 학교 친구와 함께 그곳을 찾았다. 그들은 점원들의 눈을 피해 가게 뒤편으로 몰래 들어갔고, 뒷문을 살짝 열어두었다. 넓은 뒷골목으로 통하는 그 문은 주로 배달을 받거나 쓰레기를 내놓을 때만 사용된다. 그들이 손을 써놓은 문은 단단히 잠겨 있는 것 같아 보이지만 실제로는 그렇지 않았다. 오늘 밤, 빌리는 몰래 집을 나와 대기 중이던 친구의 차에 올랐다. 우리는 당연히 아들이 자기 방 침대에서 자고 있다고 믿었고. 두 아이는 차를 몰고 쇼핑센터로 향했다. 그리고 미리 열어둔 뒷문을 통해 안으로 들어갔다.

그들이 몰랐던 건 그 가게가 이미 세 차례나 같은 방법으로 털린 적이 있었고, 최근에 도난 경보기를 새로 설치해두었다는 사실이다. 침입자가 들어오면 경보기는 소리 없이 인근 경찰서에 그 사실을 알린다. 빌리와 그의 친구가 가게로 들어갔을 때 경찰은 총 네 대의 순찰차를 현장에 급파했다. 두 대는 주 경찰국이, 나머지 두 대는 지역 경찰서가 각각 보낸 것이다.

두 녀석은 소프트웨어가 가득 담긴 캔버스 토트백을 매고 나오다가 막 도착한 경찰에게 들키고 말았다. 그들은 가방을 버리고 달아나려 했지만 멀리 가지 못하고 출동한 경찰에게 체포됐다.

경찰은 모든 걸, 거의 모든 걸 확보한 상태다. 빌리의 친구가 한 자백. 강도질을 모의하고, 문에 손을 써두었다는 증거. 그들은 충동적으로 범행을 벌였다고 주장할 수 없는 상황에 몰려 있다. 게다가 경찰은 그들이 장물이 가득 담긴 가방을 매고 나오는 것을 똑똑히 목격했다고 한다. 도주 시도도 분명히 있었고.

하지만 그들이 아직까지 확보하지 못한 한 가지는 지난 세 차례의 강도질 역시 두 아이가 벌인 짓이라는 증거다.

형사는 여전히 동정적인 어조로 문서 작업만 마치면 사건이 공식적으로 종결될 거라고 한다. 마저리는 정직하고 겸손한 공무원의 말에 고개만 끄덕일 뿐이다. 나는 말한다.

"이번이 처음입니다."

형사가 슬퍼 보이는 미소를 짓는다. 마침내 내 입이 열려 기쁘다는 뜻이기도 하고, 이런 상황에서 만나게 된 게 유감이라는 뜻이기도 하다.

"그건 아직 확인 전입니다, 데보레 씨."

그가 말한다.

"그건 우리가 확인해드릴 수 있습니다. 또 다른 아이는 몰라도 빌리는 이번이 처음입니다. 그 아이가 우리 빌리에 대해 뭐라고 했는지는 모르지만 빌리는 이번이 처음입니다."

나는 말한다.

마저리가 입을 연다.

"버크, 우린 그저……"

"뭘 하려는지 알고 있어."

나는 말한다. 내 멍한 눈이 형사를 물끄러미 쳐다본다.

"이게 빌리의 첫 범행이라면 판사는 집행유예를 내릴 겁니다. 이게 네 번째 범행이라면 그 앨 감옥으로 보낼 거고요. 하지만 우리 아들은 감옥에 가지 않을 겁니다. 이게 첫 번째니까요."

그가 고개를 천천히 끄덕인다. 하지만 그의 입에서는 전혀 다른 말이 흘러나온다.

"데보레 씨, 판사가 어떤 판결을 내릴지는 아무도 모릅니다."

"그래도 추측은 할 수 있지 않습니까. 빌리는 이번이 처음입니다. 아들을 놓을 수 있게 해주십시오."

나는 말한다.

"데보레 씨, 이번 일로 큰 충격을 받으셨을 줄로 압니다. 하지만 전 지금껏 이런 사건을 수도 없이 수사해왔습니다. 누구도 아드님을 괴롭히길 원하지 않습니다. 이미 모두에게 충분히 괴로운 시간이지 않습니까. 우린 그저 이 문제를 아무 의혹 없이 깔끔하게 정리하려 애쓰고 있을 뿐입니다."

그가 말한다.

"아들을 만나게 해주십시오."

나는 말한다.

"곧 만나실 수 있을 겁니다."

그가 말한다. 그는 잠시 골똘한 생각에 잠겼다가 마저리를 돌아보며 입을 연다.

"빌리에게 모든 걸 털어놓으라고 하십시오. 더 이상 담아두지 말고 자백하라고 하십시오. 그래야 가족 모두가 다시 정상적인 생활로 돌아갈 수 있습니다."

나는 그를 응시하며 그의 말을 귀담아듣는다. 이제는 알 수 있다. 그는 내 적이다. 그에게 빌리는 사람이 아니다. 그는 우리 가족을 사람으로 여기지 않는다. 우리는 그저 서류일 뿐이다. 그것도 아주 짜증나는 서류. 서류만 깔끔히 정리되면 그것에 연관된 사람들이 어떻게 되든 신경 쓰지 않는다. 그는 내 적이고, 빌리의 적이다. 이제 우리는 적들을 어떻게 처리해야 하는지 알고 있다. 적들을 이해하는 건 선택이 아니다.

나는 지금껏 경찰이 나와 내 가족과 내 집과 내 재산을 보호하려 존재한다고 믿어왔다. 내가 아는 모든 이가 같은 믿음을 가지고 있다. 하지만 이제는 확실히 알 수 있다. 그들은 우리가 아닌, 자신들을 위해 존재하는 것이다. 그들이라고 우리와 다르지 않다. 자신들을 위해서만 존재하는, 절대 신뢰할 수 없는 사람들이다.

마저리도 나와 뜻을 같이 하고 있다. 형사를 쳐다보는 아내의 시선에서는 더 이상 공감이 느껴지지 않는다. 그는 아내가 자신으로부터 등을 돌렸다고 판단하고 마침내 서류를 내놓는다. 피해 갈 수 없는 서류. 그가 본격적인 서류 작성에 들어가기 전에 마저리가 말한다.

"빌리를 집에 데려가도 되나요?"

"죄송하지만 오늘 밤은 곤란합니다."

그가 말한다. 동정 어린 어조이지만 누가 봐도 어색한 연기다.

"날이 밝으면 빌리는 판사 앞에 서게 됩니다. 그때 변호사를 통해 요청하시죠. 판사가 승낙해줄 겁니다."

그가 말한다.

"오늘 밤엔 안 되고요?"

마저리가 말한다.

형사가 손목시계를 들여다보며 미소를 짓는다.

"데보레 부인, 오늘 밤은 금방 끝나는데요."

"그 앤 한 번도 감옥에 갇혀본 적이 없어요."

마저리가 말한다.

오, 맙소사. 그런 얘길 한다고 이 친구가 눈 하나 깜빡할 것 같아? 하루 종일 감옥에서 사는 친구라고. 나는 말한다.

"아들을 보기 전에 처리해야 할 서류가 있다고요?"

"오래 걸리는 건 아닙니다."

그가 말한다.

예상 가능한 질문들이다. 물론 그중에는 뜨끔한 질문도 하나 있다.

"데보레 씨, 지금 무슨 일을 하십니까?"

"실직 상태입니다."

나는 대답한다.

그가 문서에서 눈을 떼고 눈썹을 추켜세운다.

"실직하신 지는 얼마나 됐습니까, 데보레 씨?"

"한 2년쯤 됐습니다."

"실직하시기 전엔 어디서 일하셨습니까?"

"리드에 있는 할시온 밀스에서 생산 라인 감독으로 일했습니다."

"아, 그 부도난 회사 말씀이군요."

"부도난 게 아닙니다. 합병이 된 거죠. 우리 팀은 캐나다 지사로 올라가게 됐는데 그들이 미국인 직원들을 다 잘라버렸습니다."

나는 말한다.

"그곳에선 얼마나 오래 근무하셨습니까?"

이번에는 그의 동정 어린 말투가 연기로 느껴지지 않는다.

"20년간 일했습니다."

"인원 축소 바람에 휩쓸리신 거군요."

"그렇습니다."

"요즘 유행처럼 번지고 있더군요."

그가 말한다.

"그래도 당신은 *끄떡없지* 않습니까?"

나는 말한다.

그가 수줍은 듯 피식 웃는다.

"범죄는 성장 산업이거든요."

그가 말한다.

"왜 그런지 궁금하군요."

나는 말한다.

"본 적 없는 사람들이에요."

형사를 따라 콘크리트 복도를 걸어나가며 마저리가 속삭인다. 우리는 빌리가 갇혀 있는 곳으로 향하는 중이다.

버럭 화를 내고 싶지만 꾹 참는다. 나는 인상을 찌푸리며 마저리를 쏘아본다. 혼란이 아닌, 명확함이 필요한 순간이기 때문이다. 나는 말한다.

"누구 말이야?"

"부모 말이에요."

아내가 깜짝 놀라는 표정으로 말한다.

"버크, 저쪽 큰방에 앉아 있었어요. 당신은 못 봤어요? 빌리 친구의 부모인 것 같아요."

"못 봤는데."

나는 말한다. 빌리 외의 문제에는 집중할 여유가 없다.

"겁에 잔뜩 질린 모습이었어요."

아내가 말한다.

"당연하겠지."

나는 말한다.

홀의 책상에는 제복 차림의 주 경찰관이 앉아 있다. 다가오는 우리를 보고 그가 일어나 노란색 금속 문을 열어준다. 이곳의 모든 게 노란색이다. 옅은 노란색. 봄의 분위기를 내려 애쓴 흔적 같다.

형사가 말한다.

"10분 드리겠습니다. 오전 중에 풀려날 테니 못다 하신 말씀은 댁에 가서 하시면 됩니다."

"감사합니다."

마저리가 말한다.

우리는 경찰관이 열어준 문으로 들어간다. 마저리가 앞장을 선다. 내가 들어서자 경찰관이 말한다.

"마치고 나오시면 문에 노크를 해주십시오."

"알겠습니다."

나는 말한다. 말처럼 쉬운 일 같지는 않다.

작은 감방이다. 면회실 같은 곳으로 안내할 줄 알았는데.

하긴, 이런 작은 주 경찰국 건물에서 공들여 꾸며놓은 면회실을 기대하는 건 무리겠지. 그래도 충격이다. 우리 빌리가 이런 감방에 갇혀 있다니.

접이침대에 앉아 있던 아이가 벌떡 일어난다. 감방 안에는 벽에 붙은 접이침대, 바닥에 고정된 의자, 그리고 시트 없는 변기뿐이다.

빌리는 양말을 신은 채고, 벨트는 보이지 않는다. 펑펑 울었는지 얼굴이 부어 있다. 단단히 굳은 표정. 상처받고, 방어적이고, 음울한 표정. 아이는 마음을 꽉 닫아버린 상태다. 누가 이 아이를 탓하겠는가.

나는 마저리를 먼저 들여보낸다. 아내는 아들에게 별일은 없었는지 묻고, 사랑한다고 말한다. 그리고 모든 게 다 잘 풀릴 테니 걱정 말라고도 덧붙인다. 다행히 범행에 대해서는 언급하지 않는다.

한동안 입을 닫고 있던 내가 말한다.

"빌리."

아이가 고개를 숙인 채 나를 돌아본다. 아이의 얼굴에서 수치심과 반항심을 동시에 읽을 수 있다. 얼굴이 하얗게 질린 마저리는 뒤로 물러나 나를 지켜본다.

나는 말한다.

"빌리, 여긴 우리만 있는 게 아니야."

나는 내 귀와 감방 벽을 차례로 가리킨다. 내 얼굴은 여전히 무표정하다.

아이가 어리둥절한 얼굴로 눈을 깜빡인다. 내게서 비난, 책망, 눈물, 그리고 자기 연민을 기대했던 모양이다. 감방 벽을 물끄러미 쳐다보던 아이가 마음을 다잡기 시작한다. 닫아두었던 마음을 열고, 고집도 꺾는다. 이제 아이는 정신을 바짝 차리고 내 말을 귀담아들을 준비가 돼 있다. 아이가 고가를 끄덕이며 내 입이 다시 열리기를 기다린다.

나는 말한다.

"빌리, 네가 이런 일을 벌인 건 태어나서 이번이 처음이야. 그 가게에 불법 침입한 것도 이번이 처음이고."

나는 눈썹을 추켜세우고 손가락을 뻗어 아들을 가리킨다. 대꾸하라는 신호다.

"네."

아이가 내 손가락을 쳐다보며 말한다.

"맞아. 난 네 친구가 누군지 몰라. 그 애가 경찰에 뭐라고 주장할지도 모르고. 보나마나 혼자 나락에 떨어지지 않으려고 별짓을 다하겠지. 하지만 그 애가 뭐라고 억지를 부리든 절대 진실을 벗어나선 안 돼. 넌 오늘 밤 처음으로 그 가게에 불법 침입했어. 바로 그게 진실이라고. 이런 짓은 이번이 처음인 거야."

나는 말한다.

"네."

아이가 말한다. 마치 익사 직전에 밧줄을 쥔 사람을 발견한 사람 같은 표정이다.

"네가 기억해야 할 건 그것뿐이야."

나는 말한다. 그리고 두 팔을 활짝 벌린다.

"빌리, 이리 와."

아이가 달려와 와락 안긴다. 가슴이 벅차오르는 게 느껴진다.

"이런 문제쯤은 충분히 헤쳐나갈 수 있어, 빌리."

나는 아들의 귀에 대고 속삭인다. 아이는 나만큼 키가 크지만 억세지는 않다. 나는 말한다.

"아무 염려 마. 다 잘될 테니까. 아무 문제없다고. 아빠를 믿어."

그제야 아들이 울음을 터뜨린다. 나와 마저리도 함께 눈물을 쏟는다.

우리는 집으로 향한다. 새벽 3시가 조금 넘은 시간이다.

오늘 밤 할 일은 아직 끝나지 않았다. 마저리는 내 말과 강한 모습에 감동을 받았다고 한다. 나는 말한다.

"아직 끝난 게 아니야. 이건 시작일 뿐이라고. 아직 할 일이 남아 있어."

"날이 밝으면 변호사부터 알아봐야죠."

"날이 밝기 전에 할 일이 있어. 하지만 당신 말이 맞아. 날이 밝는 대로 변호사부터 알아봐야지. 우리가 집을 살 때 고용했던 변호사가 누구지? 그 친구 이름 기억해?"

나는 말한다.

"앰곳. 내가 연락해볼게요."

아내가 말한다.

"그래, 그렇게 해줘. 아무래도 어머니가 연락하는 게 좋을 거야."

나는 말한다.

차는 차고에 넣지 않고 밖에 세워둔다. 아직 할 일이 남아 있기 때문이다.

"무슨 일인데 그래요, 버크?"

마저리가 묻는다.

"정리할 일이 좀 있어."

나는 대답한다.

아내는 나를 따라 집으로 들어온다. 우리는 곧장 빌리의 방으로 들어간다. 깨끗이 정돈된 방을 보니 아이가 얼마나 오랫동안 쇼핑을 못했는지 짐작이 된다. 옷장을 열고 옷을 한쪽으로 걷어내니 비로소 그게 눈에 들어온다. 아이는 옷장 안에 책꽂이를 마련해놓았다. 아니, 소프트웨어 꽂이라고 해야겠지. 3단으로 된 선반은 훔친 소프트웨어로 빽빽이 채워져 있다. 수천 달러어치는 족히 될 것 같다. 이건 경절도죄가 아니라 중절도죄다.

"오, 빌리."

마저리가 말한다. 아내는 실신하기 직전이다.

"이걸 다 없애야 해. 지금 당장. 오전 중에 그들이 수색영장을 들고 찾아올지도 몰라."

나는 아내를 위로하려 미소를 지어 보이며 말한다.

"당신이 오랫동안 모아온 슈퍼마켓 비닐봉지를 이제야 쓸 수 있게 됐군."

우리는 주방에서 비닐봉지를 가져와 밝은 색의 플라스틱 상자들을 전부 즈워 담는다. 그런 다음, 봉지들을 들고 옆문으로 빠져나온다. 우리 둘다 전혀 졸리지 않다.

빌리에게는 이런 것들이 필요하다. 이런 것들에 대해 알고 경험해야 한다. 그래야 급변하는 세상에서 살아남을 수 있다. 아이가 이것들을 훔치기 전에 내가 먼저 챙겨줘야 했다. 그렇게 아이가 세상에 뒤처지지 않도록 지원해주어야 했다. 이건 다 내 잘못이다. 빌리에게는 아무 잘못이 없다. 너무 자주 일을 벌인 건 조금 유감이지만.

물론 아이에게는 이렇게 얘기하지 않는다. 아버지로서의 책임이 있으니. 상황 수습이 급선무이지만 절대 그냥 넘어가서는 안 되는 일이다. 부추겨서는 더더욱 안 되는 일이고.

여섯 봉지. 우리는 보아저 뒷좌석에 그것들을 싣는다. 나 혼자 가려고 했지만 마저리가 같이 가겠다고 나선다. 말벗을 자청하는데 마다할 이유가 없다.

우리는 어둠을 헤치며 50킬로미터를 달린다. 가는 동안 마주친 차는 달랑 두 대뿐이다. 거의 모든 집에 불이 꺼져 있다. 모든 상점은 문을 닫은 상태다.

나는 다른 쇼핑센터를 찾고 있다. 조금 큰 곳으로. 몇 주 전, 폴 시티로 향하는 길에 봐둔 곳이 있다. 한창 허버트 에벌리를 따라다녔을 때 보았던 곳이다. 나는 쇼핑센터 뒤편으로 들어가 단지를 한 바퀴 둘러본다. 다행히 순찰차와 사설 경비 차량은 보이지 않는다.

단지를 둘러보면서 커다란 초록색 쓰레기 컨테이너들을 차례로 살핀다. 슈퍼마켓의 쓰레기 컨테이너가 가장 마음에 든다. 그 옆에 차를 세우니 은은한 악취가 풍겨온다. 내가 이 컨테이너를 고른 이유가 바로 그것이다. 상자, 봉지, 썩은 양상추들. 토요일 밤까지 치워가지 않아 쓰레기로 넘쳐나고 있다.

나는 봉지들을 차례로 컨테이너에 던져 넣는다. 봉지들은 다른 쓰레기들에 파묻혀 사라진다. 더 이상의 소프트웨어 쇼는 없을 것이다.

적막한 밤을 헤치고 집으로 돌아오는 길에 마저리가 내 손을 살며시 잡아준다.

23

 집에 도착하니 예상대로 경찰이 우리를 기다리고 있다.

 오후 3시가 다 된 시간이다. 오전 내내 수화기를 붙들고 있었지만 변호사는 찾지 못했다. 일요일 오전이라 더욱 힘들었다. 10시까지 기다려도 소득이 없자 나는 주 경찰국에 연락해 법원의 위치를 물었다. 그들은 주소와 전화번호를 알려주었고, 나는 곧바로 법원에 전화를 걸었다. 응답한 여자는 굉장히 능률적으로 내 용건을 접수해주었다. 마치 기계와 통화를 하는 느낌이었다. 법원에서 전화 받는 것이 직업일 테니 어쩌면 그런 태도는 당연한 것인지도 몰랐다.

 나는 그녀에게 내 사정을 설명했지만 그녀는 아무 도움도 돼주지 못했다. 그녀가 갑자기 나, 또는 피고에게 관선 변호인의 도움을 받을 자격이 있는지 물었다.

 그 생각은 미처 못해봤다. 나 같은 사람들은 평소에 그런 생각을 해볼 이유가 없다. 나는 말한다.

 "지난 2년을 실직 상태로 보냈습니다. 실업 보험 수당을 다 써버렸어요. 수입도 없고요."

 "진작 말씀하시죠."

 그녀가 퉁명스럽게 말했다.

 나는 그녀에게 내 실패를 자산처럼 자랑스럽게 떠벌린 적은 없었다고 얘기하려다 말았다. 그녀는 또 다른 전화번호를 알려주었다.

나는 그 번호로 전화를 걸어보았다. 젊은 여자가 응답했다. 십 대 소녀 같은 음성이었다. 나는 그녀에게 내 사정을 들려주었다. 그리고 법원으로부터 이 번호를 받아 연락했다고 덧붙였다. 그녀는 내게 많은 질문을 던졌고, 나는 성실히 대답했다. 그녀는 모든 걸 꼼꼼히 받아 적은 후 곧 연락이 갈 테니 기다리라고 했다.

그렇게 한 시간이 흘렀지만 연락은 오지 않았다. 빌리의 죄상 인부 절차는 오늘 아침에 진행됐어야 한다. 죄상 인부. 너무나도 생소한 단어다. 꼭 고문의 한 종류인 것처럼 들린다. 아니, 그것은 고문이나 마찬가지다. 하지만 그들은 변호사가 선임되기 전에 빌리를 고문할 수 없다. 내가 변호사를 찾을 때까지 아이는 옅은 노란색 감방에 갇혀 있어야 한다. 어쩌면 그보다 더 끔찍한 공간에 처박힐지도 모른다.

한 시간이 지나도 연락이 없자 나는 마지막에 받았던 번호로 다시 전화를 걸었다. 응답한 십 대 소녀는 일요일이라 변호사와 연락이 잘 되지 않고 있다고 차분하게 설명해주었다. 그리고 곧 연락이 있을 테니 조금만 더 기다려달라고 했다. 나는 화를 누그러뜨리고 전화를 끊었다.

12시 15분. 마침내 전화벨이 울렸다. 마저리와 나는 무엇을 해야 하는지, 누구에게 연락해야 하는지, 어떻게 도움을 구해야 하는지, 어떻게 이 절차를 진행해야 하는지 아는 게 없었다. 그저 굶주린 사자들처럼 초조하게 집 안을 빙빙 맴돌 뿐이었다. 12시 15분에 전화를 걸어온 사람은 나이 든 남자였다. 발음이 부정확한 걸 보니 술에 거나하게 취한 상태인 것 같았다.

"판사와 얘길 했습니다. 보석금 마련을 위해 담보로 내놓으실 게 있습니까?"

그가 말했다.

"집이 있습니다."

나는 대답한다.

"권리 증서를 가지고 오십시오. 융자를 끼고 사신 거라면 관련 서류도 필요합니다. 일요일이라 쉽진 않겠지만요."

그가 말했다.

"다 찾아 가져가겠습니다."

나는 말한다.

"법원에서 뵙겠습니다. 참, 제 이름은 포르큘리입니다. 오셔서 밤색 양복을 찾으시면 됩니다."

그가 말했다.

밤색 양복? 발음이 꼬이는 걸 보니 술까지 한잔한 것 같은데 밤색 양복을 입고 나오겠다고? 그런 사람이 우리 아들을 변호하겠다고?

하지만 그가 이미 판사와 통화를 했고, 보석금 액수까지 결정됐다니 다행이었다.

내 파일 캐비닛에는 '집'이라고 표시된 폴더가 담겨 있다. 나는 그 폴더와 밸리의 출생증명서, 그리고 신분증으로 쓸 마저리와 내 여권을 챙겼다. 하나라도 빠뜨렸다가는 법원에서 낭패를 볼 것이다.

모든 게 엄청난 속도로 진행됐다. 포르큘리는 예상보다 나이가 많았다. 적어도 일흔 살은 돼 보였다. 무거워 보이는 눈꺼풀과 축 늘어진 볼. 언뜻 보기에도 뇌졸중을 한두 차례 겪은 사람 같았다. 그래서 술에 취한 것처럼 발음이 부정확했던 것이다. 그는 약속대로 밤색 핀 스트라이프 양복을 걸치고 있었다. 한때는 잘나가는 변호사였을지 몰라도 지금의 몰골은 가련해 보이기만 했다. 어쨌든 빌리를 석방시켜 집으로 보내줄 사람이니 일단 믿어보기로 했다.

꼭 또 다른 누군가의 성당에 와 있는 기분이었다. 신도들을 보며 이곳 사람들의 의식을 유심히 관찰한다. 분위기에 최대한 자연스럽게 휩쓸려 가야 하지만 조금도 이해할 필요는 없다. 물론 그들이 얼마나 진지한 사람들인지는 한시도 잊어서는 안 된다.

신기하게도 빌리는 어젯밤보다 나아 보였다. 우리는 햇볕이 스며든 법정으로 들어갔다. 단풍나무로 만든 벤치와 제단이 있었다. 판사와 관리인들이 신성한 의식을 집행하는 곳을 제단이라 부르지 않는다는 것쯤은 알고 있다. 하지만 내게는 그렇게 보이는 걸 어쩌겠는가.

우리가 들어갔을 때 빌리는 법정에 도착해 있지 않았다. 포르큘리가 우리를 앞자리로 안내하며 조금만 기다리라고 했다. 그는 우리가 내준 서류를 챙겨들고 옆문으로 사라졌다. 잠시 후 돌아온 그가 안심하라며 고개를 끄덕였다. 그리고 자신만큼이나 선뜻 호감이 가지 않을 법한 사람들과 변호인석에 자리를 잡고 앉았다.

그리고 마침내 빌리가 이끌려 들어왔다. 면도를 하지 않은 푸석푸석한 얼굴에 구겨진 옷, 그리고 지친 표정. 하지만 어젯밤보다는 덜 망가지고, 덜 혼란스러운 모습이었다. 나는 피고석으로 향하는 아들을 지켜보았다. 주위를 돌아보던 아이가 우리를 발견했다. 나는 용기를 주기 위해 미소를 지었고, 아이도 겁에 질린 얼굴로 어색한 미소를 지어 보였다.

의식은 영어로 진행됐지만 이해하기가 힘들었다. 문자적 의미가 크지 않은 걸로 보아 이 성당의 암호인 듯했다. 포르큘리와 빌리는 판사 앞에 나란히 섰다. 마치 결혼식을 올리는 커플을 보는 것 같았다. 뿌루퉁한 얼굴에 머리가 벗어진 판사는 머리가 무거운 듯 고개를 비스듬히 기울이고 있었다. 그는 피고 측 입장을 다 듣고 나서 훑고 난 서류를 자신의 오른쪽에 앉은 남자에게 넘겼다.

판사는 마저리와 나를 앞으로 불러냈다. 마저리와 빌리는 훌쩍거리기 시작했고, 판사는 측은하게 그들을 내려다보았다. 그가 법봉으로 나무 받침을 세 번 치고 나서 우리 아들을 풀어주었다. 이보다 더 종교적일 수가 있을까?

물론 이게 끝은 아니었다. 나는 법정 한쪽 구석의 책상으로 이끌려가 수많은 문서에 서명을 해야 했다. 그러다가 한 손을 들고 선서까지 했다. 그 이유는 알 수 없지만.

별리는 어디론가로 사라진 후였고, 포르큘리는 끝까지 우리 곁을 지켜주었다. 그는 판사를 비롯한 거의 모든 법원 직원과 친분이 있는 듯했다. 그들 모두가 포르큘리를 좋아하는 것 같지는 않았지만 그를 스스럼없이 대하는 모습은 꽤 인상적이었다. 그들은 그를 진지하게 여기지 않았고, 그도 개의치 않는 듯했다.

어쩌면 변호사들을 찾기 힘든 일요일이 그에게는 대목인지도 모른다.

문서 작업이 끝나자 포르큘리는 우리와 악수를 하며 어느 복도로 나가면 아들을 만날 수 있는지 알려주었다.

"가서 이 문서를 보여주면 됩니다."

그는 재판 날짜가 잡히면 다시 연락하겠다고 했다. 그리고 지난 크리스마스에 손주들에게 선물로 받았을 것 같은 갈색 서류 가방을 들고 사라졌다. 우리는 복도로 나가 갈색 제복 차림의 남자에게 문서를 건넸다. 차가

운 인상의 남자가 경멸의 눈으로 문서를 훑고 나서 우리 아들을 데리고 나왔다.

집으로 돌아오는 동안 빌리는 한 번도 입을 열지 않았다. 수치심과 두려움 때문이었을 것이다. 그렇게 반쯤 왔을 때 내가 침묵을 깬다.

"빌리, 이제 곧 경찰이 수색영장을 들고 들이닥칠 거야."

아이는 뒷좌석에 혼자 앉아 있었고, 마저리는 조수석에 앉아 있었다. 백미러 안에서 아이가 흠칫 놀라는 표정을 지었다.

"영장이라고요? 왜죠?"

"미해결 절도 사건까지 한 번에 처리하려는 거지. 네가 과거에도 그 가게를 털러 들어간 적이 있었다는 증거를 찾으려는 거야."

나는 말했다.

아이는 진정으로 겁에 질려 있었다. 빌리가 주먹으로 자신의 이마를 톡톡 두드렸다.

"아빠, 저…… 드릴 말씀이……"

"괜찮아."

나는 말했다. 아들을 용서하고 싶지도, 격려하고 싶지도 않지만 이 정도는 알려줄 필요가 있었다.

"아무 문제없을 거야."

"아빠, 그게 아니라……"

아이는 아직도 이해를 못하고 있었다. 마저리가 몸을 틀고 아들에게 말했다.

"빌리, 우리가 다 처리했어. 아버지가 다 처리하셨다고."

그제야 이해가 됐는지 아이는 더 부끄러워했다. 빌리가 말했다.

"죄송해요. 정말 죄송합니다. 제가 너무 어리석었어요. 두 번 다시 이런 일 없을 거예요. 맹세할게요."

"그래, 그래야지. 누구나 실수는 하는 법이야, 빌리. 괜찮아. 앞으로 조심하면 되는 거야."

마저리가 말했다.

"그걸 사주실 형편이 못 됐다는 거 알아요."

아이가 말했다. 고개를 돌려 창밖을 내다보는 빌리가 다시 흐느끼기 시작했다.

그건 틀린 말이 아니다. 그걸 사줄 형편이 못 된다는 것. 변호사를 선임하는 데도 돈이 든다. 우리에게는 이 모든 걸 처리할 돈도, 시간도 없다. 하지만 어쩌겠는가. 어떻게든 해결해야지.

"무사히 지나갈 거야, 빌리. 금세 잊힐 거고."

나는 말했다.

아이가 고개를 끄덕였다. 하지만 굳게 닫힌 입은 끝내 열리지 않았다. 아이는 창밖으로 스쳐 지나가는 동네 풍경을 멍하니 내다볼 뿐이었다. 집에 도착하니 골목에 세워진 경찰 밴이 눈에 들어왔다. 우리를 보자마자 제복 경관 다섯 명이 밴에서 내렸다. 지역 경찰국 소속 경관들이었다.

그들은 아무것도 찾아내지 못한다. 어젯밤 나는 빌리의 방을 완벽하게 치워놓았다. 마저리조차도 내가 얼마나 꼼꼼히 처리했는지 모를 것이다. 쇼핑센터에서 돌아온 우리는 빌리의 옷장에서 책꽂이를 꺼내 차고에 갖다 놓았다. 옷장 안의 텅 빈 책꽂이를 경찰이 그냥 넘어갈 것 같지 않았기 때문이다. 차고로 옮긴 책꽂이에는 페인트 통과 넝마를 아무렇게나 쑤셔 박아놓았다. 몇 년째 그렇게 방치되고 있는 것처럼 보이기 위해. 마저리가 욕실에 들어가 있는 동안 나는 파일 캐비닛 맨 아래 서랍에서 루거를 꺼내와 보야저의 뒷좌석 밑에 넣어두었다. 법원에서 돌아오는 차 안에서 빌리가 앉아 있었던 바로 그 자리 밑에.

무뚝뚝한 경관들이 집 안 구석구석을 수색하는 동안 우리는 거실에서 묵묵히 기다린다. 물론 그들은 아무 소득도 올리지 못한다. 그들이 원한다는 내 사무실에 보관된 이력서 폴더도 기꺼이 내줄 용의가 있다. 그게 그들에게 무슨 도움이 되겠는가?

그렇게 기다리는 동안 나는 대량 인원 삭감에 대해 생각해본다. 그것이 직원 가족들에게 어떤 영향을 끼치는지. 내 가족은 끄떡없을 거라 믿었건만. 마저리, 그리고 이제 빌리까지. 어느새 우리 인생까지 엉망이 돼버렸다.

이제는 집에 없는 벳지까지 걱정을 해야 한다. 착하고, 정상적이고, 이런 변화에 크게 동요하지 않는 아이지만 그렇다고 마음을 놓을 수는 없다.

우리는 오늘 아침에 벳지에게 전화를 걸어 빌리에게 벌어진 일을 들려주었다. 벳지는 우리와 함께 법원에 가고 싶다고 했지만 나는 말렸다. 빌리의 그런 모습을 벳지의 기억에 심어주고 싶지 않았다.

벳지는 집에서 60킬로미터쯤 떨어진 전문대학교에 다니고 있다. 아이가 편하게 통학할 수 있도록 차를 사주고 싶지만 지금 우리 형편으로는 어림도 없다. 그래서 벳지는 초등학교 시절부터 친하게 지내온 친구의 차를 얻어 타고 통학한다. 오늘 오후 벳지는 그 친구와 연극반 미팅에 참석하기로 돼 있었다. 아이는 적당히 핑계를 대고 법원으로 오겠다고 했고, 마저리와 나는 극구 말렸다. 지금 생각해 보면 현명한 판단이었던 것 같다. 벳지에게까지 장물을 찾아 집 안을 들쑤시고 다니는 경관들을 보여주고 싶지 않다.

갑자기 매사추세츠의 에드워드 릭스가 떠오른다. 나이 든 교수와 눈이 맞아 문제를 일으켰던 그의 딸, 주니도. 황당한 오해는 나로 하여금 그 아이의 어머니까지 죽이게 했다. 당시에 나는 우월감에 가득 차 있었다. 그들의 딸과 내 딸은 하늘과 땅 차이였다. 적어도 나는 그렇게 생각했다. 내게 주니는 그저 교활하고 심술궂은 매춘부일 뿐이었다.

하지만 지금은 생각이 달라졌다. 주니도 피해자였다. 아버지가 실직만 되지 않았어도 주니는 나이 든 교수와 엮이지 않았을 것이다. 그 친구 이름이 뭐였지? 링어.

그렇다면 링어도 인원 삭감의 피해자가 되는 셈인가?

실로 엄청난 영향력이 아닐 수 없다. 경찰은 아무 말 없이 집을 나간다. 그들 모두 지옥에서 영원히 썩기를.

24

 6월 1일 일요일, 저녁을 먹은 식구들이 거실에 모여앉아 텔레비전을 보는 동안 나는 슬그머니 사무실로 들어간다. 다시 작전을 세워야 할 때가 온 것이다. 더 이상의 지체는 곤란하다. 나는 몇 달 전에 책상 위 벽에 압핀으로 붙여둔 작은 카드를 쳐다본다. 그들 방식을 따르면 오히려 낭패라는 사실을 처음 깨달았을 때 붙여놓은 것이다.

 카드에는 스코틀랜드 고지의 역사 한 조각이 담겨 있다. 18세기 후반까지만 해도 고지는 소작인들로 바글바글했다. 작은 돌집에 사는 가난한 가족들은 지주에게 약간의 임대료를 지불하고 땅을 얻어 농사를 지었다. 하지만 오래가지 않아 지주들은 그 땅에서 사람들을 쫓아내고 양을 키우면 훨씬 많은 소득을 올릴 수 있다는 사실을 알게 됐다.

 그래서 그 후로 70년간 고지에서는 '정리'라는 이름으로 가족, 씨족, 그리고 마을 들이 쫓겨나게 됐다. 그리고 빈 땅은 양들에게 돌아갔다. 소작인들은 대대로 그 땅을 지키며 살아왔다. 그곳에 집과 헛간과 가축우리를 짓고, 농사를 지어왔다. 하지만 땅의 주인은 따로 있었다. 그들만이 사는 땅이었지만 그들 땅은 아니었다. 그래서 어떻게 됐느냐고?

 그들은 마지못해 떠나야 했다. 아일랜드로 간 사람들도 있고, 북아메리카로 떠난 사람들도 있었다. 어떤 이들은 지옥에 떨어졌고, 얼어 죽거나 굶어 죽은 이들도 많았다. 끝까지 그 땅에 남아 저항한 이들은 목이 날아가버렸다.

나는 대학 시절 '정리'에 대해 배웠다. 항상 역사에 관심이 많았다. 내게 역사는 그저 흥미로운 이야기일 뿐이었다. 실제로 성적도 좋았고, 그 덕분에 평균 점수도 많이 끌어올릴 수 있었다.

언젠가 파트너와 함께 '정리'에 대한 학기말 리포트를 작성한 적이 있었다. 파트너가 두툼한 『옥스퍼드 영어 사전』에서 그 단어를 찾아보았다. 나는 사전에 적힌 정의가 너무나 마음에 들었다. 아직까지도 잊지 않고 생생히 기억하고 있다. 해고된 후 도서관에서 검색을 하다가 그 단어를 다시 찾아보았다. 내가 아직도 그 정의를 한 글자도 틀리지 않고 외울 수 있는지 확인하고 싶었다. 나는 그것을 받아 적은 카드를 사무실 벽에 붙여놓았다.

정리 2. (땅에서) 삼림, 낡은 집, 거주자 등을 제거하는 방법으로 개척하는 것

역사가 승리자들에 의해 쓰였다는 증거 중 이보다 더 확실한 것은 없다. 생각해보라. 쉼표가 하나 빠졌더라면 '거주자'는 '등'에 포함됐을 것이다.

지금 인원 삭감이라는 정리를 마구 해대고 있는 것은 그 지주들의 후예들이다. 실제로 그들의 후예들도 있을 것이고, 영적인 후예들도 있을 것이다.

지금 당신이 앉아 있는 그 책상이 마음에 드는가? 당신이 회사에 목숨 바쳐 충성하겠다고 맹세했으니 회사가 그 대가를 치러야 한다고 생각하나? 그 자리를 끝까지 지키는 것이 당신이 진정으로 원하는 것인가?

하지만 그건 당신의 책상이 아니다. 그러니 빨리 정리하라. 그 자리를 또 다른 양에게 넘기면 돈을 더 벌 수 있다는 걸 주인이 깨달았으니.

여기 내가 원하는 이력서가 있다. 주소. 내일은 개럿 로저 블랙스톤을 찾아갈 생각이다. 마저리를 카니 박사 사무실에 내려주고 나서.

개럿 블랙스톤

사서함 217, 스캔틱 리버 가

에러버스, 코네티컷 06397

전화번호 203-522-1201

1947년 8월 18일, 뉴저지 메리스빌에서 출생

로욜라 초등학교, 뉴저지 스미더스 - 세인트 이그나티오스 고등학교, 뉴저지 스미더스 - 러트거스 대학교, 뉴저지 뉴브런즈윅, 미술사 전공, 1968년

미국 육군, 1968년 - 1971년 - 텍사스, 베트남, 오키나와에 주둔

1971년 결혼, 루이스 매그너슨 - 아들 네 명

세일즈맨, 러더퍼드 페이퍼 박스 주식회사, 러더퍼드, MN **1971년~1978년**
생산 라인 감독, 러더퍼드 페이퍼 박스 주식회사, **1978년~1983년**
생산 라인 감독, 패트리어트 제지, 내슈아, NH **1983년~1984년**
공장 관리자, 그린 밸리 제지, 후사토닉, CT **1984년~현재**

제지 업계에서만 26년간 근무

메이저 제지 업체의 생산 라인 감독으로 근무하며 18년간 다양하고, 깊은 경험을 쌓았으며 가정용 종이 제품, 산업용 종이 제품(중합체 용지 포함), 그리고 방위 관련 종이 제품을 폭넓게 다루어봄

새로운 자리에서 제 모든 의욕과 경험, 그리고 전문적 기술을 후회 없이 쏟아내고 싶습니다.

25

쇼핑센터에 도착한 나는 카니 박사 사무실 정문 앞에 차를 세운다. 마저리가 몸을 기울여 내 볼에 살짝 입을 맞춘 후 보야저에서 내린다. 나는 흠칫 놀라며 아내를 쳐다본다. 아내의 눈이 반짝인다.

"다 끝났어요."

아내가 속삭인다. 그리고 부끄러운지 손을 흔들며 건물로 총총 걸어 들어가버린다. 뒤도 돌아보지 않은 채.

물론 나는 그게 무슨 뜻인지 알고 있다. 또 다른 남자, 그 자식, 남자 친구. 그와의 관계가 끝났다는 뜻이다. 더 이상의 부정함은 없을 거라는 얘기.

코네티컷 북부를 가로질러 에러버스가 자리한 동쪽으로 차를 모는 동안 아내가 한 말을 곰곰이 생각해본다. 그것이 무슨 뜻인지, 왜 그런 말을 했던 것인지. 한없이 이어지는 실직 상태에 대한 낙담. 나는 불륜의 원인을 그렇게 분석했다. 아내가 내게 그 사실을 털어놓은 이유는 스스로가 그 부정한 관계를 끝내고 싶어서였다. 또한 아내는 그동안 마음고생이 얼마나 심했는지도 내게 알려주고 싶었을 것이다. 그래서 중립의 누군가를 끌어들여 이 문제를 해결하려 했던 것이다. 우리의 카운슬러, 롱거스 퀸란. 그가 무슨 도움이 돼줄 수 있을지는 모르지만.

불륜은 그저 배터링 램성문 파괴용 대형 망치일 뿐이었다. 이제 성문은 활짝 열렸그, 아내에게는 더 이상 배터링 램이 필요하지 않게 됐다. 그래서 내게 그 사실을 들려준 것이다.

하지만 지금, 작은 마을들을 이어주는 좁은 시골길을 달리는 동안에도 나는 아내에게 또 다른 이유가 있진 않았을지 궁금해하고 있다. 어쩌면 나는 스스로를 위로하려 이러고 있는 것인지도 모른다. 나 또한 그 원인의 일부였는지도 모르고. 앞장서서 빌리의 문제를 처리한 내 모습이 아내의 마음을 돌려놓았을 수도 있다.

내가 생각해도 완벽한 뒤처리였다. 하지만 몇 년 전이었다면 이런 방법은 꿈도 꾸지 못했을 것이다. 직장에 다니며 정상적이고 변화 없는 인생을 살고 있었을 때. 그 당시, 그러니까 내가 해고를 당하기 전까지 나는 무척 수동적인 사람이었다. 특히 이런 일에 대해서는 더 그랬다. 그때 이런 일을 당했다면 아마 법과 사회를 믿고 묵묵히 결과를 기다렸을 것이다. 그리고 빌리는 한 건이 아닌, 네 건의 절도 사건의 피의자가 되어 징역형을 면하지 못했을 것이다. 당연히 보석은 꿈도 못 꾸었을 것이고.

나는 빌리를 위해 현명한 판단을 내렸다. 그 이유는 간단하다. 나는 더 이상 그들을 믿지 않기 때문이다. 이제는 안다. 나를 지켜줄 사람은 세상에 오직 나 한 사람뿐이라는 것을.

에러버스는 코네티컷 중북부의 언덕들 틈에 자리하고 있다. 볼드 마운틴과 래틀스네이크 힐의 중간 지점에 파묻혀 있는 마을은 매사추세츠 스프링필드와도 아주 가깝다. 스캔틱 리버 가는 예상과 달리 마을을 살짝 벗어난 언덕에 자리하고 있다. 주 경계의 남쪽. 나는 스캔틱 리버 가의 북쪽 끝을 살펴보기 위해 잠시 매사추세츠로 넘어갔다가 다시 남쪽으로 내려와 217번 사서함을 찾아보기 시작한다.

분명 교외가 맞지만 뉴욕 인근 지역에 비해서는 훨씬 아늑해 보이는 풍경이다. 이 지역은 하트퍼드와 스프링필드의 베드타운_{대도시 변두리의 통근하는 사람들의 거주지}이다. 그래서 고급화를 위해 쏟아부은 돈과 노력의 흔적을 찾아보기 힘들다. 차고 문 위에 달아놓은 농구 바스켓들은 그냥 장식이 아니라 실제 그 용도로 쓰이는 것 같아 보인다. 대부분 수영장은 땅 위로 불쑥 튀어 올라 있다. 차와 정원들은 타지에 비해 덜 화려하다.

217번지는 애매한 위치다. 막다른 길 한복판. 길 양쪽으로 숨겨진 사유 차도를 경고하는 표지판이 하나씩 세워져 있다. 표적의 집은 길의 서쪽에 자리하고 있다. 남쪽으로 이동 중인 내 오른편 방향. 땅은 오른쪽으로 가파르게 경사져 있고, 그 왼쪽으로는 폭이 좁고 물살이 빠른 개울이 흐르고 있다. 개럿 블랙스톤의 앞뜰에는 굽이를 따라 돌벽이 세워져 있다. 좁은 사유 차도를 따라 올라가면 그의 집에 이를 수 있겠지만 밖에서는 잘 보이지 않는다.

감시하기 쉽지 않은 공간이다. 이번에도 우편함을 노려볼까? 이곳 우편함은 사유 차도 옆 옹벽에 붙어 있다. 집과 같은 쪽이라 다행이다. 오늘은 길에서 우편배달부를 보지 못했다. 그래서 차를 몰고 남쪽으로 더 내려가 보기로 한다. 내 운도 시험해볼 겸.

우편배달부는 끝내 보이지 않는다. 스캔틱 리버 가를 마저 내려가 윌버크로스 파크웨이로 들어가본다. 이곳은 전혀 다른 배달 구역임이 분명하다. 나는 차를 돌려 다시 북쪽으로 올라간다. 에러버스에 다다르자 남쪽으로 이동 중인 우편배달 차량이 눈에 들어온다.

빌어먹을! 블랙스톤의 집은 북쪽으로 조금 더 올라가야 한다. 그의 우편물은 이미 배달이 완료된 상태다. 지금쯤 나와서 우편물을 확인하고 있을까?

루거는 아직도 뒷좌석 밑에 숨겨져 있다. 나는 천천히 차를 몰며 한 손을 뒤로 뻗는다. 그리고 시트 커버 밑에 나 있는 긴 구멍을 찾아 손을 더듬는다. 좌석 밑 깊은 곳 어딘가에 있는 루거를 찾아서.

금속, 금속…… 찾았다. 나는 총구를 쥐고 권총을 꺼낸다. 그리고 그것을 잘 개어놓은 레인코트 위에 내려놓는다. 총구가 나를 향하지 않도록 살짝 돌려놓는 것도 잊지 않는다.

굽이. 숨겨진 사유 차도. 왼편으로 우편함 앞에 서 있는 사람이 보인다. 그 누군가는 고개를 숙인 채 우편물을 살펴보고 있다. 블랙스톤을 보자 심장이 쿵쾅대기 시작한다. 내 시선은 그에게서 떨어지지 않는다. 오른손은 이미 루거를 향해 뻗은 상태다. 하지만 그 사람은 블랙스톤이 아니다. 여자. 보나마나 그의 아내일 것이다. 그녀는 코르덴 바지와 짙은 초록색 카디건, 그리고 앞에 무언가가 적힌 짙은 파란색 모자 차림이다.

나는 천천히 나아가며 사유 차도 안쪽을 흘끔 들여다본다. 그는 집에서 우편물을 기다리고 있을까? 왜 직접 확인하러 나오지 않은 걸까? 누구보다도 우편물을 기다리고 있을 텐데. 혹시 어디가 아픈 건 아닐까? 우리 같은 사람들 중에는 정신 질환을 앓는 이들이 많다. 어쩌면 그는 아내가 좋은 소식을 가지고 올 때까지 침대를 내려오지 않기로 결심했는지도 모른다. 그렇다면 그에게 접근하는 건 굉장히 힘들어진다.

북쪽으로 3킬로미터쯤 더 올라가면 작은 주차장이 나온다. 소나무로 덮인 산과 골짜기의 황홀한 풍경을 감상하기 좋은 곳이다. 서쪽으로는 평화로워 보이는 작은 마을들이 광활하게 펼쳐져 있다. 나는 그곳에 차를 세우고 루거를 레인코트 밑으로 밀어 넣는다. 다시 지도를 펼쳐들고 작전을 짜보지만 소용이 없다. 블랙스톤의 집으로 접근할 수 있는 방법은 앞뜰의 사유 차도를 통하는 것뿐이다. 그의 집은 언덕 위 굽이 한복판에 자리하고 있다. 그의 집 위로는 미개발 상태의 산허리만이 버티고 있을 뿐이다. 또한 집 앞 내리막길은 우거진 숲으로 덮여 있다. 그 개울 때문이다.

찾아보면 길이 있을 거야. 꼭 쥐구멍 앞을 빙빙 맴도는 고양이가 된 기분이다. 그는 집에 있고, 그에게 접근하는 방법은 분명 있을 것이다. 아직은 그게 무엇인지 알 수 없지만.

나는 다시 그의 집으로 내려가보기로 한다. 직접 둘러봐야 아이디어가 떠오를 것 같다. 그래서 나는 지선 도로를 벗어나와 다시 남쪽으로 내려간다. 지도는 레인코트 위에 펼쳐놓은 상태다. 앞의 차 때문에 속도를 많이 내지 못하지만 굽이 주변의 정찰을 위해서는 오히려 잘된 일이다.

역시 길에서 집은 잘 보이지 않는다. 차와 사람의 흔적도 없다.

그렇게 1.5킬로미터쯤 더 내려가자 오른쪽으로 샛길이 나타난다. 나는 방향을 틀어 스캔틱 리버 가를 벗어난다. 작은 동네로 들어서니 가장 먼저 '막다른 길'이라는 표지판이 눈에 들어온다.

이제 앞뒤로는 차가 없다. 나는 꾸불꾸불한 좁은 골목길을 계속 달려나간다. 드문드문 보이는 집들 사이에는 수목으로 뒤덮인 넓은 공간이 자리하고 있다. 마침내 막다른 길에 다다른다. 하얀색 페인트가 칠해진 나무 가로장 울타리에는 동네 입구와 마찬가지로 노란색 '막다른 길' 표지판이 붙어 있다.

나는 보야저를 세우고 밖으로 나와 주변을 둘러본다. 지도에 따르면, 길이 끊긴 이곳은 블랙스톤의 집이 자리한 스캔틱 리버 가에서 얼마 떨어지지 않았다. 오른쪽으로 보이는 숲을 가로질러 가면 그의 집이 나올 것이다.

나는 숲과 친하지 않다. 함부로 들어갔다가는 길을 잃고 경찰이나 보이스카우트에게 발견될 수도 있다. 어리석고, 위험한 모험이 될 것이다. 경찰에게 들키면 일이 복잡해진다. 내가 여기서 무얼 하고 있는지, 레인코트 주머니에는 루거가 왜 들어 있는지 해명해야 할 게 너무 많다. 하지만 어쩔 수 없다. 이렇게 해서라도 블랙스톤에게 접근할 수 있는 방법을 떠올릴 수만 있다면 대만족이다.

나는 흰색 울타리 끝을 돌아 안으로 들어간다. 눈앞의 숲은 서늘하고 쾌적하다. 6월 2일. 각다귀들이 날아와 내 얼굴을 살피기 시작한다. 아무리 손을 살랑여 쫓아내려 해도 헛수고다. 갑자기 들이닥친 한 사람이 무척이나 궁금한 모양이다. 놈들은 나를 물려는 게 아니라 똑똑히 기억해두려는 것뿐이다. 입을 닫은 채 숨을 쉬면 문제될 게 없다. 비록 짜증은 조금 나겠지만.

각다귀들 너머로 숲속을 가로지르는 오솔길이 보인다. 사슴들이 만들어놓은 길인지도 모른다. 어쩌면 사람들이 만들어놓았을 수도 있고. 마저리와 내 친구들 중에는 일부러 뒤뜰과 연결된 숲에 산책로를 만들어놓은 이들도 있다. (한때 우리는 친구들과 어울리는 것을 최고의 낙으로 삼았다. 실제로 주변에 사람도 많았고. 하지만 실직 상태에서는 친구와 돈독한 관계를 유지하는 게 힘들어진다.)

그래서 나는 결심한다. 주머니에 루거가 담긴 레인코트를 걸친 후 그럴듯해 보이는 오솔길을 따라 걸어 올라가보기로. 그렇게 올라가다 보면 이 길이 어디로 연결되는지, 얼마나 길게 이어지는지 확인할 수 있을 것이다. 갑자기 길이 몇 갈래로 갈라지거나 사라지면 왔던 길을 잃어버릴 수도 있다.

산책하기에 좋은 날씨다. 바람에 흔들리는 나무들은 엉성하게나마 강렬한 햇빛을 차단해준다. 공기는 조금 차갑지만 상쾌하다. 각얼음 주변의 공기처럼. 나는 초록색 숲속의 갈색 오솔길을 따라 올라간다. 몇 걸음 옮기고 난 후 뒤를 돌아보니 주차해둔 보야저가 보이지 않는다.

나는 걸음을 멈춘다. 과연 이게 좋은 아이디어인가? 여기서 길이라도 잃으면 어쩌지?

하지만 오솔길은 꽤 선명하게 나 있고, 내리막의 경사도 완만하다. 조금 더 내려가다가 혼란스러워지면 다시 방향을 틀고 올라오면 될 것이다. 적어도 이론상으로는 괜찮을 것 같다.

그렇게 15분간 계속 걷는다. 내가 왜 여기 와 있는지, 이 모든 것의 목적은 무엇인지, 레인코트 오른쪽 주머니를 묵직하게 만드는 물건의 용도는 무엇인지는 더 이상 생각하지 않는다. 그냥 무념무상 상태로 오솔길과 중력에 이끌려 걸음을 옮겨갈 뿐이다. 아주 좋다. 근심도, 골칫거리도, 확실한 해결책도 없는 이 상황이 아주 마음에 든다.

소음. 앞에서 날카로운 소리가 들려온다. 무언가가 다가오고 있다.

뭐지? 나는 잽싸게 좌우를 살핀다. 오른쪽으로 땅에서 불쑥 튀어나온 커다란 알돌이 눈에 들어온다. 그 돌과 나 사이에는 아무렇게나 얽힌 덤불과 잡초뿐이다. 몸을 숨길 수 있는 공간은 그곳뿐이다. 나는 발소리를 죽이고 그쪽으로 달려간다. 뒤에서 다시 기분 나쁜 소음이 들려온다.

사슴이라면 별 문제없다. 하지만 사람이라면 맞닥뜨리고 싶지 않다. 블랙스톤이 피살된 시간 전후로 현장 인근의 숲속을 배회했던 수상한 남자로 찍히면 곤란하다.

알돌. 나는 잽싸게 그 뒤로 몸을 숨긴다. 날카로운 소음이 다시 들려온다. 나는 최대한 몸을 낮추고 오솔길을 흘끔 내다본다. 그녀가 다가오고 있다.

아내. 그의 아내다. 우편물을 확인하던 바로 그 여자. 그녀는 여전히 같은 모자와 카디건, 그리고 코르덴 바지 차림이다. 그녀는 혼자 걷고 있다. 한 손에는 곤봉처럼 생긴 두꺼운 지팡이가 쥐어져 있다. 그녀는 지나는 나무들을 지팡이로 딱딱 두드린다.

오, 뱀을 쫓으려는 거였군. 그녀는 뱀을 겁내고 있는 것이다. 누군가가 거슬리는 소리를 내면 뱀이 도망친다고 귀띔해준 모양이다. 딱딱. 그녀는 계속 빠르게 다가온다.

맙소사. 설마 개를 데려온 건 아니겠지? 그랬다면 큰일인데. 개가 있다면 대번에 나를 찾아낼 게 뻔하다. 절대 나를 그냥 지나치지 않을 것이다. 얼마나 수상하게 보이겠는가. 숲속에 들어온 낯선 남자. 숲속에 숨어 있는 낯선 남자.

그녀는 그렇게 멀어진다. 딱딱 소리도 점점 작아진다. 나는 바위 뒤에서 몸을 펴고 일어난다. 그는 집에 혼자 있을까? 아들이 넷이라고 했지? 아직 독립하지 않은 아들이 있으면 어쩌지? 이 길을 계속 따라가면 그의 집이 나오기는 하는 건가?

다행스러운 것은 그녀가 계속해서 나무를 두드려대며 자신의 위치를 알려주고 있다는 사실이다. 그 소리만 잘 듣고 있으면 그녀와 맞닥뜨릴 일은 없을 것이다.

나는 끝까지 가보기로 한다. 바위에서 나와 다시 오솔길을 올라가기 시작한다. 가시로 덮인 들장미 가지들이 레인코트 자락을 연신 할퀴어댄다. 블랙스톤의 집으로 향하는 걸음이 점점 빨라진다.

그렇게 15분쯤 걸어 내려가니 마침내 찾던 게 눈에 들어온다. 주도로에서 왼쪽으로 벗어난 작은 샛길 한복판에 자리한 누군가의 집. 내가 제대로 찾아온 건가?

조금 더 내려가자 전기 울타리가 내 앞을 막아선다. 사슴을 쫓아내기 위해 세워둔 것 같다. 울타리 너머로는 넓은 잔디밭이 펼쳐져 있다. 뒤뜰 가장자리에는 진달래처럼 사슴이 좋아하는 꽃들이 만발해 있다. 왼쪽으로는 땅을 파서 만든 작은 수영장이 보인다. 6월임에도 수영장은 커버로 덮여 있다. 올해는 수영장 관리도 여의치 않지? 그렇지? 수입이 없으니 그럴 수밖에.

수영장과 잔디밭 너머로는 커다란 집이 우뚝 서 있다. 아래층은 돌로, 위층은 흰색 물막이 판자로 둘러져 있다. 지붕창도 몇 개 보인다. 골목에서 봤던 집이 맞다. 아직 사람은 보이지 않는다.

전기 울타리에 나 있는 문은 바로 내 앞, 잔디밭 가장자리에 위치해 있다. 안으로 들어갈 수는 있지만 뒤뜰에는 몸을 숨길 만한 곳이 없다는 게 문제다. 언제 블랙스톤이 창밖으로 뒤뜰을 내다볼지 모르는 일이니. 뒤뜰을 서성이다가 어느새 돌아온 그의 아내와 맞닥뜨리게 될지도 모르는 일이고.

지금 내가 해야 할 일은 기다리는 것이다. 우선 블랙스톤이 어디 있는지 확인하는 게 급선무다. 저만치 앞, 집과 수영장 사이에 돌로 만든 테라스가 보인다. 테이블에는 커다란 파라솔이 꽂혀 있고, 흰색의 금속 의자 몇 개가 테이블을 에워싸고 있다. 어쩌면 그들은 밖에 나와 바로 저기서 점심을 먹을지도 모른다. 총을 쏘기에는 너무 멀지 않을까? 그를 울타리 쪽으로 유인할 수 있는 방법은 없을까?

딱딱. 뒤에서 아득하게 들려오는 소리. 그녀가 돌아오고 있다. 나는 울타리를 따라 황급히 이동한다. 실수로라도 울타리를 건드리지 않으려 애쓰면서. 거추장스러운 관목이 울타리에 닿지 않도록 정리된 덕분에 큰 어려움 없이 이동이 가능하다. 딱딱 소리가 점점 가까워져 온다. 나는 울타리가 끝나는 작은 간이 창고에 다다른다. 이곳에는 몸을 숨길 만한 곳이 많다. 수영장 옆 테라스와도 많이 가까워졌다. 여전히 무시 못할 거리이지만 그가 얼음 따위를 가지러 창고 앞으로 다가와주기만 한다면 의외로 쉽게 일을 벌일 수도 있을 것이다.

오른쪽으로 그녀가 모습을 드러낸다. 그녀는 울타리에 난 문으로 들어가 조심스럽게 자물쇠를 걸어놓는다. 집으로 향하는 그녀는 걸음을 내디딜 때마다 지팡이로 잔디를 꾹꾹 찔러댄다. 나는 손목시계를 들여다본다. 12시 45분. 점심시간이다. 하지만 나는 아무것도 싸오지 않았다.

이제는 점심을 거르는 것이 습관이 되다시피 했다. 울타리에서 1.5미터쯤 떨어진 곳에 큼직한 나무 그루터기가 박혀 있는 게 보인다. 간이 창고를 짓느라 애꿎은 나무를 베어낸 모양이다. 나는 레인코트 자락을 걷고 그루터기에 주저앉는다. 루거는 무릎에 얹어놓는다.

4시. 해가 서쪽의 높은 언덕들 너머로 사라지니 공기는 점점 차가워진다. 온몸이 뻐근하고 욱신거린다. 세 시간 이상을 그루터기에 같은 자세로 앉아 있으니 허리도 아프다.

그는 끝내 모습을 보이지 않았다. 산책을 마치고 돌아온 그녀도 마찬가지다. 이곳에서는 그들의 사유 차도도 내려다보인다. 그들은 하루 종일 차를 쓰지 않았다. 나는 아직도 블랙스톤이 어떻게 생겼는지 모른다. 그의 차가 어떻게 생겼는지도 모르고.

아까운 시간을 허비했다고 생각하지는 않는다. 그의 집으로 접근하는 방법을 알아냈으니까. 그럼에도 불구하고 한숨이 터져 나오는 건 어쩔 수 없다. 최대한 빨리 마무리 지으려고 했는데.

내일 다시 올 수는 없다. 카운슬러, 롱거스 퀸란을 만나러 가야 하기 때문이다. 마저리가 카니 박사 사무실에 나가는 수요일을 노릴 수밖에.

몸을 일으키자 거의 모든 뼈에서 두둑 소리가 난다. 이 지역의 모든 뱀들을 쫓아내고도 남을 소리다. 발이 말을 듣지 않아 연신 휘청댄다. 하지만 이제는 돌아갈 시간이다. 보야저에 올라 마저리의 퇴근 시간에 맞춰 쇼핑센터로 가야 한다.

프랑켄슈타인의 괴물처럼 비틀거리며 보야저가 기다리고 있는 곳으로 향한다. 이번에는 오르막이다.

26

어제 상담에서 마저리가 말했다.

"버크가 해고당했을 때 난 그걸 기회라고 생각했어요. 그때까지만 해도 우리 인생엔 아무 문제가 없었죠. 원하는 모든 걸 가질 수 있었고, 생계를 위해 바둥거려본 적이 없었어요. 서로에게 자신을 증명해 보일 필요도 없었고요. 불시에 들이닥친 시련에 당황하긴 했지만 금세 극복할 거라 믿었어요. 장기적으로 고민할 문제가 아니라고 생각했던 거죠. 하지만 난 버크에게 나 자신을 증명해 보이고 싶었어요. 무엇보다 나 자신을 위해 그러고 싶었죠. 마음만 먹으면 나도 완벽한 아내, 완벽한 파트너가 될 수 있다고 믿었어요. 우린 한 배를 탄 가족이에요. 나 자신을 증명하기 좋은 기회였죠. 그래서 난 곧바로 긴축에 들어갔어요. 여기서 조금 아끼고, 저기서 조금 아끼고. 마치 방주를 만든 노아의 아내처럼 말이죠. 집 안 구석구석을 살피며 불필요하게 돈이 새는 곳이 없는지 찾아봤어요. 하지만 그 일을 지금까지 하게 될 줄은 몰랐어요. 아마 버크도 실직 상태가 이토록 길어질 거라고 예상하지 못했을 거예요. 그는 나보다 상황을 심각하게 받아들였어요. 아무래도 세상 물정 모르는 나보다는 걱정이 됐겠죠. 하지만 진정으로 심각하게 여기는 것 같진 않았어요. 적어도 처음에는요. 그러다가 점점 불안해하기 시작했어요. 내게 와서, '마저리, 상황이 많이 안 좋아. 예상했던 것보다 심각한 것 같아', 뭐 이런 얘길 해야 하는데 이 사람은 그냥 아무 말 없이 마음을 꼭 닫아버리더군요. 그래서 남편이 날 탓하고 있다는 오해까지 하게 됐죠. 자신이 일자리를 찾지 못하고 있는 게 다 내 잘못이라고 생각하는 줄 알았어요. 집에 돈이 바닥나버린 것도 그렇고. 난 아주 오랫동안 곰곰이 생각해봤어요. 어차피 시간은 남아돌았으니까. 지금 와서 생각해 보면 버크도 나와 같은 걸 해왔던 것 같아요. 자신이 얼마나 완벽한 남편인지 증명하기 위한 노력 말이에요. 남편은 이 힘없는 여자를 안전하고, 행복하게 지켜주기 위해 완벽한 부양자가 되고 싶었을 거예요. 내겐 심각한 상황을 보여주지 않으려 했을 거고요. 물론 난 상황 파악을 제대로 하고 있었어요. 하지만 우린 그것에 대해 얘기할 수 없었죠. 그 문제를 어떻게 타파할 것인지, 앞으론 무슨 일들이 벌어질 것인지. 버크는 점점 더 숨기는 게 많아졌어요. 말수도 줄어들었고, 점점 차가워졌어요. 어떨 땐 날 바라보는 눈빛에서 증오가 느껴지기도 했어요. 날 잡아먹으려 드는 눈빛이었어요. 날 보호하지 못했다는 자책이 남편을 그렇게 만든 것 같아요. 하지만 난 그런 식의 보호는 원치 않아요. 물론 그런 얘길 섣불리 할 순 없었지만요. 남편은 계속해서 벽을 쌓아갔어요. 그 벽이 자신의 의지의 표현이라 생각했는진 몰라도 난 한 번도 그걸 그렇게 받아들여본 적이 없었어요. 이 사람을 처음 만났을 때 난 대학생이었어요. 아무짝에도 쓸모없는 교양학을 전공했지만 타자와 속기도 배워놨죠. 여름방학 때마다 임시직을 찾아 용돈을 벌었어요. 졸업 후엔 비서가 되고 싶었죠. 실제로 한 보험회사에서 6개월간 일했던 적도 있었고요. 승진과 승급, 다 누려봤어요. 원했다면 얼마든지 회사에 남을 수도 있었지만 당장 결혼을 원하는 버크 때문에 다 포기하고 나와버렸어요. 남편은 하루라도 빨리 가정을 꾸리고 싶어 했어요. 즐겨 보던 잡지들은 항상 경솔하게 직장을 그만둔 여성들에 대한 기사로 넘쳐났죠. 그러다가 이혼을 하거나 과부가 돼버리면 어떤 일을 겪게 되는지, 뭐 그런 얘기들 말이에요. 하지만 난 그런 게 하나도 두렵지 않았어요. 하지만 그들은 이런 상황을 얘기한 적이 없었어요. 이건 이혼이나 과부가 되는 것보다 훨씬 더 끔찍해요. 난 아직도 버크와 함께 있지만 남편은 크게 상처를 입었잖아요. 난 지금 상처받은 남자와 살고 있어요. 하지만 우리 둘 다 아무 문제없는 것처럼 행동하고 있죠. 내가 알고 지내는 여자들의 절반 정도가 일을 하고 있어요. 언어 치료사도 있고, 사서도 있죠. 직업을 갖든 말든 그건 여자가 결정할 일이잖아요. 하지만 우리 경우는 달랐어요. 내가 아닌, 버크의 결정에 따라야 했죠. 몇 년 전 크리스마스 때 남편이 컴퓨터를 한 대 구입했어요. 가족 공용으로 마련한 것이라나요? 사실은 우리 아들, 빌리를 위한 선물이었지만 남편은 가족 모두를 위한 것이라고 했어요. 물론 남편의 의도는 대번에 눈치챌 수 있었죠. 왜 내게 컴퓨터를 배워볼 것을 권했는지, 왜 내게 컴퓨터로 수표장을 관리해보라고 했는지 말이에요. 당시 아이들은 고등학교 졸업을 앞두고 있었어요. 난 일을 하고 싶었지만 버크는 반대했어요. 남편이 해고되기 전의 일이었죠. 그 누구도 남편에게 이런 일이 벌어질 거라고 상상조차 못했을 때 말이에요. 남편은 언제나 그랬듯이 혼자서만 우리 가족의 부양자와 보호자가 되고 싶어 했어요. 갑자기 컴퓨터를 사온 이유도 내게 더 이상 일을 할 수 있을 만큼의 능력이 없다는 걸 깨닫게 하기 위함이었던 거고요. 내가 대학을 졸업했을 때만 해도 컴퓨터는 없었어요. 그냥 타자만 잘 치면 되는 거였죠. 남편은 내가 절망적으로 시대에 뒤처져 있다는 걸 깨우쳐주려 했던 거예요. 하지만 남편이 간과한 게 있어요. 사실 난 남편보다 능숙하게 컴퓨터를 다룰 수 있어요. 카니 박사의 사무실에서 컴퓨터로 업무를 봐왔거든요. 그곳 간호사에게 배운 것도 있고, 독학으로도 많은 걸 익혔어요. 남편이 생각하는 만큼 절망적으로 시대에 뒤처진 게 아니라고요. 하지만 버크에게 컴퓨터를 배우고 있어서 얼마나 행복하고, 만족스러운지 얘기할 순 없었어요. 보나마나 싫어할 테니까. 그래서 비밀로 담아두었어요. 세상 그 무엇에도 행복을 느끼지 못하는 척하며 살아오게 된 거죠. 남편이 새 일자리를 찾을 때까지만 참아보기로 했어요. 하지만 신문은 매일 같은 업종으로의 재취업이 얼마나 힘든지 떠들어댔죠. 게다가 남편은 쉰 살이 넘어서 거의 불가능한 상태였어요. 우리 동네에 부자가 한 명 살고 있거든요. 은행 임원인데 일주일에 사흘만 뉴욕 사무실로 출근을 하더라고요. 그런데 어느 날 은행이 합병되면서 정리해고 당했어요. 3년 전이었나, 아마 그랬을 거예요. 아무튼 그는 실직 후 2년간 타 은행 임원 자리를 찾아 헤매다가 결국 포기해버렸어요. 지금 그는 하트퍼드의 메르세데스 매장에서 차를 팔고 있어요. 일주일에 엿새 나가고, 봉급도 형편없는 수준이래요. 그리고 버크, 그거 봤죠? 그가 집을 내놓은 거. 요즘 매물로 나온 집이 엄청나게 많다는 거 아시죠, 퀸란 씨? 아마 쉽게 팔리진 않을 거예요. 어쩌면 우리도 곧 집을 내놓아야 할 때가 올지도 몰라요. 앞날은 누구도 예상할 수 없죠. 이제 난 풀타임 일자리를 찾을 수가 없어요. 그동안 공백이 꽤 길었으니까요. 게다가 나이도 많고, 기술도 없어요. 버크에게 언제쯤 일자리가 주어질지는 아무도 몰라요. 앞으로 무슨 일을 하게 될지도 모르고, 또 자리 잡힐 때까지 얼마나 더 기다려야 하는 지도 몰라요. 그 피해는 고스란히 아이들에게 돌아가지만 엄밀히 따져보면 이건 버크의 잘못이 아니에요. 아무리 남편이 자책해도 말이죠. 아이들도 우리처럼 참고 버티는 수밖에 없어요. 다행히 지금껏 잘 이해하고 따라와주긴 했어요. 빌리가 한

번 사고를 친 적이 있긴 했지만. 하지만 요지는 그게 아니에요. 요지는, 집에선 행복해지기가 너무 힘이 든다는 거예요. 누구나 세상 어딘가에 행복을 느낄 수 있는 공간이 하나쯤은 필요하잖아요. 대화가 통하는 상대가 필요해요. 마음을 열고 함께 웃을 수 있는 상대 말이에요. 같이 울 수도 있고. 하지만 버크는 너무…… 남편의 무드는 항상 극저온이었어요. 얼음덩어리 같았다고요. 일자리를 찾을 때까지 절대 녹지 않겠노라고 스스로 다짐을 한 것 같아요. 난 지금껏 그 얼음덩어리와 살아온 거예요. 그리고 4개월 전, 날 따뜻하게 대해주는 남자가 다가왔어요. 난 거기에 반응했고요. 우리 사이에 뭔가 알 수 없는 감정이 생기기 시작했어요. 버크는 항상 비밀리에 뭔가를 진행했고, 난 그에게 다른 여자가 생겼다는 의심을 품게 됐죠. 하지만 더 이상은 아니에요. 뭔가 요상한 일을 벌이고 있다는 건 확실해요. 비밀스러운 프로젝트랄까. 사무실에 틀어박혀 알 수 없는 서류를 훑고, 툭 하면 예고도 없이 어디론가 훌쩍 떠나버려요. 그가 거짓말을 하고 있다는 건 알지만 무슨 짓을 벌이고 다니는지 차마 물을 수가 없더군요. 남편은 모든 걸 혼자서 짊어지려 하고 있어요. 부담, 가족, 책임, 모든 걸 다 말이에요. 그래서 나만 홀로 덩그러니 남겨지게 된 거죠. 그러던 어느 날, 말이 잘 통하는 누군가가 내 앞에 나타났어요. 그는 내 얘기도 잘 들어줬어요. 그에게도 문제가 있었는데 내게 속속들이 털어놓는 걸 두려워하지 않았어요. 아침에 눈을 뜰 때마다 한없이 약해지고, 이 상황을 어떻게 수습해야할지 도무지 모르겠다고 고백도 했고요. 난 그를 위로할 수 있었어요. 그를 감싸주고, 웃게 만들 수도 있었어요. 하지만 버크와는 그게 안 돼요. 남편은 시체 같아요. 바위 같다고요. 바위를 감싸 안고 위로할 수 있나요? 바위에게서 뭘 얻어낼 수 있죠? 내가 원한 건 다른 남자가 아니라, 버크였어요. 시체가 아닌, 살아 있는 버크 말이에요. 마음을 닫은 채 기적을 기다리는 냉정한 버크 말고요. 그 바위를 부수려면 다이너마이트가 필요했어요. 그래서 남편에게 그랬죠. 아무래도 상담을 받아봐야겠다고요. 예상대로 거부감을 드러내더군요. 이런 문제를 상담으로 풀 수 있다는 걸 이해하기 힘들었을 거예요. 계속 거부감을 보이길래 마지막 카드로 그 남자 얘길 꺼내놓았죠. 먹힐 가능성은 반반이었지만. 이렇게 계속 살아갈 순 없었어요. 버크를 예전처럼 되돌려놓든 남편과 갈라서든 결단을 내려야 했다고요. 다행히 남편은 내 제안을 받아들여줬어요. 여기서가 아니면 이런 얘길 절대 털어놓을 수 없었거든요. 이 사람은 내가 더 이상 그 남자를 만나지 않는다는 걸 알아요. 하지만 난 버크와도 같이 살고 있지 않아요. 난 버크와 살고 싶어요. 예전의 내 남편을 원한다고요. 그런데 그 방법을 모르겠어요."

퀸란이 나를 돌아보며 희미하게 미소를 지었다. 그는 상대의 말을 잘 들어주는 사람이다. 퀸란. 그가 말했다.

"이젠 자신을 좀 녹여볼 생각이 있습니까, 버크? 벽을 허물어버릴 생각이 있나요?"

"내가 그래 왔다는 걸 몰랐습니다. 그냥 무너져 내리지 않으려고 나 자신을 꼭 붙들고 있었을 뿐이에요."

나는 말했다. 하지만 그것은 사실이다. 나는 아내의 묘사를 묵묵히 들으며 나 자신의 모습을 곳곳에서 엿볼 수 있었다.

그는 계속해서 미소를 흘려댔다.

"마저리를 모욕하기 위해 컴퓨터를 구입한 건 아니었죠?"

"돌론 아니죠. 절대 아닙니다."

나는 말했다. 아내의 묘사에서 가장 이해가 가지 않았던 부분이었다. 이 문제를 알아서 짚어준 퀸란이 고마울 따름이었다.

그가 미소를 흘리며 마저리를 돌아보았다. 마저리는 맥 빠진 모습으로 앉아 있었다. 아니, 맥 빠진 모습은 아니었다. 방금 장거리 달리기를 마친 사람이 아닌, 막 수술을 받고 회복실로 실려온 환자의 모습을 보는 듯했다. 그가 아내에게 말했다.

"우리 모두가 병적으로 의심이 많은 것 같습니다, 마저리."

그가 어깨를 으쓱했다.

"바로 지금처럼 말이죠. 흑인 남자에게 상담을 받는 기분이 어떻습니까? 지금 날 놀리고 있는 건가요? 둘이 차에서 내 흉을 보며 웃진 않습니까?"

그가 말했다.

"우린 뭘 보고도 웃지 않아요."

마저리가 말했다. 과장이 좀 심한 듯했지만 나는 아무 말도 하지 않았다.

퀸란의 미소가 한층 더 밝아졌다. 언제든 환한 미소가 가능한 게 그의 가장 큰 무기인 것 같다.

"병적인 의심은 모두에게 좋지 않습니다."

그가 다시 나를 돌아보았다.

"하지만 지나치게 냉담한 남편에 대한 마저리의 불만은 충분히 정당하다고 봅니다. 안 그렇습니까? 당신은 지금 꽁꽁 얼어붙어 있어요. 해결책이 나오지 않으면 절대 녹지 않잖아요."

"인정합니다. 그걸 어떻게 고칠 수 있는지는 모르겠지만요. 스스로를 재교육시키는 건 쉽지 않을 겁니다."

재교육. 재훈련. 인원 삭감에 대한 고약한 농담. 나는 그걸 집에서 해보겠다며 자발적으로 나섰다.

"서두를 건 없습니다."

퀸란이 내게 말했다. 그리고 다시 마저리를 돌아보았다.

"안 그렇습니까? 문제가 밖으로 끄집어내졌다는 것 자체가 순조로운 진행을 의미하니까요. 전혀 급할 거 없습니다."

"기분이 많이 나아졌어요. 그냥 여기 와서 모든 걸 다 쏟아내니 홀가분해졌거요."

마저리가 말했다.

물론 나는 앞으로 상황이 나아질 거라고 얘기하지 못했다. 우리가 상담에서 무엇을 하든 별 영향은 없을 테니까. 이제 남은 건 두 통의 이력서, 그리고 업튼 레이프 팰런뿐이다. 이제 고지가 얼마 남지 않았다.

하지만 마저리의 말을 들으니 기분이 나아지긴 했다. 아내를 잃고 싶지 않다. 빌리를 감옥으로 보내고 싶지 않은 만큼. 더 이상 상황이 악화되는 것은 확실히 막아야 한다.

우리는 바다 한복판에 떠 있다. 우리가 탄 뗏목은 길을 잃고 표류하고 있다. 해안에 다다를 때까지 뗏목을 잘 몰고, 필요한 물자를 충분히 공급하는 건 내 임무다. 내 자리를 잘 지켜나가는 게 중요하다. 만약 그 노력이 스스로를 지나치게 냉정하게 만들었다면 그건 확실히 바로잡아야 한다. 내 노력이 지나쳤던 것이다. 아내에게 상처를 주는 건 그 무엇에도 도움이 되지 않는다. 내가 너무 집중했던 것 같다. 바로 그게 문제였다. 이제부터는 긴장을 풀어야 한다. 하루 24시간 경계를 늦춰서는 안 되는 상황이지만.

어쨌든 이제는 그 문제의 남자의 신원이 확인됐다. 제임스 할스테드. 항상 제임스로 부른다. 절대 짐으로 줄여 부르지 않는다. 은행 임원 출신의 메르세데스 세일즈맨. 이제는 모든 게 밝혀졌지만 상관없다.

    그건 어제였고, 오늘은 수요일이다. 마저리에게 키스를 하고 아내를 카니 박사 사무실에 내려주었다. 지금 나는 개릿 블랙스톤을 죽이러 달려나가는 중이다.

27

나는 숲속을 걸어 내려가고 있다. 오늘 내 레인코트의 무게는 균형이 딱 맞는다. 오른쪽 주머니에는 루거가, 왼쪽에는 사과 두 개가 담겨 있기 때문이다. 오랜 기다림도 거뜬히 견뎌낼 완벽한 준비가 된 셈이다.

블랙스톤의 집에 도착해보니 10시도 채 되지 않았다. 숲 가장자리, 간이 창고 뒤편의 그루터기에 자리를 잡고 앉는다. 잔디밭 너머의 집은 문단속이 확실히 돼 있는 것 같다. 주인이 오랫동안 집을 비우고 있기라도 한 것처럼. 하지만 그제 그녀는 분명히 집에 있었다. 그녀가 지팡이로 나무를 두드려대며 숲속을 산책하는 걸 내 눈으로 똑똑히 보았다.

나는 허리에 무리가 가지 않는 자세를 찾아 한동안 몸을 꼼지락거린다. 그리고 묵묵히 기다린다. 어제 롱거스 퀸란과 상담한 내용을 떠올려본다. 마저리가 쏟아낸 역사도 꼼꼼히 되짚어본다. 나도 모르는 새 내가 많이 바뀐 모양이다.

아내가 오랫동안 참아온 걸 보면. 아내가 이런 시나리오를 꾸며낸 걸 보면. 외도, 상담. 마치 댐이 터지듯 갑자기 이렇게 불만이 쏟아져 나올 줄이야.

어제 내가 재교육에 대해 했던 말이 떠오른다. 허튼소리가 아니라 꽤 진지하게 했던 말이다. 지금까지 내 가족을 챙기기 위해 최선을 다해왔지만 그 과정에서 마저리가 겪었을 정신적 고통에 대해서는 철저히 무시해왔다. 그녀가 불행해하고 있다는 건 전혀 눈치채지 못했다.

재훈련. 그것은 회사의 퇴직 패키지의 일부였다. 그들이 얘기하는 재훈련은 비참하고, 부적절하게 들렸다. 나는 재평가를 의미하는 다른 적절한 표현을 듣고 싶다. 그들이 얘기하는 재훈련은······

물론 그들이 실직자들을 모욕하기 위해 일부러 그런 표현을 썼다고는 생각하지 않는다. 오히려 마지막 순간까지 우리를 차분하고, 기대에 부푼 상태로 유지시키려 애썼을 것이다. 그래서 퇴직금이니 격려 미팅이니 재훈련의 기회니 하면서 우리를 달랬던 것이다.

처음에는 나조차도 재훈련이라는 아이디어에 혹했다. 재훈련에 관한 거라면 모든 것들을 읽었다. 사람들은 미래의 신세계에 적응하려면 재훈련이 불가피하다고 입을 모았다. 살아남으려면 반드시 새 기술을 익혀야 한다고 했고, 특히 쉰 살 넘은 남자들이 새 기술을 익히는 데 소극적이라고도 했다. 나는 그런 일반론이 잘못됐다는 걸 증명하고 싶었다. 여기 적응 가능한 사람이 있습니다. 한번 써보세요.

그래서 그들은 내게 기회를 주었다. 에어컨 수리.

여기가 어디지? 직업학교인가? 아니면, 최소 경비 교도소? 에어컨 수리라고? 이게 바로 그 미래의 신세계에 적응하려면 반드시 익혀놓아야 한다는 새 기술인가? 에어컨 수리가 내 분야와 대체 무슨 상관이 있다는 거지? 난 조립 라인을 감독하는 일을 한다고.

좋아. 특수 용지 제조 공정까진 바라지도 않아. 그냥 조립 라인 감독에 대해서만 얘기해보자고. 다른 조립 라인의 감독으로 갈 수 있도록 날 훈련해줘. 난 어디서든 적응할 수 있으니까. 생산 라인은 많잖아. 사방 곳곳에서 온갖 상품들이 대량생산되고 있고. 일자리만 보장된다면 재훈련쯤은 웃으견서 받을 수 있다고.

당신이 대형 사무실 건물들을 상대로 하는 에어컨 수리 서비스 회사의 사장이라고 생각해보라. 수리공 자리가 하나 나니 서른 명이 이력서를 보내온다. 그들 모두 몇 년 이상의 에어컨 수리 경력을 자랑한다. 하지만 내게는 2개월짜리 에어컨 수리 코스를 수료하고 손에 넣은 자격증과 사반세기에 달하는 특수 용지 제조 경력뿐이다. 과연 당신은 나를 채용하겠는가? 아니면 아직 그럴 만큼 미치지는 않았는가?

은행가 출신 자동차 세일즈맨, 제임스 할스테드의 경우를 보자. 그걸 재훈련으로 볼 수 있나? 그는 은행가처럼 생겼다. 한마디로, 메르세데스 세일즈맨처럼 생겼다는 뜻이다. 그에게는 이미 정장이 있다. 그가 지금 그 일을 할 수 있는 건 스스로가 적극적으로 재훈련에 임했기 때문인가? 아니면, 재훈련에 실패했기 때문인가? 그가 마저리의 품에서 위안을 찾을 수 있었던 건 내일의 새로운 신세계에 완벽하게 적응했기 때문일까? 아니면, 구형 컴퓨터처럼 버려졌기 때문일까? 은행이 더 이상 자신을 필요로 하지 않는다는 사실을 알고 충격을 받아서? 일주일에 사흘씩 통근 열차를 타고 게임 같은 일터로 나가던 풍요로운 삶을 잊지 못해서?

옛 직장 상사가 그의 봉급을 아껴 모은 돈으로 메르세데스를 사러 불쑥 찾아온다면 과연 그를 알아볼 수 있을까? 설마. 하지만 그는 옛 직장 상사를 알아볼 것이다. 물론 모른 척하고 바보처럼 미소를 흘리며 차를 팔겠지.

바로 그것이 재훈련이다.

11시 15분. 그녀가 나타난다. 같은 모자에 같은 카디건, 같은 코르덴 바지 차림이다. 달라진 건 블라우스뿐이다. 지난번에는 옅은 파란색 블라우스였는데 오늘은 옅은 초록색이다. 지팡이를 짚고 나온 그녀는 포로수용소를 시찰 중인 지휘관처럼 잔디밭을 가로질러 나가고 있다. 그녀는 전기 울타리에 난 문으로 나와 숲속 산책을 시작한다. 딱…… 딱…… 딱……

 그는 안에 있나? 한번 들어가볼까? 그녀가 돌아올 때까지 30분 정도의 여유가 있다. 적어도 지난번에는 그랬다. 언제까지나 여기서 이렇게 기다릴 수만은 없다. 내가 무슨 레프리콘 장난을 좋아하는 아일랜드의 작은 요정도 아니고.

 나는 천천히 몸을 일으킨다. 벌써 몸이 뻐근하다. 울타리 안으로 들어가 조심스레 문을 닫는다. 처음에는 울타리를 따라 오른쪽으로 돌아가볼까 생각했다. 진달래 화단과 수반을 지나 울타리의 철사가 집의 오른쪽 뒤편 모퉁이와 연결되는 곳으로. 하지만 굳이 몸을 숨길 필요가 없다는 걸 이내 깨닫는다. 그가 날 보면 어떻게 하지? 보면 좀 어때? 레인코트 차림의 점잖은 사람이 뒤뜰을 서성이는 걸 보면 보나마나 숲에서 길을 잃었다고 생각할 텐데. 그가 밖으로 나와 길을 알려주겠다고 하면 그 틈을 타 총을 쏘면 되잖아.

 그래서 나는 잔디밭을 가로질러 나간다. 대담하다기보다는 자연스러운 걸음이다. 남의 집 뜰에 들어온 만큼 호기심에 찬 표정을 짓는 것도 잊지 않는다. 아무도 문을 열고 나오지 않는다. 창문으로 내다보는 사람도 없다. 나는 왼쪽으로 방향을 틀어 테라스로 향한다. 그리고 미닫이문을 조심스레 열고 안으로 들어간다.

 중앙 공급식 에어컨이 돌고 있다. 팬이 도는 소리는 은은하지만 분명하게 들린다. 그것에 어떤 문제가 생겨도 나는 손을 봐줄 수가 없다.

 식당으로 들어가니 창밖으로 테라스와 수영장이 내다보인다. 나는 식당을 가로질러 나간다. 나는 더 이상 숲속에서 길을 잃은, 악의 없는 사람이 아니다. 불법 침입자다.

나는 빠르게 집 안 구석구석을 훑어본다. 아래층부터 꼼꼼히 살펴본 후 위층으로 이동한다. 집은 비어 있다. 블랙스톤은 어디에도 보이지 않는다. 주방으로 들어가 차고로 통하는 문을 열어본다. 차고에도 차는 보이지 않는다

그는 외출을 한 것이다. 대체 어디로 간 거지? 에버릿 다인스처럼 카운터 점원으로 일하나? 자동차 딜러로 일하는 건 아닐까? 어떻게 찾지? 어떻게 하면 그를 찾아 일을 마무리 지을 수 있지?

다시 주방으로 들어와 창밖을 내다본다. 그녀가 돌아오고 있다. 지팡이로 잔디를 꾹꾹 쑤셔대며 씩씩하게 걸어오는 중이다. 오늘은 짧은 코스를 돌고 온 모양이다. 빌어먹을.

그녀에게 들키면 큰일이다. 그녀를 죽이고 싶지는 않다. 그녀를 죽여서는 안 되는 이유가 있다. 그는 집을 비운 상태다. 내가 그녀를 죽이면 그는 더 이상 빈틈을 보이지 않을 것이다. 경찰의 경호를 받게 될지도 모르고. 그렇게 되면 그를 제거하는 계획은 전면 취소해야 한다. 그녀를 죽인 후 집에서 그를 기다리면? 그리고 그가 끝내 나타나지 않으면? 그가 어느 먼 곳으로 면접을 보러 간 거라면? 그래서 내일 늦게나 돌아올 거라면?

여기서 그를 기다리는 건 무모한 짓이다. 그녀를 죽일 수 없으니 그녀에게 내가 여기 와 있다는 사실도 알게 해서는 안 된다.

그녀는 내가 그랬던 것처럼 테라스 문으로 들어올 것이다. 집으로 들어온 그녀는 가장 먼저 어디로 향할까?

아마 주방이나 아래층 화장실일 것이다. 그러려면 식당과 작은 거실과 현관 홀을 차례로 지나야 한다. 집 정면을 향한 큰 거실을 통할 일은 없을

것이다. 그래서 나는 큰 거실로 들어가 소파 뒤에 몸을 웅크리고 앉는다. 소파는 돌로 만든 벽난로를 향하고 있다. 등진 커다란 내닫이창 밖으로는 잔디 깔린 앞뜰과 보이지 않는 주도로로 이어지는 내리막 사유 차도가 내다보인다. 마침 집 앞을 지나는 이가 있다면 창문에서 2미터밖에 떨어지지 않은 나를 어렵지 않게 발견할 수 있을 것이다. 하지만 누가 남의 집 앞을 서성이겠는가.

그녀가 들어오는 소리가 들린다. 문이 스르르 열렸다가 닫힌다. 그녀가 지팡이를 내려놓는 소리도 들린다. 지팡이의 끝이 잘 닦인 나무 바닥에 닿는 소리.

나는 여전히 소파 뒤에 몸을 웅크린 채 앉아 있다. 왼손은 레인코트 주머니에 담긴 루거에 얹어져 있다. 손가락이 방아쇠 주변에 닿지 않도록 해야 한다. 갑자기 손에 경련이 일어나 총이 발사될 수도 있으니까. 자칫하다가는 내가 다칠 수도 있고. 그녀가 총성을 듣게 된다면 지금까지 내가 진행해온 프로젝트가 한순간에 물거품이 돼버린다.

식당을 가로지르는 그녀의 둔탁한 발소리가 들려온다. 이쪽으로 오는 걸까? 아니면 반대쪽으로?

반대쪽이다. 작은 거실과 현관 홀을 지나 화장실로 향하고 있다. 역시. 기운차게 산책을 했으니 방광도 자극을 받았겠지. 그래서 오늘은 풀코스를 돌지 못했던 거야. 그녀가 화장실 문을 닫는다. 집에는 그녀 혼자뿐이지만 어머니에게 배운 대로.

나는 소파 뒤에서 일어나 루거에 얹어놓은 손을 주머니에서 뺀다. 관절염이 온 것처럼 손가락이 뻣뻣하다. 나는 잽싸게 거실과 식당을 가로질러 나간다. 그리고 조심스레 문을 열고 나간다. 문을 닫아두는 것도 잊지 않는다. 그녀가 화장실을 나오기 전에 울타리를 빠져나가야 한다. 화장실을 나오면 그녀는 주방으로 향할 것이다. 싱크대 너머 주방 창문으로는 뒤뜰이 훤히 내다보이고.

울타리 문을 열고 나와 뒤도 돌아보지 않고 숲속으로 들어가버린다. 그녀가 그랬던 것처럼 과단성 있는 모습으로.

언덕을 오르면서 나는 가져온 사과를 다 먹어버린다.

28

스캔틱 리버 가로 빠지는 지선 도로를 5킬로미터쯤 앞둔 지점에 공중전화가 딸린 주유소가 자리하고 있다. 아직 코네티컷을 벗어나지 못한 상태다. 나는 그곳으로 들어가 전화를 건다. 이 공중전화는 개럿 블랙스톤의 전화와 같은 교환국을 쓰고 있다. 같은 지역에서의 통화는 그 흔적을 감추기가 쉽다.

내가 블랙스톤의 집으로 전화를 거는 이유는 어젯밤 갑자기 떠오른 가능성 때문이다. 인원 삭감은 수많은 부부를 파탄으로 몰아간다. 마저리와 나 또한 어려움을 겪고 있고. 블랙스톤과 그의 아내가 이혼을 했다면? 그가 다른 데 살고 있는 것도 모르고 내가 그의 아내가 살고 있는 집 뒤편 숲에 숨어 하염없이 그를 기다려왔던 거라면?

또 다른 가능성도 있다. 그가 지역 슈퍼마켓에서 부매니저로 일하고 있다면? 그렇다면 절대 낮 시간에 귀가할 수 없을 것이다. 아무튼 어떤 이유에서인지는 몰라도 그는 내가 감시한 지난 이틀간 집에 들어오지 않았다. 이제는 직접 나서서 어떻게 된 상황인지 확인하는 수밖에 없다.

9시 40분. 그녀는 아직 산책을 나서지 않았을 것이다. 나는 블랙스톤의 이력서를 통해 알아낸 번호로 전화를 건다. 두 번째 신호음이 가고 그녀가 응답한다.

"블랙스톤의 집입니다."

능률적이지만 인간미 없이 들린다. 마치 그녀가 안주인이 아니라 그곳 참모장이라도 되는 듯이.

나는 말한다.

"개릿 블랙스톤 씨를 부탁드립니다."

"지금 안 계신데요. 실례지만 누구시죠?"

"제지회사에서 같이 일했던 동료입니다. 어떻게 하면 그와 통화를 할 수 있을까요?"

나는 말한다.

"지금 일하고 계세요."

그녀가 말한다. 그녀의 음성에서는 기운이 느껴지지 않는다.

나는 말한다.

"거기로 연락해봐도 되겠습니까?"

그가 어디서 일하는지 알아내야 한다.

"글쎄요."

그녀가 말한다. 남편의 옛 동료를 불쾌하게 만들 생각은 없을 것이다. 하지만 분명히 무언가가 그녀를 불편하게 만들고 있다.

"거기서 일을 시작하신 지가 얼마 되지 않았거든요. 왠지 외부 전화는 달가워하실 것 같지 않네요."

그녀는 설명한다.

"아, 그 친구가 새 일자리를 마음에 들어 하나요?"

"아주 괜찮은 곳이에요."

그녀가 흥분하며 말한다. 더 이상 사무적인 태도는 없다.

"그 사람이 원하는 자리였어요!"

아카디아! 그 빌어먹을 자식이 내 자리를 채가버렸어.

오늘 그를 죽여버리겠어. 한 시간 안에 죽여버릴 거야! 수화기를 쥔 손에서 쥐가 난다. 흥분은 쉽게 가라앉지 않는다. 나는 말한다.

"다시 제지회사에 취직이 된 건가요?"

"네! 윌리스&켄달이에요. 아시는 곳인가요?"

순간 안도의 물결이 밀려든다. 춤이라도 덩실덩실 추고 싶다. 나는 말한다.

"통조림 라벨!"

"맞아요! 거기예요. 같은 데서 일하시나요?"

"아주 잘됐군요."

나는 말한다. 이건 진심이다.

"정말 잘됐습니다, 블랙스톤 부인. 그 친구에게 축하한다고 전해주십시오. 저도 무척 기뻐하고 있다고도 전해주시고요. 꼭 부탁드립니다."

"실례하지만 누구시라고 전해……"

나는 전화를 끊고 보야저로 돌아간다. 마치 내가 재취업에 성공한 것처럼 기쁘다. 진심이다. 그는 자신이 원했던 분야에 다시 몸담아 일할 수 있게 됐다!

그를 죽여야 할 이유가 없어졌다.

잘됐어. 아주 잘됐어. 나는 보야저에 시동을 걸고 유턴을 한다. 얼굴에서는 환한 미소가 가실 줄 모른다.

집이 점점 가까워지면서 흥분도 서서히 가라앉는다. 이제 두 명 남았다.

29

 토요일 아침. 나는 사무실에 들어와 있다. 파일 서랍에서 마지막 이력서를 꺼내고, 지도를 펼치려는데 마저리가 문을 두드린다. 나는 지도로 이력서를 덮어놓는다.

 "응?"

 아내가 문을 연다. 얼굴에는 근심이 가득하다. 살짝 혼란스러워하는 것 같기도 하고. 아내가 말한다.

 "버크, 경찰이 왔어요. 당신과 할 얘기가 있대요. 형사예요."

 공포가 내 식도를 꽉 막는다. 결국 꼬리를 잡혔군. 모든 게 엉망이 돼버렸어 고지가 코앞인데. 나는 애써 덤덤한 척하며 자리에서 일어난다. 나는 말한다.

 "빌리? 빌리 때문에 온 거야?"

 "그런 것 같진 않아요. 무슨 일인지 모르겠어요, 버크. 그는 거실에서 기다리고 있어요."

 아내가 말한다.

 "알았어."

 나는 홀로 들어선다. 보야저에 오르려면 반대쪽으로 가야 한다. 하지만 지금은 도망쳐야 할 상황이 아니다. 마저리는 자신의 볼일을 보러 사라진다.

 그는 거실에 들어와 있다. 회색 양복 차림의 호리호리한 남자. 그는 소파 위에 걸린 액자를 들여다보며 미소를 짓고 있다. 윈슬로 호머의 바다 그림. 우리가 왜 그 복제품을 소유하고 있는지 나도 모른다. 몇 년 전, 액자 가게에서 그걸 집어온 마저리가 무안해하며 말했다. "썩 마음에 드는 그림은 아니지만 그렇다고 윈슬로 호머의 진짜 작품을 사다놓을 순 없잖아요. 괜찮죠, 버크?"

물론 나는 괜찮다고 했다. 우리는 벽에 못을 박고, 액자를 걸었다. 그 그림을 볼 때마다 사람 속은 정말 알 수 없다는 걸 새삼 깨닫는다. 아무리 상대를 속속들이 알고 있다고 자부한다 해도. 그 그림의 어떤 점이 마저리의 시선을 확 잡아끌었는지 영원히 이해할 수 없겠지만 그런 건 아무래도 상관없다. 바로 그게 교훈이다. 복제품의 표면은 평평하다. 진품이 아니라는 게 어렵지 않게 확인된다. 하지만 이 작품의 주제는 넘실대는 바다다. 그 속을 알 수 없는 깊은 바다의 요동. 우리 사람도 마찬가지다. 겉만 봐서는 그 깊은 속을 헤아릴 수 없다. 마저리의 속을 깊이 들여다볼 수 없다 해도 상관없다. 나는 아내를 사랑하고, 중요한 건 그뿐이다. 아내를 더 깊이 알아보려는 노력은 무의미하다.

하지만 아내가 나를 속속들이 알려 한다면? 그건 달가울까?

기척을 느꼈는지 형사가 나를 돌아본다. 그가 미소를 지으며 턱으로 그림을 가리킨다.

"어릴 적에 배에서 살다시피 했습니다. 아버지가 선원이셨거든요. 데보레 씨이시죠?"

그가 말한다.

"그런데요?"

그가 손을 뻗어 악수를 청하며 말한다.

"버튼 형사입니다. 주 검찰국 수사과 소속이죠. 이렇게 불쑥 찾아와 죄송합니다. 제가 중요한 볼일을 방해하진 않았습니까?"

"아닙니다. 앉으시죠."

소파에 앉은 그가 몸을 틀어 다시 호머를 올려다본다. 나는 그의 맞은편 안락의자에 앉아 최대한 자연스러운 표정을 지어 보이려 애쓴다. 그의 상냥한 태도에 긴장이 살짝 풀린 상태다.

그가 마침내 그림에서 눈을 떼고 말한다.

"배를 타보신 적 있습니까, 데보레 씨?"

"아뇨."

나는 유감스럽다는 표정으로 말한다. 배에 대해 약간의 상식이라도 있었으면 그와 공감대를 형성할 수도 있을 텐데. 나는 말한다.

"아내가 저 그림을 좋아해서요."

"전 롱아일랜드 해협에서 자랐습니다."

그가 재킷 안주머니에서 수첩을 꺼내며 말한다. 그리고 킬킬거린다.

"가끔 그 안에 들어가 자라기도 했었죠."

그가 수첩을 열고 안에 진지한 눈으로 적힌 내용을 훑어 내려간다.

"혹시 허버트 에벌리를 아십니까?"

날 용의자로 찍은 모양이군. 하긴 그런 엄청난 일을 벌이고 무사할 거라 믿은 내가 어리석었지. 하지만 어쩌겠나. 일단은 모르는 척 능청을 떨어야지.

"에벌리? 모르겠는데요."

나는 대답한다.

"그럼 케인 에이쉐라는 사람은요?"

"케인 에이쉐? 모르겠습니다."

"선생께서는 할시온 밀스에서 오래 일하셨죠?"

그가 말한다.

"그들도 거기서 일했나요?"

"아뇨, 아닙니다. 하지만 그들 모두 제지회사에서 일했습니다. 회사는 다르지만요."

그가 웃음을 터뜨리며 말한다.

나는 두 손을 펼쳐 보인다.

"죄송합니다만, 원하시는 게 뭡니까?"

"사실 저희도 그걸 모르겠습니다, 데보레 씨."

그가 말한다. 그는 다시 교활해 보이지 않는 미소를 짓는다. 그를 믿어도 될까? 그는 여전히 수첩을 쥐고 있다.

"며칠 전 윌리스&켄덜이라는 제지회사의 인사 담당자가 전화를 걸어왔습니다."

"저도 그 회사에 이력서를 넣었습니다. 몇 주 전에요."

"그러셨더군요. 그곳에서 면접도 보셨죠?"

그가 말한다.

"그 후로 연락을 받지 못했습니다. 제가 뽑히지 않은 모양이죠."

나는 말한다.

"2차 면접을 위해 연락을 받은 사람은 총 네 명이었습니다. 그중 두 명은 살해됐고요. 둘 다 총에 맞아 숨졌습니다."

버튼이 말한다.

"맙소사!"

"예벌리와 에이쉐, 그 둘입니다."

버튼이 수첩을 톡톡 두드린다.

"탄도 분석을 통해 그 둘 모두 같은 총에 맞아 숨졌다는 걸 확인했습니다."

그가 말한다.

"그들의 옛 동료가 범인이었습니까?"

나는 말한다.

"그들은 서로 모르는 사이였습니다. 적어도 지금까지의 수사 결과는 그렇습니다. 그들이 같은 자리를 노리고 이력서를 넣었다는 것 말고는 두 사람을 엮을 연결고리가 없습니다."

버튼이 말한다.

"그럼 제가 그 누군가의 다음 표적이라는 뜻입니까?"

나는 말한다.

"보나마나 단순한 우연일 겁니다. 2차 면접 통보를 받은 나머지 두 명. 나머지 지원자들은 아직까진 다들 무사합니다. 선생처럼 말이죠. 그들이 사람을 뽑았다는데……"

"왠지 그랬을 것 같았습니다."

그가 동정적인 표정으로 희미하게 미소를 짓는다.

"나쁜 소식을 전해드리게 돼서 유감입니다."

"아닙니다. 이젠 나쁜 소식을 들어도 덤덤합니다."

나는 말한다.

"많이 힘드실 줄로 압니다. 저희 형님도 일렉트릭 보트에서 임시 해고당하셨습니다. 그리고 정확히 일주일 후엔 형수님이 보험회사에서 해고되셨고요. 집안이 아주 엉망이 돼버렸어요."

그가 말한다.

"충분히 이해합니다."

"저흰 에벌리와 에이쉐가 언젠가 어딘가에서 만난 적이 있었을 거라 생각하고 있습니다. 무역 박람회나 직업소개소에서 말이죠. 아무튼 그들은 그렇게 서로 만났을 거고, 또 다른 누군가도 만났을 겁니다. 그리고 일이 크게 잘못돼버린 것이죠. 윌리스&켄덜이라는 연결고리는 그냥 우연이었을 겁니다."

버튼이 말한다.

"이번에 채용된 그 사람은 무사합니까?"

나는 말한다.

"네, 무사합니다. 협박을 받은 적도 없고, 주변을 맴도는 수상한 사람도 없다고 합니다."

"그럼 회사와는 무관한 문제인 듯하군요."

나는 말한다.

"그렇습니다. 아마 연결고리는 과거 어딘가에 있을 겁니다. 그래서 이렇게 선생을 찾아오게 된 겁니다. 저흰 피해자들에 관련된 모든 것을 꼼꼼히 살펴보고 있는 중입니다."

"전 그저 그들과 같은 곳에 이력서를 냈을 뿐입니다."

나는 말한다.

"저희도 회사의 연락을 받았기 때문에 수사를 시작한 겁니다. 구체적으로 뭘 찾아야 하는지를 몰라서 그냥 떠오르는 모든 걸 다 살펴보고 있습니다. 예를 들면, 제지 업계 사람들이 총출동하는 무역 박람회라든지……"

"저는 제품 생산 라인을 감독했습니다. 무역 박람회 같은 이벤트엔 참석한 적이 없습니다."

나는 말한다.

"사진을 몇 장 가져왔는데 좀 봐주실 수 있습니까? 보시고 뭔가 떠오르는 게 있는지 알려주시죠. 이들을 어딘가에서 보신 적이 있는지."

그가 말한다.

"설마…… 사건 현장에서 찍어온 시신들의 사진은 아니겠죠?"

나는 말한다.

그가 웃음을 터뜨린다.

"그런 일은 있을 수 없죠. 그냥 평범한 사진입니다. 괜찮으시겠습니까?"

"네."

나는 대답한다.

그가 수첩에서 사진을 꺼내 내 앞으로 내민다.

첫 번째와 네 번째 이력서의 주인공. 내가 총알을 박아 넣기 전의 온전한 얼굴이다. 사진들을 들여다보고 있노라니 엄청난 슬픔이 밀려든다. 눈도 따가워진다. 미안한 마음을 숨길 수 없다. 선한 사람들 같은데. 나는 고개를 저으며 윈슬로 호머의 폭풍 치는 바다 그림 아래 앉아 있는 버튼을 쳐다본다.

"좋은 사람들 같아 보이는군요. 죄송합니다. 사진을 보니 갑자기 눈물이 나네요. 너무 평범한 사람들인데."

나는 말한다.

"남의 일 같지 않다는 생각이 드시죠? 이해합니다. 우리 같은 사람들에게 이런 일은 벌어져선 안 되죠. 하지만 불행하게도 이런 일이 벌어지고 말았습니다."

그가 말한다.

사진을 돌려주며 나는 말한다.

"이 사람들을 만난 기억이 없습니다."

"알겠습니다."

그가 사진을 수첩에 집어넣으며 말한다. 수첩은 다시 그의 재킷 안주머니로 사라진다.

이게 다야? 다 끝난 거야? 난 여전히 자유의 몸인 거야? 잡힌 것도 아니고, 용의자도 아닌 거야? 나는 말한다.

"도움을 드리지 못해 죄송합니다."

"충분히 도움이 됐습니다."

그가 말한다. 우리는 함께 일어난다. 그가 말한다.

"저흰 우연을 좋아하지 않습니다만 가끔 우연으로 일이 벌어질 때도 있죠. 그래서 우연이라는 단어가 있는 걸 테고요."

"네, 그렇죠."

나는 말한다.

그가 바지 주머니에서 지갑을 꺼낸다. 그리고 지갑에서 명함을 하나 꺼내 내게 건네며 말한다.

"뭔가 떠오르는 게 있으면 연락 주십시오. 선생 주변에 이상한 일이 생겨도 연락 주시고요."

나는 어색하게 미소를 짓는다.

"이상한 일이라면, 제가 총에 맞는다든지, 뭐 그런 것 말씀입니까?"

"아마 더 이상의 관련 사건은 없을 겁니다. 선생은 크게 걱정 안 하셔도 될 것 같습니다, 데보레 씨."

그가 말한다.

"듣던 중 반가운 소식이군요."

나는 말한다.

30

 나는 다시 사무실로 돌아온다. 버튼은 돌아갔고, 나는 마저리에게 그가 나를 찾아온 이유를 설명해주었다. 두 살인 사건에 대한 마저리와의 대화가 필요 이상으로 길어지기는 했지만 그런 건 상관없었다. 사무실로 들어온 나는 참았던 안도의 한숨을 내쉰다.

 구직 중 목숨을 잃은 두 사람. 아직까지는 우연으로 몰아붙여도 별 무리는 없다. 우연일 수도 있고, 아닐 수도 있는 상황이니까. 하지만 셋부터는 무작정 우연으로 넘겨버릴 수 없게 된다.

 셋부터는 지나치다.

 내가 개럿 블랙스톤을 찾아냈다면. 통조림 라벨 회사가 그를 채용하지 않았다면. 이번 주 그의 집을 찾아갔을 때 내가 그를 쏴 죽였다면. 그랬다면 버튼 형사와 경찰은 또 한 건의 유사 사건을 떠맡게 됐을 것이다. 같은 주에서 같은 총에 맞아 숨진 제지회사 관리직 출신 피해자들. 누가 보더라도 이건 우연이 아니다. 그들은 분명 범행 동기를 분석할 것이고, 나를 찾아낼 때까지 수사를 멈추지 않을 것이다.

 같은 총. 내가 어리석었다. 그리고 굉장히 운이 좋았다. 그들이 두 사건을 이렇게 연결 지을 줄은 몰랐다. (월리스&켄덜의 인사 담당자가 참견하지 않으면 영영 밝혀지지 않을 일이었다.)

 하지만 어떻게 그걸 모를 수 있었을까? 그동안 수많은 경찰 프로그램과 영화를 봐왔으면서. 그들이 탄도 분석에 대해 주절거리는 걸 지겹도록 들었으면서 이런 상황을 전혀 예상하지 못했다니. 나는 그저 이 총이 지난 50년간 북아메리카 대륙에서 한 번도 사용된 적이 없었다는 사실만 믿고 일을 벌였을 뿐이다. 기록이 없으니 추적의 염려도 없을 거라 생각했다.

이 총이 남기게 될 흔적에 대해서는 아무 대책도 세워놓지 않았다.

이 총에 목숨을 잃은 이는 두 명이 아니라 네 명이다. 매사추세츠 사건이 그렇게 종결되지 않았다면 지금쯤 탄도 분석을 통해 코네티컷 사건과 연결 지어 수사가 이루어졌을 것이다. 에버릿 다인스에게는 총을 쏘지 않았고

마지막 표적에게도 이 총을 쏠 수 없게 됐다.

그럼 어쩐다? 더 이상 루거를 쓸 수 없게 됐으니. 내게는 또 다른 총이 없다 흔적을 남기지 않고 새 총을 구할 수 있는 방법도 모른다. 범죄자들이야 식은 죽 먹기이겠지만 나는 그들 세상에 살지 않는다. 섣불리 그들을 따라하다가는 일이 걷잡을 수 없이 커져버릴 게 뻔하다. 그 정도는 바보라도 알 수 있다.

총은 깨끗하고, 감정이 실리지 않는다. 손에 피를 묻히지 않게 해준다.

칼로 찔러? 목을 졸라? 상상만으로도 끔찍하다.

그렇다고 다시 차로 들이받을 수도 없는 일이다. 사고를 위장한 살인은 몇 번이고 가능하지만 또다시 손상된 차를 몰고 다니면 누구라도 수상하게 여길 것이다. 그건 한 번이면 족하다. 아니, 한 번도 지나치다.

유리잔을 들고 다니면서 낯선 이에게 "이거 마셔요"라고 할 수도 없는 일이고.

어쩐다? 힘들게 여기까지 왔는데. 여기서 멈출 수는 없다. 그들의 죽음을

헛되기 해서는 안 된다. 이렇게 경고를 받았으니 이제부터는 각별히 조심해야 한다. 남은 이력서는 한 통, 그리고 팰런. 둘만 더 해치우면 모든 게 끝이 난다. 어떻게 해서든 깔끔하게 마무리 지을 것이다. 다른 선택은 없다.

하지만 오늘은 곤란하다. 오후에 마저리를 뉴 버라이어티에 태워다줘야 한다. 저녁에는 아내를 데리러 가야 한다. 관계가 개선되고, 대화도 많아진 상태라 자칫하다가는 발각될 가능성이 높다. 일요일을 밖에서 보내는 건 평소 패턴에서 벗어나는 일이다. 그랬다가는 롱거스 퀸란과의 화요일 상담에서 이 문제가 거론될 게 뻔하다.

월요일. 마저리를 카니 박사 사무실에 내려다준 후 뉴욕으로 올라가 마지막 표적을 살펴볼 것이다. 월요일. 6월 9일. 책상 위 달력에도 체크해둔다. 잊어버릴까 봐 걱정이 되기 때문은 아니다. 이런 일에 있어 새삼스러운 일깨움은 불필요하다. 이렇게 표시를 해두는 이유는 집행에 앞서 내 각오를 확실히 다져놓기 위함이다.

이제는 집행 방법을 떠올려볼 차례다.

호크 엑스먼

리버 가 27번지

세이블 제티, 뉴욕 12598

518-943-3450

1987년~현재

오크 크레스트 제지 - 매니저, 중합체 용지 응용 제품

1981년~1987년

오크 크레스트 제지 - 감독, 제품 개발

1978년~1981년

오크 크레스트 제지 - 영업 이사

1973년~1978년

오크 크레스트 제지 - 세일즈맨

1970년~1973년

해병대, 교관, 포트 브래그

1970년

경영학 학사, 홀리요크 대학교, 홀리요크, MD

기혼, 자녀 세 명. 필요하다면 현재 아내와 함께 이사 가능함

신원 보증인: 존 유스투스, 오크 크레스트 제지, 덴션, CT

31

"현재 아내." 그 안에는 숨은 뜻이 많다. 비정한 해병대 출신. 그가 지금껏 몇 명의 아내를 지쳐 떨어져 나가게 했는지 궁금하다.

여자보다 고용주에게 더 충실한 타입인 모양이다. 제대 직후 그는 오크크레스트에 입사했고, 최근에 해고당할 때까지 그곳에서만 근무해왔다. 조금만 더 버텼으면 연금도 받을 수 있었을 텐데. 1년 반쯤?

호크 커티스 엑스먼. 맙소사. 이번에도 이니셜이 HCE이군. HCE로 시작해서 HCE로 끝내는 것이다. 마지막에 팰런이 기다리고 있기는 하지만. 모두가 오고 있다Here Comes Everybody. 그렇다. 당신을 침대로 안내해줄 촛불이 오고 있다.

세이블 제티는 킹스턴의 남쪽에 자리하고 있다. 내가 소형 오픈 트럭과 충돌했던 곳. 나무와 벽돌로 이루어진 허드슨 강변의 오래된 마을이다. 가파른 언덕에 얹힌, 최소한 2백 년 이상 된 그 마을은 경제성 분석이 무의미한 곳이다. 최신 유행을 따라잡는 게 버겁기만 한 그 가난하고 독특한 마을은 도시 부자들의 주말 별장으로 각광받고 있다. 1920~1930년대를 배경으로 한 영화를 만들 때 촬영지로 쓰면 좋을 것 같은 마을이다. 직장을 잃는 도시 사람들이 점점 늘어나면 그곳은 또 어떻게 변하게 될지 궁금하다.

세이블 제티는 허드슨 강 서쪽 기슭의 작은 후미에서부터 넓게 펼쳐져 있다. 강으로 이어지는 작은 언덕은 하류의 남쪽 기슭을 따라 거대한 웅덩이를 이루고 있다. 오래전 인디언들이 카누를 띄웠던 곳. 그리고 유럽 탐험가들이 처음으로 발을 들였던 곳. 수류가 닿지 않는 그곳에 사람들이 정착했고, 나룻배가 다니기 시작했다. 한때 생기로 넘쳐났던 곳이지만 이제는 그 흔적을 찾아볼 수가 없다. 옛 나룻배 사무실은 이제 카운티 역사박물관으로 쓰이고 있다. 옛 부두는 사라진 지 오래고, 서쪽 언덕 위의 벽돌과 나무로 지어진 낡은 집들은 점점 평면적인 풍속화 속 그림처럼 변해간다. 아무리 봐도 사람이 살 만한 곳 같지는 않다.

리버 가는 북쪽 부두 앞 광장에서부터 시작된다. 마을을 벗어난 그 길은 작은 언덕을 따라 계속 이어진다. 강을 등지고 비탈을 오르면 정상 부근에 줄지어 서 있는 집들이 눈에 들어온다. 의사와 시의회 의원과 철물점 주인들에게 강이 내려다보이는 멋진 풍경을 선물하기 위해 지어진 집들이다. 길과 강 사이에는 오두막집이 드문드문 서 있다. 낚시로 생계를 이어가는 가난한 노동자들에게 비바람을 막아줄 지붕을 제공하기 위해 지어진 집들이다.

27번지는 오르막에 자리한 커다란 벽돌집이다. 구부러진 넓은 포치에는 노란 크림색으로 칠해진 두꺼운 나무 기둥이 세워져 있다. 한때 집 주변에는 가장자리 길을 따라 꽃나무가 여럿 심어져 있었겠지만 지금은 하나도 보이지 않는다. 꽃나무가 있어야 할 자리는 길게 자란 잔디로 덮여 있다 잔디밭은 완만하게 경사진 전면 벽 앞에서부터 흰색의 낮은 말뚝 울타리까지 이어져 있다. 말뚝 울타리는 나무가 아닌 플라스틱이다. 잔디밭 양옆으로는 새까만 아스팔트 사유 차도가 뻗어 있다. 하나는 27번지 것이고, 나머지 하나는 옆집 것이다. 27번지 양옆으로는 한참 후에 지어진 듯한 작은 집들이 줄지어 서 있다. 한때 우아하고 광대했을 이 집의 주인이 50년대에 양쪽 측면 공간을 팔아치운 모양이다.

 월요일 아침, 11시 30분. 나는 마저리를 카니 박사 사무실에 내려주고 곧장 이곳으로 달려왔다. 에버릿 다인스를 죽이고 돌아올 때 건넜던 같은 허드슨 강 다리를 건너서. 리버 가를 따라 남쪽으로 이동하며 27번가를 살핀다. 황갈색 스웨트셔츠와 청바지 차림의 빨강머리 여자가 잔디 깎는 기계에 앉아 있는 게 눈에 들어온다. 그녀는 타원형 코스를 돌며 잔디를 깎고 있다. 사유 차도 끝에 자리한, 집에서 분리된 차고는 문이 굳게 닫혀 있다. 차는 보이지 않는다. 새까만 색으로 번지수가 적혀 있는 큼직한 은색 우편함은 말뚝 울타리와 사유 차도 사이의 색이 바랜 나무 기둥에 붙어 있다. 깃발은 올라가 있다. 총으로 해치우기 딱 좋은 조건이다. 물론 총을 사용할 수 있다면.

 나는 루거를 챙겨오지 않았다. 어차피 지니고 있어도 쓰지 않을 테니까.

 길을 마저 내려가 마을로 들어선다. 광장의 먼지 덮인 작은 상점들의 절반은 세입자를 기다리고 있는 처지다. 나는 텅 빈 상점 앞에 차를 세우고 지도를 펼쳐본다. 리버 가를 따라 북쪽으로 올라가면 작은 언덕이 나온다. 그걸 넘어 서쪽으로 내려가면 남북으로 뻗은 9번 주도로가 길을 막는다. 9번 주도로는 세이블 제티의 중심을 살짝 피해 이어진다. 마을에 다다를 때까지는 지선 도로가 없어 옆으로 샐 수가 없다. 그 외에는 작은 언덕 주변을 가로지를 수 있는 길이 없다. 그래서 언덕 자체는 강기슭에 처박힌 호박을 연상케 한다. 전기 게이트로 봉쇄된 사유도로는 리버 가 끝에서 시작해 언덕 정상의 대저택까지 이어진다. 오래전 제재업자나 철도회사 사장이 소유했을 그 저택은 지금 불교도들이 은거하는 곳으로 사용되고 있다. 저택에는 절대 넘을 수 없는 높은 울타리가 둘러져 있다.

뒤에서 호크 엑스먼의 집으로 접근하는 건 불가능하다. 리버 가는 완전히 노출된 곳이고, 긴 굽이 주변에는 집도 많다. 공용 주차장이 없다는 것도 문제다. 엑스먼의 집 주변에는 비어 있는 듯해 보이는 집이나 매물 표지판이 하나도 없다. 강변 쪽 작은 집들은 육체 노동자들의 여름 별장이 보인다. 지금은 6월이고, 여름 시즌은 이미 시작된 상태다. 곧 무너질 것만 같은 나무 선창에는 작은 보트 몇 척이 둥둥 떠 있다. 월요일이긴 하지만 어느 집에 사람이 있을지는 알 수 없다.

해병대 출신 엑스먼은 나머지 표적들보다 접근이 까다롭다.

지도는 아무 도움이 되지 않는다. 나는 지도를 치우고 보야저에 시동을 건다. 그리고 광장을 한 바퀴 돌아 나와 리버 가로 올라간다.

엑스먼의 집은 이제 내 왼쪽에 자리하고 있다. 잔디 깎는 기계에 타고 있는 여자는 이제 작은 타원형 코스를 돌며 잔디를 깎고 있다. 차고 문은 열려 있다. 차고 안에는 차가 없다.

빌어먹을! 그가 외출을 한 거야! 내가 마을에 내려가 있는 동안 그가 집을 나선 거라고. 어디로 갔을까? 어쩌면 내가 지도에 집중하고 있을 때 내 옆을 지나쳐 갔는지도 몰라.

나는 그가 어떻게 생겼는지 모른다. 그가 어떤 차를 몰고 다니는지도 모르고.

나는 9번 주도로가 시작되는 T자형 교차로에 다다른다. 남쪽으로는 식당이 하나 보이고, 북쪽으로는 커다란 쇼핑센터가 보인다. 거의 점심시간이 다 됐다. 나는 식당으로 들어가 BLT 샌드위치를 주문한다. 호크 커티스 엑스먼은 이곳에서 일하고 있는지도 몰라. 집을 나와 이곳으로 온 걸까?

밖에 그의 차가 주차돼 있진 않을까? 어쩌면 바로 내 보야저 옆자리일 수도 있고. 식당에는 여성 종업원들뿐이다. 그렇다면 주방에서 일하고 있는 걸까? 즉석 요리 전문 주방장으로?

그냥 신문을 사려고 잠깐 나왔는지도 모른다. 어쩌면 지금쯤 집으로 돌아왔을 수도 있다.

식사를 마치고 다시 리버 가를 따라 내려가본다. 우편함의 기가 내려진 걸 보니 우편배달부가 이미 이곳을 지나쳐 간 모양이다. 차고 문도 여전히 열려 있고, 그 안에는 여전히 차가 없다. 여자와 잔디 깎는 기계는 더 이상 보이지 않는다. 기계를 차고에 넣어놓지 않은 걸로 보아 뒤편 어딘가에 그것을 위한 간이 창고가 마련돼 있는 것 같다.

나는 마을을 가로질러 나간다. 그렇게 남쪽으로 11킬로미터쯤 달려가자 강이 내려다보이는 주차장이 나타난다. 나는 그곳에 차를 세우고 엑스먼에게 접근할 수 있는 방법을 궁리해보기 시작한다. 그를 어떻게 찾아야 할지, 총을 쓰지 않고 어떻게 죽여야 할지.

하지만 일단 그를 찾는 게 급선무다. 신원을 확인한 후에는 그를 미행하며 기회를 노려야 한다.

몇 시간 후에 귀가할까? 어디서 임시직 한자리를 찾아낸 걸까? 다른 제지회사에 채용된 건 아닐까? 그렇다면 더 이상 나와 경합하지 않아도 된다는 뜻인데. 과연 두 번 연속으로 그런 행운을 누릴 수 있을까?

하지만 대체 어떤 직장이기에 오전 11시 30분에서 정오 사이에 집을 나서는 거지?

보야저의 시계가 1시 30분을 알린다. 나는 주차장을 천천히 빠져나온다. 다시 세이블 제티를 지나 리버 가로 올라간다. 엑스먼의 집에는 아무 변화가 없다. 차고 문은 열려 있고, 차는 보이지 않는다. 그는 아직도 돌아오지 않고 있다.

오늘 내가 할 수 있는 건 더 이상 없다. 불안하고, 초조하다. 고지가 코앞인데. 하지만 오늘은 이 정도로 만족해야 한다. 부주의해서도 안 되고, 서둘러서도 안 된다. 더 이상의 재앙은 없어야 한다. 마무리 단계에서 경찰에게 덜미를 잡히는 일은 없어야 한다.

9번 주도로에 다다라서는 북쪽으로 방향을 튼다. 커다란 쇼핑센터를 지나 다리를 향해 내달린다. 그 다리만 건너면 집이다.

32

 다시 다리를 건넌다. 눈부신 햇살이 허드슨 강으로 쏟아져 내린다. 양쪽 기슭을 따라 마을과 삼림지와 공장과 대저택들이 펼쳐져 있다. 눈앞에는 어수선한 킹스턴이 기다리고 있다. 수요일 아침. 두 번째로 호크 엑스먼을 만나러 가는 길이다.

 어제 상담에서 어색한 침묵이 흐른 순간이 몇 차례 있었다. 마치 더 이상의 상담이 무의미하다는 듯 세 사람은 말을 아꼈다. 그러다가 퀸란이 참다못해 침묵을 깨며 말했다.

 "회사에서 해고됐을 때 많이 놀랐습니까? 어느 정도 예상은 했었겠죠?"

 "예상은 했죠. 오래전부터 소문도 많이 돌았고요. 그 바닥 전체가 무척 어수선했습니다. 하지만 이토록 빨리 타격이 올 줄은 몰랐습니다. 내가 그 안에 끼게 될지도 몰랐고요. 난 항상 최선을 다해 근무했고……"

 "물론 믿습니다."

 그가 미소를 지으며 고개를 끄덕였다.

 "그들이 라인 전체를 캐나다로 보내버릴지는 정말 몰랐습니다. 한때 우리가 캐나다인들을 가르쳤죠. 하지만 이젠 그들이 우리보다 훨씬 싸졌습니다."

 나는 말했다.

 "그런 일이 벌어졌을 때 기분이 어땠나요?"

그가 묻는다.

"내 기분이 어땠느냐고요?"

"화가 났습니까? 두려웠습니까? 원망스러웠습니까? 안도했습니까?"

그가 말했다.

"안도는 아니고요. 그걸 뺀 나머지는 맞습니다."

나는 웃음을 터뜨리며 말했다.

"어째서죠?"

나는 그를 똑바로 쳐다보았다.

"어째서? 뭘 말입니까?"

"왜 화가 나고, 두렵고, 원망스러웠죠?"

나는 내 귀를 의심했다. 이건 유치원 수준의 질문이었다.

나는 말했다.

"일자리를 잃었으니까요. 지극히 당연한……"

"어째서죠?"

그의 질문이 서서히 거슬리기 시작했다. 해고되기 한 달 전, 회사에서 붙여준 인생 코치의 모습을 다시 보는 듯했다.

나는 말했다.

"그럼 그 상황에서 내가 어떤 기분을 느껴야 하죠?"

"어떤 기분도 느껴야 할 의무는 없습니다. 그 어떤 감정도 당연하거나 자연스럽지 않고요. 당신은 화가 났고, 두려웠고, 씁쓸했습니다. 많이 당혹스러웠을 거고요. 아직까지도 그렇지 않습니까? 내가 궁금한 건 왜 굳이 그렇게 받아들여야 했느냐는 겁니다."

그가 말했다.

"나만 그런 게 아니라 다들 마찬가지였습니다."

"오, 그건 아닐 겁니다."

그가 몸을 등받이에 기대며 말했다. 일부러 책상과 내게서 멀리 떨어지려는 듯.

"동료들을 기억합니까? 당신과 비슷한 시기에 해고된 사람들 말입니다. 그들 모두가 당신과 같은 반응을 보였나요?"

"그게 일반적인 반응이었죠. 일부러 내색하지 않은 사람들도 있었고요."

나는 말했다.

"그러니까 어떤 이들은 그 상황을 긍정적으로 받아들이기도 했다는 얘기군요. 난 바로 그 부분에서 문제의 실마리를……"

"퀸란 씨, 우린 잘리기 5개월 전부터 전문가들에게 이력서 작성법과 면접을 위해 옷 입는 법 따위를 배웠습니다. 그들은 해고된 후 재정 관리를 어떻게 해야 하는지 가르쳐주었고, 전혀 도움이 안 되는 말로 우릴 격려하려 했습니다. 어떻게든 우리 기분을 풀어주려 무던히 노력했죠. 그런데 이젠 당신이 그걸 하고 있군요."

그가 웃음을 터뜨렸다.

"네, 그렇습니다. 사실 내가 전하고자 하는 메시지도 바로 그것이거든요."

"그 메시지는 허튼소리일 뿐입니다."

나는 말했다.

회사의 전문가들에게는 한 번도 해본 적 없는 말이었다. 당시에는 공손하고, 수용력이 풍부하고, 고분고분한 태도를 보였을 뿐이다. 하지만 그곳 카운슬러에게까지 같은 소리를 듣고 싶지는 않았다. 그래서 참지 않고 퀸란에게 하고 싶은 말을 속 시원히 내뱉어버렸다. 극단적 낙천주의는 오히려 나를 짜증나게 한다. 세상에는 아무리 발버둥쳐도 전혀 나아지지 않는 게 있다.

그 말에 마저리가 깜짝 놀라며 나를 쳐다보았다. 그때까지만 해도 우리는 쿤 란에게 최대한 예의를 차리려고 노력했다. 다행히 퀸란은 갑작스러운 태도 변화에 전혀 개의치 않았다. 상담을 하다 보면 이보다 더한 일들을 숱하게 겪을 것이다. 그가 이를 드러내고 웃으며 고개를 저었다.

"디보레 씨, 당신이 이 메시지를 허튼소리로 받아들이는 건 이해할 수 있습니다. 하지만 내 요지는 그게 아니었습니다. 회사에서 붙여준 전문가들의 요지도 그게 아니었을 거고요. 이 메시지의 요지는 바로 이겁니다. 당신은 일자리가 아니다."

나는 그를 빤히 쳐다보았다. 이게 무슨 뚱딴지같은 소리지?

그는 여전히 답답하다는 얼굴로 말했다.

"많은 사람들이 스스로를 일자리와 동일시합니다, 디보레 씨. 마치 사람과 일자리가 동일하기라도 한 것처럼 말입니다. 직장을 잃으면 그들은 마치 스스로를 상실해버린 것 같은 기분을 느낍니다. 존재 가치의 상실. 쓸모없는 인간으로 전락해버렸다는 좌절감 말입니다. 그렇게 자학이 시작되는 겁니다."

"내 경우는 그렇지 않았습니다. 난 그렇게 받아들이지 않았어요."

나는 말했다.

"하지만 우울하고 화가 났다고 하지 않았습니까? 그들이 당신의 일부를 앗아 갔다는 기분이 들지 않았나요?"

그가 말했다.

"그들이 앗아 간 건 내 인생입니다. 내가 아니고요. 그들은 내게서 융자를 갚을 능력, 아이들을 돌볼 능력, 아내와 좋은 시간을 보낼 여유를 앗아갔습니다. 직장은 직장일 뿐입니다. 직장은 내가 아니라고요. 퀸란 씨, 지난 5개월간 무슨 일이 있었는지 압니까? 한때 서로 의지하며 친하게 지내온 동료들이었습니다. 나랑 같이 해고된 수백 명의 직원 말이죠. 우린 항상 그 신뢰를 앞세워 함께 싸워 왔습니다. 하지만 이제 그들은 내 적이 됐습니다. 서로 경쟁해야 하는 관계가 돼버렸으니까요. 그게 바로 문제의 핵심입니다. 카운슬러들은 절대 이런 얘길 하지 않죠. 우리가 더 이상 동료가 아니라는 것. 더 이상 믿고 의지할 수 있는 사이가 아니라는 것."

나는 말했다.

그가 다시 몸을 앞으로 기울이며 나를 쳐다보았다.

"적이라고요, 데보레 씨? 그들이 적이란 말입니까?"

"우리 모두는 서로의 적이었습니다. 다들 그걸 알고 있었죠. 그들 얼굴만 봐도 확인할 수 있는 사실이었습니다. 늘 한자리에 모여 점심을 먹던 동료들이 언제부터인가 멀리 떨어져서 혼자 식사를 하기 시작했습니다. 누군가가 '다른 자리 알아봤어?' 하고 물으면 무조건 아니라고 잡아뗐죠. 그렇게 서로 거짓말을 하게 됐고, 결국 우정도 깨져버렸습니다. 더 이상 동료가 아니었던 거죠."

"더 이상 서로를 신뢰하지 못하게 됐다는 얘기군요."

"우린 한 팀이 아니었습니다. 서로의 경쟁 상대였을 뿐이었어요. 모든 게 변해버린 것이죠."

퀸란이 고개를 끄덕였다. 더 이상 그의 얼굴에서 미소를 찾아볼 수 없었다. 그는 진지했다.

"그렇게 이기주의가 시작된 거였군요."

그가 말했다.

"바로 그겁니다. 잘리기 전까진 서로 좋은 동료인 척 능청스러운 연기가 가능했습니다. 회사에서 붙여준 인생 코치들은 바로 그 메시지를 우리에게 주입시키려 했죠. 우리가 아직 한 배를 탄 동료라는 것. 이 공동체는 여전히 무리 없이 기능한다는 것. 하지만 막상 잘리고 나서는 그런 동화 같은 이야기가 무척 거슬립니다. 사람이 이기적인 건 본능입니다. 회사 임원들도, 주주들도 그걸 알고 있습니다. 이젠 그걸 모르는 사람이 없겠죠."

"당신에겐 이게 어떤 의미입니까, 데보레 씨?"

"나 자신 외엔 믿을 사람이 없다는 뜻입니다."

나는 마저리를 돌아보았다.

"그래서 냉담해질 수밖에 없었던 거야. 이 문제에 집중하느라고. 믿을 건 나 자신뿐이니까. 난 지금 내 인생에서 가장 중요한 싸움을 하고 있어. 당신을 차갑게 대했던 건 미안해. 진심이야. 다시 시간을 되돌릴 수 있다면…… 내가 무슨 얘길 하고 있는지 알지?"

"당신은 혼자가 아니에요, 버크. 당신에겐 내가 있잖아요."

마저리가 말했다.

나는 고개를 저었다. 하지만 애써 미소를 지어 보이는 건 잊지 않았다.

"그래서 날 위해 일자리를 찾아뒀어?"

아내는 내 대꾸를 거절의 의미로 받아들였다. 이내 떠오른 표정을 통해 아내가 상처받았다는 걸 확인할 수 있었다. 하지만 아내의 감정을 건드리려고 한 말은 아니었다. 아내가 오해를 한 것이었다. 나는 그저 아내가 현실을 직시하기를 바랐을 뿐이다. 지금 이 상황에서 감정에 휘둘리는 건 사치다. 지금, 이 상태, 이 상황에서는 현실을 제대로 인지하는 것 외엔 다른 선택이 없다.

나는 다시 퀸란을 돌아보며 말했다.

"경쟁을 피할 순 없습니다. 내가 살기 위해선 반드시 이겨야 합니다. 수단과 방법을 가리지 않고 말입니다."

어느새 우리는 새로운 현실에 바짝 접근해 있었다. 나만의 방식으로 경쟁에 임하는 바로 이 현실. 새 구실을 만들어 그에 따라 행동해왔지만 내 주변에서 다른 이가 같은 일을 벌이는 건 원치 않았다. 특히 마저리와 퀸란이 그러는 건 정말 봐줄 수 없을 것 같았다. 그래서 나는 덧붙였다.

"조금이라도 나은 사람이 이기는 게임입니다. 내가 할 수 있는 일이라고는 내가 상대보다 낫기를 기도하는 것뿐입니다."

상담이 끝난 후에도 퀸란은 그 후로 5분 동안 내가 마저 주절댈 수 있도록 잠자코 있어주었다. 그는 사무실을 나서는 우리를 유심히 지켜보았다. 마지막 순간까지도 나를 이해해보려 애쓰는 것 같았다.

이해하려 하지 마십시오, 퀸란 씨.

킹스턴 다리를 마저 건너온 나는 세이블 제티가 있는 남쪽으로 방향을 튼다.

33

오늘 그녀는 잔디를 깎고 있지 않다. 차고 문은 닫혀 있고, 집 주변에는 아무도 보이지 않는다. 그가 집에 있는 게 분명하다. 그녀도 마찬가지일 거고.

어떻게 접근해야 하나? 그들의 눈에 띄지 않고 집으로 접근하는 방법은 없다. 불가능하다. 그는 해병대 출신답게 여러모로 유리한 위치에 터를 잡아놓았다. 언덕 정상이라 감시가 수월하고, 정면을 통해서가 아니면 절대 접근할 수 없다.

나는 차를 몰고 동네를 한 바퀴 돈다. 11시 50분. 그의 집을 다시 지나쳐본다. 차고 문이 열려 있다. 하지만 안에는 차가 없다. 외출하는 그를 다시 놓친 것이다.

문제다. 이렇게 아까운 시간만 허비하고 있으니. 나는 남쪽으로 차를 몰아 월요일에 와봤던 경치 좋은 주차장으로 향한다. 그곳에 차를 세우고는 흐르는 강에 시선을 고정시킨 채 골똘한 생각에 잠긴다. 강물은 청회색 제복을 걸친 청회색 병사들처럼 하류로 묵묵히 행군하고 있다. 완전 군장을 한 지친 병사들의 모습을 보는 듯하다.

어럽서. 그걸 이용해볼까? 나는 『페이퍼맨』에 광고를 싣고 이력서를 접수했다. 그중 쓸 만한 것들을 추려내고, 거기 적힌 주소를 이용해 일을 벌여왔다. 딱 거기까지였다. 그 광고 자체를 써먹어볼 수는 없을까? 그가 집에 있을 때는 접근이 불가능하다. 집에서부터 그를 미행하는 것도 쉬운 일이 아니다. 그렇다면 그를 어딘가로 불러내 미행하는 건?

대충 방법이 떠오를 것도 같다. 집으로 돌아가 사무실에서 차분하게 머리를 굴려보기로 한다.

우선 식당부터 찾고.

B. D. 산업 용지

사서함 2900

와일드베리, 코네티컷 06899

1997년 6월 11일

호크 엑스먼

리버 가 27번지

시이블 제티, 뉴욕 12598

엑스먼 씨:

3개월 전, 저희는 『페이퍼맨』에 구인 광고를 냈고, 귀하의 이력서를 접수했습니다. 유감스럽게도 당시에 귀하는 저희의 첫 번째 선택이 아니었습니다. 하지만 그 후로 저희 선택이 틀렸다는 걸 깨닫게 됐습니다. 귀하께서 아직 다른 곳에 자리를 찾지 않으셨다면 6월 20일 금요일에 저희 뉴욕 서부 지역 인사 국장인 로리 킬패트릭 씨와의 미팅에 참석해 주실 수 있겠습니까?

오후 1시에 레그너리에 있는 코치 하우스에서 함께 점심을 했으면 합니다. 귀하의 댁에서 얼마 떨어지지 않은 곳입니다. 예약은 킬패트릭 씨의 이름으로 해놓겠습니다.

이 편지 아랫부분을 기입하신 후 동봉한 우편 인쇄 봉투에 넣어 보내주십시오. 대체될 직원분께서 아직 구내에 계시니 전화 문의는 피했으면 합니다.

답을 주시지 않으면 더 이상 저희 회사에 관심이 없으신 걸로 이해하겠습니다.
감사합니다.

[서명]

사장 벤제이 도커리 3세

☐ 참석하겠습니다.

☐ 참석하지 않겠습니다.

☐ 다른 날짜로 하겠습니다. _____

                                            서명 _____

BD/VK

34

 굉장히 위험한 편지다. 루거에서 발사된 총알 다음으로 남기게 된 흔적이다 내 편지로 표적은 자신이 위험에 처해 있다는 걸 알아차릴 수도 있다.
 전화번호. 그게 문제다. 이런 내용의 편지를 받으면 누구라도 곧장 수화기를 집어 들고 편지지 상단의 전화번호로 연락을 시도할 것이다. 고용주들도 그런 식의 소통을 부담스러워하지 않고. 전화를 걸어온 엑스먼에게 회사의 다급한 사정을 직접 설명하면 그도 의심을 거두게 될 것이다. 하지만 나가 보낸 편지에는 전화번호가 없고, 그는 그 점을 수상하게 여길지도 모른다.
 가짜 전화번호를 적어 보낼까도 생각했지만 그가 편지의 당부를 무시하고 전화를 걸어볼 수도 있는 일이기에 포기했다. 구직자들이 앞으로 자신들의 보스가 될지도 모르는 고용주들의 당부를 무시하는 건 있을 수 없는 일이지만 언제든 돌발 상황은 발생할 수 있다. 전화를 걸어봐서 B. D. 산업 용지가 응답하지 않으면 그는 곧바로 경찰에 신고할 것이다.
 사기 범죄의 냄새를 맡은 경찰은 편지에 적힌 사서함을 살피러 올 것이고, 나를 몇 번 본 적 있는 우체국의 여직원은 내 인상착의를 상세히 들려줄 것이다.
 또한 편지에 적힌 주소는 그들을 코네티컷으로 이끌 것이다. 그들이 실직한 제지회사 중간 관리자들의 살인 사건을 수사 중인 버튼 형사와 엮이는 건 시간문제다. 호크 엑스먼이 통조림 라벨을 제조하는 윌리스&켄덜에 이력서를 냈을 가능성은 얼마나 될까? 그랬다면 버튼 형사는 이미 그를 만나보았을 것이다.

하지만 여기서 유일한 문제는 전화번호다. 내가 제안한 미팅은 전혀 생소한 일이 아니고, 수상하게 여길 일도 아니다. 실제로 해당 지역 구직자들을 만나보기 위해 인사 국장이 직접 나서는 경우가 종종 있다. 그들은 주로 점심시간을 활용해 구직자들과 미팅을 갖는다.

나는 우리 인사 국장으로 여성을 만들었다. 그리고 이름에서부터 젊음이 느껴지도록 했다. 과연 그는 고급 레스토랑에서 (코치 하우스는 명성이 자자한 곳이다) 매력적인 젊은 여성과 (그는 우리 인사 국장이 매력적일 거라 생각할 게 분명하다) 점심을 먹을 수 있는 기회를 그냥 흘려버릴 수 있을까? 그녀의 비위만 잘 맞춰주면 꿈에 그리던 일자리를 잡을 수 있는데도? 아마 내 당부를 무시하고 수화기를 집어 들지는 못할 것이다.

하지만 두렵기는 마찬가지다. 이 시점에서 일이 잘못될 가능성은 여전히 크다. 나는 그에게 편지에 참석 여부를 표시해 돌려보내라고 했다. 그래야 그를 제거한 후에 증거를 남기지 않을 테니까. 하지만 그가 이 편지를 복사해놓는다면? 그가 그 정도의 완벽주의자라면? (그가 그 정도의 완벽주의자라면 일일이 복사해 보관해둔 문서의 양이 엄청날 것이다. 그리고 누구도 그걸 일일이 들춰 볼 엄두를 내지 못할 것이다.)

또한 나는 그에게 보낼 두 개의 봉투에도 최대한 신경을 썼다. 그에게 부칠 봉투와 그에게 돌려받을 봉투. 나는 가짜 이름과 주소로 이루어진 편지의 인쇄 문구를 두꺼운 종이에 복사했다. 그런 다음, 그걸 면도날로 조심스레 오려 두 개의 봉투에 붙여놓았다. 하나는 발신인 주소로, 또 하나는 목적지 주소로. 언뜻 보면 인쇄된 라벨과 똑같다.

그럼에도 나는 겁이 난다. 지금까지는 최선을 다해 신중을 기해왔다. 내 뜻대로 상황을 통제하려 애도 써왔고. 지금 나는 처음으로 내 흔적을 남기려 하고 있다. 하지만 다른 선택이 없다. 고지를 코앞에 둔 시점. 이제 나와 업튼 레이프 팰런 사이에 남은 장애물은 엑스먼뿐이다. 팰런을 없애는 건 식은 죽 먹기일 거고.

필사적으로 밀어붙일 수밖에 없다. 총은 쏠 수 없고, 엑스먼은 찾을 수도, 접근할 수도 없다. 이제는 떠오르는 모든 방법을 총동원해봐야 한다. 그리고 떠오르는 아이디어는 이것뿐이다. 그래서 나는 와일드베리로 달려가 우체국 밖에 놓인 우체통에 편지를 넣는다. 나는 무척 두렵다.

B. D. 산업 용지

사서함 2900

와일드베리, 코네티컷 06899

1997년 6월 11일

호크 엑스먼
리버 가 27번지
세이블 제티, 뉴욕 12598

엑스먼 씨:

3개월 전, 저희는 『페이퍼맨』에 구인 광고를 냈고, 귀하의 이력서를 접수했습니다. 유감스럽게도 당시에 귀하는 저희의 첫 번째 선택이 아니었습니다. 하지만 그 후로 저희 선택이 틀렸다는 걸 깨닫게 됐습니다. 귀하께서 아직 다른 곳에 자리를 찾지 않으셨다면 6월 20일 금요일에 저희 뉴욕 서부 지역 인사 국장인 로리 킬패트릭 씨와의 미팅에 참석해 주실 수 있겠습니까?

오후 1시에 래그너리에 있는 코치 하우스에서 함께 점심을 했으면 합니다. 귀하의 댁에서 얼마 떨어지지 않은 곳입니다. 예약은 킬패트릭 씨의 이름으로 해놓겠습니다.

이 편지 아랫부분을 기입하신 후 동봉한 우편 인쇄 봉투에 넣어 보내주십시오. 대체될 직원분께서 아직 구내에 계시니 전화 문의는 피했으면 합니다.

답을 주시지 않으면 더 이상 저희 회사에 관심이 없으신 걸로 이해하겠습니다.
감사합니다.

사장 벤제이 도커리 3세

☑ 참석하겠습니다.
□ 참석하지 않겠습니다.
□ 다른 날짜로 하겠습니다. _____

서명 _____

BD/VK

기대하고 있겠습니다!

그 후로 며칠 동안 나는 세이블 제티로 찾아가 엑스먼의 집을 지켜볼 것이다. 순찰차가 밖에 세워져 있는 게 보이면 어떻게 해야 할지 벌써부터 막막하다.

35

6월 17일 화요일. 나는 와일드베리 우체국 앞에 보야저를 세워놓았다. 내 손에는 편지가 쥐어져 있다. 궤도를 따라다니다 내게 돌아온 것이다. 나는 엑스먼이 적어놓은 걸 유심히 읽어본다. 그의 필체에서 뜨거운 갈망이 느껴진다.

그는 내 편지를 받자마자 주저하지 않고 내게 편지를 돌려보냈다. 전화번호를 찾아 연락해볼 생각도 못해본 모양이다.

편지를 부친 후 나를 걱정하게 만든 또 하나의 문제가 있었다. 그가 편지의 하단만 잘라 돌려보낼 가능성. 편지의 상단은 자신이 보관해둔 채. 하지만 엑스먼은 일자리를 절실히 원하고 있다. 그래서 송어처럼 미끼를 덥석 물어버린 것이다.

도탁이 성과를 거두고 나니 또 다른 걱정이 찾아든다. 나는 사람들을 죽였다. 정말 그러고 싶지 않았지만 달리 방법이 없었다. 그들을 잔혹하게 다루지는 않았다. 나는 사람의 목숨을 가지고 장난을 치지 않는다. 하지만 엄밀히 말하면 나는 지금 호크 엑스먼을 가지고 장난을 치고 있는 것이다. 그에게 존재하지 않는 매력적인 여성과 존재하지 않는 미팅을 가지라고 했으니. 유감스러운 일이다. 다른 방법이 있었다면 이런 짓까지는 벌이지 않았을 것이다.

편지는 어제 와일드베리에 도착했다. 하지만 오늘 오후가 돼서야 확인할 여유가 생겼다. 어제는 빌리의 법정 출두일이었다. 마저리와 나도 반드시 참석해야만 했다. 공판은 10시에 시작됐고, 우리는 몇 분 일찍 도착했다. 빌리의 변호사인 포르큘리가 미리 나와 우리를 기다리고 있었다. 다행히 그는 밤색 양복 차림이 아니었다. 이번에는 회색 양복이었다. 그는 밤색 넥타이를 매고 있었다. 넥타이에는 작고 흰 젖소들이 작고 흰 달들을 뛰어넘는 그림이 그려져 있었다. 그가 마저리와 내 손을 차례로 잡고 악수를 하며 말했다.

"잘될 겁니다."

그가 빌리를 판사에게 이끌고 갔다.

빌리가 체포된 후 2주 동안 많은 일이 있었다. 빌리와 함께 일을 벌인 공범자는 짐 벅클린이라는 아이였다. 그 아이와 부모는 기민함이 조금 떨어지는 사람들이었다. 체포 직후 순찰차에 태워진 짐은 과거에도 같은 상점을 여러 차례 턴 적이 있다는 자백으로 해석될 수 있는 위험한 발언을 거침없이 쏟아냈다. 아이는 경찰서에서도 다른 형사들에게 비슷한 얘기를 풀어놓았다. 다음날, 부모가 고용한 변호사를 만나고 나서야 짐은 비로소 입을 닫았다. (빌리의 가난한 부모와 달리 벅클린 가족은 법률 구조 대상이 아니었다.)

다행히 벅클린의 주절거림이 법정에서 효력을 발휘할 가능성은 극히 적었다. 변호사가 도착한 후 벅클린은 입장을 바꾸어 이번이 자신의 첫 번째 범행이었다고 주장하기 시작했다. 마침내 짐과 빌리의 진술이 일치하게 된 것이었다.

하지만 경찰이 벅클린의 집을 수색한 후 진실은 밝혀졌다. 그의 방에서 문제의 컴퓨터 소프트웨어들이 발견된 것이었다. (그 집과 우리 집은 같은 날 ㅅ색을 당했다.)

물론 우리 집에서는 장물이 발견되지 않았다. 벅클린의 집에서 장물이 발견됐으니 벅클린은 거짓말을 한 셈이 돼버렸고, 데보레의 집에서는 장물이 나오지 않았으니 데보레는 진실을 말한 셈이 돼버렸다. 적어도 포르큘리는 상황을 그렇게 보고 있었다. 그는 두 경우의 연결고리를 끊어놓으려 애썼다. 모든 걸 벅클린에게 뒤집어씌운다는 전략이었다. 빌리는 자연스레 벅클린의 꾐에 빠진 순진한 피해자가 돼버리는 것이고.

심리가 진행되는 동안 우리는 복도에 앉아 기다렸다. 다행히 심리는 잘 끝났다. 매와 같은 날카롭고 무자비한 인상의 삼십 대 검사보의 맹렬한 이의 제기에도 판사는 두 사건을 분리해서 진행하기로 결정했다. 그리고 빌리의 사건은 판사실에서 따로 진행하기로 했다.

더 이상 징역형이 선고될 것을 걱정하지 않아도 됐다. 포르큘리는 커피를 홀짝이며 이제 문제는 빌리의 기록에 중범죄 전과가 남게 될지 여부일 뿐이라고 설명했다. 빌리는 지금껏 단 한 번도 문제를 일으킨 적이 없었다. 학교에서도 모범생으로 인정받고 있고, 밝은 미래가 있으며, 어려운 형편 속에서도 꿋꿋하게 살아가는 착한 아이였다. 포르큘리는 판사에게 빌리의 사건을 비밀 기소로 처리해줄 것을 요청했고, 판사는 생각해보겠다고 했다.

커피는 식어가고 있었다. 우리 모두는 더 이상의 카페인이 필요 없을 정도로 흥분된 상태였다. 그는 비밀 기소를 사법제도의 뜻밖의 자비라고 설명했다. 피고가 죄를 인정하고, 상황상 두 번째 기회를 줄 만하다고 판단이 되면 판사는 자신이 정해놓은 기간 동안 기소 집행을 중단시킬 수 있다. 물론 피고의 기록에도 남지 않는다. 그 기간은 대개 1년이다. 만약 그 기간 안에 피고가 다시 다른 범죄로 체포되면 기소의 봉인이 풀리고 피고는 이전에 저지른 범죄와 새로운 범죄에 대해 재판을 받게 된다. 하지만 그 기간 동안 자숙하며 조용히 지내면 기소는 무효가 돼버린다. 전과도 남지 않아 피고는 깨끗한 상태로 새 출발을 할 수 있게 된다.

물론 우리도 그걸 바라고 있었다. 포르큘리는 날이 저물기 전에 결과를 들을 수 있을 거라고 했다. 그리고 우선 짐 벅클린 문제부터 지켜봐야 한다고 덧붙였다. 우리는 벅클린의 심리가 진행되는 동안 법원을 나와 시간을 보냈다. 벅클린의 변호사는 검사보와 손잡고 두 사건을 하나로 모으기 위해 판사를 강하게 압박했다. 심리는 꽤 오랫동안 진행됐다. 그는 어떻게든 자신의 의뢰인을 상대적으로 깨끗한 빌리에게 묻어갈 수 있게 하려고 필사적으로 바둥거렸다.

하지만 판사는 변호사와 검사보의 요청을 끝내 받아들여주지 않았다. 결국 벅클린은 빌리와는 별개로 재판을 받게 됐다. 보나마나 검찰 측과 유죄 답변 교섭이 곧 시작될 것이다. 우리는 오후 3시에 호출을 받고 법원으로 돌아갔다. 마저리와 빌리와 나는 판사 앞에 세워졌다. 보석 심사 때 봤던 그 판사가 아니었다. 하지만 종교적 의식을 연상케 하는 진행은 여전했다. 불가해한 언어. 우리는 제사장 앞으로 불려나온 회개자가 된 기분이었다.

포르큘리는 우리에게 벅클린의 부모와 말을 섞는 건 좋지 않다고 조언했다. 그래서 우리는 그들을 애써 피해 다녔다. 반대로 그들은 할 말이 있다며 우리를 졸졸 따라다녔다. 그들은 어떻게든 우리와 부담을 나누려 하고 있었다. 그들은 법정 뒤편에 앉아 우리의 상담을 조용히 지켜보았다. 그들의 얼굴에는 후회와 분개와 책망의 표정이 어지럽게 뒤섞여 있었다. 나는 그들을 돌아보지 않았다.

예상대로 판사는 비밀 기소로 처리해주었다. 긴장이 풀리면서 마저리의 다리도 풀려버렸다. 나는 잽싸게 아내를 붙잡아주었다. 판사는 빌리의 어리석음을 엄하게 꾸짖었다. 판사의 완곡한 표현이 마음에 들었다. 빌리는 고개를 들지 못한 채 짧고 공손하게 대답했다. 상담은 그렇게 끝이 났다.

어제 오후 3시 40분, 빌리의 문제는 깨끗하게 해결됐다. 이제는 자숙하며 지내기만 하면 되는 것이다. 그건 빌리가 알아서 잘하리라 믿는다. 이번 경험을 통해 깨달은 게 많을 것이고, 자신이 얼마나 운이 좋았는지도 알게 됐을 것이다. 눈앞의 짐 벅클린만 봐도 이 문제의 심각성을 충분히 알 수 있었다. 빌리는 고맙다는 말과 함께 두 번 다시 우리를 실망시키지 않겠다고 약속했다.

우리는 포르큘리와 악수를 나누고 감사의 뜻을 전했다. 그보다 훨씬 못한 변호사를 만났더라면 결과가 어땠을지 상상하고 싶지 않았다. 나는 마저리와 빌리를 데리고 집으로 돌아왔다. 압도적인 안도감이 밀려들었다. 아마 내 프로젝트를 깔끔하게 마무리 짓고 새 일자리를 찾게 돼도 같은 기분이 찾아들 것이다. 나 역시 이번 일을 통해 깨달은 게 있다. 세상이 뭐라 하든 끝까지 결연하게 밀고나가면 반드시 성공한다는 사실.

나도 반드시 성공할 것이다.

그 경험은 어제 하루를 다 잡아먹어버렸다. 그리고 오늘은 카운슬링 상담이 있는 날이다. 오늘은 그냥 입을 꾹 닫고 있을 생각이다. 지난주처럼 나 자신을 필요 이상으로 노출시키는 일은 더 이상 없어야 한다. 퀸란은 호기심을 숨기지 않은 채 두어 차례 날카로운 질문을 던지며 내 깊은 속내를 파헤치려 했지만 나는 틀에 박히고 김빠진 대답만을 줄줄이 내놓아 그의 진을 뺐다. 다행히 마저리도 상담 내용이 우리 부부의 문제로부터 벗어나는 걸 원치 않았다. 덕분에 별 문제없이 지난 상담을 마칠 수 있었다.

나는 집에 돌아오자마자 오랫동안 별러온 일을 시작했다. 그 작업을 위한 완벽한 타이밍이라는 판단 때문이었다. 먼저 내 이력서 열일곱 통과 아카디아 프로세싱을 포함한 열일곱 곳의 제지회사의 주소를 적은 봉투를 준비했다. 그것들에 동봉할 편지도 잊지 않았다. 첨부한 편지에는 내가 아직도 취업을 희망하고 있다는 내용을 담았다. 타이밍만 잘 맞춘다면 내 이력서는 아카디아가 가장 최근에 접수한 이력서가 될 것이다. 또한 갑자기 빈자리가 생겼을 때 내 이력서는 아카디아 인사 국장의 기억에 가장 생생하게 남아 있는 이력서가 될 것이다. 업튼 레이프 팰런은 내 이력서가 접수되고 나서 1~2주 후에 세상을 뜨게 될 것이고, 나는 누구의 의심도 받지 않을 것이다.

나는 지역 우체국에서 이력서들을 부치고 나서 곧장 엑스먼의 답을 확인하기 위해 이곳 와일드베리로 달려왔다. 눈부신 햇살이 쏟아지는 우체국 밖에 앉아 있으니 나도 모르게 미소가 머금어진다. 모든 진행이 완벽하다.

금요일. 사흘 후 나는 엑스먼을 찾아내고 말 것이다. 발견 즉시 그를 죽일 수 있을까? 눈에 들어오는 즉시 죽여? 그리고 다음 주에 업튼 레이프 팰런만 없애면 다 끝나는 건가?

이제 눈앞으로 바짝 다가와 있다. 직장, 일, 통근. 따뜻한 물에 몸을 담그고 있는 듯한 기분 좋은 느낌이다.

금요일.

36

나는 코치 하우스에서 얼마 떨어지지 않은 곳에 차를 세워놓았다. 토요일 오후 12시 55분. 엑스먼과 로리 킬패트릭의 점심 미팅이 예정된 시간이다.

9일 전, 엑스먼에게 접근이 힘들다는 판단에 이 방법을 떠올렸을 때 나는 레스토랑을 직접 살펴보러 이곳에 왔었다. 레그너리의 코치 하우스는 모든 면에서 가장 이상적인 곳이다. 이곳은 지역의 특권층이 즐겨 찾는 곳답게 평균 이상의 수준을 자랑한다. 또한 주도로 한복판에 자리하고 있어 장시간 주차를 해도 사람들 눈에 잘 띄지 않는다. 레스토랑의 중간 문설주 달린 커다란 창문은 거리 쪽으로 나 있다. 행인들은 식민지 시대풍의 그 창문을 통해 레스토랑의 앞부분을 훤히 들여다볼 수 있다. 지배인이 두 개의 벤치가 놓인 작은 대기실로 손님들을 안내하는 모습도 볼 수 있고.

엑스먼은 일찍 도착할 것이다. 나는 확신한다. 5분 전. 어쩌면 그는 이미 도착해 있는지도 모른다. 한번 앞을 지나쳐보기로 한다.

나는 레스토랑에서 반 블록 떨어진 곳에 세워놓은 보야저에서 내려 보도를 걸어간다.

어제 오후, 나는 이곳에 전화를 걸어 킬패트릭이라는 이름으로 테이블을 예약했다. 그는 예약 내용을 확인한 후 대기실에서 킬패트릭이 도착하기를 기다릴 것이다.

저게 그 친구인가? 대기실 벤치에 자신감 넘치는 얼굴로 앉아 있는 저 친구? 다리까지 꼬고서? 짙은 색 고급 양복에 짙은 색 넥타이, 짧게 깎은 머리와 각진 얼굴. 그의 첫인상이다.

나는 레스토랑을 지나쳐 계속 걷는다. 가전제품 대리점 앞에 멈춰 서서 쇼윈도에 진열된 VCR과 팩스기를 잠시 들여다보다가 다시 몸을 틀어 왔던 길로 되돌아가본다. 이번에는 조금 더 유심히 남자의 인상을 살핀다. 그는 내 표적이 분명하다. 무뚝뚝한 표정, 네모진 턱, 당당한 표정, 그리고 약간 들뜬 분위기. 호크 엑스먼이다. 드디어!

나는 다시 보야저의 운전석으로 올라가 레스토랑 입구를 지켜본다. 말쑥하게 차려입은 사람들이 쉴 새 없이 들락거린다. 대부분 동행이 있다. 남자와 남자, 여자와 여자. 가끔 남녀 커플도 보이지만 전부 중년 이상의 나이든 사람들이다. 홀로 온 손님들 중 엑스먼으로 보이는 이는 없다.

1시 10분. 군인 출신다운 외모의 그 남자가 호크 엑스먼이 맞는지 확인해볼 시간이다. (한 가지 걸리는 건 굉장히 비싸 보이는 그의 고급 양복이다.) 그는 아직도 인사 국장을 기다리고 있을까? 아니면 진짜 엑스먼이 나타나 그 자리를 차지하고 있을까?

아니다. 그 친구는 아직도 대기실에 앉아 기다리고 있다. 해병대를 나와 한 직장에서 일생을 보냈다는 바로 그 남자. 그는 자신감이 한풀 꺾인 모습이다. 보나마나 머릿속이 복잡할것이다. 다시 보야저로 돌아가는 길에 손목시계를 들여다보는 그를 흘끔 쳐다본다.

나는 다시 운전석에 앉아 기다린다. 얼마나 더 기다려야 그가 포기하고 레스토랑을 나오게 될까?

1시 45분. 그는 아직도 대기실 벤치를 지키고 있다. 지금쯤이면 킬패트릭이 나타나지 않을 거라는 걸 깨달았을 텐데. 무언가가 잘못됐다는 걸 알아차렸을 텐데. 하지만 그는 묵묵히 기다린다. 그것이 바로 군인 정신인 모양이다. 끝까지 포기하지 않은 것.

그에게 이렇게까지 하고 싶지는 않다. 의기양양함은 굴욕으로 바뀐 지 오래다. 이 상황의 비참함과 부당함에 대해서도 그가 취할 수 있는 조치는 없다. 다른 방법이 있었더라면……

하지만 어쩌겠는가. 이미 엎질러진 물인걸.

2시 5분. 정말 포기를 모르는 친구인가? 설마 대기실에서 잠들어버린 건 아니겠지? 언젠가는 더 버티지 못하고 나와야 할 텐데. 기왕 이렇게 된 거 혼자서라도 식사를 하고 나올 모양이지?

그럴 가능성은 극히 적다. 엑스먼과 나는 더 이상 코치 하우스 같은 곳에서 식사를 할 형편이 못 된다.

다시 가서 아직까지 자리를 지키고 있는지 확인해볼까? 내가 모르는 새 뒷문으로 나가버렸는지도 모르니까. 하지만 차에서 내려 반쯤 다가갔을 때 갑자기 그가……

저쪽에서 마침내 그가 햇살 따스한 밖으로 걸어 나온다. 예상했던 것보다 키가 작다. 하지만 몸 관리를 잘해왔는지 단단해 보이는 체구다. 그는 잠시 보도에 멈춰 서서 멍한 얼굴로 좌우를 살핀다. 그런 다음, 고개를 저으며 내가 있는 쪽으로 걸음을 옮기기 시작한다.

나는 잽싸게 고개를 돌려 길 건너의 은행을 바라본다. 그가 나를 지나쳐 계속 터덕터덕 걸음을 옮긴다. 나는 바짝 긴장한 상태로 오른쪽 백미러로 멀어지는 그의 뒷모습을 지켜본다. 그가 충분히 멀어졌다는 생각이 들자 스르르 눈이 감기면서 불쌍한 에버릿 다인스가 떠오른다. 지금 이 상황에서 떠올릴 만한 기억은 아니다.

그가 방향을 틀어 갓길에 세워진 차들 사이로 들어간다. 그리고 열쇠를 꽂아 차 문을 연다. 그의 차는 검은색이다. 그가 다른 색 차를 모는 모습은 상상이 되지 않는다. 나는 보야저에 시동을 걸고 그가 움직이기를 기다린다.

한동안 아무 일도 벌어지지 않는다. 차 안에서 뭘 하는 거지? 사생활이 보장된 차 안에서 마음 놓고 이성을 잃어버린 걸까? 불같이 화를 내고, 우울해하고, 좌절하고, 두려워하고 있는 걸까? 하지만 그가 이내 정신을 가다듬을 것이라는 걸 확신한다. 그의 스타일을 알기에.

마침내 그가 도로로 올라온다. 그의 차는 포드 토러스다. 엑스먼이라면 무조건 미국 차만 고집할 것이다.

나는 왼쪽 깜빡이를 켠다. 그의 토러스가 나를 지나쳐 달려간다. 그 뒤를 회색 크라이슬러 시러스가 쫓는다. 나는 시러스 뒤로 조심스레 파고든다.

우리는 그렇게 도시를 벗어난다. 우리 사이에는 항상 다른 차 한 대가 끼어 있다. 나는 그의 검은색 토러스가 시야에서 벗어나지 않도록 정신을 바짝 차린 채 그를 미행한다. 레그너리를 나와 보조 도로를 한참 달리니 9번 주도로가 나타난다. 그는 세이블 제티가 있는 북쪽으로 차를 돌린다. 예상대로.

도로에는 차량들이 적지 않지만 미행이 힘들 정도는 아니다. 분노와 좌절이 그로 하여금 차를 빠르고 거칠게 몰도록 만들면 어쩌나 걱정했지만 다행히 그는 도로법을 철저히 준수하는 모범 시민이다. 트럭에 막혀 답답한 상황이 아니라면 제한속도를 크게 넘는 법이 없다.

나는 그가 우회전해 세이블 제티로 향할 거라 생각했다. 하지만 내 예상은 보기 좋게 빗나가버린다. 그는 계속해서 9번 주도로를 따라 이동한다. 나는 충분한 거리를 유지한 채 묵묵히 미행한다. 그가 어디로 향하는지 궁금하다. 이렇게 북쪽으로 올라가다 보면 리버 가의 끝이 나온다. 그가 굳이 먼 길로 돌아 귀가할 이유는 없다.

마침내 우리는 리버 가에 도착한다. 한쪽으로 간이 식당과 커다란 쇼핑센터가 보인다. 그곳이 바로 그의 목적지다. 쇼핑센터. 그가 왼쪽 깜빡이를 켜고 쇼핑센터 고객들을 위해 특별히 마련된 차선으로 들어선다. 우리 사이에 낀 차 세 대는 모두 차선을 바꾸지 않고 직진한다. 나는 왼쪽 깜빡이를 켜고 그의 뒤로 바짝 다가가 따라붙는다.

신호등은 없다. 저만치 떨어진 신호등이 빨간색으로 바뀌고 남행 차량들의 행렬이 끊어져야 비로소 우리는 쇼핑센터로 들어설 수 있다. 어느새 내 뒤로 다가온 차 두 대가 줄을 서 있다.

주차장에서는 미행이 까다롭다. 바짝 뒤쫓다가는 발각될 가능성이 크다. 나는 어느 쪽 구역으로 들어갈지를 놓고 고민하는 사람처럼 주춤거린다. 그러는 동안 그는 망설임 없이 오른쪽 구역으로 들어가 주 건물에서 꽤 떨어진 곳에 차를 세운다. 가장 가까운 곳에 세워진 차로부터도 무려 열두 칸이나 떨어져 있다. 옆 차가 긁고 지나가는 게 두려워서일까? 왠지 이 역시 그의 스타일일 것 같다.

나는 건물에서 얼마 떨어지지 않은 곳에 차를 세우고 메모지와 펜을 꺼내든다. 마치 쇼핑 리스트를 작성하려는 사람처럼. 그가 내 쪽으로 걸어오고 있다. 그는 내 오른쪽 백미러에서 룸미러로, 그리고 왼쪽 백미러로 차례로 옮겨간다.

제발. 에버릿 다인스 때처럼 일이 지저분해지지 않기를.

그가 주차장을 빠져나가자 나는 보야저에서 내려 그를 미행하기 시작한다. 그는 길을 건너 건물로 향하고, 나는 적당한 거리를 두고 그를 뒤따른다. 차를 세워두고 건물로 향하는 이가 몇 명 보인다. 우리는 쇼핑센터로 들어선다.

쇼핑센터는 봉입형 구조로 돼 있다. 길고 넓은 복도 양옆으로는 다양한 종류의 연쇄점들이 꽉 들어차 있다. 복도 끝에는 3층짜리 돌멘스 백화점이 들어서 있다. 돌멘스 앞 T자형 복도에도 여러 상점들이 백화점 쇼윈도를 향해 줄지어 서 있다. 돌멘스를 제외한 쇼핑센터의 모든 공간은 단층 구조로 돼 있다.

엑스먼은 긴 복도를 빠르게 걸어 나간다. 이미 목적지가 정해진 사람처럼. 기분 전환을 위해 쇼핑을 온 걸까? 그런 타입 같아 보이진 않는데.

돌멘스. 그는 백화점으로 향하는 중이다. 그가 입구로 들어서자 자동문이 열린다. 나는 그를 따라 백화점으로 들어간다. 그는 곧장 매장 한복판에 자리한 에스컬레이터로 향한다.

나는 여전히 충분한 거리를 두고 미행 중이다. 쇼핑객들이 적지는 않지만 북적거릴 정도는 아니다. 썰렁한 매장이었다면 그가 돌아볼 때마다 요리조리 몸을 피하느라 피곤했을 것이다.

사실 그는 뒤를 돌아보거나 하지는 않는다. 그저 목적지에만 집중하고 있을 뿐이다. 그는 에스컬레이터를 타고 2층으로 올라간다. 앞을 막고 있는 일가족이 아니었다면 그는 성큼성큼 계단을 올라갔을 것이다. 아버지를 뺀 나머지 식구들이 수선을 떨어대고 있다.

나는 그가 2층에 다다를 때까지 기다렸다가 천천히 에스컬레이터에 오른다. 그는 곧장 다음 에스컬레이터로 향한다.

좋아. 나도 첫 번째 에스컬레이터에서 내려 두 번째 에스컬레이터로 향한다. 내 자리에서는 그의 한쪽 손과 짙은 색 양복의 일부만이 흘끔 보일 뿐이다. 그렇게 미행은 계속된다.

그가 마저 올라가는 것을 확인한 후 두 번째 에스컬레이터에 몸을 싣는다. 3층에 다다른 그가 왼쪽으로 방향을 튼다. 나는 황급히 계단을 걸어 오른다. 3층에 다다라 살펴보니 그가 보이지 않는다.

하지만 괜찮다. 그가 왼쪽으로 향하는 걸 봤으니. 왼쪽 뒤편에는 구역이 많지 않다. 그를 찾는 건 어렵지 않을 것이다.

하지만 막상 해보니 생각보다 쉽지 않다. 나는 왼쪽 복도를 걸으며 좌우를 유심히 살핀다. 죽일 표적이 아닌, 무언가 살 만한 것을 찾고 있는 사람처럼. 그는 어디에서도 보이지 않는다. 막다른 곳에 자리한 건 신사복 매장이다. 직각으로 된 벽을 따라 붙어 있는 두 개의 긴 옷걸이에는 양복 재킷과 스포츠 코트가 잔뜩 걸려 있다. 이곳에도 그는 보이지 않는다.

대체 어디로 사라진 거지? 아직은 크게 걱정할 때가 아니다. 그가 무엇을 사러 올라왔든 실제 구매까지는 최소한 몇 분이 걸리기 때문이다. 그는 분명 이쪽 구역 어딘가에 있을 것이다. 그를 찾는 건 시간문제다.

나는 신사복 매장 한복판에 서서 주변을 빠르게 훑는다. 어느 쪽부터 살펴봐야 할지 고민하고 있을 때 엑스먼이 양복 재킷과 코트가 빽빽이 걸린 옷걸이 사이의 문간에 모습을 드러낸다. 그가 나를 쳐다보며 미소를 짓는다. 그리고 내 앞으로 천천히 다가온다. 당황한 나는 반사적으로 도망칠 준비에 들어간다. 바로 그때 그가 가슴에 달고 있는 파란색과 흰색의 타원형 명찰이 눈에 들어온다. 명찰의 상측 절반에는 '돌멘스', 하측 절반에는

'엑스먼'이라고 적혀 있다.

그는 신사복 매장 점원이다. 그래서 고급 양복을 걸치고 있었던 것이다. 그는 신사복 세일즈맨이고 나는 졸지에 손님이 돼버렸다.

"어서 오십시오."

그가 두 손을 모으고 환한 미소를 지으며 말한다. 그의 천성과 영혼에 상반되는 모습이다.

계속 이렇게 멍하니 서서 그의 얼굴만 빤히 쳐다볼 수는 없는 일이다. 잽싸게 머리를 굴려봐야 한다. 최대한 자연스러워 보여야 하고. 깜짝 놀라거나 가책을 느끼거나 두려워하는 모습을 보여서는 안 된다. 그냥 무표정한 손님의 얼굴만 유지하면 된다.

"그냥 둘러보고 있습니다."

나는 말한다.

"뭐 필요하신 게 있으면 언제든 불러주십시오."

그가 미소를 흘리며 말한다.

이쪽 구역에는 다른 손님이 없다. 다른 매장 직원도 없고 달랑 우리 둘뿐이다.

"네, 그러죠. 고맙습니다."

나는 말한다. 그가 나를 기억하면 큰일이다.

오, 잠깐. 필요한 게 생각났다. 갑자기 그럴 듯한 아이디어가 떠오른 것이다. 나는 미소를 지으며 말한다.

"여름용 스포츠 재킷을 찾고 있습니다. 하지만 제가 직접 고를 순 없고, 나중에 아내랑 같이 와볼 겁니다. 오늘은 그냥 한번 둘러만 보러 온 거고요."

"그러시군요."

그가 이해한다는 듯 고개를 끄덕인다.

"남자들은 아내 말만 들으면 손해 볼 게 없죠."

"집사람은 교사입니다. 그래서 오늘 같이 오지 못했죠. 내일 데리고 오겠습니다."

나는 말한다.

"그렇게 하시죠."

그가 두 손가락을 재킷 안주머니에 넣어 명함을 꺼낸다.

"오셔서 절 찾아주십시오. 제가 보이지 않으면 다른 직원에게 물어봐주시고요."

그가 명함을 건네며 말한다.

신사복 매장 직원들은 판매 실적에 따른 수수료를 받는다. 나는 그의 명함을 흘끔 들여다본다. 그의 명찰과 똑같은 내용이다. 위에는 두드러지게 적힌 매장 이름, 아래는 그의 이름이 적혀 있다. 명함의 우측 하단에는 '영업 담당'이라고 적혀 있다. 나는 턱으로 명함을 가리키며 엑스먼을 쳐다본다.

"내일 다시 오겠습니다."

나는 말한다. 그리고 명함을 왼손에 옮겨 쥔 후 오른손을 내민다.

"허치슨이라고 합니다."

"허치슨 씨."

그가 웃으며 말한다.

우리는 그렇게 악수를 나눈다.

나는 그에게서 떨어져 나온다. 갑자기 수많은 아이디어가 일제히 떠오른다. 그의 명함은 주머니로 들어간다. 나중에 명함을 없애는 걸 잊어서는 안 된다. 갑자기 할 일이 많아졌다. 우선 전화부터 걸어야 한다.

공중전화 부스는 매장 정문 안쪽에 마련돼 있다. 돌멘스의 영업시간이 적힌 커다란 표지 옆에. 금요일은 12시부터 9시까지 영업을 한다고 적혀 있다. 나는 엑스먼의 명함을 그곳 쓰레기통에 던져 넣은 후 주머니에서 동전을 꺼내 들고 공중전화 앞으로 다가간다. 그리고 집으로 마저리에게 전화를 건다. 아내가 응답하자 나는 말한다.

"오늘 저녁을 일찍 먹을 수 있을까?"

우리는 주로 7시에서 7시 반 사이에 저녁을 먹는다.

"그럼요. 그런데 왜요?"

아내가 말한다.

"할시온에서 같이 일했던 친구를 만났는데 괜찮은 사업 아이템을 들려주더라고. 나랑 같이 하고 싶다고 해서 말이야."

"정말 괜찮을 것 같아요?"

아내의 음성에서 의심이 묻어난다. 물론 자연스럽고 당연한 반응이다.

"아직은 모르겠어. 오늘 저녁에 집으로 오면 기획서를 보여주겠다더군."

"자기 사업에 투자를 해달래요?"

"그것도 아직 모르겠어."

나는 웃음을 터뜨린다.

"만약 그걸 원하고 있다면 사람을 잘못 고른 거지."

"그렇죠. 집에서 몇 시에 나가야 하는데요?"

아내가 말한다.

12시부터 9시까지. 엑스먼은 거의 2시 30분에 일을 시작했다. 보나마나 매장 영업이 끝날 때까지 자리를 지킬 것이다.

"7시."

나는 말한다.

"그럼 6시에 먹죠."

"고마워."

나는 전화를 끊는다.

다음에 할 일은 쇼핑이다. 누군가를 죽이려면 도구가 필요하고, 쇼핑센터에서는 무엇이든 구할 수 있다.

37

8시 55분. 운전석 문을 열자 실내등이 들어온다.

나는 다시 쇼핑센터에 돌아와 있다. 이번에는 엑스먼의 토러스에서 네 칸 떨어진 곳에 차를 세워놓았다. 퇴근하는 그가 반드시 내 차를 지나칠 수 있도록. 보야저의 왼편은 쇼핑센터 건물을 향하고 있다. 그 반대쪽의 긴 미닫이문은 열려 있다. 짧은 보닛도 열어, 짤막하고 딱 바라진 엔진을 노출시켜 놓았다. 새로 산 망치는 앞 유리와 보닛 사이 와이퍼 위에 놓아두었다. 망치의 끝은 아래를 향하고 있고, 손잡이는 차 옆으로 살짝 삐져나와 있다.

구입한 다른 것들은 차 안에 놓아두었다. 마지막 쇼핑객들이 정문으로 나오고 있다. 이제 주차장은 4분의 1도 채 차지 않은 상태다. 엑스먼과 내 차보다 건물에 가깝게 세워진 차는 더 이상 보이지 않는다.

내가 계획한 일에는 어느 정도의 위험 부담이 뒤따른다. 하지만 총을 쓸 수 없으니 어쩌겠는가. 머리를 굴려 위험 부담을 최대한 줄여보는 수밖에. 6월의 긴 여명이 서서히 꺼져가고 있다. 완전한 어둠이 내려앉기 전이지만 시야는 많이 흐려진 상태다. 이제부터는 정신을 바짝 차려야 한다. 이쪽으로 다가올 사람은 엑스먼뿐이다. 이 구역에 주차된 건 우리의 차 두 대뿐이니까. 그와 맞닥뜨리면 흠칫 놀라는 연기를 그럴 듯하게 해내야 한다. 쇼핑한 물건들이 차에 가득 실려 있으니 불필요한 의심은 사지 않을 것이다.

8시 56분, 8시 57분…… 아직도 3분이나 남았다.

나는 계속 손목시계만 들여다본다. 나도 이런 내가 제어되지 않는다. 핸들을 쥔 내 손에는 힘이 잔뜩 들어가 있다. 긴장을 풀어보려고, 이 두 손을 지치지 않게 하려고 무던히 애를 쓰지만 소용이 없다.

누군가가 다가오고 있다. 쇼핑센터의 불빛을 받은 남자의 윤곽이 눈에 들어온다. 짙은 색 양복의 남자는 지친 모습으로 터덕터덕 걸어오고 있다. 낙담해 있는 것 같기도 하고 어쩌면 그 둘 다인지도 모른다.

그는 방향을 틀지 않은 채 계속 걸어온다. 우울한 생각에 휩싸여 나를 못 보고 지나쳐버릴지도 모른다.

아니, 그는 그렇게 나사 풀린 사람이 아니다. 예상대로 그는 열린 차 문으로 흘러나오는 연한 노란색 불빛과 열린 보닛을 그냥 흘려보내지 않는다.

"무슨 문제라도 있습니까?"

그가 말한다.

나는 과장된 모습으로 한숨을 내쉰다.

"시동이 안 걸리네요."

나는 그를 알아보고 문틈으로 고개를 빠끔히 내민다.

"오, 안녕하세요."

자신의 차로 향하던 그가 방향을 틀고 내 쪽으로 다가온다. 그는 눈을 가늘게 뜨고 잠시 나를 쳐다보다가 마침내 내 얼굴을 알아본다.

"허치슨 씨?"

그는 내 이름을 기억하고 있다. 내일 아내를 데리고 다시 와 스포츠 재킷을 골라보겠다고 했던 손님. 나는 말한다.

"네, 안녕하세요. 여기서 이렇게 다시 만나게 됐군요."

"무슨 일이시죠?"

그가 열린 보닛을 돌아보며 말한다. 그는 역시 상황 관리 능력이 남다르다. 남을 돕는 것을 자랑스럽게 여기는 타입이다.

나는 말한다.

"부끄럽지만 난 차 엔진에 대해서 아는 게 하나도 없습니다. 아내에게 사람을 불러달라고 연락했어요. 언제 도착할진 모르지만."

"돈이 꽤 들 겁니다."

그가 말한다.

"뭐 어쩔 수 없죠. 이런 데 큰돈을 쓸 여유는 없는데."

나는 차에서 내려오며 말한다. 오른손은 몸에 붙여둔 채 왼손으로 엔진을 가리킨다.

"이제 스포츠 재킷은 날아가버린 셈이네요."

"아뇨. 아닙니다, 허치슨 씨. 포기하지 마라. 그게 제 좌우명입니다."

그가 나무라듯 말한다.

"그게 내 차의 좌우명이었으면 좋겠네요."

나는 말한다.

그가 웃음을 터뜨리며 보여저 앞으로 다가온다.

"제가 한번 봐도 되겠습니까?"

"그러시죠. 선생 덕분에 견인비와 수리비를 아낄 수 있다면……"

"아무것도 장담할 순 없습니다."

그가 와이퍼 위의 망치를 집어 들고 눈썹을 추켜세운다.

"이걸로 고쳐보려고 하셨습니까?"

나는 어쩔 수 없었다는 듯 두 손을 펼쳐 보인다.

"윙 너트 나비 모양의 암나사 라도 풀어볼까 했었죠."

그가 고개를 저으며 망치를 내려놓는다. 그리고 엔진 위로 몸을 숙인다. 그의 머리는 열린 보닛 바로 밑에 들어가 있다.

"시동 한번 걸어보시겠습니까?"

그가 말한다.

"그러죠. 손전등을 드릴까요?"

"손전등 가지고 계십니까? 잘됐군요."

그는 나를 돌아보며 손전등을 건네받기 위해 한 손을 내민다. 나는 그 틈을 놓치지 않고 그의 얼굴에 최루가스 스프레이를 분사한다. 그가 비명을 지르며 두 손으로 눈을 막아 쥔다. 나는 스프레이 캔을 떨어뜨리고 망치를 집어 든다. 그리고 그의 관자놀이를 힘껏 내리친다. 그의 두개골이 쪼개지는 게 느껴진다. 나는 잽싸게 같은 곳을 다시 내리친다. 그가 고꾸라지려 한다. 나는 망치를 떨어뜨리고 몸을 앞으로 날려 쓰러지는 그를 붙잡는다. 술에 취한 사람들이 엉겨 붙어 춤을 추는 듯한 모습이다. 다행히 주변에는 아무도 없다.

나는 그를 질질 끌고 게걸음으로 이동한다. 내 다리 사이에서 그의 축 늘어진 다리가 질질 끌린다. 나는 그를 차의 오른쪽으로 끌고 가 열린 문 안으로 밀어 넣는다. 좌석과 바닥에는 미리 비닐을 깔아놓았다. 나는 그가 완전히 들어갈 때까지 밀고, 밀고, 또 밀어 넣는다.

남은 비닐 자락으로 시신을 덮은 후 좌석 뒤 바닥에서 짙은 초록색 담요를 끌어와 그 위에 얹는다. 그런 다음, 뒤로 물러나와 문을 닫는다.

신속하게, 하지만 너무 허둥대서는 안 된다. 나는 보야저 앞으로 돌아가 보닛을 닫은 후 최루가스 스프레이와 망치를 집어 든다. 그것들을 조수석에 던져 넣고, 운전석에 올라 문을 닫는다. 열쇠를 꽂아 돌린다. 엔진은 무리 없이 걸린다.

꾸물거리는 차들 틈에 끼어 출구를 빠져나간다. 그리고 왼쪽으로 방향을 틀어 9번 주도로로 접어든다. 킹스턴을 지나 다리를 건너면 집이다.

집에 돌아오니 거실의 탁상 스탠드와 빌리 방의 독서용 스탠드와 계단 꼭대기의 전등이 켜져 있는 게 보인다. 11시가 조금 넘은 시간이다. 마저리는 이미 잠자리에 든 것 같다. 그게 아니라면 아내가 잘 때까지 차를 몰고 동네를 빙빙 돌아야 한다. 빌리도 깨어 있지만 자기 방을 나오지는 않을 것이다.

차에 시신을 싣고 다니는 기분은 별로 좋지 않다. 그렇다고 돌아오는 길에 아무 데나 시신을 버릴 수도 없는 일이었다. 안전하고, 어둡고, 외진 곳을 찾아 시신을 처리하는 중에 누군가가 불쑥 튀어나오거나 조명이 번쩍 들어오거나 마침 그곳을 지나던 경찰에 발각될 수도 있기 때문에. 집에서야 비로소 마음을 놓을 수 있다. 식구들이 모두 잠든 밤, 내 집 차고 안에서.

차량용 햇빛 가리개에 붙은 리모컨을 누르자 차고 문이 올라간다. 그리고 차고 안에 불이 켜진다. 나는 차를 넣고 다시 리모컨을 눌러 문을 닫는다. 차에서 내려 차고의 또 다른 조명을 켠다. (첫 번째 전등은 차고 문이 닫히고 나서 3분 후에 자동적으로 꺼진다.)

이제 시신을 처리할 차례다. 적어도 오늘 밤을 무사히 보낼 수 있도록 조치해야 한다. 나는 쇼핑센터에서 사 온 짙은 초록색 쓰레기봉투를 꺼낸다. 주둥이를 끈으로 묶어 봉할 수 있게 돼 있는 타입이다. 역시 쇼핑센터에서 사온 흰색 면장갑을 끼고 보야저의 미닫이 옆문을 연다. 그리고 초록색 듵요에 덮인 시신을 들여다본다.

우선 걷어낸 담요부터 쓰레기봉투에 담는다. 망치와 최루가스 스프레이도 넣는다. 그런 다음, 상자에서 두 번째 봉투를 꺼낸다.

이제는 까다로운 일만 남았다. 나는 시신을 덮고 있는 투명한 비닐을 걷어낸다. 다행히 피는 거의 보이지 않는다. 그저 으스러진 이마와 코와 귀에만 조금 묻어 있을 뿐이다. 출혈이 거의 없었다는 건 내가 망치로 후려침과 동시에 사망했다는 뜻이다. 그와 나 모두를 위해 잘 된 일이었다.

시신은 여전히 축 늘어진 상태다. 나는 그의 팔을 잡아끌어 팔꿈치가 곧게 펴지게 한다. 살짝 구부러진 그의 손과 손가락은 가랑이 바로 위에 얹어늫는다. 그런 다음, 쇼핑센터에서 사온 철사를 꺼내 그 끝을 그의 벨트에 감아 단단히 고정시킨다.

묵직한 다리는 잘 움직이려 하지 않는다. 나는 안간힘을 다해 다리를 구부려놓는다. 그의 무릎이 가슴에 닿을 때까지. 다리가 팔뚝에 얹어지자 나는 철사로 그 둘을 동동 묶어놓는다. 그리고 앞뒤로 반복해서 구부려 잘라낸 철사의 끝을 벨트에 동여맨다.

이계 그는 작고 다루기 쉬운 짐꾸러미로 변해 있다. 다리와 팔과 몸통이 하나가 됐다. 하지만 이것으로 만족할 수 없다. 나는 어깨를 그의 구두에 대그 밀어 시신 밑으로 철사를 밀어 넣는다. 철사의 끝이 시신의 허리에 이를 때까지. 그런 다음, 살짝 들린 시신을 내려놓고 철사를 구부려 끊는다. 그 끝은 그의 정강이 위로 올려 잘 꼬아놓는다.

그렇게 정리해놓은 시신을 또 다른 쓰레기봉투에 담는 것은 생각보다 어렵지 않다. 아드레날린에 취해 있어서일까 아무튼 그렇게 채워진 두 개의 봉투는 콘크리트 바닥에 나란히 세워진다.

첫 번째 봉투를 다시 열어 시신을 덮었던 투명한 비닐을 구겨 넣는다. 시신은 내 차의 어느 부분에도 닿지 않았다. 누군가가 시신을 찾아낸다 해도, 물론 그러지 않기를 바라지만, 시신과 내 차를 연결해줄 섬유 조직이나 페인트의 흔적은 검출되지 않을 것이다. 차에 닿은 비닐과 담요는 또 다른 봉투에 담는다.

쓰다 남은 철사와 쓰레기봉투 상자, 그리고 면장갑도 같은 봉투에 쑤셔 넣는다. 주둥이를 봉한 후에는 지문이 남지 않도록 손바닥으로 봉투를 문지른다.

작업대에서 가져온 장갑을 끼고 속이 꽉 찬 봉투 두 개를 차고 한쪽으로 질질 끌고 간다. 차고의 온갖 잡동사니들이 봉투를 에워싸준다. 시빅을 팔아치운 후부터 차고에 쓸 데 없는 물건들이 늘어나기 시작했다. 두 개의 봉투는 부피는 비슷하지만 무게는 하늘과 땅 차이다.

나는 차고 안을 둘러본다. 모든 건 정상으로 보인다. 어디서도 부자연스러움은 느껴지지 않는다. 나는 차고의 불을 *끄고* 침실로 올라간다.

38

 차를 몰아 재활용 센터로 가는 동안 나는 지금껏 내가 벌여온 일들을 차례로 떠올려본다. 첫 번째 표적을 제거했을 때 내가 얼마나 운이 좋았는지도. 그의 이름이 뭐였지? 기억이 나지 않는다.

 허버트 에벌리. 맞아, 바로 그거야.

 그대는 얼마나 간단하고 매끄럽고 깔끔했었나. 그 경험은 내게 용기를 주었다. 그 때문에 모든 게 가능해졌고. 그 후로도 모든 일이 그처럼 손쉽게 풀릴 거라 믿었다. 만약 엑스먼이 내 첫 번째 표적이었다면 나는 진작에 이 프로젝트를 포기해버렸을 것이다.

 이것이 바로 학습이다. 생소한 일을 처음 하게 되면 누구나 어설프기 마련이다. 첫 번째 시도는 그저 기본기를 익히기 위함일 뿐이다. 두 번째 시도. 약간의 실수는 있겠지만 첫 번째 시도보다 눈에 띄게 매끄러워졌음을 확인할 수 있다. 그렇게 학습은 반복된다. 그 일에 완벽해질 때까지. 초기의 학습곡선은 가파르게 상승한다. 한꺼번에 많은 것을 익히게 되니까. 시도가 거듭될수록 상승폭은 점점 줄어들고, 그에 따라 학습곡선도 완만해진다. 그렇게 완벽함에 조금씩 접근해가는 것이다.

 나는 아직 완벽하지 않다. 아직은 멀었다. 하지만 허버트 에벌리 이후로 많이 노련해진 건 사실이다. 문제는 이렇게 완벽에 가깝게 갈고 닦은 기술을 앞으로 더 써먹을 데가 없다는 것이다.

아니, 부디 써먹을 일이 없기를 바랄 뿐이다. 어쨌든 익혀두면 손해될 게 없는 기술이기는 하다.

오늘 오전, 나는 마저리를 뉴 버라이어티에 태워다주었다. 보야저를 뒤로 빼면서 차고 안을 잽싸게 훑었지만 특별히 눈에 들어오는 건 없었다. 문제의 쓰레기봉투는 햇빛이 닿지 않는 구석에 잘 숨겨져 있었다. 새 모이 부대와 페인트 캔, 그리고 겨울 부츠들 틈에.

극장으로 향하는 길에 나는 마저리에게 어젯밤 침대에 누워 꾸며낸 이야기를 들려주었다. 저녁식사 후 친구와 몇 시간에 걸쳐 무슨 이야기를 나누었는지. 나는 아내에게 친구가 낡은 지폐를 폐기 처분 하려는 미국 정부의 계획을 귀띔해주었다고 들려주었다. 그가 폐기된 지폐로 새 종이를 만들어보자는 제안을 했다고. 달러 기호가 찍힌 초록색 종이로 종이봉투를 만들어 '머니 백'이라는 이름을 붙이자고 했다고. 분명 유용하게 쓰일 것이며 신기함에 주목받게 될 것을 장담했다고.

나는 마저리에게 그 아이디어가 마음에 들었다고 얘기했다. 아내는 별 관심을 보이지 않았다. 나는 친구에게 물었다고 했다. 그 아이디어만 가지고 우리가 무얼 할 수 있겠느냐고. 우리 둘 다 펄프를 종이로 만드는 법을 알고 있다. 하지만 우리의 지식은 거기서 끝이 난다. 그의 계획에는 정치인의 도움이 필요하다. 폐기된 헌 지폐로 새 종이를 만들려면 가장 먼저 정부의 승인부터 받아야 하니까. 또한 머니 백을 시장에 내놓으려면 마케팅 담당자도 필요하다. "그래서 내가 그랬지. 그런 사람들이 구해지면, 그리고 그들이 진심으로 의욕을 보이면 그때 합류하겠다고 말이야." 나는 마저리에게 설명했다.

"백만 년이 지나도 그건 힘들 거예요." 아내가 말했다. 나는 그 말에 동의했고.

마저리를 극장에 내려주고 집으로 돌아와 보니 벳지와 빌리는 이미 나가고 없다. 딸은 연극 연습을 위해 학교에 갔다. 「비소와 낡은 레이스」라는 작품을 준비 중이란다. 딸은 주인공의 숙모 역을 맡았다고 했다. 분장도 두껍게 할 거라고 했고. 아들은 친구의 새 컴퓨터 소프트웨어를 구경하러 간다고 했다. (앞으로 당분간은 그렇게 자숙하며 지내게 될 것이다.)

나는 차고 문을 열고 보야저를 차고에 넣는다. 그런 다음, 차고 문을 닫고 차의 뒷좌석을 떼어낸 자리에 두 개의 쓰레기봉투를 싣는다. 이제는 이것들을 재활용 센터에 버리고 오는 일만 남았다.

재활용 센터는 한때 쓰레기장이었고, 일부는 아직도 그 용도로 쓰이고 있다. 돈을 내면 집으로 와 재활용품을 수거해 가지만 직접 분류해 재활용 센터로 가져가면 적지 않은 돈을 절약할 수 있다. 유리와 주석과 종이와 판지는 무료지만 일반 쓰레기는 대형 봉투 하나당 50센트씩 내야 한다. 슈트에 걸쳐 넣어진 쓰레기는 압축 트럭으로 옮겨진다. 트럭은 롱아일랜드의 쓰레기 매립지로 그것들을 실어 나르게 되고.

호크 엑스먼은 그렇게 긴 바다 여행을 떠나게 된다. 해병대 출신이니 잘된 셈이다.

39

머니 백 아이디어를 떠올린 내 친구는 레이프 업튼이다. 업튼 '레이프' 팰런에게 경의를 표하기 위해 그렇게 지었다. 나와 새 일자리 사이에 버티고 선 마지막 장애물. 이제 호크 엑스먼이 제거됐으니 업튼 팰런을 어떻게 처리할지 생각해봐야 한다.

팰런에게는 직장이 있다. 그는 내 자리를 차지하고 있다. 일주일에 5일 출근을 한다는 뜻이고, 저녁 외에는 그에게 접근할 수 없다는 뜻이다. 주말에 움직이는 건 곤란하다. 마저리는 뉴 버라이어티에서 일을 해야 하고, 우리만의 주말 의식도 거를 수는 없다. 일요일판 『타임스』를 훑는 것부터 시작해서.

평일 밤이 아니면 기회가 없다.

그 말은 머니 백 고안자의 이야기를 당분간 이어가야 한다는 뜻이다. "그 친구에게 아이디어가 더 있대." 어제, 엑스먼을 제거한 지 사흘이 지난 월요일 저녁 6시, 카니 박사 사무실에서 마저리를 태우고 돌아오는 길에 나는 말했다. "아이디어가 백만 개도 넘나 봐. 그중 기발한 게 하나라도 있으면 좋겠어. 아무튼 그 친구는 나한테 그걸 일일이 들려주고 싶어 해. 솔직히 나도 이렇게 빈둥거리기보단 가서 쓸 만한 아이디어가 있는지 들어보는 게 나을 것 같고 말이야."

"그게 좋겠네요." 아내가 부드러운 미소를 흘리며 말했다.

오늘 아침, 우리는 마샬에서 롱거스 퀸란과 한 시간 동안 상담을 했다. 어느새 나는 상담을 즐기고 있었다. 놀라운 일이었다. 예상보다 도움이 되는 부분이 많다는 게 느껴졌다. 어느 커플이든 결혼 생활이 지속되면서 이런 위기를 겪게 된다. 틀에 박힌 일상과 습관적인 반응. 시간이 흐르면서 서로를 보는 눈은 흐려지고, 서서히 상대가 로봇처럼 느껴지기 시작한다. 그러다 보면 어느새 같은 로봇으로 변해 있는 자신을 발견하게 되고.

끔찍했던 마저리의 외도는 끝이 났고, 퀸란도 더 이상 세상에 대한 내 개인적 견해를 꼬치꼬치 캐묻지 않는다. 이제야 비로소 우리 결혼 생활의 심각한 문제들에 상담의 초점을 맞출 수 있게 됐다. 그렇게 집중을 하니 확실히 도움이 되는 부분이 있다. 우리는 다시 서로에게 놀라게 됐고, 처음에 서로에게 끌리게 된 이유도 생생히 기억하게 됐다.

아내에게 내 비밀 프로젝트에 대해 털어놓을 수만 있다면…… 하지만 그건 영원히 불가능한 일이다. 그 후폭풍이 어떨지 잘 알기에. 세상에는 무슨 일이 있어도 상대에게 절대 지워서는 안 되는 부담이 있다.

오늘 저녁, 우리는 6시 반에 식사를 했다. 그리고 지금 나는 차를 몰고 뉴욕의 아카디아로 향하고 있다. 7시 15분.

6월이 되니 확실히 날이 길어졌다. 주 경계를 넘어 뉴욕에 접어들었을 때도 해는 완전히 저물지 않았다. 새 직장으로 출근하는 듯한 착각이 나를 사로잡았다.

40

언덕 정상에는 아직도 일광이 남아 있지만 아카디아로 향하는 도로는 이미 밤의 암흑에 파묻혀 있다. 마을의 두 술집은 네온 간판을 환히 밝히고 있고(그곳의 유일한 간이식당은 진작 영업이 끝난 상태다), 게티 주유소의 흰색과 빨간색의 눈부신 조명은 먼발치 언덕 위를 아름답게 수놓고 있다. 제지 공장 주변은 노르스름한 조명이 켜져 있다. 공장 내부는 불이 꺼진 상태다. 그들의 성공담을 잘 알기에 야간 근무가 없다는 사실이 충격으로 받아들여지지 않는다.

언덕을 내려가니 댐과 물살이 빠른 검은 강이 나타난다. 순간 뇌리를 스치는 생각이 하나 있다. 아카디아의 성공담이 잡지 속 기사가 호들갑을 떨어댄 것만큼 화려한 게 아니었다면 다른 곳들처럼 대폭적 인원 삭감을 겪지는 않았지만 그동안 야금야금 인력을 줄여왔다면? 직원을 자른 후 그 빈자리를 즉각 채우지 않는다면? 내가 이 고생을 해서 팰런을 없애도 그들이 그의 빈자리를 채우려 나서지 않는다면? 그럼 나만 우스워지는 거잖아. 안 그래?

하지만 그럴 리는 없다. 그들은 생산 라인의 정상 가동을 위해 경력자를 채용할 것이다. 야간 근무반이 있다면 거기서 한 명을 뽑아 주간 근무반으로 올리고 재직 중인 보조자를 훈련시켜 야간 근무반에 꽂아 넣을 수도 있다. 하지만 야간 근무반이 없는 상태에서는 외부 인력을 채용해 빈자리를 메우는 수밖에 없다. 나는 팰런이 어떻게 생겼는지 알고 있다. 간이식당에서 한 번 마주친 적이 있기 때문이다. 이제는 그가 어디 사는지 알아내야 할 차례다. 오늘 큰 소득을 올릴 거라는 기대는 없다. 그저 단순한 답사일 뿐이다.

보야저의 연료 탱크는 절반 정도 차 있는 상태다. 나는 언덕을 마저 내려가 갬 위의 다리를 건넌다. 그리고 다음 언덕을 올라 게티 주유소로 들어간다. 그곳에서 탱크를 완전히 채우고 카운터의 땅딸막한 여점원에게 돈을 지불하며 전화번호부를 빌릴 수 있는지 묻는다.

그녀는 말없이 카운터 아래서 누더기가 된 전화번호부를 꺼내 내 앞으로 내민다. 나는 한쪽으로 살짝 비켜서서 전화번호부를 빠르게 훑어나가기 시작한다. 팰런 U R 카운티 루트 92 Slt.

전화번호는 필요 없다. 적어도 지금 당장은. 나는 전화번호부 뒤표지에 나온 ス도를 유심히 들여다본다. 'Slt'가 무엇인지부터 알아봐야 한다. 어쩌면 '슬레이트'라는 마을 이름을 줄여놓은 것인지도 모른다. 슬레이트는 이곳에서 얼마 떨어지지 않은 곳에 자리하고 있다.

나는 여점원에게 고맙다고 하며 전화번호부를 돌려준다. 그리고 카운티 루트 92가 어디쯤인지 묻는다. 그녀가 마을 밖으로 뻗어 있는 창밖의 도로를 가리키며 말한다.

"10킬로미터쯤 가면 나와요. 어디로 가시는데요?"

"슬레이트."

"거기서 좌회전하세요."

나는 다시 고맙다고 인사를 한 후 탱크가 가득 찬 보야저로 돌아온다. 그리고 카운티 도로가 나올 때까지 10킬로미터를 달린다. 교차로에 다다르자 초록색 바탕에 담황색 글자가 적힌 표지판이 눈에 들어온다. 슬레이트는 왼쪽으로 가야 한다.

구불구불한 언덕길이다. 도로 양옆으로 무엇이 늘어서 있는지 잘 보이지 않는다. 가끔 가정집에서 새어 나오는 불빛이 보인다. 이곳 집들은 도로에서 꽤 떨어져 있다. 불이 환하게 켜진 헛간도 드문드문 눈에 들어온다.

오늘 밤에 팰런의 집을 찾지 못할 수도 있다. 우편함에 그의 이름이 적혀 있지 않다면 그럴 가능성이 크다. 어둠을 헤쳐나가는 동안 주말에 이곳을 다시 찾을 수 있는 방법을 궁리해본다. 마저리가 뉴 버라이어티에서 일하는 토요일 오후나 우리가 주로 신문을 훑으며 보내는 일요일 오전에. 내 새 친구, 레이프 업튼 핑계를 대면 가능할 수도 있을 것 같다.

팰런.

하마터면 그냥 지나칠 뻔했다. 도로에는 나 혼자뿐이다. 급브레이크를 밟아도 전혀 위험하지 않은 상황이다. 한동안 가정집에서 새어 나오는 불빛을 보지 못했다. 그래서 나도 모르게 긴장을 풀고 있었던 모양이다. 거기다 나는 길가의 우편함을 찾아보지도 않았다. 그래서 작은 통나무 오두막집 모양의 우편함이 시야에 불쑥 들어왔을 때 나는 흠칫 놀랐다. 오른쪽 갓길에 세워진 우편함은 빨간색 금속 지붕으로 덮여 있고, 흰색으로 이름이 적혀 있다.

나는 조금 후진해 우편함을 다시 확인한다. 제대로 찾았다. 우편함 옆으로는 어둠에 덮인 아스팔트 사유 차도가 뻗어 있다. 나는 눈을 가늘게 뜨고 오른쪽 유리창 쪽으로 몸을 기울인다. 희미한 불빛이 눈에 들어온다.

오늘 밤엔 어디까지 가야 하나? 여기가 팰런의 집이 맞나? 나는 차를 세울 곳을 찾아 조금 더 나아가본다. 얼마 가지 않아 왼편 들판으로 통하는 넓은 금속 게이트가 나타난다. 게이트 앞에서부터 도로까지는 아스팔트가 깔려 있다. 나는 보야저를 그곳에 세워놓고 왔던 길을 돌아간다.

누가 여기서 뭘 하느냐고 물으면 어쩌지? 그냥 길을 잃었다고 하지, 뭐. 아카디아를 찾고 있다고.

칠흑 같은 어둠에 적응이 되니 하늘을 수놓은 별들이 뚜렷이 보이기 시작한다. 별들이 흩뿌린 차가우면서 부드러운 회색빛은 꼭 고운 파우더처럼 느껴진다. 아직 달은 보이지 않는다. 나는 차도 다니지 않는 도로를 빠르게 걸어간다. 마침내 지나쳤던 우편함이 눈에 들어온다. 나는 방향을 틀어 아스팔트 깔린 사유 차도로 올라가본다. 우거진 나무들 사이로 집이 희미하게 보인다.

이곳은 한때 농장의 일부였던 것 같다. 집을 에워싼 나무들을 제외한 주변 숲은 오래전에 걷어내진 상태다. 제멋대로 뻗어 있는 앞뜰의 작은 나무들은 언뜻 봐도 2백 년은 족히 넘어 보인다. 그 사이로 어스레한 빛이 번뜩인다.

집은 비어 있다. 그런 것쯤은 대번에 알아차릴 수 있다. 사람들은 도둑의 침입을 막기 위해 외출할 때 불을 켜놓는다. 하지만 별로 필요치 않은 조명을 너무 흐리게 켜놓는 게 문제다.

하지만 시골이니만큼 개가 있는지도 잘 살펴봐야 한다. 팰런도 개를 키우고 있을까? 나는 조심스럽게 집 앞으로 다가가본다. 여전히 길을 잃은 여행자인 척하면서.

사유 차도 쪽 방 몇 개는 최근에 덧붙여진 것 같다. 집의 폭이 유난히 넓어 보이는 이유다. 가장 먼저 눈에 들어오는 방들은 불이 꺼진 상태다. 사유 차도는 집에 가까워질수록 폭이 넓어진다. 집 앞에는 차가 두 대 세워져 있다. 보닛이 내 가슴까지 올라오는 대형 오픈 트럭과 시보레인지 폰티악인지 모를 아무튼 무식하게 크고 오래된 차. 그 낡은 차는 운행을 멈춘 지 최소한 몇 년은 되는 것 같아 보인다.

봉입형 포치 안으로 유리창 붙은 현관문이 보인다. 그 안으로는 또 하나의 유리창 붙은 문이 보이고. 주방 너머 어딘가에서 어스레한 불빛이 흘러나오고 있다.

이 집에서 개를 키운다면 아마 지금쯤 요란하게 짖어대고 있었을 것이다. 개들은 스스로를 제어하지 못하니까. 그래도 혹시 몰라 현관문 손잡이를 쥐고 살며시 흔들어본다. 문은 닫혀 있지만 문틀에 꽉 물려 있지 않다. 안에서는 아무 반응이 없다.

전문 강도라면 10초도 채 걸리지 않아 이 문을 열고 들어갈 수 있을 것이다. 그럴 수 없는 나는 다른 방법을 찾아보기로 한다. 현관문을 지나 외벽을 더듬어나간다. 모퉁이를 돌자 집의 뒷면이 나타난다. 원래 앞면이었던 이곳은 20세기 들어 증축한 방들과 사유 차도 때문에 뒷면으로 변해버렸다.

기본적인 식민지풍 중앙 홀 디자인이다. 두 짝으로 이루어진 원래 현관문에는 각각 두 개의 커다란 유리창이 붙어 있다. 2층에는 다섯 개의 창문이 나 있다. 홀을 지나 계단을 오르면 네 개의 커다란 침실이 나올 것이다. 아래층과 위층의 구조는 판박이처럼 똑같을 것이고. 전기와 실내 배관과 중앙난방 시스템이 덧붙여졌을 테니 이 식민지풍 현관문 너머의 내부 구조가 어떻게 바뀌었을지는 상상할 수 없다.

정식으로 초대받은 손님이라 해도 마찬가지일 것이다.

원래의 현관문은 더 이상 쓰이지 않는 듯하다. 문 앞 돌계단에는 지난

가을의 낙엽이 아직도 수북이 쌓여 있다. 나는 계단을 올라가 문손잡이를 잡고 안으로 살짝 밀어본다. 문은 잠겨 있지 않지만 문틀에 착 달라붙어 있다. 불필요한 소음을 만들어 팰런을 놀라게 하고 싶지는 않다. 하지만 가능하다면 꼭 안으로 들어가보고 싶다. 손잡이를 완전히 돌리고 두 발을 낙엽 깊이 묻은 후 온 체중을 실어 문을 밀어본다.

문이 열릴 기미가 보인다. 나는 뒤로 물러났다가 다시 힘껏 밀어본다. 마침내 종이가 찢어지는 듯한 날카로운 소리와 함께 문이 열린다.

어둠. 세탁물 같은 쾨쾨한 냄새. 실내 공기는 바깥 공기보다 조금 더 차갑고 축축하다. 안에서는 아무 소리도 들리지 않는다. 나는 조심스레 안으로 들어간다.

우선 현관문부터 닫는다. 이번에는 종이가 구겨지는 소리가 난다. 문은 완전히 닫히지 않는다. 나는 어깨로 밀어 가까스로 마저 닫는 데 성공한다.

이제 집 안을 살펴볼 차례다. 오른쪽 어딘가에서 희미한 불빛이 번뜩인다. 그 덕분에 커다란 문간과 가구를 어렴풋하게나마 볼 수 있다. 6미터쯤 앞에 또 다른 문간이 자리하고 있다.

나는 불빛이 있는 쪽으로 조심스레 다가간다. 발을 헛디뎌 넘어져서도 안 되고, 집 안의 무엇도 건드려서는 안 된다. 무릎에 소파의 팔걸이가 살짝 스치자 나는 흠칫 놀라며 뒤로 물러난다. 그리고 소파를 멀리 돌아 다음 문간으로 다가간다.

문간을 지나자 속도가 나타난다. 불빛은 왼쪽에서 흘러나오고 있다. 바짝 다가가 흘끔 들여다보니 침실이다. 2인용 침대에는 커버가 아무렇게나 펼쳐져 있다. 침대 왼편의 탁자에 놓인 작은 전등은 켜져 있다. 커다란 거울이 붙은 서랍장과 옷을 수북이 쌓아놓은 의자가 보인다. 바닥에는 신발 여러 켤레가 어지럽게 뒹굴고 있다.

팰런은 싱글이었나? 처음에는 그의 가족이 다 어디로 갔는지 궁금했다. 영화를 보러 나갔는지도 모르고. 하지만 침실 꼴을 보니 그가 혼자 살고 있을 가능성을 배제할 수 없을 것 같다.

측면의 다음 문간으로 들어서니 두 아이의 침실로 보이는 공간이 나타난다. 2층 침대, 낮은 서랍장, 벽에 붙은 포스터들, 바닥에 널브러진 장난감들. 홀아비인가?

반대편에는 밖에서 봤던 주방이 자리하고 있다. 안으로 들어가 창밖으로 포치 너머 사유 차도를 내다본다. 그가 돌아오면 헤드라이트 불빛으로 먼저 알 수 있을 것이다. 그가 가족과 함께 돌아오면 나는 슬그머니 밖으로 빠져나갈 것이다. 그가 혼자라면 집 안에서 무슨 일이든 일어날 것이고.

냉장고를 열어본다. 우유와 콜드 컷차게 보관해 먹는 샌드위치용 고기과 탄산음료와 맥주가 전부다. 식구가 많은 집의 냉장고 같지는 않다.

싱크대 서랍을 차례로 열어본다. 잘 살피면 손전등을 찾을 수 있을 것이다. 시골에서는 손전등 하나씩은 필수로 갖추고 있다. 정전이 잦기 때문이다. 찾았다, 여기.

나는 손전등을 앞세워 집 안 구석구석을 살펴보기 시작한다. 가구 없는 빈방이 몇 개 있다. 총 열 개의 침실 중 팰런이 실제로 사용하는 건 네 개에 불과한 것 같다. 그 네 침실 모두 아래층에 있다. 그는 욕실 딸린 침실과 주방과 내가 처음으로 살펴본, 내 무릎이 건드렸던 소파와 텔레비전과 커피용 테이블과 소파 옆 작은 탁자와 전기 스탠드와 전화기만이 갖춰진 거실, 그리고 주방 너머의 손님용 침실만을 쓰고 있다. 그는 주방 옆 침실을 사무실로 만들어놓았다. 내가 우리 집 손님방을 사무실로 만들어놓은 것처럼. 그의 사무실에는 세금 기록과 작업 기록이 보관돼 있다.

나는 손전등으로 사무실을 구석구석 꼼꼼히 살펴본다. 팰런에 대해 알고 싶은 모든 것이 바로 이곳에 널려 있기 때문이다. 이력서를 보지 못해 그에 대해 궁금한 게 많다. 공문서 기록도 살펴볼 겨를이 없었고, 사무실 창문이 사유 차도와 골목을 향하고 있어 그가 돌아오면 대번에 알아차릴 수 있다.

30분에 걸쳐 사무실을 둘러본 덕분에 그에 대한 궁금증을 많이 풀 수 있었다. 그는 이혼했다. 그는 지금껏 세 번의 이혼을 겪었다. 장성한 세 아이는 캘리포니아에 살고 있고, 종종 그에게 별로 사적이지 않은 편지를 보내온다. 아직 어린 두 아이는 여름방학과 크리스마스를 그와 함께 보낸다. 그는 아카디아에서 좋은 대우를 받고 있다. 내가 할시온에서 받은 대우보다는 못하지만. 하지만 그는 오랫동안 부채에 시달려 왔다. 빚 독촉장만 보관해놓은 폴더가 따로 있을 정도다. 항상 늦지만 자녀 양육비는 매년 두 차례씩 잊지 않고 보내고 있다. 아이들이 함께 지내러 올 때에 맞춰서.

놀랍게도 그는 자신의 직업에 무척 애정을 갖고 있다. 문제의 잡지 기사 속 엑스먼은 별로 인상적인 사람이 아니었다. 하지만 신문과 업계지에서 제지 업계 관련 기사들을 하나도 빼놓지 않고 스크랩해둔 걸 보니 그가 이 바닥에서 살아남기 위해 얼마나 노력하고 있는지 알 것 같다. 그는 중요한 부분에 밑줄을 그어놓았고, 여백에 주석까지 꼼꼼히 달아놓았다.

그런 건 아무래도 상관없다. 나도 내 분야에서는 인정받는 사람이다. 이 분야에서 일류 소리를 듣지 못한다면 누구도 내 비교 대상이 될 수 없다. 새 고용주도 그 사실을 알아주면 좋겠는데.

또 한 가지 주목해야 할 사실은 그 두 어린 아이들이 매년 7월 1일에 여름을 보내러 그에게 온다는 것이다. 딱 일주일 남았다. 그게 데드라인이다. 그들이 오기 전에 마무리 지어야 한다.

사무실에는 더 이상 들춰 볼 게 없다. 그에 대해 더 알고 싶은 것도 없고. 사무실을 나와 손전등을 서랍에 넣는다. 주방에 걸린 시계가 아직 10시도 안 됐음을 알려준다. 팰런이 어디 있든 곧 귀가할 것이다. 내일 일찍 출근을 해야 할 테니.

그의 가족은 걱정할 필요가 없어졌다.

왠지 팰런은 아카디아의 두 개의 술집 중 한 곳에 가 있을 것 같다. 그는 평일에도 퇴근 후 술집에서 시간을 보낼 것이다. 햄버거나 피자로 저녁을 때우면서. 그는 절대 맨정신으로 집에 돌아오지 않을 것이다.

그를 찾으러 아카디아에 나가볼 필요는 없다. 가는 동안 그와 길이 어긋날 수도 있으니까.

나는 다시 사무실로 돌아간다. 이곳에서는 사유 차도와 골목이 잘 보인다. 나는 어둠 속 그의 책상에 앉는다. 몸은 회전의자 등받이에 붙어 있고, 발은 책상에 올려놓는다. 시선은 창문에서 떨어지지 않는다.

가끔 골목을 지나는 차들이 보인다. 나는 팰런의 책상에 앉아 지난 두 달간 내가 벌여온 일들을 곱씹어본다. 힘들게 처리한 일도 있고, 손쉽게 처리한 일도 있었다. 말도 안 되게 까다로웠던 일도 있었고.

하지만 믿어지지 않을 정도로 간단히 처리된 일도 있었다. 자신감이 붙기 시작하니 일이 수월해졌음을 확실히 느낄 수 있다.

이런! 잠이 오네. 이러면 안 돼. 이러면 안 돼.

나는 자리에서 일어나 어두운 사무실을 빙빙 맴돌기 시작한다. 그가 언제 돌아올지 모른다. 여기서 잠들어버리면 큰일이다.

나는 다시 사무실을 나와 그의 침실로 들어간다. 빛에 가까이 있으면 잠을 쫓아낼 수 있을 것 같아서다. 기왕 이렇게 된 거 그의 침실을 한번 둘러보기로 한다. 어차피 할 일도 없으니. 침대 옆 탁자의 서랍에는 권총이 들어 있다. 손전등과 텀스 제산제도 보인다. 물론 나는 아버지의 루거 외의 총에 대해서는 모른다. 둥근 탄창이 임산부의 모습을 연상케 한다. 총은 검은색이고, 오래됐는지 손잡이 부분이 조금 닳아 있다. 육상 경기에 쓰이는 신호용 권총 같기도 하다.

나는 총에 손을 대지 않는다. 조심스럽게 서랍을 닫고 권총에 대한 기억을 애써 지운다.

다시 홀로 나와 주방 창문을 내다본다. 헤드라이트 불빛이 사유 차도를 따라 올라오고 있다. 망설이는 듯 아주 천천히. 마침내 팰런이 돌아온 것이다.

41

 그는 술에 거나하게 취한 상태다. 그가 차를 몰아 오는 것만 지켜봐도 그 사실을 알 수 있다. 짙은 색 스바루 스테이션왜건은 구불구불한 사유 차도를 조심스레 올라오는 중이다.
 이 집 안에서 그를 처리하는 방법이 몇 가지 있다. 크게 어렵지는 않을 것이다. 잘만 하면 사고사로 위장시킬 수도 있을 것이고. 또 한 명의 제지회사 관리자가 피살되는 것보다는 사고사로 꾸미는 편이 훨씬 낫다.
 스바루가 현관 앞에 멈춰 선다. 나는 더 이상 주방 창문을 통해 그를 지켜보고 있지 않다. 이곳은 텔레비전이 있는 거실이다. 이곳 창가에서는 불빛에 노출될 걱정 없이 그를 지켜볼 수 있다. 주방 문간에서는 내 윤곽이 발각될 우려가 있다.
 그의 모든 움직임이 슬로모션처럼 보인다. 차가 멈춰 서자마자 헤드라이트가 꺼진다. 그가 시동을 끈 모양이다. 유리창 때문에 그가 내는 어떤 소리도 들을 수 없다. 잠시 후, 몹시 지쳐 보이는 그가 문을 열고 나온다. 실내등이 들어오지만 내 시선은 팰런에게서 떨어지지 않는다. 그가 문을 닫고 현관으로 다가온다.
 어서 들어와. 곧장 침대에 가서 누워. 그리고 푹 자. 난 여기서 기다릴게. 어쩌면 네가 더 이상 쓰지 않는 현관을 가로질러와 더 이상 쓰지 않는 거실에 쓰러져 잠이 들지도 모르니까. 텔레비전 앞에서 말이야.

그가 차 앞으로 돌아가 보닛에 잠시 몸을 기댄다. 그러고 나서 다시 오른쪽으로 돌아가 조수석 문을 연다. 조수석에서 한 여자가 내린다.

젠장! 나는 그녀를 응시한다. 그녀도 팰런만큼이나 취해 있다. 스웨터와 느슨한 바지 차림의 몸집이 큰 여자는 심하게 휘청거린다. 열린 자동차 문을 붙잡고 선 그녀의 카랑카랑한 음성이 들려온다.

"여긴 대체 어디죠?"

"내 집이잖아, 신디! 맙소사! 당신도 알잖아!"

그녀가 투덜거리며 걸음을 옮기기 시작한다. 그가 스바루의 조수석 문을 거칠게 닫고 그녀를 뒤따른다. 잠시 후, 열쇠 꾸러미의 짤랑거리는 소리가 들려온다.

아무래도 오늘 밤은 안 될 것 같다. 그는 술집에서 만난 여자를 집으로 데려왔다. 이번이 처음은 아닌 듯하다. 오늘 밤은 안 되겠다.

설마 매일 밤마다 여자를 데려오는 건 아니겠지? 가끔은 혼자 밤을 보낼 때도 있을 거야.

그들이 주방을 가로지르는 소리가 들려온다. 나는 슬그머니 홀을 빠져나와 뒤쪽 현관문으로 향한다. 문을 당겨보니 아까보다 쉽게 열린다. 소리도 나지 않고. 물론 소리가 조금 난다고 해서 그가 알아차릴 건 아니지만. 나는 무사히 탈출에 성공한다.

주방과 침실이 환하게 밝아진다. 나는 새어 나오는 불빛을 피해 집 앞에 세워진 세 대의 차를 멀리 돌아 나간다. 그리고 사유 차도를 빠르게 걸어 내려간다. 아쉬움은 전혀 없다.

42

 나는 화요일과 마찬가지로 차를 세워놓고 어둠에 묻힌 시골길을 따라 팰런의 집으로 올라간다. 6월 26일 목요일 밤 9시 30분. 나는 그를 죽이기 위해 이곳에 왔다. 그가 여자들을 몇 명이나 데려오든 상관없다. 오늘 밤 그는 반드시 죽어야 한다.

 오늘처럼 시간적 압박이 컸던 적은 없었다. 이 프로젝트가 2개월에 걸쳐 이어지고 있기 때문이기도 하지만 무엇보다 항상 이렇게 끔찍한 생각을 하고, 끔찍한 일을 벌이는 게 사람을 무척 지치게 만들기 때문이다. 나는 인생을 살면서도 압력에 크게 휘둘려본 적이 없다. 그래서 대량 인원 삭감, 해고, 구조조정을 탓하지 않는다. 그보다는 지금 살고 있는 이 끔찍한 지옥을 탓한다. 음식도 예전처럼 맛있지 않고, 음악이나 텔레비전이나 드라이브나 따스한 햇볕을 쬐는 따위의 소소한 일상의 즐거움들도 이제는 따분하게만 느껴진다. 그리고 섹스……

 그건 확실히 인원 삭감 이후에 생긴 문제다.

 이 고비에서 벗어나기만 하면. 이 프로젝트가 끝이 나면. 무사히 새 일자리를 차지하고 다시 정상적인 일상으로 돌아가기만 하면. 그렇게만 된다면 잃었던 활기도 되찾을 수 있을 것이다.

 그래서 오늘 모든 걸 마무리 지으려는 것이다. 곧 들이닥칠 팰런의 어린 아이들도 골치 아픈 문제다. 그들이 과거의 패턴을 따른다면 다음 주에 아버지를 찾아올 것이다. 올해 7월 4일은 금요일이다. 보나마나 그들은 그 전에 도착해 주말을 즐길 계획을 세워놓았을 것이다. 내게 주어진 시간은 달랑 일주일뿐이다.

시간이 없다. 주말은 불가능하다. 월요일과 수요일도 마찬가지다. 마저리가 카니 박사 사무실에 나가야 하니까. 저녁 6시에는 아내를 태우러 가야 한다. 집에 돌아가서는 저녁을 먹어야 하고. 식사 후 뉴욕의 슬레이트까지 오는 건 무리다. 그렇기 때문에 오늘 밤에 그를 없애지 못하면 앞으로 닷새를 그냥 흘려버려야 한다. 다음 주 화요일은 그의 아이들이 이미 도착한 후일 테고.

오늘은 일부러 조금 늦게 도착했다. 그가 퇴근 후 곧장 귀가하는 법이 없다는 걸 확인했기 때문이다. 내 예상이 맞았다. 그의 집은 지난 화요일과 마찬가지로 어둠에 묻혀 있다. 그저 그의 침실에만 등이 켜져 있을 뿐이다.

이 집에도 학습곡선이 있다. 오늘 밤 나는 집 앞에 세워진 두 대의 차를 지나 봉입형 포치로 올라간다. 그리고 잽싸게 모퉁이를 돌아 원래의 현관문으로 들어간다. 텔레비전이 있는 거실을 가로지를 때도 무릎으로 소파를 건드리지 않는다. 불이 켜진 침실과 어스레한 주방을 차례로 살펴본 후 불 꺼진 그의 사무실로 올라간다. 오늘도 그의 책상에 앉아 그를 기다리기로 한다.

집은 텅 비어 있다. 지금쯤 그는 반주를 곁들여 식사를 하고 있을 것이다. 이제 곧 벌어질 일을 위해 술로 마취를 시켜두는 것도 나쁘지는 않을 것이다.

실내는 따뜻하지만 나는 스포츠 재킷을 벗지 않는다. 주머니에는 만약의 경우에 꺼내 쓸 물건들이 담겨 있다. 철사 한 사리, 강력 접착 테이프, 한쪽 끝을 전기 절연 테이프로 감아놓은 10센티미터 길이의 강철 파이프, 면장갑.

특별한 계획은 없다. 아직은. 팰런이 귀가하면 상황과 분위기를 봐서 처리할 생각이다.

나는 책상에 두 발을 올리고 양쪽 발목을 포개놓는다. 골목에서 차 한 대가 남쪽으로 달려간다. 그리고 동네는 한동안 정적에 파묻힌다. 나는 그렇게 차분히 앉아 팰런이 돌아오기만을 기다린다.

43

불빛. 나는 눈을 깜빡인다.

"일어나!"

"오, 맙소사!"

나는 움찔한다. 책상에서 떨어진 두 발이 바닥에 부딪친다. 그 바람에 몸이 회전의자 앞으로 홱 쏠린다. 사무실에는 불이 들어와 있다. 눈꺼풀이 잘 떨어지지 않는다. 입안은 끈적거린다.

깜빡 잠이 든 거야.

그는 문간에 서 있다. 그의 왼손은 아직도 전등 스위치에 얹어져 있다. 오른손에는 지난번에 침대 옆 탁자 서랍 안에서 봤던 권총이 쥐어져 있다. 그가 나를 노려본다. 그는 문간에 선 채 몸을 좌우로 흔들고 있다. 이런 말도 안 되는 상황에서도 나는 그가 거나하게 취해 있음을 눈치챈다.

"이봐요……"

나는 그의 이름을 기억해보려 애쓴다. 팰런.

"움직이지 마!"

나는 입을 훔치려 올리던 손을 멈춘다.

"팰런, 팰런 씨."

나는 말한다.

"여기서 뭐하는 거야?"

그가 필요 이상으로 공격적인 모습을 보인다. 두렵고 당혹스럽기 때문일 것이다.

난 여기서 뭘 하고 있는 거지? 그에게 들려줄 만한 그럴 듯한 대답이 필요하다.

"팰런 씨."

나는 다시 말한다.

"당신은 내 집에 불법 침입했어!"

"아니에요! 그게 아닙니다."

나는 항변한다. 이건 사실이다.

"분명히 걸쇠를 걸어두고 나갔단 말이야!"

"아니에요. 열려 있었습니다."

움직이지 말라는 그의 경고에도 나는 손을 올려 내 오른쪽을 가리킨다.

"거실의 커다란 문. 노크를 하고 밀어보니 열리던데요."

그가 미간을 찌푸린다. 더 이상 쓰지 않는 현관문을 떠올리고 있는 것이다. 내가 걸어놓지 않았었나? 그도 확실히 모르는 모양이다. 그가 말한다.

"이건 불법 침입이야."

인정할 수밖에 없다. 문을 부수고 들어왔든, 열고 들어왔든 불법은 불법이다. 반박의 여지가 없다. 나는 말한다.

"당신을 기다리다가 깜빡 잠이 들었습니다."

"난 당신이 누군지 몰라."

그가 말한다. 내가 위협적으로 나가지 않아서인지 그의 공격적인 모습도 서서히 누그러진다. 하지만 여전히 나만큼이나 당혹스러워하고 있다.

우린 둘 다 중합체 용지 생산 라인 감독이잖아. 그냥 지나가다가 일 얘기를 하러 들른 거라고 할까? 우리의 흥미로운 직장에 대해 얘기나 나눠 볼까 하고? 이 야심한 시간에? 빈집으로? 예고도 없이?

순간 좋은 생각이 떠오른다. 나는 그를 쳐다보며 말한다.

"팰런 씨, 도움을 요청하러 왔습니다."

나를 응시하는 그의 눈이 가늘어진다. 권총은 여전히 나를 겨누고 있지만 그의 다른 손은 더 이상 전등 스위치에 얹어져 있지 않다. 이제 그 손은 문틀을 붙잡고 있다. 그가 말한다.

"에드나가 보내서 온 거야? 그런 거야?"

납세 신고서에서 본 이름이다. 에드나는 그의 전 부인이다. 나는 말한다.

"에드나라는 사람은 모릅니다, 팰런 씨. 난 버크 데보레라고 합니다. 코네티컷에 있는 할시온 밀스에서 중합체 용지 생산 라인을 감독하고 있습니다. 그 왜 벨리알에 있는 회사 있지 않습니까."

그의 눈이 한층 더 가늘어진다.

"할시온?"

그가 말한다. 업계지를 늘 옆에 끼고 사는 사람이지만 이 바닥의 모든 소식을 속속들이 알고 있진 못하겠지. 과연 그는 할시온의 운명에 대해서도 알고 있을까? 그가 말한다.

"이번에 합병된 곳 말이야?"

"네. 이번 기회에 회사 전체를 캐나다로 옮긴다고……"

"개자식들."

그가 말한다.

"난 일자리를 잃고 싶지 않습니다."

나는 말한다.

"그런 데가 어디 한두 곳이야?"

그가 말한다.

"유행처럼 번지고 있죠, 팰런 씨. 『펄프』에서 당신 기사를 봤습니다. 몇 달 전에 실렸던 거 기억하죠?"

나는 말한다.

"그들이 잘못 적어놓은 게 좀 있지. 마치 나를 내 일도 제대로 모르는 한심한 놈으로 만들어놨다고."

그가 투덜거린다.

"난 오히려 아주 인상적으로 봤는데요. 사실 그걸 보고 이렇게 찾아올 생각을 하게 된 겁니다."

나는 거짓으로 둘러댄다.

그가 어리둥절한 표정으로 고개를 젓는다.

"그게 무슨 소리지?"

그가 말한다.

"난 내 자릴 지킬 능력이 있습니다, 팰런 씨. 정말입니다."

나는 진심을 담아 말한다.

"하지만 요즘은 능력만 있다고 모든 게 해결되지 않습니다. 완벽해야 하죠. 내겐 시간이 많지 않습니다. 그들은 올여름에 모든 걸 결정하겠다고 합니다. 내가 여기 남게 될지, 우리 라인 전체가 여기 남게 될지, 아니면 캐나다로 보내버릴지……"

"빌어먹을 자식들."

"그래서 당신을 만나 조언을 들어볼까 했습니다. 내 자리를 지킬 수만 있다면 뭐든 할 수 있습니다. 능력은 된다고 생각하지만 완벽과는 거리가 있습니다. 나 자신을 표현하는 것부터가 너무 힘듭니다. 『펄프』 기사를 보니 당신에겐 그런 문제가 전혀 없는 것 같더군요. 그래서 당신에게 조언을 구해볼까 했습니다. 왠지 그러면 자신감도 생길 것 같았고요. 앞으로 면접 기회가 올 겁니다. 그게 정확히 언제인진 모르지만."

나는 말한다.

그는 나를 유심히 쳐다본다. 이제 내려진 권총은 바닥을 겨누고 있다. 그가 말한다.

"아주 필사적인 것 같군요."

"그렇습니다. 난 그 일을 잃고 싶지 않습니다. 지금껏 고민만 해오다가 오늘에서야 결심을 하고 여기까지 찾아오게 됐습니다. 당신에게 도움을 요청하려고 말이죠. 그래서 저녁을 먹자마자 코네티컷에서 여기까지 달려왔습니다."

"전화부터 하지 그랬습니까?"

나는 살짝 미소를 지으며 어깨를 으쓱한다.

"전화로 이런 얘길 하면 날 미치광이로 생각하지 않겠습니까? 이렇게 직접 찾아와 내 사정을 털어놓는 게 바람직한 방법이라고 생각했습니다. 하지만 도착해보니 집이 비어 있더군요."

"그래서 문을 부수고 들어왔다는 겁니까?"

"문이 잠겨 있지 않았다니까요, 팰런 씨. 정말입니다."

나는 말한다.

그는 잠시 생각에 잠겼다가 천천히 고개를 끄덕인다. 그가 말한다.

"어디 가서 확인해 봅시다."

"좋습니다."

그가 문간에서 떨어지며 권총을 흔들어 보인다. 총은 더 이상 바닥을 겨누고 있지 않다. 그렇다고 나를 겨누고 있는 것도 아니다.

"당신이 앞장서요."

그가 말한다.

나는 지시에 따른다. 집 안의 모든 방에 불이 들어와 있다. 텔레비전이 있는 거실과 그 너머의 홀까지. 나는 뒷문을 열고 어둠 속으로 발을 내딛는다. 그리고 그를 돌아보며 말한다.

"맞죠?"

그가 문을 빤히 쳐다본다.

"이렇게 열려선 안 되는 문인데."

그가 다가와 권총을 왼손에 옮겨 쥔다. 그리고 오른손으로 문을 몇 번 열었다 닫기를 반복한다. 문에 붙은 자물쇠도 유심히 들여다본다. 그가 자물쇠의 작은 손잡이를 돌려보지만 꿈쩍도 하지 않는다.

"페인트가 굳어 제대로 잠기지 않았던 거군. 빌어먹을."

그가 말한다.

이 틈을 타 스포츠 재킷 주머니에 담긴 강철 파이프로 최소한 일곱 번은 내리칠 수 있다. 하지만 나는 꾹 참는다. 왠지 그보다는 훨씬 매끄럽게 처리할 수 있을 것 같다.

그가 다시 문을 세차게 닫고 나를 돌아보며 고개를 젓는다.

"빨리 고쳐야겠네요. 아무튼 내가 왜 그토록 민감하게 반응했는지 이해하죠? 집에 돌아와 보니 모르는 사람이 내 서재에서 잠들어 있는데 어떻게 놀라지 않을 수 있었겠습니까?"

그가 말한다.

"죄송합니다. 나도 모르게 잠이 들었어요."
"하긴 장거리를 달려왔을 테니. 아까 이름이 뭐라고 했었죠?"
"버크. 버크 데보레입니다."

나는 대답한다.

"버크 미안하지만 지갑 좀 봅시다."

그가 말한다.

"내가 거짓말을 하고 있다고 생각하는 모양이군요. 좋습니다."

나는 지갑을 꺼내 그에게 건넨다.

그가 왼손으로 지갑을 받은 후 권총으로 소파를 가리킨다.

"잠깐 앉아 있어요."

그가 말한다.

나는 그가 시키는 대로 한다. 그는 비틀거리며 내 반대편으로 다가가 텔레비전 위에 권총을 내려놓는다. 그리고 지갑에서 온갖 신분증과 문서들을 꺼내 올빼미 눈으로 차례로 훑어나간다. 만취 상태라 집중이 잘 안 되는 모양이다.

오히려 잘된 일이다. 그는 내가 진실을 얘기했음을 두 눈으로 직접 확인하게 될 것이다. 게다가 지갑에는 할시온 직원증도 들어 있다. 버릴 기회가 없어 그냥 넣고 다녔던 건데. (솔직히 말해서 버리고 싶은 마음이 없었다.)

내 직원증을 찾아낸 그가 환히 미소를 지으며 나를 돌아본다.

"데보레 씨, 미안하게 됐습니다."

그가 말한다.

"아닙니다. 오히려 내가 미안하죠. 허락도 없이 들어와 잠이 들었으니……"

"지난 일은 잊읍시다."

그가 거실을 가로질러 다가와 지갑을 돌려준다.

"맥주 한잔 하겠습니까?"

"좋죠."

나는 말한다. 이건 거짓말이 아니다.

"뭘 좀 섞을까요?"

"좋을 대로 해요."

"주방으로 갑시다."

그가 말한다. 그의 시선이 텔레비전 위의 권총으로 돌아간다.

총이 아직도 눈에 띄는 곳에 놓여 있다는 사실이 거슬린 모양이다. 그가 권총을 집어 들고 홀 쪽으로 향하며 말한다.

"이것부터 치우고 올게요."

"그게 좋겠습니다."

나는 미소를 지으며 말한다.

그가 웃음을 터뜨리며 비틀비틀 걸어 나간다.

"난 레이프입니다. 버크라고 했죠?"

"그렇습니다."

그가 침대 옆 탁자 서랍에 권총을 넣어두는 동안 나는 홀에 서서 기다린다. 침실을 나온 그가 말한다.

"내가 도움이 돼줄 수 있을지 모르겠습니다. 그래도 한번 해보죠. 요즘 고용주들은…… 자, 들어가죠."

우리는 주방으로 들어간다. 그가 말을 이어나간다.

"요즘 고용주들은 다 얼간이들입니다. 나도 여기저기서 많은 얘길 들었어요. 흰족제비보다도 못한 놈들이죠."

"맞습니다."

나는 맞장구친다.

"다행히 아카디아의 고용주는 괜찮은 사람입니다."

그가 혀 꼬인 발음으로 말한다.

"다행이네요."

주방으로 들어온 그가 냉장고에서 맥주 캔 두 개를 꺼내 그중 하나를 내게 건넨다. 그리고 찬장을 열고 라이 위스키 한 병을 꺼낸다.

"이걸 조금 섞으면 맛이 좋아지죠."

그가 위스키를 카운터에 내려놓으며 말한다.

나는 그의 리드를 따른다. 그가 맥주 캔의 탭을 뜯고 한 모금 마신다. 그런 다음, 라이 위스키를 조금 부어 캔을 다시 채운다. 나도 탭을 뜯고 한 모금 넘긴다. 그가 위스키를 내 앞으로 밀어낸다. 나는 위스키 병을 집어 들고 몇 년 전 회사 파티에서 바텐더에게 배운 기술을 써먹어본다. 내가 감독하는 라인의 한 직원이 그레이프프루트 주스를 섞은 보드카에 거나하게 취해 있었다. 나는 바텐더에게 다가가 과음을 말려야 하는 게 아니냐고 물었다. 그러자 그가 대답했다. "그래서 진작에 조치를 취해놨죠." "하지만 계속 술을 따라주고 있지 않습니까?" 나는 말했다. 그가 능글맞은 미소를 지어 보였다. "다음 잔을 잘 지켜보십시오." 그래서 나는 그들을 유심히 지켜보았다. 집중하지 않으면 그냥 흘려버리기 쉬운 장면이었다. 그가 글라스에 얼음을 넣은 후 보드카 병을 기울였다. 술이 쏟아지기 직전 그의 엄지손가락이 병의 주둥이를 막았다. 그리고 병을 세우면서 엄지손가락을 슬그머니 치웠다. 결국 글라스는 그레이프프루트 주스로만 채워졌고, 덕분에 술주정뱅이는 더 이상의 과음을 피할 수 있었다.

나는 여기서 그 트릭을 써본다. 맥주를 조금 마신 후 팰런이 똑똑히 보지 못하도록 몸을 살짝 틀고 라이 위스키 병을 맥주 캔 위로 기울인다. 물론 엄지손가락으로 병 입구를 막는 것은 잊지 않는다. 그렇게 위스키를 따르는 시늉을 한 후 병을 카운터에 내려놓는다.

팰런의 제안에 따라 우리는 캔을 부딪치며 건배를 한다.

그가 말한다.

"썩은 고용주들을 위하여! 그들의 무덤에 오줌을 갈길 날이 빨리 오기를 빌어봅시다."

우리는 한 모금씩 술을 넘긴다.

"자, 여기 앉아요."

그가 휘청이며 식탁에서 의자를 하나 끌어온다.

우리는 식탁을 사이에 두고 마주 앉는다. 그가 말한다.

"그곳 라인에 대해 얘기해봐요. 어떤 압출기를 쓰죠? 아니, 잠깐만요."

그가 일어나 카운터에서 라이 위스키를 집어 든다. 병을 식탁 한복판에 탁 내려놓은 후 다시 냉장고에서 맥주 캔 두 개를 더 꺼낸다.

"나중에 마실 걸 미리 가져왔습니다. 자, 그럼 어디 들어볼까요?"

그가 자리에 앉으며 말한다.

44

마침내 그가 곯아떨어진다. 주방 시계는 12시가 훌쩍 넘었음을 알리고 있다. 아쉽다. 그와의 대화가 나름 즐거웠는데. 괜찮은 사람이다. 레이프 팰런. 대학을 나오지 않고 현장에서부터 경험을 쌓아 지금의 이 자리까지 올라온 사람이라 노련함과 호탕함이 남다르다. 그가 들려준 아카디아만의 작업 방식도 무척 흥미로웠다. 곧 그의 자리를 차지하게 될 테니 그런 것들도 미리 알아둘 필요가 있다.

그는 술이 굉장히 세다. 귀가 당시 이미 많이 취한 상태였음에도 식탁에 앉아 라이 위스키를 탄 맥주를 무려 여덟 캔이나 깨끗하게 비워냈다. 같은 시간 동안 나는 위스키를 섞지 않은 맥주 다섯 캔을 해치웠다. (어쩌면 그는 애초부터 내가 자신의 페이스를 따라가지 못할 거라는 걸 알고 있었는지도 모른다.) 그럼에도 머리가 알딸딸하다. 한꺼번에 많은 것들이 나를 취하게 만들었다. 맥주, 야심한 시간, 프로젝트의 끝이 얼마 남지 않았다는 사실, 그리고 레이프 팰런을 향한 바보 같은 감정적 애착.

나는 팰런도 살리고, 나도 원하는 걸 이룰 수 있는 시나리오를 떠올려 본다. 그를 잘 설득해 은퇴를 결심하도록 만드는 것. 내 딱한 사정을 들려주어 나를 라인의 공동 관리자로 만들어주는 것. 아니면, 그가 갑자기 깨어나 아카디아가 곧 야간 근무조를 새로 만든다며 야간 매니저 자리도 괜찮은지 내게 묻는 것.

하지만 그런 일들은 벌어지지 않고, 또 벌어질 가능성도 없다. 레이프 팰런과의 길고 즐거운 대화는 끝이 났다. 이제는 다시 진지해질 시간이다.

지친 몸이 천근만근 무겁다. 나는 힘겹게 일어나 의자 등받이에 걸쳐놓은 스포츠 재킷을 향해 오른손을 뻗는다. 오른쪽 주머니에는 강력 접착 테이프가 담겨 있다. 나는 그것을 꺼내 들고 식탁에 엎드려 있는 팰런을 내려다본다. 그의 턱은 가슴에 닿아 있고, 왼손은 식탁에, 오른손은 무릎에 얹어져 있다. 이렇게까지는 하고 싶지 않다. 하지만 세상에는 하고 싶지는 않지만 반드시 해야만 하는 일들이 있다.

식탁을 돌아가 팰런 옆에 무릎을 꿇고 앉는다. 그리고 조심스럽게 테이프로 그의 오른쪽 발목을 의자에 감아 고정시킨다. 그런 다음, 반대쪽으로 엉금엉금 기어가 왼쪽 발목도 똑같이 고정시킨다. 지금 상태로는 일어나서 몇 걸음 이동했다가 다시 무릎을 꿇고 앉는 것이 불가능하다. 힘겹게 몸을 일으키자 나도 모르게 신음이 터져 나온다.

손목까지 묶어놓으면 안심이 되겠지만 그를 함부로 건드리고 싶지는 않다. 그러다 갑자기 깨어나면 곤란해질 테니까. 그래서 나는 테이프로 그의 몸통을 의자에 돌돌 감아나가기 시작한다. 팔꿈치 바로 윗부분을. 테이프가 풀릴 때마다 요란한 소리가 나지만 어쩔 수 없다. 그렇게 두 바퀴를 돌자 비로소 안심이 된다. 그는 손과 팔뚝을 움직일 수 있겠지만 그에게서 효과적인 움직임은 기대할 수 없다.

그가 언제 깨어날지 모르니 나머지 작업을 신속하고, 깔끔하게 해치워야만 한다. 나는 테이프를 작게 떼어 그의 입에 냅다 붙인다. 그리고 테이프가 떨어지지 않도록 손으로 꾹꾹 눌러준다.

순간 그의 눈이 번쩍 뜨였다. 그가 깨어난 것이다. 그의 사지가 꿈틀대기 시작한다. 또 다른 테이프 조각으로 콧구멍을 막아버린다. 그는 자신에게 무슨 일이 벌어지고 있는지, 어째서 몸이 의지대로 움직여주지 않는 것인지 궁금해하고 있을 것이다. 그에게서 떨어져 나온 나는 그가 서서히 숨져가는 동안 싱크대 서랍을 차례로 뒤진다.

내게 필요한 건 양초다. 정전이 잦은 시골에서 손전등과 양초는 필수다. 이 집 주방 어딘가에도 분명 양초가 보관돼 있을 것이다.

그래, 여기 있군. 노끈과 철사와 여분의 열쇠들 틈으로 짧고 굵은 양초 하나가 보인다. 성당에서 기도용으로 쓰는 양초와도 많이 닮았다. 찬장에서 접시를 꺼내 스토브 옆에 내려놓고 양초를 세워놓는다.

팰런이 내는 소리가 나를 거슬리게 한다. 필요한 양초를 찾았으니 더 이상 주방에 남아 저 끔찍한 소리를 듣고 있을 이유가 없다. 나는 스포츠 재킷을 챙겨 들고 주방을 나온다.

집 안을 걸어나가며 스포츠 재킷을 몸에 걸친다. 다른 쪽 주머니에는 장갑과 강철 파이프가 담겨 있다. 파이프를 쓸 일은 없다. 하지만 그렇다고 여기에 버리고 갈 수는 없는 일이다. 나는 장갑을 끼고 현관문으로 향한다. 그리고 그곳에서부터 내 손이 닿았던 모든 것을 장갑으로 문질러 닦기 시작한다. 그런 다음, 그의 침실 전등을 제외한 집 안의 모든 불을 꺼놓는다.

이제 팰런은 조용하다. 그의 몸은 다시 축 늘어져 있다. 나는 그의 발목과 몸통에서 테이프를 뜯어낸다. 그의 몸이 앞으로 고꾸라지면서 그의 머리가 식탁에 부딪친다. 그의 눈을 쳐다보지 않으려 애쓰며 코와 입을 덮고 있는 테이프 조각을 차례로 뜯는다. 그는 구토를 한 상태다. 하지만 토사물은 테이프에 막혀 밖으로 분출되지 못하고 그의 코와 입을 통해 폐로 파고들어가 있었다. 그는 질식사한 게 아니라 익사한 것이다. 둘 다 끔찍하기는 마찬가지지만.

나는 소형 쓰레기봉투에 뜯어낸 테이프를 담는다. 그리고 그것을 작게 뭉쳐 스포츠 재킷 주머니에 쑤셔 넣는다. 주방용 성냥을 찾아 양초에 불도 붙여놓는다.

뉴욕 주의 가스 스토브는 점화용 불씨 대신 전기 점화 장치를 사용한다. 나는 스토브의 버너 두 개를 켜놓고 입으로 불어 불을 끈다. 그리고 안쪽 문을 단단히 잠근 후 주방을 나온다.

침실에서 흘러나오는 불빛 덕분에 어렵지 않게 현관을 빠져나온 나는 집 앞으로 돌아가 주방 창문으로 깜빡이는 촛불을 들여다본다. 봉입형 포치가 끝나는 모퉁이의 외벽에는 길고 가는 금속 프로판 가스통 네 개가 줄지어 세워져 있다. 나는 사유 차도를 빠르게 걸어 내려와 길가에 세워놓은 보야저로 돌아간다.

폭발까지 얼마나 걸릴지는 모른다. 폭발의 순간을 보고 싶지 않지만 그래도 끝까지 남아 눈으로 확인해야 한다. 스토브가 폭발하면 프로판 가스통들도 함께 폭발할 것이다. 팰런과 그의 주방은 흔적도 없이 사라질 것이고, 경찰은 만취한 그가 스토브를 켜둔 채로 잠을 자다가 봉변을 당했다고 발표할 것이다. 레이프 팰런을 잘 아는 이들은 그 발표에 전혀 놀라지 않을 것이고.

나는 보야저에 올라 몇 킬로미터 떨어진 교차로로 향한다. 아카디아로 가려면 오른쪽으로 방향을 틀어야 한다. 나는 교차로에 멈춰 서서 백미러를 들여다본다. 그리고 교차로 한복판에서 유턴을 한다. 도로에는 차가 없다.

교차로를 떠나 팰런의 집이 있는 방향으로 800미터쯤 달렸을 때 먼발치에서 번뜩이는 노란색 불빛이 눈에 들어온다. 그 불빛을 배경으로 숲과 집의 윤곽이 나타난다. 그 윤곽은 서서히 희미해진다. 마치 누군가가 눈부신 조명을 켰다가 천천히 조광기를 돌리고 있는 듯이. 하지만 윤곽은 다시 확 살아난다. 방금 전보다 훨씬 선명하게. 빨간색과 흰색이 섞여 만들어진 노란색 윤곽은 다시 흐려진다. 이내 커다란 폭발음이 두 번 들려온다. 그 충격이 파도처럼 밀려든다.

  나는 차를 멈춘다. 그리고 다시 유턴을 해 집으로 달려가기 시작한다.

45

모든 시대, 그리고 모든 국가에는 고유의 특징적인 도덕 체계와 윤리 강령이 있다. 그것은 사람들이 무엇을 중요하게 여기느냐에 따라 결정된다. 명예를 가장 성스럽게 여겼던 시대와 국가도 있었고, 신의 은총을 가장 성스럽게 여겼던 시대와 국가도 있었다. 이성의 시대는 이성을 최고의 가치로 승격시켜 주었다. 특히 이탈리아인과 아일랜드인들은 항상 그 느낌, 감정, 정서를 가장 중요히 여겨왔다. 한때 미국에서는 근면을 가장 위대한 가치로 여겼다. 그래서 한동안은 부동산이 그 무엇보다도 높은 가치를 누려왔다. 하지만 근래 와서는 또 다른 변화의 바람이 있었다. 이제 우리의 윤리 강령은 목적이 수단을 정당화한다는 아이디어에 그 바탕을 두고 있다.

한때 목적이 수단을 정당화한다는 게 부적절한 아이디어로 받아들여진 적이 있었다. 하지만 세상은 많이 바뀌었다. 우리는 그것을 믿는 것에서 그치지 않고 공공연하게 떠벌리기까지 한다. 우리 정부의 지도자들도 항상 자신들의 목적을 앞세워 자신들의 행위를 변호한다. 미국을 휩쓸고 있는 대량 인원 삭감의 폭풍에 대해 공개적으로 입장을 표명한 모든 CEO들도 같은 아이디어를 내세운다. 목적이 수단을 정당화한다고.

내가 이 일을 하는 이유, 내 목적과 목표는 간단하다. 나는 내 가족을 잘 돌보고 싶다. 이 사회의 생산적인 구성원이 되고 싶다. 내가 가진 기술을 유용하게 써먹고 싶다. 납세자들에게 부담을 주지 않고, 일을 해서 번 돈으로 떳떳하게 생활하고 싶다. 그 목적을 이루기 위한 수단은 쉽지 않았지만 나는 결승점만 바라보고 달려왔다. 목적이 수단을 정당화한다. CEO들과 마찬가지로 나 역시 미안한 마음을 전혀 가질 필요가 없다.

레이프 팰런을 제거하고 맞는 첫 주말, 나는 머릿속에서 모든 근심과 계획을 지우고 휴식다운 휴식을 즐긴다. 이제는 연락을 기다리는 일만 남았다. 채워야 할 자리가 생겼으니 분명 연락이 올 것이다.

하지만 월요일에도 연락은 오지 않는다. 오후 중반, 나는 혼자 집을 지키고 있다. 마저리는 카니 박사 사무실에 나갔다. 나는 울리지 않는 전화벨 소리에 귀를 기울이며 거실을 빙빙 맴돈다. 자꾸 불길한 생각이 떠오른다. 내가 못 보고 지나친 이력서가 있었나? 내가 받아야 할 전화를 그 누군가가 받은 게 아닐까? 혹시 아카디아 내부에서 대체 직원을 뽑아 급히 현장에 투입시킨 건 아닐까?

또 내가 나서서 그 자식을 없애야 하는 거야? 내가 얼마나 더 이 짓을 해대야 공정한 기회가 주어질까?

나는 멈추지 않을 것이다. 당장이라도 그만두고 싶지만, 필사적으로 그만두고 싶지만 그럴 수가 없다. 내게 일자리가 주어질 때까지.

이제 나는 나 자신을 보호하는 법을 알고 있다. 나는 더 이상 피해자가 되고 싶지 않다. 이제부터는 내 인생에 장애가 되는 모든 이를 내 방식대로 처리할 것이다. 공과 사를 따지지 않고 무조건 다 쓸어버릴 것이다.

빌어먹을 전화벨만 제때 울려주면 모든 게 매끄럽게 마무리될 텐데.

46

화요일, 상담 내내 안절부절못한다. 상담 중 퀸란과 마저리가 내게 무슨 말을 했는지 하나도 기억나지 않는다. 다행히 그들은 자신들만의 토론에 심취해 있어서 심란해하는 내게 별 관심을 보이지 않는다.

내 머릿속은 온통 아카디아 생각뿐이다. 아무래도 내일 한번 찾아가봐야겠다. 일이 어떻게 돌아가고 있는지 직접 확인해야겠다. 점심시간에 맞춰 지난번 그 간이 식당을 찾아가는 것이다. 그곳에서 점심을 먹으러 몰려든 직원들의 수다에 귀를 기울여보면 대충 감이 올 것이다.

물론 그곳에서는 직원들의 눈에 띄지 않도록 최선을 다해야 할 것이다. 분장 가게에 들러 진짜 같아 보이는 콧수염을 사서 붙일까? 아니면, 진짜로 콧수염을 길러볼까? 내일은 깨끗하게 면도를 하고, 취직이 되면 그때 다시 콧수염을 길러보는 것도 방법이다.

상담이 끝날 때까지도 나는 어떻게 분장할 것인지 결정을 내리지 못한다. 마저리와 나는 말없이 집으로 돌아온다. 아내는 골똘한 생각에 잠겨 있는 나를 틈틈이 쳐다보며 의아해한다.

집에 돌아와 보니 주방의 자동응답기에 메시지가 남아 있다. 마저리가 버튼을 누르고 나는 무관심한 척하며 문간에 멈춰 선다. 여자의 음성이 말한다.

"아카디아 프로세싱의 존 카버 씨 사무실입니다. 7월 1일 화요일에 버크 데보레 씨에게 전화를 드렸습니다. 데보레 씨, 이 메시지를 확인하시면 7월 2일 수요일까지 연락을 주시겠습니까? 번호는 518-398-4142입니다. 감사합니다."

마저리가 나를 돌아본다. 나는 볼이 찢어져라 활짝 미소를 짓는다. 아내가 말한다.

"버크? 이게 무슨 뜻이죠?"

"내가 다닐 새 직장."

나는 말한다.

47

통화를 해보니 존 카버는 좋은 사람 같았다. 붙임성도 있고, 내게 큰 관심도 보여주었다. 그는 갑자기 생산 라인 감독 자리가 비어 연락하게 됐다고 설명했다. 비극적인 사건이 있었다나? "어제 장례식이 있었습니다." 그래서 월요일에 연락을 받지 못했던 것이다.

그의 설명은 계속 이어졌다. 그는 내가 그들의 첫 번째 선택이라고 했다. 이력서를 보자마자 나를 찍었다고. 즉시 내게 연락했지만 응답이 없어 다른 후보자 몇 명에게도 면접 통보를 보냈다고 했다. 만약의 경우를 대비해서. 그는 우리가 통화한 다음날 세 명의 다른 후보들을 만나봤다고 했다. 하지만 나를 만나보기 전에 결정을 내리지 않겠다고 약속했다. 우리는 목요일 오전 11시에 만나기로 했다. 그리고 오늘이 바로 목요일이다. 나는 들뜬 마음으로 넥타이를 골라본다.

은인인 포르큘리 변호사에게 경의를 표하기 위해 특별히 밤색 넥타이를 선택한다. 물론 달을 뛰어넘는 젖소들이 그려져 있지는 않다. 넥타이를 두르고 있는데 마저리가 들어온다. 지난 이틀간 마저리의 얼굴에서는 미소가 지워지지 않았다. 아내는 나만큼이나 들떠 있었다. 내가 그 자리를 차지하게 될 거라 확신하고 있는 모양이었다. 그 확신의 근원은 자신감에 가득 찬 내 모습이었을 것이다. 하지만 지금 아내의 얼굴에는 미소 대신 산란해하는 표정이 떠올라 있다.

"버크, 그 형사가 또 왔어요."

아내가 말한다.

나는 대수롭지 않다는 듯 반응한다.

"누구?"

"저번에 왔던 그 형사 말이에요, 버튼."

형사. 같은 총에 맞아 숨진 라인 감독 두 명의 살인 사건을 수사하고 있다는 바로 그 형사.

안 돼. 왜 하필 지금이지? 이날을 위해 내가 얼마나 고생했는데. 여기서 포기할 순 없어. 그동안의 고생을 헛되게 할 수 없어.

그냥 자연스럽게 가보는 거야. 전혀 다른 일 때문에 찾아온 걸 수도 있으니까. 나를 용의자로 보고 있다 해도 걱정할 거 없어. 의심만 앞세우고서 나를 어쩔 수 없을 테니까. 난 그냥 일관성 있게 빈틈없는 모습만 보이면 돼. 내가 빌리에게 했던 조언, 그것만 명심하면 된다고. 가장 그럴 듯한 이야기를 골라 끝까지 밀고나가는 거야. 누가 뭐라 해도 절대 흔들려선 안 돼.

"알았어."

나는 거울 속 마저리에게 미소를 지어 보이며 말한다. 넥타이를 마저 매고 셔츠와 바지와 슬리퍼를 차례로 걸친 후 거실로 나간다.

그는 오늘도 윈슬로 호머의 그림을 유심히 들여다보고 있다. 오늘도 본론으로 들어가기 전에 항해 얘길 해야 하는 건가? 내가 들어서자 그가 미소를 흘리며 손을 내민다.

"데보레 씨, 다시 뵙게 돼서 반갑습니다."

이 상냥함. 진심일까, 연기일까? 나는 진심이 실리지 않은 미소를 지으며 그의 손을 잡는다.

"버튼 씨. 아니, 버튼 형사님이라고 불러드려야 하나요?"

"편하실 대로 하십시오. 외출 준비를 하고 계셨던 모양이군요. 오래 걸리진 않을 겁니다. 선생께 보여드릴 또 다른 사진이 있어서 왔습니다."

그가 말한다.

이번에는 누굴까? 내가 죽인 이들 중 하나라는 건 분명한데. 나는 말한다.

"이번엔 도움이 돼드릴 수 있으면 좋겠네요."

그가 재킷 안주머니에서 수첩을 꺼낸다. 그리고 그 안에서 컬러 사진 한 장을 뽑아 든다.

"호크 엑스먼이라는 사람입니다."

긴 바다 여행을 떠난 해병대 교관. 그 친구와 항해 얘기를 하면 말이 잘 통할 겁니다, 버튼 형사님. 나는 고개를 젓는다.

"처음 들어보는 이름인데요."

그가 사진을 건넨다. 사진 속 엑스먼은 턱시도 차림이다. 꼭 대통령 경호원을 보는 듯하다.

"처음 보는 사람입니다. 터프하게 생겼군요. 누굽니까?"

나는 말한다.

"유력한 용의자입니다."

그가 말한다.

나는 깜짝 놀라는 표정을 숨기지 않으며 그에게 사진을 돌려준다.

"용의자라고요? 어떻게……"

그는 의기양양한 모습이다.

"작정하고 깊이 파헤쳐봤죠. 그랬더니……"

"오, 내 정신 좀 봐. 좀 앉으시죠."

나는 말한다.

그는 망설인다.

"시간 괜찮으십니까?"

"그럼요."

나는 대답한다.

"알겠습니다."

우리는 지난번과 같은 자리에 각각 앉는다. 그가 다시 입을 연다.

"그 두 피해자의 연결고리를 찾아냈습니다. 에벌리와 에이쉐 말입니다. 4~5년 전, 정부가 특수 용지 제작을 위해 도급을 준 적이 있었습니다. 죄송합니다. 제가 그 분야에 대해 아는 게 전혀 없어서……"

"괜찮습니다. 업계 사람들이 아니라면 모르는 게 당연하죠."

나는 말한다.

"재무부가 주관한 일이었는데 지폐 제작 때문은 아니었습니다. 아무튼 입찰에 나선 회사들이 재무부 담당자들과의 미팅을 위해 직원을 뽑아 워싱턴으로 보냈습니다."

그가 말한다.

"기억납니다. 아니, 기억이 날 것 같습니다. 아마 수입 신고서 때문에 도급을 줬을 겁니다. 저흰 입찰에 뛰어들지 않았죠. 당시 제가 다니던 회사 말입니다. 위조 방지용 용지는 저희의 전문 분야가 아니었거든요. 새 작업을 떠맡을 여유도 없었고요."

나는 말한다.

"다른 회사들은 꽤 의욕적으로 달려들었던 모양입니다. 워싱턴에 모여든 수많은 참석자들 중에 그들이 있었습니다. 에벌리와 에이쉐와 엑스먼."

버튼이 말한다.

"아, 그들이 거기서 만난 거군요."

나는 말한다.

"아직 그걸 확인하지 못했습니다만, 뭐 이젠 그럴 필요가 없어졌다고 봐야겠죠. 보름 전에 엑스먼을 만나봤습니다. 왠지 수상한 구석이 많아 보이더군요."

그가 말한다.

그게 무슨 뜻인지 짐작이 된다. 거만한 엑스먼. 자신의 문제에 필요 이상으로 집착하고, 한낱 신사복 세일즈맨으로 전락한 자신의 비참한 모습을 못 견뎌 했던 사람. 이 열의 넘치는 형사의 눈에도 그런 그가 수상쩍어 보이기는 했던 모양이다. 갑자기 항해 얘기를 하며 즐거워하는 두 사람의 모습이 상상이 되지 않는다.

"그를 체포하셨습니까?"

"증거가 없어서 말이죠."

버튼이 어깨를 으쓱한다.

"갑자기 찾아온 형사를 보고 겁을 먹은 모양입니다. 도망쳐버렸더군요."

"도망을 쳤다고요?"

"사라져버렸습니다."

버튼이 말한다. 그의 얼굴에 만족의 표정이 떠오른다.

"그가 일하는 쇼핑센터 주차장에 차를 세워두고 사라졌습니다. 주변 사람들에게 작별인사 한마디 없이 말이죠."

"이해가 안 되는군요. 가족은 없습니까? 그가 일을 하고 있었다고요?"

나는 말한다.

"보통 사람들이라면 쉽게 할 수 없는 일이죠. 갑자기 인생을 포기하고 그렇게 훌쩍 떠나버리는 것 말입니다. 아무튼 저흰 계속 조사를 해봤습니다. 엑스먼은 집에서도 문제가 많았더군요. 부인은 이미 이혼을 결심하고 변호사를 선임해둔 상태였습니다. 그가 오랫동안 외도를 해왔답니다. 게다가 그녀는 그의 첫 번째 부인도 아닙니다. 네 번째죠."

그가 말한다.

"문제가 많은 사람이었군요."

나는 말한다.

"그런 것 같습니다."

버튼이 수첩을 주머니에 집어넣는다.

"그의 집을 수색해보니 엄청나게 많은 총이 나왔습니다. 말 그대로 엄청났죠. 열 개가 넘었으니까요. 종류도 다양했습니다. 현재 과학수사대가 분석 중에 있습니다. 범행에 쓰인 탄약과는 매치가 되지 않았지만 제 생각엔 그가 문제의 총을 진작에 없애버렸을 것 같습니다."

"어디로 도망쳤을까요?"

"그의 여자 친구들을 만나 얘길 들어보고 있습니다. 그가 평소에 싱가포르에 가서 살고 싶다는 말을 자주 했다고 합니다."

버튼이 말한다.

"그가 정말 싱가포르에 있을까요?"

"여권을 가져간 것 같진 않습니다. 어쩌면 급하게 하나 장만했는지도 모르죠."

버튼이 자리에서 일어난다.

"선생의 시간을 더 뺏고 싶진 않군요. 반드시 그를 찾아낼 겁니다. 시간이 걸리더라도 말이죠."

"이번에도 도움이 못 돼드려 죄송합니다."

일어서며 나는 말한다.

"선생의 회사가 입찰에 뛰어들지 않았기에 망정이지 만약 선생도 입찰 건으로 D.C.에 가셨더라면 거기서 그들과 마주치셨을지도 모릅니다."

"그랬다면 지난달에 엑스먼이 쏜 총에 맞아 세상을 떠났을 수도 있고요."

능글맞은 미소를 흘리며 나는 말한다.

내 말에 그가 킬킬 웃는다.

"운이 좋으신 겁니다."

"정말 그런 것 같네요."

그가 내 넥타이를 가리킨다.

"아침에 어디 가시나 봅니다."

"면접이 있습니다. 왠지 이번엔 느낌이 좋네요."

"다행이네요. 좋은 소식이 있기를 빌겠습니다."

"행운을 빌어주시겠습니까?"

"행운을 빕니다."

옮긴이의 말

무엇이 평범하고 성실한 사람을 킬러로 만들었나?

도널드 웨스트레이크는 미국 미스터리 작가 협회의 그랜드 마스터로, 코믹 범죄소설부터 어둡고 거친 느와르 소설까지, 못 쓰는 글이 없는 대작가다. 정리해고된 한 중년 남자가 재취업을 위해 경쟁자들을 차례로 살해해나간다는 내용의 『액스』는 어쩌면 그의 작품들 중에 가장 어둡고 섬뜩한 작품인지 모른다.

이 소설의 주인공 버크는 자신이 원하는 바를 이루기 위해 낯선 이들을 죽이려드는 비열한 캐릭터다. 하지만 놀랍게도, 이 소설을 읽다 보면 어느새 그를 응원하게 되고, 그의 가족에게 마음을 쓰고 있는 우리 자신의 모습을 발견하게 된다. 이것이 바로 위대한 범죄소설가, 웨스트레이크의 정평이 난 필력의 힘이다.

웨스트레이크는 서사적 목소리를 완벽하게 쥐고 흔들 수 있는 노련한 작가다. 아주 조금의 미숙함이나 지나침이 있었다면 버크 데보레라는 캐릭터는 통제 불능 상태에 빠져버렸을 것이다. 작가가 『액스』를 통해 선보인, 완벽에 가까운 플로팅으로 현실감을 배가시키는 기술은 베테랑 작가들에게도 쉬운 일이 아니다.

『액스』는 굉장히 흥미롭고 독특한 아이디어를 바탕으로 쓰인 작품이다. 새까만 블랙 코미디이면서 풍자적인 사회 비평이다. 동시에 소름끼치는 조크이기도 하다. 캐릭터도 훌륭하지만 롤러코스터를 탄 듯한 플롯은 독자들로 하여금 혀를 내두르게 한다. 페이지를 넘길 때마다 예기치 못한 일들이 벌어지고, 읽는 내내 한껏 졸였던 마음은 마지막 문장에 이르러서야 비로소 서서히 풀리기 시작한다.

웨스트레이크는 『액스』를 통해 대폭적인 인원 감축이 평범한 중년 남자의 정신과 영혼을 어떻게 휘저어놓는지 솜씨 있게 풀어놓았다. '이게 노골적인 풍자소설이었다면 웨스트레이크는 스토리를 아이러니로 가득 채워놓았을 것이다. 『액스』가 불편하고 현실적인 이유는 버크의 목소리에서 아이러니가 전혀 묻어나지 않기 때문이다'(『The Nation』). 작가는 도덕이나 정의의 전통적인 개념을 자신의 스토리와 일치시키려 애쓰지 않고, 주인공에게 도덕관념 없는 기업 문화에 부도덕적으로 반응할 수 있는 기회를 준다.

『액스』는 기업의 탐욕과 대량 인원 삭감이라는 심각한 현상에 대한 진지한 소설이다. 한 번이라도 해고 통지서를 받아 본 사람이라면 버크가 느끼는 분노와 쓸쓸함과 절망을 이해할 수 있을 것이다.

웨스트레이크의 문체는 굉장히 매끄럽다. 눈은 문장을 따라 미끄러지고, 머릿속에서는 생생한 영화 한 편이 그려진다. 거의 시각적 체험에 가깝다고도 할 수 있다. 알프레드 히치콕이 디자인한 놀이공원을 누비는 기분이랄까. 작가의 단어 선택과 문장구조가 스토리에 얼마나 큰 영향을 미칠 수 있는지 『액스』를 보면 확인할 수 있다.

이 소설을 우리말로 옮기는 동안 독특하고 흥미로운 플롯과 압도적인 속도감에 홀딱 반해버렸다. 『액스』는 재미와 풍자와 감동, 그 무엇 하나에도 소홀하지 않다. 시사하는 바도 적지 않고, 무엇보다 엔터테인먼트로서의 독서가 무엇인지 확실히 알게 해준다는 점에서 후한 점수를 주고 싶다.

실직의 사회적 복잡성을 이해하는 데 관심이 있고, 뛰어난 스릴러가 무엇인지 궁금한 독자들에게 일독을 자신 있게 권한다.

이 속도감 있고, 긴장감 넘치고, 도발적인 작품을 읽으면서 버크를 응원해야 할지, 아니면 그의 덜미가 잡히기를 바라야 할지 시종 갈등이 됐다. 하지만 책을 덮고 나서 깨달은 한 가지가 있다. 세상의 어떤 직업도 살인까지 불사해가며 지켜야 할 가치는 없다는 것. 앞으로 살면서 버크와 맞닥뜨릴 일이 없기를 바랄 뿐이다.

최필원

액스

초판 1쇄 발행 2011년 7월 30일
개정신판 1쇄 발행 2025년 9월 8일
개정신판 3쇄 발행 2025년 9월 30일

지은이 | 도널드 E. 웨스트레이크
옮긴이 | 최필원
펴낸이 | 정상우
편집 | 이민정
디자인 | 박수연 김인경 오하스튜디오
관리 | 남영애

펴낸곳 | 오픈하우스
출판등록 | 2007년 11월 29일 (제13-237호)
주소 | 서울시 은평구 증산로9길 32(03496)
전화 | 02-333-3705   팩스 | 02-333-3745
페이스북 | facebook.com/openhouse.kr
인스타그램 | instagram.com/openhousebooks234

ISBN 979-11-92385-36-5 04800
       979-11-86009-19-2 (세트)

VERTIGO는 (주)오픈하우스의 장르문학 시리즈입니다.

*잘못된 책은 구입처에서 교환해 드립니다.
*값은 뒤표지에 있습니다.
*이 책은 저작권법에 따라 보호받는 저작물이므로 무단 전재와 무단 복제를 금지하며, 이 책 내용의 전부 또는 일부를 사용하려면 반드시 저작권자와 ㈜오픈하우스포퍼블리셔스의 서면 동의를 받아야 합니다.